U0596069
野鸟
Ye Niao
江有无
/著/
四川文艺出版社

图书在版编目（CIP）数据

野鸟 / 江有无著 . -- 成都 : 四川文艺出版社，2023.7

ISBN 978-7-5411-6661-7

Ⅰ . ①野… Ⅱ . ①江… Ⅲ . ①长篇小说 - 中国 - 当代 Ⅳ . ① I247.5

中国国家版本馆 CIP 数据核字 (2023) 第 088740 号

YENIAO

野鸟

江有无 著

出品人　谭清洁
责任编辑　李小敏
特约编辑　周丽萍
装帧设计　孙欣瑞
责任校对　段　敏

出版发行　四川文艺出版社（成都市锦江区三色路 238 号）
网　　址　www.scwys.com
电　　话　0731-89743446（发行部）　028-86361781（编辑部）

排　　版　长沙大鱼文化传媒有限公司
印　　刷　长沙鸿发印务实业有限公司
成品尺寸　145mm × 210mm　开　本　32 开
印　　张　10.5　字　数　350 千字
版　　次　2023 年 7 月第一版　印　次　2023 年 7 月第一次印刷
书　　号　ISBN 978-7-5411-6661-7
定　　价　45.80 元

Contents

目 录 · YENIAO

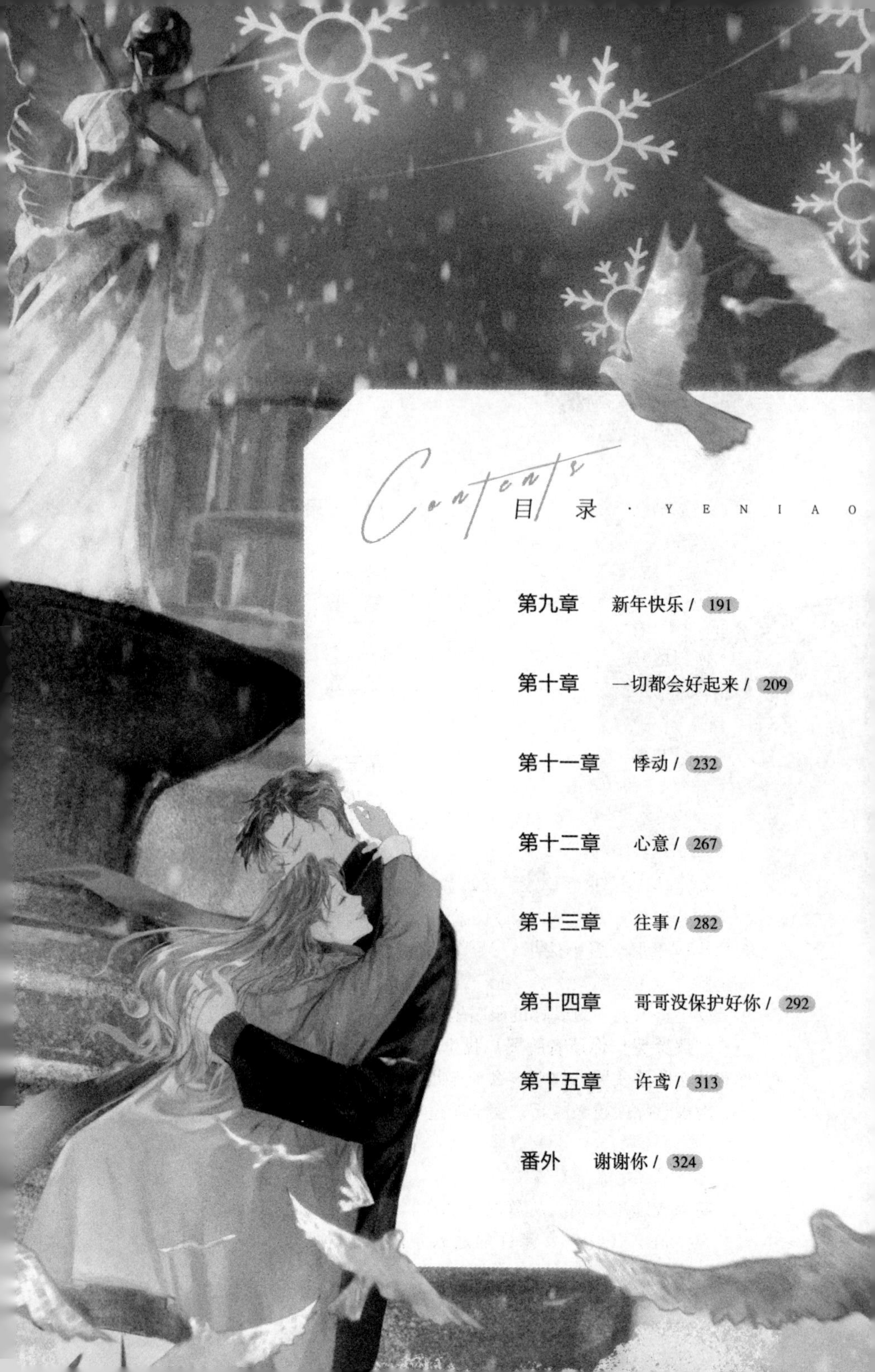

Contents

目 录 · Y E N I A O

第一章 凛冬

初二上学期的期末考试，许愿考了班里第四十三名，年级第五百一十二名。

所以大年三十的傍晚，离《春节联欢晚会》开始还有两个小时，她站在客厅中间，低下头，双手死死捏紧小熊睡衣的下摆。

“现在让我们把镜头转向春晚后台。”

电视开着，戴着红围巾的女主持人正满面笑容播报春晚准备进程。

喜气洋洋的采访声中，母亲陶淑君的声音又高又尖厉：“你吃我的穿我的，花着我的钱！成天什么都不用做，就让你学习！结果连这么一件事都做不好！”

女主持人：“这是你第一次参加春晚，有什么想和大家分享的吗？”

“这是你第几次考这么差的成绩回来？你知不知道你让我有多丢人！小区里那么多小孩儿，人家考第一第二！你考四十三名！你怎么不干脆直接考倒数第一算了！”

女主持人：“看到你的眼睛里有泪水，是激动还是想家了？”

“哭哭哭！你还有脸哭！我生了你这么个没用的废物我都没哭！你有什么脸给我哭！你考这么一点儿分还觉得委屈了？”

陶淑君嗓门越来越高，完全压过了春晚后台的锣鼓响动。

许愿还是低着头，不敢伸手擦眼泪，小声说了句：“我没有。”

她没有委屈，只是害怕。

期末成绩出来后，从放假到现在，陶淑君一直没给过她好脸色。直到常年在外工作的父亲许建达放年假回来，她始终提着的心也没放下。

她知道陶淑君肯定会爆发，但没想到会挑在这么个时候。

“什么没有？你上学上不好，现在还学会顶嘴了是吧！”而这句微弱的辩驳被陶淑君当成了挑衅，她唰地从沙发上站起来，“成绩差了品行也差！我看我该给你们何老师打电话，让她看看你在家里是什么德行！”

许愿顿时慌了神，抬头：“不、不要！妈，别给何老师打电话！”

十三岁孩子的世界很小，认识的人也很少，除了爸爸妈妈就是老师、同学。

许愿很喜欢何老师，不想在她面前丢脸，更不想让她知道自己是个坏孩子。

“哟，你看。”许愿满脸是泪，陶淑君冲沙发另一侧的许建达挥挥手机，得意扬扬，“她还知道她考这点儿成绩不能见人，竟然有羞耻心呢！”

许建达没掺和这场单方面的辱骂，始终目不转睛盯着电视，即使陶淑君把话头引到自己身上，也只是不耐烦地皱眉：“该做饭了。”

大年三十，除夕夜。

一年中难得团圆相聚的幸福日子，应该好好吃上一顿饭。

“别搁这儿哭！看着就心烦！”

许建达发了话，陶淑君就没再继续骂许愿，下巴抬得高高的，说：“给我出去！到外面站着！”

许愿沉浸在被威胁的恐惧中，愣愣站在原地，没来得及动弹。陶淑君干脆上前两步，捏着她的肩，粗暴地把她搡到门外：“让大家都看看你！看看你这个考这么差的废物！”

“砰”的一声，厚重的防盗门被关上。

感应灯亮起，许愿保持着双手捏紧睡衣的姿势，呆呆地站在门口。陶淑君搡人力道太重，她脚上的拖鞋掉了一只。

北方冬天供暖足，屋里暖和，许愿穿的是夏天的拖鞋。被关在门外，楼道里没有暖气，她只能光着一只脚踩在地垫上。

地垫上“出入平安”的“平安”两字起了毛刺，硬邦邦扎在脚心，又冷又疼。

许愿没动弹，也没出声。

过了一会儿，感应灯熄灭，楼道黑漆漆一片。黑暗里，她抬起手，使劲擦了把脸。

时间太长，眼泪大多已经干涸，要很用力才能擦掉。

这不是陶淑君第一次把许愿关在门外，她不敢敲门，更不敢哭求。不求还好，如果求了，陶淑君肯定会站在门口扯起嗓子，让整栋楼都知道许愿是个只能考班里四十三名的废物。

陶淑君曾经做过类似的事，许愿当时难堪得都想去死。

但外面实在是太冷了。

许愿只穿着一只塑料拖鞋，身上的小熊睡衣也不算太厚，很快就挨不住，冷得一个劲儿打战。

她鼓起勇气，哆哆嗦嗦地敲门："妈妈……"

不知道是许愿敲门的动静太小，还是许建达看电视的声音太大，等到许愿的指关节开始隐隐作痛，也没有人来给她开门。

倒是楼上的邻居叔叔突然打开家门："这时候哪有商店开着？我说你就别琢磨买什么汤圆了，又不是元宵节！"

邻居阿姨笑呵呵道："孩子想吃嘛，好不容易他回来一趟，我出去转转，实在没有就算了。"

楼上传来脚步声，许愿猛然绷紧脊背，又徒劳地敲了两下门。

脚步声越来越近，邻居阿姨眼看就要拐下楼梯，马上就能看到被罚站在门外的许愿。而她面前的大门依旧紧闭着，冷冰冰的，和父母绷紧的脸一模一样。

许愿几乎没有任何犹豫，赶在邻居阿姨看见她之前，踩着脚上唯一的塑料拖鞋，头也不回地冲出了楼门。

她不想被别人看见，更不想被别人知道她是个废物。

许愿冲出楼门，冲出小区，害怕邻居阿姨会发现她，一直拼命奔跑，等到脚上另一只拖鞋也跑丢了，才喘着气停住。

天色越来越暗，过年时的街道十分干净。街两边的商户全部紧闭着门，严丝合缝，没有任何一处可供许愿进去取暖躲避的地方。

她只能哆嗦着，打着战，一个人走在街上。她牙齿细细磕着，一边走一边发抖。没有化干净的雪沾在脚底，冷风从睡衣领子里灌进来，浑身上下都在冒寒气。

偶尔有过路的行人朝她投来异样的目光，但急着回家过年，又把视线从这个穿着小熊睡衣、光着脚的小女孩身上移开。

许愿不敢回家，没有地方去，独自走了一会儿，天色终于完全暗下来。

这时，街上一个人、一辆车也没有了。

冷风呼呼刮着，刀子般割在脸上，许愿觉得自己大概会被冻死。但即使被冻死，也比陶淑君给何老师打电话、邻居阿姨发现她过年被罚站在门外、整栋楼都知道她是个只能考班里四十三名的废物强得多。

怀着这样的心情，许愿没有目的、麻麻木木地继续往前走。她也不知道自己要去哪儿、要走到什么时候，只想离家远一点儿，离尖酸刻薄的陶淑君和无动于衷的许建达远一点儿。

风声渐密，有雪花从空中飘下，天气越发肃杀。许愿牙齿不受控制磕出“咔嚓”响声的同时，视线里突然出现了一个人。

准确地说，是一个人和一辆三轮车。

仿佛卖火柴小女孩死前的幻觉，不远处的十字路口，高高亮着的路灯下，三轮车车斗里的铁桶正缓慢冒着热气。光是看上一眼，被冻僵的五脏六腑似乎都缓了过来。

许愿忍不住用力吸了口气，在阵阵寒风里闻到一点儿软糯的甜香。

是烤红薯。

陶淑君的发难从中午吃饭时开始，直到现在，许愿已经有五六个小时没吃过东西。冷饿交加，她瞬间加快步伐，走出几米后，又迟疑地放慢脚步。全身只有一套睡衣，许愿没带手机，更没有零钱。

但她实在是太冷了，没擦干的泪痕在脸上一道一道结成冰。再不吃点儿热乎的东西，大概真的会被冻死。

许愿跌跌撞撞地朝路口走去，离得近了，才艰难地将视线从冒着热气的铁桶上挪开，看向三轮车旁边的人。

天寒地冻，那人个头不算特别高，比许愿大概高小半个头。

裹得比较严实，一件洗得明显发旧泛白的桃红色棉衣，配着笨重但结实的胶鞋，和一顶尺寸过大的粉色绒线帽。本该十分臃肿的一身搭配，整个人瞧上去还是薄薄一层，瘦得厉害，几乎没什么厚度。

大概是已经在路口卖了很久的烤红薯，又没有等来什么顾客，对方此刻正靠在车边低头打瞌睡，头一点一点。直到许愿走到面前，也没抬起脸。

许愿站在三轮车面前，被带着烤红薯香甜气味的蒸汽一熏，胃不自觉地抽痛，眼睛一阵阵发热。

“姐姐。”她看了眼对方身上的桃红色棉衣，胆怯地开口，“我能不能……”

许愿原本想说，能不能先给她赊一个烤红薯，等她回家拿到手机，再给对方转账。

但她出声的瞬间，“姐姐”立刻抬起了头，起了毛球的粉色绒线帽下嗓音发哑：“什么？”

穿着桃红色棉衣的男孩睁开眼，冷淡地看向许愿。寒夜里，风雪下，他眼珠黑漆漆的，哪怕路灯就在头顶，也没能落进去一点儿光线。

看起来年纪不大，男孩五官透着种没长开的青涩，约莫和许愿岁数差不多，是她的同龄人。

许愿顿时有些不知所措，但胃继续一抽一抽地抗议，她小声说：“对不起，我没带钱，能不能先给我一个烤红薯，以后还你钱。”

十二三岁的小孩儿，正是自尊心最强的时候。许愿说完这几句，羞得几乎抬不起头。

男孩显然也没想到她会这么说，薄薄的眼皮掀着，面无表情地看了许愿一会儿，似乎在掂量她话的真假。

最后，他没说什么，沉默地打开铁桶上的小盖子，挑了一个个头很大的烤红薯。

铁桶烧得热热的，烤红薯温度很高，男孩一点儿不害怕，直接用手抓起来。

许愿接过时被烫了一下，“嘶”地吸了口气。来不及剥皮，也顾不上烫，她着急忙慌地吞了好几口，感觉冻僵的身体有了一点儿温度，才抬手擦了下眼睛：“谢谢。”

男孩依旧不说话，垂着眼，目光从许愿冻到通红的双脚上划过，停顿几秒，又迅速收了回来。

许愿注意到男孩的动作，窘迫地动了动脚，害怕他会问起她光脚在大街上跑的原因，低头小口小口吃着烤红薯。

不过男孩显然没有任何要追问的意思，把小盖子盖上，又恢复了先前低头小憩的模样。过分松垮的粉色绒线帽盖住他大半张脸，桃红棉衣上一层薄薄的雪。

北风呼呼刮着，全家团圆的除夕夜，大家都在屋里热热闹闹地看春晚。没人在路上跑，更没人会来光顾一个半大孩子蹬着三轮车的简易烤红薯摊。

直到许愿珍惜地吃完一整个烤红薯，这个小摊也没有迎来任何一个新顾客。

十字路口规律交替的红绿灯下，只有她和始终沉默的男孩。

“你……你明天还来这里吗？”

许愿吃完烤红薯，在路边的积雪里洗过手，把指尖搓得通红："或者你有没有笔……给我留个手机号？"

男孩靠着三轮车，眼皮耷下，不搭理她。

许愿以为他没听到，又问了一遍。他像是终于被问烦了，重新抬起头，一言不发开始收拾摊位。

全部家当就是一个三轮车和用来烤红薯的铁桶，男孩检查过一遍三轮车链条，就踩着那双同样不怎么合脚的笨重胶鞋跳上了车。

天气冷，地面冰雪交错，有些打滑。他骑得歪歪扭扭，许愿看得心惊胆战："小心点儿！谢谢！我一定会还你钱！"

男孩还是不吭声，也不看她，用力蹬着三轮车，歪斜着骑远了。

许愿变回了一个人。

夜渐深，风大了起来，她借着才吃完烤红薯的那点儿温度，蹲下来抱紧自己。

许愿清楚陶淑君的脾气，这个时候肯定还没有消气。如果发现她没好好罚站，反而不听话跑了出去，只会更加恼火。

不知道该往哪里去，许愿孤零零蹲在那里，茫然地低着头。

过了一会儿，身后传来一阵链条绞动的嘎吱声。接着，那件桃红色棉衣凌空盖在她头上。

戚野用了将近一个小时，终于把那辆载着满满一铁桶烤红薯的三轮车蹬回家。

他家离十字路口其实并不远，抄近路十五分钟就能到。然而滴水成冰的天气里，小巷路面铺满了薄雪和坚冰，人走在上面都一个劲儿打趔趄，更别说一个半大孩子和他的三轮车。

回去的路上，风雪又大了些。戚野逆着风，被细小冰晶扎得脸生疼。他屏住呼吸，一边埋头蹬三轮车，一边努力缩起肩膀，试图让自己暖和些。

把那件棉衣丢给许愿后，戚野身上就只剩下一件薄薄的长袖T恤，灌了一路的冷风和冷雪。戚野把三轮车蹬进小区时，门卫室窗户拉开一条小缝："回来啦？"

他点头："嗯。"

十字路口把这片城区划成四块，这里属于城区的北面。北面是尚未完全改建完毕的旧城：斑驳低矮的多层楼房、狭窄弯曲的偏僻小巷。数根裸露掉皮的电线从小区大门前高高拉过，一切都带着岁月陈旧凋敝的气息。

即便如此，大年三十的夜晚，几乎家家都亮着温暖的灯。

窗户拉大了些，食物在锅里翻涌的咕咚声和春晚观众的笑声一齐冒出来："怎么穿这么点儿？进来吃点儿东西吧？叔今天煮了火锅，切的都是好肉！"

戚野摇头："不用。"

拒绝门卫的好意，他继续歪歪扭扭地蹬车，绕过几栋楼房，来到自家楼下。

戚野把三轮车停在单元门口，犹豫几秒，没把装着烤红薯的铁桶搬上去，自己进了楼。

戚野的家在最顶层，六楼，回家时要经过整整十户人家。老式楼房不太隔音，隔着薄薄一层门板，能听见孩童天真稚嫩的嗓音："我不要吃肉！要吃棒棒糖！"

"不能再吃了，今天你已经吃了五根了。"

"行了行了，就给她吃吧，好歹过年呢，明天就不给了。"

年轻夫妇的语气无奈中带着宠溺，戚野抬手，把那顶已经被雪浸透的粉红绒线帽摘下来，心里也忍不住有些期待。

今天毕竟是除夕夜。等他到家的时候，会有什么等待着他？

怀着一点儿难得的期许，戚野慢慢爬上楼。

今天在外面站了整整一个白天，他关节都是僵的，爬楼爬得很慢。

从一楼到五楼，十户人家的年夜饭香味一个劲儿往胃里钻，比路上的风雪还磨人，熬得他眉心直跳。

好不容易挨到六楼。

戚野站在门前，回想着一路上闻到的饭菜香味，抖着手，从衣兜里掏出冰凉的钥匙——

"啪！"

门开了，迎面飞过来一个啤酒瓶，还有呛人难闻的劣质酒气。

戚野全身僵硬的关节在那一瞬突然变得异常灵敏，想都没想，下意识闪身躲开。

啤酒瓶重重砸上对面人家的房门，碧绿玻璃碎片四处飞溅，好在对门一直没有人住，否则此刻一定会抄着菜刀出来骂人。

"你跑去哪里鬼混了！"

对门没有人骂，不代表就安静了下来，戚野刚躲开一个啤酒瓶，下一个紧接着砸过来："你是不是想饿死我！说！你是不是想饿死老子！”

戚野又往后退了一步。

这两个瓶子彻底砸碎了先前不切实际的荒谬幻想。他站在门边，全身绷紧，警惕而戒备地盯着瘫在沙发上被一圈空啤酒瓶包围的戚从峰。

对方显然喝了整整一个白天的酒，扔完那两个酒瓶，骂了几句，就开始大声打起呼噜。

戚野依旧立在原地，一动不动，直到确定戚从峰不会突然从沙发上蹦起来，这才屏住呼吸，蹑手蹑脚地进了屋。

没有热气腾腾的年夜饭、没有和颜悦色的父母，由于常年拖欠暖气费，这个家甚至连供暖也没有。

寒气凉飕飕地往骨缝里钻。

踩在廉价劣质的木地板上，戚野没发出一点儿动静，胡乱找了件不合身的长袖套上。刚套好衣服，戚从峰再次短暂醒了过来：“滚去做饭！快点儿！别让老子揍你！”

男人高高抬起手。戚野眼皮近乎失控地跳了两下，伸手用力按住眼睛，没吭声，一言不发地进了厨房。

半个月前买的菜早就吃完了，临近年关，这两天菜价贵，戚野没舍得买。他在空空荡荡的柜子里找了半天，最后只找到大半包生产日期不详的挂面，还有两枚早就不新鲜的鸡蛋。

戚野烧开水，下面。

把鸡蛋打到碗里，确定没有坏，才倒进锅里。

等待面熟的时间里，不知道谁家新做了糖醋排骨，酸甜的焦香味飘上来，戚野禁不住咽了口唾沫。

他关上火，捞出面，将荷包蛋卧到碗里。他把戚从峰的那一碗放在茶几上，然后端着自己的这一份回了屋。

舍不得吃烤红薯，更舍不得花钱在外面买饭，戚野今天卖了一整天的烤红薯，也一整天没有吃东西。就着糖醋排骨的香味，他狼吞虎咽吃完了面。

还没来得及夹起碗底的荷包蛋，房门“砰”地被踹开。

戚野盯着荷包蛋，犹豫了下，错过了最佳的躲避时机。

戚从峰的拳头已经重重砸了下来，落在他的背上，发出一声闷响：“你做的这是什么东西！大过年的！你就给老子吃这种猪食？！”

即便戚从峰是个步伐不稳的醉鬼，可成年男人的力量也大到可怕，戚野感觉肩胛骨都要碎了。

他没出声，也没喊疼，一手端着碗，一手熟练地护住头颈。

按着以往的经验，戚从峰打累之后就会收手。

“你不是出去找钱了吗？钱呢？”然而或许是因为过年，今天的戚从峰格外亢奋，一巴掌打翻了戚野手里的碗，又顺手抄起一旁的板凳，“偷偷花掉了是不是？小兔崽子！”

木头板凳早被戚从峰打得散了架，他抽出一条板凳腿，直接甩向戚野的小腿。

戚野闷哼一声，倒在地上，双手抱头，弓起身，盯着不远处同样掉在地上的荷包蛋。

理智告诉戚野他应该立刻逃跑，可外面实在是太冷了。

“叫你偷花！叫你糊弄老子！”落在他身上的力道越来越重，戚从峰越打越亢奋，丢下板凳腿，又去找皮带，“老子的皮带呢？看老子今天不抽死你！”

戚野原本保持着抱头的姿势，一动不动，听见戚从峰带着酒气的低语，突然一个打挺，从地上跳起，狠狠推了对方一把。

拳脚和板凳都可以忍受，铜头皮带抽在身上一抽就是一道鼓起发烫的红印。最恐怖的是，铜头那一端如果打在脸上，以戚从峰的力道，绝对能把他硬生生打出血来。

他还要去上学，没有钱再去看病了。

毫无防备，戚从峰被直接推倒在地。他骂骂咧咧抬头，只看见戚野飞快从地上捡起荷包蛋，一把塞进嘴里，头也不回地跑了。

许愿裹紧那件桃红色的棉衣，手足无措地站在单元门内。男孩把棉衣丢给她后，什么也没说，自顾自骑车离开。

路面滑，他骑三轮车骑得慢，她光着脚，追得也不快。等到一路跌撞着追进小区，只看见楼下眼熟的三轮车，根本不知道他住在哪里。

许愿正犹豫要不要一家家敲门时，楼上传来一阵凌乱的脚步声。男孩几乎从楼梯上一路滚下来，根本没注意到她，便一头扎进了凛冽的风雪中。接着追下来个男人，满身酒气，手里还攥着根皮带。

许愿从没见过这种场景，一时间呆在原地，迟疑两秒追了出去。

雪下得大了，地面上积了薄薄一层白。

这个时间点，大家基本都在家里待着，许愿很容易就看到了两排一大一小的凌乱脚印。她踉跄着跟上去，没过多久，就看到了脚印的尽头。

露天停车场的空地上，戚从峰拎着皮带："戚野！你给老子滚出来！不许躲！快点儿滚出来！"

醉鬼瞪着一双通红的眼，在深夜里大吵大嚷。

许愿吓得不敢出声，捂住自己的嘴，蹲下来，把身子牢牢藏在轿车后。

戚从峰嚷嚷了一会儿，没听见任何动静，只能又骂了几句，最后不甘心地走远了。

许愿一直躲在原地没动弹，直到耳边能听见的只有风雪声，才打着战，从轿车后钻出来。

她站在脚印的尽头，试探着喊了声："七爷？"

戚从峰是个不折不扣的醉鬼，说话含混不清。今夜风刮得又大，许愿听岔了音，没想到这是戚野的真名，以为是个小名或者绰号。

许愿一连喊了好几声，始终没得到回应。

琢磨着或许他已经离开，她又在附近转了一圈，感觉脚实在冻得受不了，哆哆嗦嗦坐在露天停车场的岗亭背风处。

这一片许愿从没来过。

她家住在十字路口的南面，属于政府这两年大力建设发展的新城，旧城的一切于她而言都无比陌生。不知道该往哪里走，许愿裹紧棉衣，胆怯又无助地看着周遭毫不熟悉的建筑。

它们大多已经斑驳、掉色，墙皮大块大块脱落，显然多年未曾修缮，在呜呜咽咽的风声里荒凉而颓败。

视线划过某一处，许愿骤然顿住。愈来愈密的风雪间，停车场岗亭对面的旧楼顶端，正立着一个单薄的身影。

许愿这时才发现，男孩比她以为的还要瘦削得多。没有此刻裹在她身上的桃红色棉衣，他连那薄薄的一层厚度都失去了，几乎只是一条毫无起伏的平板直线。

灰色天空下，穿着长袖T恤的男孩站在楼顶，北风鼓起不合身的衣摆，他也跟着一同前后摇晃。像是一只站在深冬枯枝顶端、摇摇欲坠的离群孤鸟。

戚野躲在楼顶，弓着身，屏息静气听戚从峰在楼下发疯。哪怕男人骂骂咧咧远去，他也没立刻下楼，而是缓慢站起，谨慎观察对方离开的方向。

常年酗酒的醉鬼有时很精明，会故意装作已经离开，然后趁戚野不注意，蹿出来劈头盖脸、变本加厉地打他。每一下都打得格外用力，像是想把他活活打死。

戚野不敢有丝毫懈怠，一直注视着戚从峰。直到醉鬼已经走出视线能到达的最远处，戚野才活动起冻到僵硬的手脚，试图从楼顶边缘爬下来。

还没来得及动作，手突然被拉住。

拉住戚野的手很凉，和他的体温几乎不相上下，冷冰冰的。同时又很软，比他只吃过一次的过期奶油蛋糕还要软，带着一种同样发甜的香味。

戚野一时间有些蒙，没明白发生了什么。他被这只软软的小手抓着，顺着对方拉扯的力道，稀里糊涂地从楼顶边缘离开。

他正想看看对方是谁，“啪”的一声，脸上就重重挨了一耳光。

许愿从来没打过人，根本没和谁起过冲突，打完这一巴掌，戚野还没怎么样，许愿自己先吓得哭出了声。

“不要，不要！”她不敢松手，死死抓住戚野，语无伦次，“会死的！这里太高了，你会死的！”

北面建筑都不太高，他们此刻所在的旧楼，是个仅仅只有四层的美食广场，和南面动辄二三十层起步的高层远不能比，但这样的高度已经能轻易夺走一个人的生命。

戚野莫名其妙挨了一耳光，没来得及反应，又听见女孩带着哭腔的话，因为恐惧，含含糊糊的，短促而急切，比喝醉的戚从峰说的话还让人听不清。

戚野皱着眉，努力分辨了一会儿，终于搞懂许愿在说什么。

“松手。”他眉头皱得更紧。

许愿哪里敢松开，听了这话，以为戚野还要跳楼，反而抓得更紧：“那是你爸爸？我们报警，我们报警吧！警察叔叔会管的！”

许愿太用力，戚野被她死死抓住手，刚重重挨过一拳的肩胛骨跟着一抽一抽地疼。

“你松手。”他声音冷下来，“我没想跳楼。”

或许是因为在逃跑中灌了太多的雪，男孩嗓子哑得厉害，又沙又沉，像生锈的小刀。

许愿一个激灵，下意识松开了手。

“啊……”许愿方才是凭着一股冲动拽住了戚野，劲头过去，也不敢再拉住他，“那你刚才……”

戚野不带表情地看了许愿一眼。

先前在十字路口，借着路灯，他短暂打量过她。女孩个头不高，一张小脸冻得毫无血色，白到透明。虽然穿得单薄，但身上柔软干净的小熊睡衣一看就是好料子，放在南面的购物中心里，没有几百块钱买不到。

这种娇生惯养的小姑娘，大概是和家里人吵了架，才会在除夕夜光脚跑出来。

根本没见识过世界上还有戚从峰这样的大人。

男孩漆黑的眼中没有任何情绪，淡淡的，如同毫无波澜的湖面。

许愿虽然看不懂，却也迅速察觉了事实似乎并不像她想的那样，顿时窘迫起来：“对、对不起！我以为你要……对不起！”

戚野毫不在意，也没吭声，甚至没多看她一眼，只是在听见由远而近的警笛声后，偏头看向不远处的红蓝警灯。

“来找你的。”他平静地说。

戚野和戚从峰搬回西川两个月，他平时没少挨打。一开始还有邻居出来劝几句，后来就没人管了。

今天是除夕，他被打的时候又没出声，自然不可能有人帮他报警。

许愿顺着戚野的目光看去，小巷里，果然一前一后驶来两辆车。前面是闪着警灯的警车，后面那辆她认识，是姑姑家的奥迪。

陶淑君和许建达好像没来，不知道该庆幸还是失落，许愿一时间有些发愣。

她怔怔不动弹，戚野扫了一眼：“下去吧。”别给我找麻烦。

后半句含在嘴里，他没说出来。像她这样的小姑娘走丢了，无论和他有没有关系，警方见了，都要问上几句。他不想被警察询问，更不想坐着警车被送回那个好不容易才逃出来的家。

许愿“哦”了一声，抬手胡乱擦了把脸上的泪，点点头，转身就走。

戚野没动弹，冷淡地站在原地，看着许愿走了几步，眼见就要消失在楼梯口，又突然停住，回身朝他跑过来。

戚野下意识往后退了一小步。

女孩似乎没有察觉到他的抗拒，一路小跑回他面前，把桃红色棉衣脱下，塞进他手里。她抬头看向他的时候脸上还带着泪痕，眼神却亮晶晶的。

“谢谢你！”

越发密集的风雪声里，许愿盯着戚野的眼睛，一字一句认真地说。

二十分钟后，许愿被姑姑和姑父送回家。

进家门时，陶淑君和下午一样坐在沙发上，听见许愿进门的响动，压根儿不抬眼，甚至还板着脸，把身子往一旁侧了侧。许建达不在客厅里。

“孩子都回来了，嫂子你就别生气了。”姑姑许建丽出来打圆场，“她也不是故意的，消消气吧。”

陶淑君冷哼一声，还是不抬头。

“许愿，来。”做不通陶淑君的工作，许建丽冲许愿招手，“过来，和你妈妈好好道个歉。你这么一跑出去，可把我们都吓坏了。”

姑父陈涵也在一旁附和：“就是，我和你姑姑在外面开车转了好几个小时。你当小孩的不知道家长的苦，你妈妈平时对你严格些也是为了你好。不然她怎么只管你，不管我们家陈诺？”

陈诺是许愿的哥哥，和许愿同年，只比许愿大四个月，两个人从幼儿园开始一直在一个班。

陈涵这么一说，陶淑君立刻抬起了头。

“建丽啊，你不知道老许一年到头在外面跑，我一个人有多辛苦。”她拉着许建丽的手，开始抽噎，“我对她又没什么要求，就想着让她好好学习，以后考个好大学，这也有错吗？

“我不指望她和陈诺一样回回都拿第一，最起码要拿出一个态度来吧？这孩子上了初中后一天比一天犟，她爸爸不在，我说什么她都和我反着来……”

陶淑君哭得伤心，许建丽再看向许愿时，态度严肃许多。

“许愿，姑姑知道你是个听话的孩子。”她说，“你妈妈平时带你多不容易，你要体谅她，不能使小性子伤你妈妈的心，懂吗？”

陈涵继续附和：“是啊，你妈妈她是为你好，可能有时候不注意，方式方法偏激了些。等你长大就懂了，别记恨你妈妈。”

许愿在外面冻了好几个小时，骤然回到温暖的室内，被冻红的脸又滚出一层薄红。但此刻，被几个大人围在中间，她的脸几乎瞬间煞白。

他们没有说什么重话，也没有咄咄逼人地指责许愿，更没有像陶淑君先前那样粗暴地把她推出门外。可许愿就是莫名感觉喘不上气，浑身发冷，像是回到了不久前，光着脚走在风雪里的时候。

许愿想为自己辩驳一二，对上大人们宽容中带着责备的眼神，嘴唇动着，又什么都说不出来。

最后，在姑姑、姑父殷切的目光中，她给陶淑君道了歉："妈妈……对不起。"

"这就对了嘛，母女俩是最亲的，有什么过不去的事儿。"许建丽拍了拍许愿的肩，又惊讶道，"怎么抖得这么厉害？快回屋把衣服换了。瞧这孩子，在外面都给冻坏了。"

大人们在客厅里继续说话，许愿回到自己的房间，换上新睡衣。

室内的地暖烧得滚烫，她坐在床边，还是一阵一阵地发冷。

许愿想不明白。明明被关在门外无处可去的是她，为什么所有人都在等着她道歉？

她浑身发凉，抖着手，裹紧刚换好的新睡衣。

"砰"的一声，窗外，一簇烟火高高升起，在灰色天空中炸开。

这些年不允许私下燃放烟花爆竹，逢年过节，只有市政广场能统一点燃烟火。

许愿卧室窗户正对着市政广场的方向，刚好能看到窗外一束又一束升起的明亮烟花。

零点时分。

新年来临了。

第一簇焰火在空中炸开的时候，戚野踩着雪，悄无声息地回到自家楼下。他抬头看了看，六楼黑漆漆一片，戚从峰大概已经睡了。

但戚野没有上楼。他不想冒这个险，去赌戚从峰到底有没有醉醺醺昏过去。毕竟还有一种可能——怀恨在心的醉鬼正守在门后，等着他掏出钥匙开门，然后扑上来用皮带、板凳、啤酒瓶，或者随便什么东西疯狂殴打他。

他不是回来挨揍的。

戚野把自己藏在单元门外的死角，屏息静气等了一会儿，确定戚从峰没趴在窗户上看他，才猫着身子，快步蹿到三轮车旁。

戚野此时无比庆幸，他没有把铁桶搬上楼。

在风雪里放了好几个小时，烤红薯已经没什么温度，戚野完全不在意，迅速从铁桶里拿了几个烤红薯。迟疑几秒，他又把个头最大的那个放回去。

防备着戚从峰随时会下来，戚野蹲在单元门的背风处，一边吃着有些发凉的烤红薯，一边忍着肩膀和腿部的疼痛，抬头看向头顶不断炸开的各色烟花。

焰火光芒明亮，照出男孩平淡到近乎漠然的眉眼。

又一年结束了。

还有五年，他就能彻底长大了。

下过几场雪，一转眼的工夫，春节很快过去。许建达搞的是电气工程，出差多，一年下来有三百多天都在外面跑，只有每年的春节和“十一”有长假。

当陶淑君结束七天假期，开始恢复上班时，许建达依旧待在家里。

不过今天的早饭还是许愿做的。

她不会做什么太复杂的饭，只弄了最简单的牛奶、鸡蛋、面包：“可以吃饭了。”

陶淑君在出门上班前瞥了她一眼，说：“明天别做饭了。你要是有心思，还不如把这劲儿放到学习上。我和你爸那么辛苦就是为了你能有个好成绩，光会做饭有什么用，以后考不上大学去饭店炒菜吗？”说完关上了门。

门关上的瞬间，许愿紧绷的肩膀立刻放松下来。

吃过饭，许愿准备洗碗筷。

许建达摆手制止：“你姑姑不是说好了，今天让你去你哥家里补课？碗放那儿，我来洗。”

许建达常年在外，见许愿见得少，父女俩感情不算特别深，总带着点儿距离。

许愿愣了愣才点头：“好。”

她回房间收拾要带的课本和习题，把所有东西都装到书包里。迟疑几秒，她把手伸向放在书柜最上面印着红十字的白色小药箱。

“去的时候别空着手，到楼下买箱牛奶再上去。”许建达洗碗洗到一半，想起这件事，过来叮嘱许愿，看到这一幕皱眉，“以后少弄这些乱七八糟的东西，你妈不喜欢。”

许愿有些瑟缩：“好的，爸爸，我知道了。”

许建达“嗯”了一声，继续去厨房洗碗。

许愿把小药箱拿在手里，翻来覆去，爱惜而珍重地看了一会儿，最后没听许建达的话，小心地把药箱放进书包。

陈诺家离许愿家有两站路。

西川是个体量不太大的北方城市，两站公交车的距离不算很远，许愿没坐车，选择步行。

昨天刚下过雪，今日是晴天。

没像除夕夜那晚光着脚，许愿今天穿了暖和的雪地靴，保暖轻便的靴子踩在雪上，发出“嘎吱嘎吱”的响动。

七天法定假期结束，路边开张的商户依旧不多，行人也寥寥无几。

积雪反射日光，明晃晃一片白。满目明亮的白色间，许愿走着走着，视线里蓦然撞入一块泛旧的桃红。

她愣了下，大声喊他：“七爷！”

惦记着还欠烤红薯的钱，除夕过后的第二天，许愿就重新去找了戚野。

目睹过醉鬼的暴行，她不太敢主动上门，在十字路口附近和戚野家小区门口转了很久，始终没看到熟悉的单薄身影。

两个人中间隔了很长一段距离，男孩像是没听见她的呼喊，拐了个弯，进了一家店铺。

戚野一走进手机店，猫在柜台后打盹的老板立刻抬起头：“小兄弟来啦？”

“我跟你说你这手机修不了。”老板从柜台下取出一部手机，连连摇头，“主板坏得太严重，没法儿修了。”

戚野眉心跳了下，沉默地看着面前的手机。柜台透明的玻璃面板上，屏幕近乎粉碎的手机款式老旧，logo（商标）已经被磨得看不出来，边缘满是大大小小、深浅不一的划痕。

上一次，在戚从峰单方面的殴打中，他只顾着自己逃跑，回去才发现手机已经被摔得无法开机。

“真不能修了？”戚野盯着碎成蛛网状的屏幕，轻声问。

这部款式很老的杂牌机，是他在旧货市场买的，前前后后加起来用了三四年，屏摔裂了也没舍得换。

戚野没有任何一个需要联系的人，花钱的地方也不多。但现在基本全是移动支付，没有手机，他就不能自己赚钱。

老板摆手：“不骗你，真没法修了。”

“你有这修主板的钱，都能买个差不多的新手机。”他多看了戚野两眼，“要不这样，我这儿还有几个旧款的机子，便宜点儿卖给你行不行？”

戚野摇头："不用，谢谢。"伸手拿过已经摔到不成样子的手机，朝老板微微点头，转身离开。

他刚出手机店大门，还没走远，手臂被轻轻拍了下。

许愿只是顺手拍了把戚野的小臂，力道并不重。他却像只突然被踩了尾巴的猫，猛然往旁边跨了一大步，回过头，一双眼睛死死盯着她。

不同于许愿见过的平淡神色，男孩眸中的情绪戒备而警惕，甚至带上了几分毫不掩饰明显的尖锐敌意。

"是我，是我！"许愿收回手，指向自己，"我们见过的，除夕晚上……"

戚野："嗯，我知道。"

一开始他以为是戚从峰，扭头瞬间就反应过来，那个醉鬼从来没有这么轻的力道，更不会只拍拍他的手臂，而是应该直接一巴掌狠狠打在头上。

不过戚野也没想到会是许愿。和他那晚见到的狼狈模样一点儿也不一样，今天她穿得很暖和，米白外套配红色围巾，头上一顶可爱的小熊绒线帽。

化雪时温度低，小姑娘肤色白，两颊有被冻出的浅淡绯红。

漂漂亮亮，一看就是蜜罐里长大的。

"我去路口找过你，也去过你们小区……不过没上去。"

许愿脾气好，被突然打断也没生气。说到这里，她自己反而有些不太好意思，低头笑笑："总之那天谢谢你啊。"

戚野面无表情："你说过了。"

"我把烤红薯的钱给你。"许愿从外套口袋里拿出手机，"支付宝还是微信？"

说后半句的时候，许愿注意到头顶手机维修店的招牌，还有被戚野攥在手里，依旧能看到密密麻麻裂纹的旧款手机。

戚野嘴里那句冷硬的"不用"还没说出口，就看见女孩直接涨红了脸。

"啊……"明明该感到尴尬的是他，她却不自然地支支吾吾起来，双颊上的薄红更加明显，一边拼命想把视线从他手里的手机上收回来，一边又忍不住偷偷去看。

许愿磕绊了半天，最后想到一个好办法："前面有超市，我们去那里换下零钱吧。"

不远处就是陈诺家所在的小区。

按着许建达的意思，许愿在小区楼下的超市里，用压岁钱买了箱花生味牛奶，成功换到零钱。出来的时候，她看见戚野正盯着外墙上的促销广告出神。

墙上贴是衣架打折的广告。塑料衣架十支九块九，最普通的铁衣架十支五块九。

“给你。”许愿依旧有些不自在，把一张十块的纸币递给戚野，顺着他的视线看了眼广告，“你要买衣架吗？”

戚野没伸手去接那张十块：“多了。”

戚野应得冷淡，许愿摇头：“不多，那天是除夕，所有东西都要涨价的。”她把纸币硬塞进他手里。

戚野不擅长和人打交道，更没碰上过这种有些轴的小姑娘，沉默几秒，最后没拒绝那张纸币。

“我还有事，先走啦。”许愿看了下手机，离和陈诺约定的时间只剩下五分钟，冲戚野挥手，“再见！”

许愿脸上挂着笑容，眉眼弯弯。戚野还是那副无动于衷的表情。没挥手，也没说再见，冷冰冰站在原地，目送许愿走远。

和除夕夜那晚相比，她脚步轻快许多，踩在路面的积雪上，一步一个小小的脚印，像是跃过林间的小鹿一样活泼灵动。

戚野始终没动弹，直到看不见那条鲜艳显眼的红围巾，才毫无波澜地收回视线，转身进了超市。他目标很明确，忽视别的东西，一路走向放衣架的货架。

导购正在整理促销的衣架：“买衣架吗？想买什么样的？”

戚野捏紧手里许愿刚塞给他的十块钱。

塑料衣架九块九，铁衣架五块九。四块钱的差距，对绝大多数人而言并不算什么。但四块钱可以买两斤打折挂面，够他自己一个人吃三天。

“这铁衣架质量可好了。”当导购的都是精明人，一眼扫过去，就看出了戚野的经济情况，“结实、耐摔，摔地上多少次都不会坏！”

戚野视线原本已经挪到了铁衣架上，听见导购的后半句，眉心一跳。

“我要这个。”几乎没有任何犹豫，他伸手拿过一把塑料衣架，“我只要这个。”

许愿拎着牛奶，按下陈诺家的门铃。

门铃刚响，许建丽的声音立刻从门后传来：“马上！来了来了！

别着急啊！”

“你这孩子，到姑姑家来怎么还提东西。”许建丽接过许愿手里的牛奶，嗔怪道，“你哥一早就等着你了，快去吧，中午我给你们做好吃的。”

姑父陈涵在私立医院上班，收入颇丰，经济状况宽裕。自打生下陈诺后，许建丽就专心当起了全职太太，一边收拾家里，一边照顾儿子。

许愿换好拖鞋，背着书包走向陈诺的卧室，轻轻敲了敲房门：“哥，我来啦！”

坐在书桌前的少年循声抬头，温柔一笑，冰雪消融：“快进来坐。”

“又喝中药啊。”许愿走进去，闻到明显的中药味，禁不住皱了下鼻子，“你生病了吗？”

陈诺替她拉开身边的椅子，说：“没有，就是有点儿咳嗽，我妈太紧张了。”

这话许愿只能信一半，坐下来仔细打量陈诺的脸色：“你说的是真的？没骗我？”

西川冬季供暖很足，室内一般在25℃左右。

许愿刚从外面进来，脱掉外套，只穿了件薄卫衣，还是热得额头一层细细的汗，脸上些许薄红。

穿着高领羊绒毛衣的陈诺却毫无血色，听了许愿的话，他微微笑道：“我骗你做什么。”

陈诺的声音很轻，脸比窗外的雪还白，清隽而脆弱。

从许愿记事起，陈诺就一直是这种苍白的模样。他身体不好，打小爱生病，每到降温或是冬季，都得进上三四回医院，好几次还险些有生命危险。这也是许建丽决定一直在家当全职太太的原因。

好在陈诺性子沉稳，脑袋也灵光，从小到大除了生病，没给家里人找过其他麻烦。一直都是邻居同事嘴里“别人家的小孩儿”。

许愿目睹过几次陈诺进医院的现场，至今心有余悸，说：“你没事儿就行。”

“别光念叨我。”陈诺并不着急给许愿补课，瞥了眼门口，压低声音，“和我说说，除夕跑哪儿去了？”

“没跑哪儿去。”许愿垂下眼，“你别问了。”

出生日期就差几个月，两家关系好，他俩从小在一处长大，因此许愿一直把陈诺当成自己的亲哥。

尽管如此，她依旧不想让陈诺知道那天发生的一切。那种混杂着恐惧、羞耻、无助的情绪，许愿只想深深埋在心底，不愿意被任何人发觉。

陈诺闻言微微皱眉。

许建丽端着一个果盘进来：“你们别光顾着学，累了就吃点儿东西。许愿，帮我看着点儿你哥，不许他再看那些字那么小的书！”

许愿点头：“好。”

陈诺苦笑了下。

许建丽把果盘放下，出去带上门。许愿看着果盘里刚洗好的苹果，忍不住说：“姑姑对你真好。”

许愿一点儿没掩饰自己的羡慕。陈诺冲她笑笑，没顺着这句话往下说，只伸出手安慰地拍了把她的肩膀。

“以后别自己跑出去。”陈诺看向许愿的眼睛，“你一个女孩子，外面那么黑那么冷，就算运气好没碰上坏人，把自己冻坏了怎么办？”

或许是身体差的缘故，陈诺从小说话都很轻很慢，完全没有这个年龄段男生特有的咋咋呼呼。他眼神清澈透亮、温柔，永远带着种让人平定的安稳。

他这么一说，许愿抿紧唇，小声喊了句：“哥。”

那天回家后，她站在客厅中间，和之前被训斥时一模一样。

唯一不同的，大概是多了许建丽夫妇，他们和陶淑君一起，把她紧紧围住，体谅又宽容地数落着她的错处。没有人在乎她还光着脚，没有人在意她已经孤零零在外面待了好几个小时。

过去这么久，陈诺是唯一一个关心她有没有事的人。

“下次遇到事了，先给我打电话。”看着许愿眼眶有些泛红，陈诺给她递了张纸巾，“许愿，你哥总归是向着你的。”只比许愿大四个月，陈诺很少在她面前这么自称。

许愿接过纸巾，吸了吸鼻子，点头：“嗯，我知道。”

在这个家里，只有陈诺从不拿分数评判她。

戚野用许愿给他的十块钱付了账，拿着那把塑料衣架回家。

推开门时，戚从峰和往常一样瘫在沙发上，身边堆着满满当当的空酒瓶。他捧着手机，盯着直播间里的美女主播嘿嘿直笑，压根儿没注意到戚野。

这让戚野心里难得有种隐秘的窃喜。

戚从峰盘踞在客厅，戚野把塑料衣架放在自己的房间里，准备等男人喝酒睡熟之后，再偷偷溜去阳台。

“砰砰砰！”

他刚把衣架放好，家里的门就被敲响了。

与其说敲，对方更像是在用力砸门：“戚从峰！你给老子开门！出来！欠老子的钱准备什么时候还！”

美女主播的笑声戛然而止。

戚野的神情没有任何波动，垂下眼，盯着桃红色棉衣上的一小块破损。是之前卖烤红薯时被铁桶烫的，微微露出些棉絮，落了灰洗不干净，看起来有点儿脏。

“少给老子装死！”没有人去开门，砸门的响动更大了些，“老子听见你的声音了！你不出来以为老子就治不了你？今天老子把门拆了也要让你还钱！”

砸门声越来越大，戚从峰不得不放弃装死的想法，打开门满面笑容地冲对方点头哈腰：“上厕所，刚上厕所呢，没听见您敲门，对不住啊。”

债主才不理会戚从峰：“快还钱！你从西川搬走又回来，这都几年了！以为我好欺负是吧？”

“不是，不是。”戚从峰连连摆手，“没想拖着您的钱不还，这不是……”

戚从峰眼珠一转，把待在次卧里的戚野拽出来：“张哥，行行好，您看我这小孩儿还在念书，过完年马上要开学了，等着用钱呢。”

戚野一脸麻木地被戚从峰拎着。

这种场景他已经很习惯了，从小到大，每当债主上门讨债的时候，戚从峰都会把他拉出来当挡箭牌。

“您再宽限我几天，就几天行不行？”戚从峰把手按在戚野的后颈上，压着他向债主低头，“快，求求叔叔，跟叔叔说你还需要学费上学。”

或许是因为常年处于吃不饱的状态，戚野的身体对吃进胃里的每一点食物都物尽其用，没有任何浪费。所以他只是瘦得厉害，个头倒不算矮，在同龄人里甚至是偏高的那一类。

但戚从峰比他更高更结实。成年男人的手掌强硬按在后颈上，戚野被迫低下头，盯着地面一言不发。

“你这孩子怎么回事儿？哑巴了？”戚从峰很不满意他的表现，转头又冲债主堆起笑容，“张哥，您听我说……”

“行了行了！爷们儿的事儿少让小孩儿掺和！”债主瞥了戚野身上的桃红色棉衣一眼，“再给你两个月！就两个月！不还钱打断你的腿！”

“谢谢张哥，谢谢张哥。”戚从峰如蒙大赦，又说了不少好话，千恩万谢地把债主一路送到小区门口。

戚野趁着戚从峰送债主的工夫去了阳台，把家里原来的旧衣架换下来。

这套两室一厅的房子是戚野的祖父留下来的。前几年戚从峰带着戚野在外面瞎混，没回来，就把房子租了出去。

这么多年没混出任何名堂，两个人又灰溜溜回了西川，靠着这套老房子，才没落得个冻死街头的下场。

旧衣架原本的主人是最后一任租客。当时戚从峰催得急，他们收拾匆忙，就把这些极其便宜的铁衣架留了下来——便宜归便宜，这些衣架一个比一个结实，质量很好，用上许多年都不会坏。

戚野很不喜欢这种衣架。

阳台上晾着还没干的衣服，他把它们一件件取下来，套在新衣架上重新挂回去。

刚把所有的衣服挂好，“砰”的一声，戚从峰踹开了门。

一改在债主面前小心讨好的模样，戚从峰大步走向戚野：“你刚才那是什么意思？啊？故意想让我出丑是不是？”

戚野眼皮猛地跳了一下，心里有种很不好的预感，转身想从阳台上离开。

戚从峰已经注意到了放在一旁的铁衣架，捡起一个，用力朝戚野丢过去：“你说话啊你！老子生你养你！你现在翅膀硬了胳膊肘往外拐是不是！”

戚野做好了戚从峰发火的准备，可阳台位置有限，无处可躲。

他抬手徒劳地挡了下，铁衣架砸在手臂上，登时就是一道鼓起发烫的红痕。

“你还敢躲？”戚从峰更加怒火中烧，“老子是你爹！把你打死都是天经地义！理所应当！”

戚从峰直接又抄起一个铁衣架，打向戚野。

衣架携着风声，用力抽在脸上，戚野的头顿时歪向一边。

一股暖流顺着下颌流淌的同时，鲜明的疼痛里，他冷淡地想，这个世界上，铁衣架最讨厌了。

许愿在陈诺家补了一上午的课。

陈诺给她讲了期末考试的物理卷。初二新加了物理课，许愿有些跟不上进度，这次考试也是物理最拖后腿。

一张卷子的内容并不多，但一上午下来，许愿总觉得陈诺的脸色更苍白了些，中间还咳嗽了好几次。只有在咳得很厉害时，他面容上才带出一点儿稀薄的红晕。

“你回去自己再看一遍。”陈诺把许愿送到门口，“有不会的明天过来问我。”

许愿点头：“我知道，你快关门，别再冻着了。”以陈诺这个弱不禁风的身体，她是真怕他站门边冻成重感冒。

陈诺闻言，温和一笑：“嗯，路上小心。”

现在是下午两点，离陶淑君下班还有四个小时。

由于和许建达感情不深，许愿既不想回家面对父亲疏远冷漠的脸，也不想算着时间提心吊胆等着陶淑君回来。

不知道该去哪儿，许愿漫无目的地在街上走。

走了一会儿，她拿出手机，想问问好朋友石小果有没有空出来玩，还没点开 QQ，那抹眼熟的桃红再度出现在眼前不远的地方。

许愿正要打招呼，看清对方的形容，直接愣在当场：“七……七爷！”

男孩攥着一大把已经变形扭曲的衣架，正站在路口等红灯。

他侧着身，又低了头，她其实看不到他脸上究竟是什么表情，只能看到一道又一道红肿鼓起的伤痕分布在手上、脸上、脖颈上。

他右颊那一道伤口还在往外淌血，零下几摄氏度的天气里，被风一吹，又结出一层薄薄的血渍。

戚野这回听见了，但他没偏头去看，也没纠正她叫错了自己的名字，垂下眼，攥紧手里几乎快断掉的衣架。

他要把这些铁衣架扔得远远的，扔到戚从峰再也找不到的地方去。

三，二，一。

红灯倒计时结束，绿灯即将亮起的前一秒，戚野抬腿要走。

被冻到冰冷的手蓦然一暖，和那个北风凛冽的除夕夜一样，毫不犹豫地，她伸手拉住了他。

“你这是怎么弄的？谁打的你？还是你爸爸？”许愿拉住戚野，“走，我带你去报警！”

戚野没吭声。

右颊挨的那一下打得太狠了，戚从峰挥着衣架虎虎生风落下的瞬间，他整个人都轻飘飘地眩晕，什么也感受不到。过了好久晕完了，才迟缓察觉到蔓延了大半张脸的疼痛。

疼得太厉害，出来后被冷风一吹，并不像想象中的木然，而是密密麻麻针扎一般难受，所以他现在完全不想说话。

但总共只见过两面的女孩格外执拗，依旧抓着他的手不松开，然后自己否定了自己："不不不……还是先去医院……我们先去医院，给你包扎好了再报警！"

许愿为了戚野着想，脸上还在流血的男孩却丝毫不领情："不。"

"先报警也行，前面就是派出所。"许愿不太敢仔细看戚野身上的那些伤，"报完警我们……"

"我说不用。"似乎在极力忍耐着什么，男孩说话时死死皱着眉，"不用报警，也不用去医院。"他直接用力，想要把自己的手从她手中抽出来。

戚野手上也带着伤，许愿怕碰到他的伤口，只能先松开他。

两人僵持的工夫，信号灯由绿转红。

过不了马路，戚野只能继续站在路口，不看许愿，目光漠然地直视前方。

天阴了下来，北风呼呼地吹，不断掀起男孩额前凌乱的发丝。那双漆黑的眼却如同冰封的湖，任凭风声再凛冽肃杀，也吹不出任何波澜。

许愿原本想再劝几句，想起上午见到的那个碎掉的手机，惴惴不安地看他。

她没说话，戚野更懒得开口。

风凛冽一分，脸上的疼痛就加深一寸，忍着越来越分明的痛楚，他继续等待绿灯，衣袖突然被不轻不重地拽了一下。

"你不想去医院也行……"许愿抿着唇，抬起头，小心翼翼地和他商量，"你不准备去医院的话，能不能给我练下手？"

戚野坐在绿化带旁的木椅上，看着许愿放下书包，从里面掏出印着红十字的小药箱。她打开来，露出里面满满当当的各色常见急救用品和药品。戚野才明白她说的"练手"是什么意思。

"我以前有给小猫小狗包扎过。"许愿一边往外拿东西，一边说，"不过都是偶然遇到的流浪猫和流浪狗，也不知道后面恢复得怎么样。"

许愿顿了顿："我不是拿你和它们做比较……"

实在是身边没什么需要她帮忙的人，唯一一个体弱多病的就是陈诺，但他的情况太复杂，她只能帮倒忙。

戚野耷着眼皮："嗯。"

他原本并不想跟着这个异想天开的小姑娘一起胡来，但脸上的伤实在太疼了。

许愿取出一次性医用手套给自己戴好："酒精碰到伤口可能会疼，要是疼得太厉害就告诉我。"

戚野这回没应声。

疼肯定是疼的，棉签蘸着酒精按在伤口上，蜇得半边脸都跟着一起抽动。但这种疼比被铁衣架抽在脸上的痛楚要好得多，一向对疼痛不敏感的戚野咬着牙，垂眼沉默地盯着地上的雪花。

男孩脸上流血的伤口不太浅，血结成冰碴儿糊在上面，许愿处理起来都有点儿害怕，她屏住呼吸，尽量不手抖，小心翼翼清理过创面，涂上药膏，最后用纱布盖住。

处理的时间并不长，总共不到十分钟。

如今是冬天，零下的温度里，许愿紧张到额上出了一层薄薄的汗："好了，现在可以了。"

她摘下手套，从书包里翻出一个小袋子，把没用完的药膏和纱布都装进去，递给戚野："回去你自己上药就行，用纱布包好，一天涂一次。"

戚野没有伸手去接："我没钱给你。"

男孩说这话的时候很直接，丝毫不遮掩，坦坦荡荡的。

许愿接连摆手："不，不是，我不要你的钱。"

戚野坐在长椅上，看见女孩的脸倏忽涨红了些，手无意识抠着小药箱的提手，比上午她看见他手机时还要局促不安。

"我一直挺想当医生……"她低下头，声音轻得近乎自言自语，"想帮助那些生病受伤的人，让他们快点儿好起来，但是……"

女孩越说越轻，后面的话戚野听不见了。

"你就拿着吧，我只想让你的伤早点儿好，没有其他意思。"

戚野沉默片刻，接过那个装着纱布和药膏的小袋子。

见他接过了药，许愿放下心来："我们现在去派出所？"

戚野不吭声，垂下眼盯着地面。

男孩格外执拗，许愿没有办法。

两个人只见过几面，完全不熟，此刻坐在一张长椅上，根本找不到任何话题来讲。一同沉默着，气氛格外凝固，只能听见北风的呼呼声。

过了一会儿，许愿有些待不住："那……我先走了？"起身小声说了句再见，背上书包离开。

"喂。"还没走出几步，身后，他突然叫住了她，"你等一下。"

两人分别后，许愿在自家小区楼下的药店里，重新补齐了小药箱中缺少的东西。

药店阿姨和她很熟，收款时笑着打趣："又来买药啊，看来以后咱们这儿要多个小医生了。"

买完药，许愿算着时间，在小区凉亭里徘徊一段时间，直到接近陶淑君下班的点，才磨蹭着上楼去。

意外的是，当她回家时，陶淑君已经在家里了。

许愿对大人的情绪很敏感。尽管大部分时间，她不知道自己究竟做错了什么，陶淑君才会生气。但只要陶淑君眼睛一瞥、嘴巴一抿，她立刻能察觉到对方的不悦。

就像现在，许愿一进门，陶淑君便看过来："洗手吃饭。"

普普通通的四个字，让人心里一沉。

许愿应了声"好"，飞快地换过拖鞋，放下书包，洗手后出来帮忙摆碗筷。

许建达不在家的时候，许愿和陶淑君相对而坐，现在他回来了，椅子添在陶淑君那一侧，两个大人对一个小孩儿。

压迫感极重，许愿一点儿声音也不敢出，默默夹着离自己最近的菜。

"啪！"

她刚夹起一筷子清炒口蘑，手上一痛。

"你拿筷子的姿势和谁学的？"坐在她对面的陶淑君皱眉，"有你这么拿筷子的吗？出去吃饭被别人看见了也不嫌丢人！"

许愿又惊又疼，完全不明白陶淑君为什么会突然发难。明明从学会用筷子开始，她都是这么拿的啊！

但许愿知道现在不是为自己反驳的时候，没说什么，也没继续去夹那道清炒口蘑，更不敢揉有些泛红的手。她低下头，用勺子喝起了面前的粥。

许建达依旧和除夕那天一样，无动于衷自顾自夹菜吃。

过了好一会儿，当许愿忖度着陶淑君的脸色小心翼翼伸筷时，他才开口："公司那边定下了，让我后天就回去。"比起原定的假期，要早离开半个多月。

“啪！”

话音刚落，许愿手上又挨了一下。

这回比上一次更重，陶淑君咬牙切齿：“许愿！我刚才难道没告诉你，你拿筷子的姿势不对？”

乌木筷结实，打在手上很痛。许愿死死抿住唇，泪在眼眶里打转儿，不敢当着陶淑君的面直接哭出来。

“你这是什么表情？”许愿不出声，不代表陶淑君就不发火，“学习学不好，考那么点分数回来，现在连筷子都不会用！你以为自己还是三岁小孩儿，爸爸妈妈都要宠着你？”

许愿没有为自己辩解。

她的沉默并未换来陶淑君的偃旗息鼓，反而招来更多的攻击：“又不让你做饭，天天张嘴等着吃就行了。饭都不会吃，你简直是个废物！”

许建达就像没看见也没听见：“现场情况急，不能改，走肯定是要走的。”

陶淑君更加生气：“你没嘴吗？家长跟你说话你不知道？装哑巴是什么意思？”

如果说许愿进门时不明白陶淑君生气的原因，现在也懂了。

一顿晚饭吃完，不想在陶淑君面前多待一秒，许愿洗完碗，回到自己的房间。她重新整理了小药箱，把新买的药膏和纱布放进去，检查其余药品的日期。

许愿坐在桌前，慢慢摆弄着各色医疗用品和药品，尚未完全平静下来，门从外面被打开。

许愿的房间原本有锁，后来被陶淑君以害怕她在屋子里一个人乱来不好好学习的理由找人拆掉。

毫无阻拦，谁都可以直接进她的卧室。

“你还以为你真的能当医生？看看你那个见不得人的成绩吧！”陶淑君看见许愿桌上的药品，直接大发雷霆，“说了多少次你配吗！你就是以后考不上大学去扫大街的命！别妄想了！”

在饭桌上，许愿一直强忍着没哭，此刻被陶淑君这么一骂，她再也忍不住，眼泪大颗大颗地砸下来，落在小药箱上。

“哭什么哭！”陶淑君犹嫌不足，“考那点分数还好意思学别人当医生！都不怕人笑话！”

后面陶淑君又说了什么，许愿听不清了。她只是死死咬着唇，捂住自己的眼睛，尽量不发出任何声音，免得陶淑君越发暴躁。

尖酸刻薄的挖苦声里，她突然想到下午，被戚野叫住的时候：“你等一下。”

北风里，他的声音轻到一吹就会散。

她一怔，回过头去。

男孩坐在长椅上，还是那副冷冷淡淡，对一切都无所谓的漠然模样。

他脸上贴着纱布，黑眸盯着她，片刻后很勉强地扯了下嘴角，露出一个根本算不上笑容的表情。

“谢谢你。”他说，“你以后一定会是个好医生。”

第二章 同桌

戚野在外面徘徊了很久，直到天色完全黑下来，才踏进自家小区。

打开家门，扑面而来的劣质酒气熏得人眼睛疼，他忍不住用力眨了两下眼。

“来来来！喝喝喝！”家里多了几个不认识的男人，大概是戚从峰在外头新交的朋友，“来给我戚哥满上！满上！不满上就是看不起人！”

戚野深吸一口气，想掉头就走。拔腿跑开前，他抬眼看了看窗外阴沉飘雪的天，又放弃了这个想法。

也许并不需要过于担心，戚野安慰自己。

有那群所谓的好哥们好兄弟在，戚从峰忙着喝酒吹牛，顾不上在百忙之中抽出空来揍他。

“你！去！说你呢！”果然，歪在沙发上的戚从峰只是挥挥手，“把桌子给我收拾干净！擦干净！一点儿脏东西都不许留！”

戚野将空酒瓶仔细收好，用抹布擦干净桌子，端着碗进了厨房。煤气灶上放着口铁锅，他揭开锅盖，里面的饭早被醉鬼们盛得干干净净，只留下几块烧煳的锅巴粘在锅底。

戚野没用筷子或锅铲，直接上手，一会儿工夫就把那几块锅巴抠了下来。

屋里没有暖气，锅巴和锅一起凉透了，但他一点儿也不嫌弃，直接丢进嘴里，一边吃，一边打开水龙头开始洗碗。

冬日天气冷，从水龙头里流出来的水更是冰凉刺骨。白天戚从峰拿铁衣架抽得毫无章法，逮哪儿抽哪儿，戚野手上都是一道一道的印子，如今手浸在水里，先是针扎一样疼，后来就渐渐失去了知觉。

戚野的动作丝毫没慢下来，因为温度实在太低，稍慢一点儿，残余的水就会结成冰，把碗筷黏在一起难以分开。

他飞快地洗完碗筷，回了自己的卧室。

老房子是两室一厅的格局，戚从峰占据了主卧和客厅，戚野住在不朝阳的次卧。阴面常年没阳光，为了省电，他习惯关灯。

老式小区照明差，忽明忽暗的路灯根本照不进顶楼的房间，一片黑暗里，寒意似乎更凛冽了些。

“一口闷！一口闷！戚哥牛！”

听着客厅里醉鬼们的叫喊，戚野下意识想把手放到脸上捂暖，刚举起手，就摸到了脸颊上的纱布。

没办法用脸暖手，戚野停顿几秒，把手放下，用力相互揉搓，思考明天要去做什么。

手机坏了，无法移动支付，卖红薯一类的活计基本和他无缘。离正式开学还有整整十天，这十天里他不可能什么都不做。

戚野在床上坐了很久，直到那群醉鬼不再鬼哭狼嚎，被搓到通红的手终于有了些许知觉，才想好明天的计划。

他下意识地松了口气，向后躺去，没收力，“咣当”一声把自己砸在只铺了一层床单的硬床板上，和衣睡过去。

窗外云翳渐渐散开，一轮冬月高高悬挂在天空。沾了余雪，洒进室内的月光也一阵阵发凉。

月色清寒，照亮男孩在沉眠中依旧紧紧皱起、无法展开的眉眼。

翌日，天刚擦亮戚野就起了床。

他去往南面最繁华的几条商业街，一户一户敲响沿街商铺的大门，询问他们需不需要为期十天的临时工。

“什么意思啊小朋友？就打十天的工？你觉得我是开店还是做慈善？”戚野离开又一家店铺，走得远了，还能听见老板在背后和别人大声说话，“我说现在的小孩儿说谎真是一套一套的！勤工俭学怎么着也得一个月吧！干十天把我当傻子耍呢！”

戚野面无表情地裹紧棉衣，在寒风里走得更快了些。

他用了整整一个上午，从街头走到街尾，再走向下一条街。没有任何一家店铺愿意收下他。

很快，这几条商业街上的店铺被戚野转了个遍，只剩下一家才开业几天的火锅店。

火锅店在十字路口的好位置，从上到下占据了足足三层铺面。铺着崭新的红地毯，站在门边的迎宾笑容一个比一个标准、灿烂。

戚野看看迎宾身上精致的制服，再低头看看自己桃红色棉衣上露出的一点儿已经泛灰发旧的棉絮，停在几米外迟疑片刻，最后走上前去。

“啊，你这……”领班听了戚野的来意，很是为难，“对不起，你太小了，我们这里不招你这么小的孩子……”

戚野点头：“嗯。”

他谢过领班，正想离开，看见对方冲自己身后招手：“南哥！”

领班和刚进门的男人说明情况：“有个小孩儿想打十天的工，你看咱这儿能收他不？”

南哥看起来三十一二的年纪，顶着一头亮瞎眼的蓝毛，嘴里叼着烟，流里流气的，一看就是在社会上混惯的人。

他没拿正眼看戚野，余光瞥过来：“这么一丁点儿大，几岁啊？”

戚野一点儿不在意南哥的态度：“十五岁。”特意多报了两岁。

“十五岁？你当你南哥瞎啊？”之前那些店铺老板都没提出异议，南哥一听就冷笑，“快滚！别搁这儿碍眼！”

由于对这家火锅店根本不抱任何希望，戚野并不气馁，转身准备离开。

“哎哎哎！”没走几步，身后，男人的嗓音越发暴躁，“我让你滚去后面换衣服，你给我滚哪儿去？”

许建达提前离开西川，原本定在正月十五的家庭聚会，不得不跟着一同提前。

许愿坐在书桌前，听着客厅里的陶淑君打电话和许建丽抱怨：“就是说啊，这也太突然了，其他馆子早早订完了，让咱们这时候去哪儿吃饭呢？”

许愿竖起耳朵听门外的动静，手机突然振动起来，是陈诺发来的消息：“放心，今天我也去。”

许愿一直提着的心勉强放下一半：“好。”

陈诺身体不好，许建丽心疼儿子，一般不允许他在外面吃饭。即使是家庭聚会，多半也不会让陈诺出来。大概因为这是今年过年以来的头一回，才答应带上陈诺。

有陈诺在，许愿就没那么害怕了。

“今天去吃火锅。”许愿刚放下手机，陶淑君推门进来，“你姑姑说新开了个什么南北还是北南火锅，正好在做活动。”

许愿沉默几秒，点头：“我知道了。”

昨天在饭桌上大发雷霆后，这是陶淑君第一次主动和许愿说话，仿佛什么都没发生过。她没提起昨晚迁怒许愿的事，也没表露出任何歉疚，但许愿明白这是什么意思。

在陶淑君眼里，这样就算是说过对不起。许建达仍旧是那种万事不掺和的模样，躺在沙发上看电视，直到临出门才回房间换衣服。

他们进包厢的时候，许建丽一家人已经到了。

陈诺今天穿了件烟灰色的高领毛衣，显得脸更白，见许愿进来，冲她挥手：“过来坐。”

许愿刚坐下，许建丽把点菜的平板递给她：“我和你哥都点过了，你挑几个你喜欢的菜。”

许愿下意识地拒绝：“不用了姑姑。”

“姑姑叫你点你就点。”陶淑君推她一把，“都是自家人，扭捏什么？和你哥哥学学，大大方方多好。”

突然被点名的陈诺给许愿递了个眼神：“点吧。”

陶淑君在一旁看着，许愿不得不接过平板电脑。许建丽他们已经把火锅的热门食材都点过一遍，许愿翻了翻，觉得没什么要添的，划拉去甜品那一栏。

刚点了个杧果西米露，陶淑君皱眉：“这个季节哪有新鲜杧果，都是罐头里的，别点这个。”

许愿只能把杧果西米露取消掉，犹豫一会儿，选择相对不容易出错的巧克力蛋糕。

“外头这些巧克力都是代可可脂的，对身体不好。”陶淑君还是不满意，“你哥哥吃不了这个。”

陈诺立刻说：“舅妈，我不吃甜品，妹妹喜欢让她吃就好。”

陶淑君摇头：“那不行！”

剩下的选择并不多，许愿一时拿不定主意，还在纠结，陶淑君或许是在她身后站累了，开始抱怨：“也不知道你这性子随了谁，点个菜明明就两三分钟的事儿……”

“爸。”陶淑君抱怨到一半，陈诺突然站起身，“我和妹妹去挑一下鱼，让他们挑，万一挑得不好就麻烦了。”

北南火锅的特色之一是鱼火锅，顾客可以自己去挑鱼，也可以让服务员代选。

陈涵正在和许建达聊天，闻言，点点头：“行，知道了，去吧。”

许愿跟着陈诺出包厢，关门之前，听见陶淑君羡慕许建丽：“你瞧你们家陈诺多懂事，看看我们家那个，胆子小得连个菜都不会点！”

“那她也得让我点啊！我不点说我不大方，点了又说我不会点，这……这不是明摆着欺负人！”许愿平时根本不发脾气，今天气得脸都憋红了，语速比平时快上不少。

火锅店里暖气热乎乎烘着，陈诺依旧面色苍白：“你要把这话直接说出来，舅妈又该生气了。”

许愿垂头丧气：“我不是没当面说吗……”

许愿蔫头蔫脑提不起精神，陈诺失笑：“行了，下回碰到这种情况，躲出来就行，不跟他们计较。”

“走吧。”询问过服务员，他带着许愿往一楼走，“咱们去挑鱼。”

许愿有些发蒙：“真去挑啊？”

陈诺轻笑：“当然。”

陈诺心里很清楚，在外面待的时间长一些，留在包厢里的时间短一些，许愿挨骂的概率就小一点儿。

领班给戚野找了身制服：“你这脸去不了前头，后面也别去，帮着小赵他们一块儿捞鱼行了。”

这份工作几乎没有任何难度，转眼到了晚上。晚上来火锅店的顾客比白天足足翻了一倍，人手忙不过来，小赵被领班抓去后厨帮忙。

戚野一个人守着水族箱，刚给一个箱子插上氧，抬起头，就看到了朝这边走来的陈诺和许愿。

戚野微微偏头。

他脸上还贴着纱布，这也是领班不让他去给客人端菜的主要原因。但下午趁休息时间换过药，脸颊的伤口已经不太疼了。

按着以往的经验，如果没有她送给他的药膏，至少还要疼上至少一个星期。

眼看两个人越走越近，戚野站起身，已经做好了许愿先高高兴兴打招呼，他再礼貌点头回应的准备。然而小姑娘一看过来，目光相触的瞬间，就不可思议地瞪大了眼睛。

她极其惊讶，足足看了他十几秒。她飞快地眨着眼，视线从他贴着纱布的脸、身上的墨绿制服和黑色防水围裙、放在一旁的网兜水桶上一一掠过。

接着，她一把抓起身侧少年的手，竟然头也不回地直接跑了。

戚野不由得一怔——跑什么跑？

完全不懂女孩突然逃走的原因，他茫然地站在原地，很快想起昨天，她看见他那部报废手机时瞬间难堪涨红的脸、闪闪躲躲的不自然视线。

这真是……戚野嘴角一抽。

他自己都没觉得不好意思，她怎么就先尴尬了？

陈诺从小体弱多病，被许愿拉着跑了一会儿，很快跟不上她的速度："停一下，别跑了。"

许愿停下脚步："哥，你没事儿吧？"

"我没事。"陈诺轻喘着气，脸上难得显出一点儿血色，"你突然跑什么呢？"

"我没……"被这么一问，许愿很不自然，"……没什么。"

陈诺视线扫过她还带着点儿惊惶的脸，皱眉："你俩认识？"

陈诺性格温和，偶尔拧眉时表情显得分外严肃，一张脸沉下来，冷冰冰的。许愿一看就知道他琢磨岔了。

"认识，之前见过。"她先飞快点头，又拼命摇头，"不过他没欺负我。哥，你信我，他人挺好的。"

陈诺："那你干吗还跑？"

许愿抿唇："就是想跑嘛。"多尴尬啊！

陈诺心思细腻，盯着许愿看上一会儿，轻笑出声："你这不更吓着人家？跑这么快，指不定让别人怎么想。"

"我真没其他意思。"许愿脸霎时白了，"我就是、就是不想让他多想……"

陈诺拍拍她的肩："别着急，没事儿，咱们不慌啊。"

"待会儿过去你该打招呼就打招呼，别提刚才的事。"他耐心教她，"要是人家想聊就聊上几句，不想聊就算了。"

"对了，你俩怎么认识的？"他俩从幼儿园开始就是一个班，交际圈基本完全一致。对刚才那个脸上贴着纱布、目光冷淡的男孩，陈诺完全没有印象。

他随口一问，许愿的脸瞬间变得更白。

“我不记得了。”她飞快眨动两下眼睛，伸手去扯他的衣袖，“不说这个，我们快点儿去挑鱼吧。”

戚野没有去追许愿，检查过一遍水族箱，往后厨送了两趟鱼，就看见女孩跟在少年身后，红着脸回来了。

许愿紧张地站在他面前：“原来你也在这里，真巧啊！呃……选哪种鱼比较好？”

话题转折得实在太生硬，陈诺微微吸了口气。

戚野拿着网兜起身。

“这是草鱼，个头大，肉嫩。这是花鲢，肉多刺少。”他一一指过水族箱里的鱼，“旁边两条是梭边，肉厚，没什么刺。那面是黑鱼，适合放在白汤里。”

男孩神情特别自然，没有被撞见在火锅店打工的窘迫，没有因尴尬而刻意表现出的轻松。和许愿之前见过的那几面一样，他眉眼冷着，语气中透出不加掩饰的淡漠，仿佛她只是一个再寻常不过的顾客。

“那到底哪种最好吃？”许愿听这一长串描述听得晕头转向，“我是想说……”她一边躲躲闪闪偷看他的表情，一边开始紧张地扯毛衣袖子。

眼看袖口的白色蕾丝花边快要被扯下来，戚野心疼她的衣服：“那你选梭边，梭边放红汤里好吃。”

他倒不是随口胡诌，领班让他跟着正式员工一起吃饭。北南的员工餐很丰富，什么鱼都有，菜随便拿，和顾客吃的火锅没什么分别。

戚野想了想，补充：“喜欢清汤选黑鱼。”

“行，我们就选梭边。”陈诺此刻终于插上话，“麻烦你帮我们拿条梭边好了。”

戚野点点头，拿起网兜和水桶开始捞鱼。

兼具实用和观赏性，北南用的水族箱个头很大，放在高出地面一级的平台上。身高一米八的成年人还好说，像戚野这样身量没完全长开的小孩儿，要踩个小凳子，才能把网兜从水面上方伸进去。

鱼自然不肯束手就擒，在网兜里拼命挣扎，尾巴重重拍着，溅起的冰凉水花直接浇在他身上。

戚野把鱼放到桶里，称重后送去后厨，递给陈诺一张单据：“到前台录一下。”

陈诺接过单据：“在这儿等我一下？”

许愿瞧了眼戚野："嗯，哥你快去吧。"

陈诺去往前台，一时间，水族箱附近的这片区域只剩下戚野和许愿。

从来没有主动和人搭话的习惯，戚野垂手站在一旁，看着女孩从随身的毛绒小包里翻出一包面巾纸："给你，擦一下水。"

小赵给了戚野防水围裙，但刚才溅起的水花特别大，从脖颈开始，他胸前衣襟全湿透了。其实擦也没什么用，这里客人多，捞几次鱼的工夫，才擦干的衣服又要被弄湿。

然而小姑娘嫩白掌心伸过来，怯生生的，动作很慢很谨慎，带了点儿小心翼翼的示好。

戚野犹豫一会儿，伸手接过，抽出一张面巾纸，开始擦起滴水的衣服。

见戚野收下面巾纸，许愿松了口气。

目光移到他面颊已经开始由红转青的印子上，她停顿片刻，抿了抿唇，把那句"你怎么会在这里"默默咽回去。

戚野用了好几张纸巾，认认真真擦掉身上的水，把剩下的面巾纸还给许愿。

她接过纸巾，小声说："刚才……对不起啊。"

戚野莫名其妙，瞥了她一眼，确定这句话是对自己说的。往前回想一下，他才明白是什么意思。

"没事。"他淡淡道，"我不在意。"

男孩说这句话时极其平静，和昨天大大方方告诉许愿，他没钱给她的语气如出一辙，直白而自然。

许愿点点头："哦，那就好。"然后又没话说了。

好在这时有顾客过来选鱼，戚野立刻拿起网兜，重新站在水族箱旁的小板凳上。

陈诺没回来，许愿帮不上忙，只能在一边看着戚野捞鱼。

北南的制服不算薄，但大人衣服套在男孩瘦削的身体上，还是显得十分空荡。他拿网兜去够水里的鱼，用力时肩胛骨凸起，把制服顶出一道分明轮廓，瘦骨嶙峋的，后颈处还有青青紫紫的痕迹。

他明明是她的同龄人，竟然已经在自己养活自己了。

戚野把鱼送去后厨，再回来的时候，女孩已经离开。过了一会儿，领班来找他："前面忙不过来，你也去上菜吧。"

许愿和陈诺回到包厢。

他们出去的这段时间，包厢里的大人们已经换了好几个话题。眼下正在聊的还是每年饭桌上老生常谈的那个，也是许愿最不想听到的那个。

“瞧瞧你们家陈诺多好，从小到大一点儿不让人操心！”陶淑君一边嗑瓜子，一边对许建丽说，“每回考试我都不用看成绩单，往最上面一看，第一名肯定是他。可把我羡慕死了！”

陶淑君一提起陈诺，许愿便紧张地捏紧筷子。

许建丽笑着摆手：“哪有嫂子说的这么夸张，他也就那么回事儿。我还羡慕你呢！儿子长大就是别人家的了，生个小棉袄和妈妈贴心多好啊！”

许愿低下头，把筷子捏得更紧。但包厢就那么大，饭桌上总共只有六个人，她再怎么试图把自己藏起来，也只是小孩子徒劳无功的天真想法。

陶淑君一眼发现了她：“那也得真贴心才行啊。许愿，和你姑姑说说，你这次期末考了多少名？”

其实根本没必要这么说，许愿和陈诺在一个班，许建丽怎么会不知道她的期末成绩。

“哎呀，偶尔一次失利很正常。”许建丽笑着打圆场，“她小学的时候成绩不是挺好？上初中课程多，一时跟不上也是有的，咱们大人别着急，以后日子还长着呢。”

不说还好，一提到许愿的小学成绩，陶淑君语气带出埋怨：“我就是想不通，这孩子小学还能拿第一第二，上初中成绩怎么掉成这样？你自己想一想，你这一年半考的都是什么水平？”后半句是对许愿说的。

许愿死死捏住筷子。

陈诺见状，起身给陶淑君倒了一杯红酒：“舅妈，妹妹就是还没太适应。等我给她……”

“哎，对了。”还没说完，陶淑君冷不丁儿打断他的话，“陈诺，你和舅妈说实话，你妹妹是不是在班上偷偷和哪个男生好了，所以成绩才这么差？”

陈诺直接愣住：“舅妈……”

许愿惊得都说不出一句完整的话：“妈？”

这是家庭聚会！家里所有人都在！

而且陶淑君使用的词汇并不是朦胧的早恋，而是带着点儿微妙色彩的“偷偷好了”！

十三四岁的年纪，班上哪个男生和女生穿了同款鞋，都会被大家起哄打趣。脸皮薄的女孩子能羞得满脸通红，甚至直接气哭。

男孩子表面大大咧咧，嘴上强硬说着“别开玩笑了，我怎么可能喜欢她”，转头自己耳根都烧起来，不敢再多看女生一眼。

小孩儿的心思很简单。喜欢就是喜欢，没任何不纯粹的想法，和夏天新买的白球鞋一样干干净净。

但陶淑君明显不是这种意思。她说这话的时候，脸上甚至带上了一点儿意味深长的笑容。是大人们惯常谈起八卦时，会露出的那种妄加揣测、心照不宣的隐秘微笑。

“嫂子，你这是说什么呢？刚喝酒喝多了吧？”许建丽表情有些僵，“陈诺，你带妹妹出去转转，透口气。”

一直没插话的许建达放下酒杯，往这边看了一眼，陈涵也跟着看过来。

被这么多人盯着，陶淑君终于觉得方才的话有些过火，讪讪道：“我不就开个玩笑，你们怎么一个个还当真了？”

许愿坐在椅子上，听到这里，再也忍不下去，甩开陈诺伸过来的手，直接冲出了包厢。

戚野端着一锅梭边鱼，来到六号包厢前，门从里面被人猛地拉开。先前怯怯冲他笑的小姑娘眼睛红着，压根儿没看他，捂住嘴跑远了。

方才见过的那个少年追在她身后：“许愿！许愿！跑慢点儿！我跟不上你！”

戚野一愣，短暂发怔的工夫，两人已经消失在走廊尽头。许建丽冲他招手：“来来，是我们点的梭边鱼吧。”

“嫂子你也是，怎么能和孩子这么说话。他们小孩子家家的，哪儿有你想的那么复杂？”

许愿跑走了，陶淑君脸上多少有些挂不住。

许建丽这么一说，陶淑君也来了火：“我还不是被她那糟心的成绩气的？你是不知道，我们办公室还有个他们同年级的学生家长，成绩一出来就在办公室和我说：‘哎呀陶主任，听说这次卷子难度大，你回去可别对孩子发火啊。’要不是她考那么差，我能被别人欺负到脸上？”

“那也不能……”

“我都是为了她好！不然照她这个成绩，以后出来做什么？说不定连高中都考不上，直接出来当服务员端盘子算了！”

戚野的手微微一顿。

许建丽立刻出来打圆场：“小朋友，这个阿姨喝酒喝多了，没在说你呢。

“看你和我孩子也差不多大，是不是出来勤工俭学的呀？真懂事。你的手怎么了？是不是干活干多了？待会儿我和你们领班表扬一下你，谢谢你啊。”

戚野面无表情地把鱼放下，拿着托盘出去，出来的时候特意留心了一下四周，没看见刚刚哭着跑走的女孩。

一波高峰期过去，整整一晚连轴转地忙碌着，大家都累得不行，趁着还没出菜，七扭八歪地在一旁休息。

戚野自然也不例外。他眼皮耷拉着，靠在墙边，双腿屈起，手搭在膝盖上。

工作的时候戴着手套，他的手其实没怎么沾水。但昨天被戚从峰抽过之后，又拿冰水洗了碗，今天走在路上，北风一吹，他的手登时裂开数道细小的口子，又疼又痒，像是有蚂蚁在咬，即使完全不动，也一阵一阵地难受。

戚野沉默地看着手上的裂口，想到的并不是方才许建丽的关切，而是陶淑君那句刺耳尖刻的话。

手又细细密密地疼起来，他下意识地挺起了背。男孩瘦削的背绷得很紧，弓弦一般笔直，带着顽固的执拗和坚定。

我会去上学的，戚野想。

我一定会去上学的。

家庭聚会结束的第二天，许建达乘飞机离开西川。

今年开学时间靠前，又过了几天，就到了西川一中正式开学的日子。

这一天，许愿起得很早，准备出门时被叫住：“等等。”

许愿握在门把上的手一紧。

那一晚，她最后被陈诺劝了回去。回到包厢后，原本以为陶淑君即使不道歉，也会承认错误。然而包括陶淑君在内，大人们该聊天的聊天，该喝酒的喝酒，完全没把方才的事放在心上。所以这两天，许愿没怎么和陶淑君说话。

虽然她很清楚，以陶淑君的脾气，多半不会主动和她道歉。但她还是怀着一点儿不切实际的天真幻想，希望陶淑君能说声对不起。

哪怕只有一句也好。

“许愿。”陶淑君叫住了许愿，说的却不是她想听的话，“你别着急走，回来。你这次闹脾气是不是闹久了点儿？”

许愿难以置信地回头。她闹脾气？她闹什么脾气了？

“我跟你说，你这种性格到了社会上要吃大亏。”陶淑君浑然不觉，“为了一点儿事情就小题大做，连爸爸妈妈都要记恨。到时候别人知道了会怎么看你？肯定都说……

“哎哎哎！我话还没讲完呢！你上哪儿去！”

许愿一点儿也不想听陶淑君继续唠叨，直接拉开门，从楼梯跑了下去。

她跌跌撞撞往下冲的时候，还能听见陶淑君火气十足的声音：“真是的！成绩差，性格也差！到处都差劲！像你这样的小孩儿，在班里没人会喜欢！”

被陶淑君盖章“没人喜欢”的许愿，坐了十分钟公交车，到达西川一中。下了车，还没走到学校门口，她就远远看见了站在校门口的何老师。

何老师也看到了她，冲她挥手：“许愿！”

许愿连忙跑过去：“何老师早上好！”

“早上好，假期过得怎么样？”何老师笑着摸摸她的头，“站这边让我看看，你是不是偷偷长个子啦？”

许愿乖乖站那儿让何老师看：“长了两厘米！”

何老师仔细打量许愿一会儿：“还真是长高了，我觉得不止两厘米。”

“走吧。”何老师拍拍她的肩膀，“咱们到班里去。”

一大一小往教学楼的方向走，一路上遇到不少学生。他们跟何老师打过招呼，又冲许愿笑：“你今天来得这么早！”

许愿也笑：“开学第一天，当然要来早啦！”

到了教室，何老师故意在门外站了一会儿，等到教室里的补作业大军手忙脚乱收起东西，才走进去。

许愿背着书包坐到自己的座位上。

“许愿！许愿！”她刚坐好，后背就被狠狠戳了两下，戳得人直往前栽，“英语作业借我！我单选还没写呢！”

许愿无奈地回头：“石小果，你手能不能轻一点儿？”

石小果是许愿在学校最好的朋友。本人和名字完全不搭，常年留着一头比男生稍微长一点儿的短发，一年四季永远只穿裤子，对任何长度的裙子都嗤之以鼻。

拿江潮的话来说，石小果什么时候有个女生样儿，他就能取代陈诺成为年级第一。

江潮是陈诺的同桌，自初一进校以来，一直和陈诺保持着“你第一我也第一”的和谐稳定关系。当然，他是倒数的那一个。

“就是！石小果，你以为谁都跟你一样结实！”江潮十分自然地把手伸进许愿的书包，“先借我啊！我昨天赶了一天作业！英语一个字都没动！”

石小果立马急眼：“江潮！”

曾经在她手上吃过大亏的江潮一哆嗦，他冲讲台的方向大喊：“何老师救命！”

何老师笑眯眯道：“救谁的命？你还是你的英语作业？”

江潮直接举手投降：“我什么都没说！老师你听错了！”

恰好这时，陈诺背着书包进班。江潮嘴角咧到耳根，放弃和石小果争抢，高高兴兴地回了自己的座位，临走时丢下两根棒棒糖：“你俩吃吧。”

石小果很是嫌弃：“拿走！碍事儿！”看都不看，直接把棒棒糖扫到一边，也不管讲台上还有班主任，开始埋头专心致志补作业。

许愿抬头，对上何老师无可奈何的视线，两个人不由得同时轻笑起来。

她替石小果收好棒棒糖，自己拆了一根放到嘴里，浓郁的酸甜味顿时从舌尖蔓延开，是柠檬味的。

酸酸甜甜的味道里，许愿听着教室后排江潮大声问陈诺借作业的吆喝，给忙着抄单选的石小果递试卷，偶尔和过路的同学笑着打招呼。

真喜欢待在学校，许愿想。

因为这里的老师同学们也很喜欢她。

离早读铃声还有二十分钟。

戚野背着书包，站在餐桌旁，一动不动地盯着正在吃饭的戚从峰。

今天戚从峰罕见地起了个大早，去小区外的早点摊上买了包子、馄饨和油条。当然，毫无疑问只有一人份。此刻他一手拿着包子，一手拿着油条，吃得满面油光，根本不理会站在一旁的戚野。

戚野不吭声，静静站在原地看着戚从峰吃饭。

戚从峰没一会儿就被看烦了："你看什么看！不是说了你自己赚学费？现在开学了，你没赚到学费关老子什么事儿！"

戚野平静地纠正他："是书本费。"

感谢九年义务教育，让戚野这样的小孩儿也能读个初中，不至于小学还没念完就辍学。学费，课本费能免，但一学期的配套练习册那些还是要收费的，总共在两百元左右。

戚从峰才不管这些："什么学费书本费的！你之前不是去端了盘子？你自己有钱自己交！凭什么问老子要？"

戚野原本只是站在桌边，闻言，习惯性耷拉着的眼睛难得地立起，猛然上前一步，直勾勾地盯着男人。

戚野那平常没什么波澜的黑眸中蹿出一点儿亮光，锋利得像一把被磨得锃亮的弯钩。破开皮肤、剖去骨头，一路摧枯拉朽，直直看到被血肉包裹住的心脏里去。

"爸爸。"戚野盯着戚从峰，一字一句，"你说呢？"这是他近几年来头回这么称呼他。

在北南打工的那些天，戚野的确赚了一些钱，数目还不少，但那些钱一拿到手就没了。

戚从峰倒没挪用那些钱去赌博，它们流向一个父子二人心知肚明的去处。

十几天过去，男孩右颊的伤已经结痂。拆去纱布，他顶着那道依旧显眼的疤，冷冷看向男人，脸上没有任何表情，一双眼黑沉沉的。

"你……"被这么盯着，戚从峰恼羞成怒，从裤兜里掏出皮夹，抽出三张红票子，狠狠往戚野脸上摔，"行行行！讨债鬼！要钱就给你！"

戚从峰拿的是新钱，力气大，摔在面颊上生疼。

戚野下意识地闭起眼，没等到预想中更加沉重的疼痛，再睁眼时，男人已经朝落在地上的钞票踩了好几脚："给你！全给你！你自己拿吧！"

刚拿出来还是新钱，短短几十秒，红票子几乎被踩成了黑票子，沾着因为戚从峰动作过大而掀翻的馄饨汤，皱巴巴、湿漉漉、脏兮兮的，已经完全不成样子。

戚野蹲下身，把钞票一张张捡起来擦干净，小心放到带拉链的口袋里，然后关门下楼，整个过程不紧不慢，一点儿不着急。

出了单元门，离开顶楼所在的视线范围，快要走出小区时，男孩猛地甩开腿，拼命奔跑起来。

地图上，西川一中离戚野家有五公里。戚野从小巷抄了近路，一路飞奔，赶在早读铃声响起之前冲进西川一中的校门。

值周老师拦住他："哎哎！你的校……"目光扫过他身上的衣服，直接噎住。

戚野趁机开口："老师，请问初二（3）班在哪里？"

这么多年，戚从峰做的唯一一件人事，大概就是在搬回西川后，早早办了戚野的转学手续——尽管是在戚野主动提了五六次，挨过三四回打后不情不愿去办的，但总归没有真的让他没学上。

"三班在那边一楼。"老师给他指过方向，"你……"

戚野冲她一鞠躬："谢谢老师。"直接朝教学楼的方向跑去，完全没注意老师欲言又止的表情。

即使察觉到，戚野大概也不明白。

因为他今天并没穿那件穿惯了的桃红色棉衣，按理应该不会引人注意才对。

石小果顶着讲台上何老师的压力，赶在早读课前一口气抄完了所有的英语单选。她龇牙咧嘴地揉手："可累死我了，你怎么能乖乖把所有作业都写完？"

许愿示意石小果小点儿声："快别说了，何老师还在看你呢！"

石小果抬头，冲何老师嘿嘿一笑，又把头转过来："反正待会儿要调座位，我就先坐你这儿不走了啊。"

这个岁数的小孩儿正是最长个子的时候，往往一个假期回来就变了样，几个月不见能蹿一大截。所以每个学期的第一节早读课，何老师都要替大家调整座位。

许愿："你坐呗，不过咱俩肯定当不成同桌。"

石小果个头高，和陈诺、江潮他们差不了多少，一向被安排在教室靠后的位置。许愿身高偏低，通常坐在前三排，即使这个假期长了两厘米，也没办法和石小果坐在一起。

石小果不在乎这个："只要别让我坐单桌就行。"

初二（3）班原来有五十名学生，上学期结束后转走一个。剩下的同学两人一桌，无论怎么排座位，总有人得单独坐。

"放心吧，没人单独坐。"石小果话说不收声儿，何老师坐在讲台上听见了，“这学期咱们班有个新同学，每个人都能有同桌。”

最后一排的江潮耳朵很灵：“真的假的？”

“这都要上课了，哪有新同学？”江潮抻着脖子往前面一个劲儿地看，“老师你别诓我们啊！”

话音刚落，早读铃声响起。

熟悉的音乐前奏里，教室前门处传来一个简短的男声：“报告。”

往后的很多年，每当许愿回想起十三岁那年的戚野，印象最深的不是他除夕夜立在废弃旧楼顶端摇摇欲坠的模样，不是北风天里脸上那道结了薄薄一层冰的伤口，也不是水族箱旁小板凳上，奋力用网兜捞鱼时分明嶙峋的肩胛骨，而是……

喊完那声报告，男孩站在门口。

他没穿那件穿惯了的发旧泛白的桃红色棉衣，全身上下都焕然一新。新的书包、新的衬衫、新的裤子，脚上甚至还踩了一双雪白干净，没有一点儿污渍的球鞋。

不知道是因为这一身新衣服，还是其他什么原因，惯常漠然的眉眼多了点儿温度，罕见地柔和几分，没有往日那么疏离冷硬。

除了这一身新衣服全是春夏之交的轻薄单衣外，一切都很好。

西川地理位置偏北，一年中冬季时间比较长，遇上极端天气，四月里还会降雪。

今年开学早，二月的漫长冬季里，他穿着一件不加棉的白衬衫、一条只有薄薄一层布料的黑色长裤，背着一个崭新的、看起来很结实的牛仔书包，一个人站在教室门口。

“哇，厉害啊！”江潮一向没心没肺，“我穿这么点儿不冻死也得被我爸打死！”

坐在前面的同学听见了，顿时哄笑起来。

陈诺警告地瞪了眼江潮。班里那些哄笑的同学没什么坏心思，只是单纯在笑江潮。

许愿坐在座位上，愣愣地看着戚野。或许是她的错觉，走廊里的风每吹进来一次，他脸上那点难得出现的柔和就消弭一分。

慢慢地，寒风里，男孩眉眼重新冷下来，又恢复了往日波澜不惊、生人勿近的冷漠和疏离。

“戚野是吧？”何老师招手，“来来来，快进班。”

何老师没提他怎么穿这么少，随手从讲台旁抓起一件一直放在那里、很久没人认领的校服：“咱们学校要穿校服，不然要扣分。你先凑合穿一下，等中午午休让班长带你去买。”

最后一排的班长陈诺应了声“好”。

戚野从何老师手里接过校服，道了声谢，动作利落地套上。其实他并没有许愿想的那么不开心，没穿桃红色棉衣的主要原因，纯粹是真的不能再穿了。没有其他御寒的衣物，棉衣一穿再穿，从破损处露出的棉絮越来越多，怎么补都补不好。

今天这一身是没搬回西川前，好心的社区工作人员给他的。那时是春末，工作人员给的是应季的衣服。尺码大了些，不太合身，他没舍得穿，一直小心收好，昨天晚上才重新拿出来。

何老师看着他把校服穿好：“好了，既然戚野同学已经来了，那我们就开始排座位。”

戚野跟着人群走出教室门，还没来得及走向男生那一队，校服袖子被轻轻拉了一下。

回过头，女孩正看着他，一双眼睛清澈又明亮：“真巧呀！”

他俩一说话，旁边有同学看过来，许愿有点儿不好意思：“原来你不叫七爷……”

“呃……我叫许愿，就是过生日许愿望的那个许愿。”她还没和他介绍过自己。

戚野有些意外，看了眼站在不远处的陈诺：“嗯，我知道。”

上次在北南端鱼进包厢的时候，他听见少年追在她身后一个劲儿喊这个名字。挺特别的，听上去是被家长寄予了厚望，和他一点儿也不一样。

许愿：“嗯？你怎么知道？”

她想再追问几句，何老师从教室走出来：“大家快排队，外面冷，咱们别耽搁时间。”

许愿只能走向队伍前排。

小姑娘明显挺开心，一边往前走，一边还扭头冲他笑，完全不在乎周围同学们好奇的眼神，高高兴兴的，看上去有种稚拙天真的可爱。

戚野微微皱眉，垂下眼，按着身高，安静进了男生这边的队伍。

何老师排座位很快，不久后轮到戚野。这时，女生队伍里的顺位同学怯怯看了他一眼：“老师，我能不能……”

女同学没有把话说完，不过意思已经很明确了。有一个站出来挑头的，接下来就有更多的人看向何老师。其中男女对半，基本都是和戚野身高相仿的学生。

何老师脸色微恙："你们……"下意识地瞧了眼戚野。

男孩毫无表情，保持着一开始没有情绪的脸，他站在那里，像是什么都没听见，什么都没看见。

男孩若无其事，何老师反而有些着急。

陈诺站在最后面，注意到何老师的表情，手指动了动。

"老师。"他还没来得及举手，教室里，女孩的声音清脆又好听，"我和他坐同桌吧。"

已经被分配座位的许愿站起身，被同学们看着，她微微垂头，小声重复一遍："我是说……我想和戚野同学当同桌。"

安排完其他人的座位，何老师把许愿单独叫去了办公室，确定她真的不介意和戚野当同桌，才放人回班。

许愿回班的时候，戚野已经坐在座位上。两个人身高有一定差距，不好一起坐前面或者后面，于是何老师取了个折中的位置，把他们安排在教室第四排。

靠着窗户，窗下有一溜儿烧得滚烫的暖气片。没有紧挨着暖气片，戚野规规矩矩坐在外侧。

老师不在，其他同学都在前后左右转头说话。戚野穿着那件旧校服，一个人坐在那里，低着头，不知道在想些什么。

许愿走到座位旁："那个……"

刚出声，垂眸盯着桌面的男孩抬头，一双漆黑的眼直直看过来，分毫不让，一动不动地盯着她。

许愿心里"咯噔"一声："你，还是你坐里面吧。"

何老师给了戚野校服，可他穿得实在太少，光凭一件校服外套，根本起不到什么御寒的作用。

"我怕热。"她匆忙找补，"不能离暖气太近。"

小姑娘说这话时语气特别笃定，听起来仿佛确实很怕热。

戚野的视线从她进了教室仍没摘掉的小熊围巾上划过，稍作停顿，面无表情地收回。

戚野没掩饰自己的目光，许愿顺着他的动作，低头看了看，脸登时涨得通红，紧张地揪了揪围巾下摆："我……"

许愿还没想出一个可以蒙混过关的理由，戚野突然起身，没说什么，依着她的意思拎起书包，沉默地往里面挪了一个座位。

排完座位，上午没什么事。发过书，离中午放学还有二十分钟。

最后一节课是何老师的英语，知道这群才收假回来的小孩儿心思都不在课堂上，她索性让他们自己先翻课本看。

同学们哪能坐得住，把书本立起来躲在后头悄悄说小话。

许愿坐在第四排，听见最后面的江潮大声说：“然后我老爹看到成绩单一下子奓毛了！当着全家人的面对我飞起就是一脚！”

“江潮！”讲台上的何老师气笑了，“你爸知不知道英语课本上还有这一段？”

江潮立刻讨饶：“老师你千万帮我瞒着！不然我又要挨揍了！”

全班同学再次笑起来，专心看书的许愿也忍不住抿了抿唇。注意力分散，余光一瞥，她看见坐在一旁的戚野。

他没按着何老师的要求看书，也没学着江潮那样偷偷聊天，而是把所有的书一本一本拿出来，放在桌面上，从牛仔书包里掏出一个细长的白色圆筒和一把折叠小刀。

这是什么？许愿有些好奇。

她偷偷看戚野，他像是没发现，自顾自把圆筒展开。

这回许愿瞧明白了。男孩拿出来的，是一本卷好的挂历。

这些年大家都用手机看日期，没什么人会专门买挂历。许愿家里偶尔有的几本，要么是陶淑君单位发的，要么是超市买东西送的。

戚野手里这本挂历显然属于后者。封面日期还是去年的，过了整整一年，挂历有些旧。他拿着小刀，裁下一张挂历纸，把英语课本放在上面。

男孩的手还带着些许泛红开裂的伤口，却出乎意料地灵巧。他用小刀裁开挂历纸，手指随便动了动，不到两分钟的工夫，许愿还没怎么看懂，英语书已经被严严实实地包住。

好厉害！

许愿从来没有自己包过书，更没见过这么熟练的包书过程。

许愿愣神的工夫，戚野已经又裁下一张挂历纸。刚才没看清他是怎么包的，许愿决心这次一定仔细看，把视线移到桌面上，听到他一贯冷淡的嗓音响起：“脸。”

许愿：“嗯？”什么脸？

余光瞥见小姑娘身体无意识前倾，越凑越近，戚野伸手虚虚握住刀锋：“脸离远一点儿。”

许愿连忙往后退：“你真厉害啊！包得又快又好，我都没看清。”

许愿语气特别诚恳，戚野瞥她一眼。换成别人这么说，他或许会疑心，这是不是什么不怀好意的讽刺。

但坐在靠窗的这一侧，紧紧挨着暖气，即使身上只有一件衬衫和校服外套，热气烘着，先前在冷风中奔跑时冻僵的身体便逐渐缓过来，连一向冷冰冰的手，也罕见地有了点儿温度。

许愿夸完戚野，看见男孩偏过头去，把另一本课本放在挂历纸上，拿起折叠小刀，继续包书。

这一次，他动作比之前要慢得多。后面十几分钟，许愿一直在瞧戚野怎么包书。

速度放缓，包得很慢很慢，直到下课铃响起，他只包好了语、数、英三本书。

“去吃饭吗？”许愿问，“我带你去食堂吧。待会儿吃完饭，正好让我哥陪你去买校服。”

“你见过我哥的，就是……”许愿指了指最后一排的陈诺，想起上次见面的场景，飞快地眨动两下眼，“反正以后有什么事儿找他就行，他是班长，所有事都归他管。”

陈诺正在往他们这边看，见许愿指向自己，笑着同戚野招手。

戚野：“谢谢，不用了。”

他拒绝得太快太直接，许愿一时没回过神：“如果找不到他和我说也……哎？”

刚才还特意放慢速度，好让她看清包书过程的男孩站起身：“让一下。”

许愿下意识往旁边挪了一步。他不带表情地越过她，没说再见，把废纸片扔进垃圾桶，自顾自走远了。

“所以他就这么走了？”食堂里，石小果凭借身高优势走在许愿前面，帮她在人群中硬生生挤出一条路，“明明早上是你帮他解围的好不好！”

许愿无奈：“你声音小一点儿。”

“啊？你说什么？”中午食堂人多，吵吵闹闹的，石小果没听清，“我说那个七……”

许愿打断她：“你吃套餐还是面？吃面的话我去排队。”

石小果一听就笑：“行了，你这小身板排什么队。先去占位置，待会儿我把面给你端过来。”她把许愿往就餐区的方向推。

石小果力气比很多男生都大，许愿反抗不过，只能先去找座位。

刚找到一张空着的四人位，陈诺和江潮就端着餐盘过来了。

“我看咱们班长随时准备白日飞升。”江潮心有余悸，“下次还来什么食堂？干脆直接搁外头花坛里随便摘点儿小花小草行了。”

许愿瞧了眼陈诺的餐盘，里面简简单单几道素菜：清炒小白菜、炖豆腐、胡萝卜配玉米粒。

许愿给他们让出位置：“姑姑上次不是说以后要每天给你送饭？”

“没事的，就中午一顿，来回跑多麻烦。”陈诺微哂，“我觉得在食堂吃挺好。”

江潮拿筷子狠命戳碗里的红烧鸡块：“我怎么一点儿没感觉？”

许愿：“那你下回点外卖嘛。”

江潮家境好，家里有几个规模很大的工厂，按理可以天天大手大脚点外卖，或者专门请阿姨送饭。

“我可以再忍一忍。”但他就要和他们一起吃食堂，听见许愿这么说，还煞有介事，“那谁谁曾说过，天将降大任于斯人……”

“放心，你这辈子过完也轮不到什么大任。”石小果端着两碗面回来，“所以不用忍了。”

“哎哎哎？”江潮想要反驳，看了看她手里的面，“小果小果，那什么，给我分点儿面呗。”

石小果言简意赅：“滚。”

最后还是许愿给江潮挑了一筷子自己的面。

几个人坐下来吃饭，没吃几口，石小果继续方才的话题，问：“对了许愿，你和那个七爷到底怎么认识的？”

“人家叫戚野。”纠正过称呼，许愿轻描淡写，“也没怎么，就是在路上偶然碰到，他帮了我的忙。”

石小果接着追问：“什么忙？”

她问得太具体，许愿没想好怎么圆，这时，陈诺放下筷子：“我去买瓶水，你们要可乐还是橙汁？”说最后一句时看向石小果。

“橙汁。”石小果下意识地回答，“人太多了，我和你一起去。”

许愿松了口气：“我也要橙汁。”

江潮：“可乐！”

许愿一摸口袋，刚才还在里面的饭卡不知道去了哪儿：“等一下，我找找我的卡。”

石小果：“别找了别找了，刷我的就行。”

陈诺和石小果去买饮料，江潮继续拿筷子戳着鸡块，戳着戳着眼睛一亮："你看！快抬头！快看！"

许愿诧异："怎么了？"

江潮终于肯放过鸡块，用筷子指向食堂门口："瞧！那是不是你的新同桌？！"

戚野离开教室，先去了何老师的办公室，把那几张皱巴巴的纸币交给班主任，从对方手里得到一套据说"刚好多出来没有人要"的新校服，换上后前往食堂。

大厅内人头攒动，戚野没看见就餐区的许愿和江潮，认真端详菜品定价。

西川一中是公立初中，食堂价格并不贵。即便如此，在这里点一份套餐，最低也要五块钱。换算成打折的临期挂面，一个人能吃上很长一段时间。得出结果的瞬间，戚野抬腿就想走。

但食堂里充满了各种食物的香气，随着呼吸一起，拼命往早晨什么也没吃、空荡荡冷冰冰的胃里钻。

他站在人群中，犹豫许久，最后走到队伍末尾。

卖套餐的队伍排队快，没一会儿便轮到戚野。

在他前面排着的是个身形很壮的男生，一个人点了四五份肉菜，还要了三两米饭。最普通实惠的套餐，硬生生点出了四十多的价格。

阿姨用两个餐盘才盛完，问戚野："吃点儿什么同学？"

戚野扫了眼离自己最近的红烧肉："一份冬瓜，一份白菜，三两饭。"

冬瓜两块、白菜两块、米饭一块，加起来正好五块。

他从口袋里掏出一张五元纸币，阿姨摆手："咱们这儿不收现金，你去办个饭卡。"

"就在那儿，在对面。"她热心地给戚野指办理饭卡的窗口，"一张卡押金二十，办完回来再刷就行。"

戚野的手一顿："那不要了，谢谢。"

阿姨没反应过来，男孩已经毫不留恋地转身。

许愿和江潮看着戚野从队尾一直排到最前面，然后挤开人群，两手空空地出来。他没去其他窗口排队，甚至没在食堂里多停留一秒，神情冷淡地径自朝出口走去。

江潮顿时感觉找到了知己，说："我就说吧！咱们学校的饭真的很难吃！”

许愿迟疑：“……是吗？”

“怎么不是？”江潮没心没肺惯了，认定戚野和他一样不喜欢食堂的饭菜，“你看你同桌也受不了，所以真不是我挑食！”

许愿总觉得不是这么回事儿。她想追上去问个清楚，但戚野单薄瘦削的背影已经消失在人潮中，无论怎么寻找，都再也看不见了。

同样怎么找都找不到的还有许愿自己的饭卡。

“别找了，什么时候有空再补一张吧。”一直找到快上课，陈诺说，“我卡里还有不少钱，你先刷我的。”

许愿没有别的办法：“好。”

除去二十块钱的押金，补办饭卡还要交一张一寸照片。

放学回家后，许愿在自己的房间里找了一圈，没看见平时放照片的纸袋，又去书房里找。在书房和客厅来回走了好几趟，陶淑君发现了她的动作，问：“你在找什么？”

想起早上出门前陶淑君的质问，许愿微微抿唇：“照片。”

“你找照片干吗？”

许愿：“饭卡不见了，明天去补办一张。”

陶淑君冷哼一声：“学也学不好，东西还能丢。你和那些同学一起玩，人家没瞧不起你？”

许愿直接愣住，捏着照片回头看陶淑君。这几件事之间有联系吗？她只是不小心丢了一张饭卡，和她的成绩、她的朋友们有什么关系？

“怎么,你不服气？”而这个表达疑惑的动作被陶淑君当成了挑衅，“你看看你多能啊，一张饭卡都看不住。一天天丢这丢那的，你怎么不把自己也丢了？”

有那么几秒，许愿想和陶淑君认真解释，从小学到初中，这是她第一次补办饭卡。

陶淑君根本不给这个机会：“早上我说你你还不乐意，现在知道了吧？开学第一天就能丢饭卡，以后还要丢什么！”

最终，许愿一句话都没说。她默默回到房间，把已经被捏皱的照片放进笔袋内侧的夹层，拉上拉链，确保它不会偷偷掉出来。

客厅里陶淑君的声音只高不低：“……我看你就是把脑子也丢了，才会考那么差！你说你这样以后能有什么出息？干脆不要上学，少浪费资源，留给其他孩子算了！”

许愿已经离开，她仍然在喋喋不休，内容从许愿丢了一张饭卡，衍生到许愿上课不专心、考试不仔细、平时不努力等各个方面。甚至后来，她又扯到了思想道德的问题，指责许愿只知道记恨父母，一点儿也没有包容心，是个品德极有毛病的小孩儿。

许愿坐在书桌前，呆呆盯着笔袋，听着客厅里传来陶淑君越来越高声的叱骂，感觉自己像是那张放在笔袋里皱巴巴的照片，被拉链锁在狭小密闭的空间里，什么也听不清，什么也看不见，什么也感受不到。

没有生气、没有委屈，许愿满心满眼都是空洞的、毫无力气的茫然。

只是一张饭卡而已，她想。

她没做任何伤天害理的事，只是丢了一张饭卡而已啊。

第三章 善意

放学后，戚野穿着新校服，在街头的冷风里踌躇一会儿，最后朝北南火锅所在的方向走去。

领班听过他的来意："你是说每天晚上来这里打三小时的工，不要工资只吃饭。是这个意思对吧？"

戚野点头："是。"

"就吃晚上一顿。"怕领班误会，戚野多解释几句，"剩下的时间不在这里吃。"

"行，我知道了，那你自己去找小赵，让他给你拿衣服。"

"找什么找？！"戚野没来得及谢过领班，身后传来男人暴躁的声音，"我说小刘你怎么总和这小兔崽子一起坑我？我寻思南哥我平时也没亏待你啊！"

几天不见，南哥头上鲜艳的蓝毛变成了显眼的紫毛，怼完领班拿眼白扫戚野："哟，原来还是个读书人呢。"

戚野稍稍低头："南哥。"

在这里工作了一段时间，他知道北南火锅是南哥名下的产业之一。南哥手里店铺多，并不经常来北南，偶尔自己想吃火锅才过来看看。结果就这么两回，次次都撞上戚野。

"你叫谁呢？大点声儿！"南哥把别在耳朵上的烟拿下来，在手里卷了卷，做侧耳倾听状，"小猫小狗都比你声音大！怎么，你没吃饱饭啊你？"

整整一天没有吃饭，戚野的确没什么力气，努力抬高声音重新喊了声。

南哥明显不太满意，撇了撇嘴："行了，滚吧。"

有上次的经验打底，戚野直接往水族箱那边走，没走几步，被人从后面揪住了衣领。

南哥拎他跟拎小鸡仔一样轻松："小子，你滚哪儿去？"

衣领被揪住的瞬间，戚野以为自己要挨打。戚从峰往往就是这样，心情不好、没地方出气，便把他当成练手的沙袋，先揪住领子，再扬起手，巴掌高高举在空中，又狠又重地甩下来。

身体微微悬空，戚野缩起脖子，整个人僵住。他没想着逃，因为基本没什么逃脱的可能。除夕夜那回，只不过是一次难得的侥幸。

成年人和小孩儿的体力差距摆在那儿，只有一颗想逃跑的心，并不能摆脱残酷的暴行。

戚野僵着身子，被南哥左手倒右手，一路拎到了后厨。

南哥把人放下，对跟上来的领班瞪眼睛："你以后别再坑我！让他吃饱饭再干活！不然盘子摔碎鱼摔死了算谁的？他赔不起，我从你工资里扣？"

领班失笑："知道了，南哥。"

南哥拐去包厢后，领班吩咐后厨，给戚野简单弄了点儿吃的，嘱咐他慢慢吃别着急，便匆匆去了前头。

戚野捧着碗，一个人蹲在后厨过道里。

刚出锅，菜和饭都滚烫。红烧肉盛了满满冒尖一碗，分量特别足，比中午食堂阿姨给那个男生打的肉菜还要多。饭菜冒着热气，红烧肉的味道拼命往一整天都没进食的胃里钻。热腾腾的饭菜香味里，戚野捏紧筷子，盯着眼前高高堆起的饭，沉默一会儿，把碗端到嘴边大口吞咽。

男孩吃得特别快，完全不嫌烫，也不细尝滋味，没怎么咀嚼就咽了下去，全部吃完只用了不到五分钟。

他把碗洗干净还给后厨，立刻去找小赵拿制服，开始给不断前来的客人选鱼捞鱼。

比起暖和的暖气片、崭新的新校服，这是他目前唯一能还上的人情了。

开学第二日是晴天。

许愿一早收到陈诺的消息："昨天着凉了，今天上不了课，帮我给何老师请个假。”

他身体是真的很差，昨日在班里穿着厚外套，出去吃饭时也戴了帽子，回家后仍旧迅速不舒服起来。

许愿回了句“知道了”，又叮嘱：“在家好好休息，作业等我放学回来带给你。”

手机那头发过来一个小兔子抱胡萝卜的表情包：“谢谢。”

在公交车站等车时，许愿在四人小群里，和石小果他们分享了陈诺请假的消息。

石小果见怪不怪：“@陈诺，替你掬一把同情泪。”

江潮：“怎么又病了？！不是我说班长，咱们那新同学可比你穿得少多了！”

许愿看到这条消息，稍稍皱眉。昨天下午戚野似乎有什么急事，下课铃一敲响，他就匆匆背起书包出了教室。

她趴在窗台上，看见他最后是直接跑出去的。他跑得太快，又迎着风，崭新的校服在身后高高鼓起，显得没有那么单薄。

戚野穿得那么少，该不会也生病了吧？

许愿想给戚野打电话，确认一下他的情况，想起那部满是裂痕的手机，又不得不放弃。

心里存着事儿，许愿进教室时表情有些凝重，看见坐在暖气片旁的男孩，瞬间惊喜起来：“戚野！

“你来得好早！我以为我会是第一个进班的。”

小姑娘眉眼弯弯，唇边一个浅浅的酒窝，笑得很开心，一点儿也没在意昨天中午他的突然离开。

戚野抬头看了眼她：“嗯。”这就算是打过招呼。

“你在干吗？提前预习吗？”许愿还是第一次见到这么看书的人。

戚野大半个身子靠在暖气片上，手里拿着英语书，桌上摊着语文课本，膝头还放着数学书和配套练习册。每本书都翻开一定的页数，看起来已经被读过了。

戚野垂眸：“随便看看。”

周内，他白天在学校上课，放学后去北南打工。昨天他和领班商量好，周末也可以去上班。他忙着养活自己，没工夫看书学习。只有早上到校后的这一两个小时，戚野才有空翻一翻书。

没钱吃饭，更没钱买什么课外书。这些其他学生根本不想多看一眼的教材，他怎么看也看不腻。世界上再没有什么事，能比坐在热乎乎的暖气片旁边，翻着带油墨香的纸张还要好了。

许愿“哦”了一声，点点头，也拿出自己的课本。等何老师进班，上去给陈诺请假。

初二开学的第二天，小孩儿们的心思仍然留在假期里，好不容易熬过一个上午，老师还没出教室，大家就兴奋地冲出门：“快点儿！食堂要没位置了！”

和昨天一样，戚野站起身：“麻烦让一下。”

许愿只好和石小果他们一起去吃饭。

午饭时分，在窗口充值补办饭卡的学生特别多。吃过饭，许愿让江潮和石小果先走，自己在窗口外排队。队伍很长，等许愿拿到新饭卡，食堂差不多空了，所以她很容易看见了站在套餐窗口前的戚野。

他没穿厚实的外套，身上只有校服，背对着她，正和窗口里的阿姨说着话。

看清男孩瘦削背影，许愿惊喜又疑惑。

现在还有饭吗？好奇戚野要买什么，许愿躲在食堂高大的立柱后，悄悄偷看他。

戚野手里捏着一下课就来办好的饭卡：“三两米饭，谢谢。”

领班提前给他预支了一部分工资，于是他决定在学校吃一顿午饭，总不好每天放学都先吃饭再干活。

“只要三两米饭？”

“嗯。”

许愿藏在立柱后，看见男孩端着餐盘往就餐区走，连最便宜的白菜冬瓜都没买，餐盘里只有白色的米饭。米饭放的时间久，彻底凉了下来，一点儿热气也没有。

他把餐盘放到桌上，又拿了一个小碗，在提供免费开水的饮水机上接了一碗热开水，然后才回来坐下吃饭。

一份米饭，一碗开水。这就是他今天全部的午餐。

戚野吃完饭，十分愉快地回到教室。

——是的，他现在心情确实非常不错，因为阿姨打给他的饭远远超出三两的分量，这也是为什么他要专门挑在饭点结束才去食堂。

不是故意要躲开谁，不是害怕碰到同班同学，更不是担心会被其他人投来异样的眼神。仅仅只是因为在人基本走光的时候，阿姨为了不浪费食物，给的量往往会比平时要多得多。

这是这么多年，戚野自己总结出来的生存经验。

跟打零工、卖红薯、捡废品一样，让他能尽力活过一个又一个冬天。

下午第一节是物理课。

物理老师姓钱，是个四十出头、戴眼镜的中年女人，同时还是初二的年级主任。在学生面前，钱主任从来不苟言笑，成天板着一张脸，冷冰冰的。大家都很怕她。

钱主任在上面写板书，戚野坐在下面，盯着黑板，慢慢开始走神。

等到开春就好了，他想。

春天到了，就有很多不用花钱也可以吃的东西。

路边榆树上的榆钱儿、灌木丛里的野花，蚂蚱用油炸过特别香脆。运气好的话，还能抓到几只圆滚滚胖乎乎的小鸟。

二月的寒冬，戚野坐在教室里，胃中有沉甸甸的食物，讲台上老师在认真板书，暖气片热腾腾烘着大半个身子。他像是躺在软绵绵的蓬松云朵上，整个人懒洋洋的，连手指都不想动。

思绪漫无边际散开，被风吹去春光明媚的四月天。

戚野思考着小鸟的一百零八种吃法，在炭烤和油炸里举棋不定。下一秒，钱主任推了推眼镜，目光鹰隼般犀利地射过来。

戚野瞬间坐直，用力压住嘴角。

“许愿。”钱主任的视线虚晃一枪，最后严厉地落在他身旁，“你干吗一直盯着你同桌？”

许愿满脑子都是那份单调的白米饭，愣愣地看着戚野，瞧见他无意识上扬的嘴角，伸手揉了揉眼睛。下一瞬，倚在暖气片上的男孩突然偏头，黑漆漆的眼径自看过来，不像往常那么淡漠，带着点儿诧异和疑惑。

许愿吓了一跳，立刻低头，但钱主任叫了她第二遍：“许愿，你到底在看谁？”

许愿站起身：“老师对不起，我……我走神了。”

“我知道你走神了，我问你在看什么？”

许愿的心猛地跳起来，抓紧校服下摆：“我在看……看雪。”

教室在一楼，窗外就是白茫茫的积雪。

班里传来几道没忍住的笑声，其中以江潮笑得最开心，石小果坐在他前面，回头瞪了一眼，他才低下头拼命颤抖。

西川冬季几乎天天都在下雪，有什么好看的？连三四岁的小孩儿都不稀罕。

不过包括江潮在内，班上没人觉得许愿说的是假话，毕竟她是出了名的乖巧懂事。

至于钱主任前面说的看戚野，根本没人相信。

一个沉默寡言、独来独往的新同学，又不是温文尔雅的陈诺或性格开朗的江潮。非要说的话，还真没窗外枯枝上的积雪有意思。

钱主任也知道许愿是个规矩孩子，见她低头绞着手，板脸说了句："坐下，专心听讲。"

许愿逃过一劫，不敢再看戚野，老老实实听课。生怕被他发现她看他的原因，整整一个下午，许愿都没和戚野说过任何一个字。

一放学，她拿上陈诺的那份作业，头也不回地直接跑了。

"所以，你亲眼看到他只打了白米饭，其他什么都没打。"陈诺半靠在床上，"是这样没错吧？"

等了半天没等到回答，他抬头："干吗站那么远？嫌弃我病了，怕我过病气给你？"

陈诺又叫了两声，站在门边的许愿才反应过来："怎么可能！"

她解释："没嫌弃你，刚从外面进来，身上冷得很，怕冻到你了。"

陈诺家是供暖最充足的几批小区之一，室内暖气烧得滚烫，许愿一进来便脱了外套，不然要被热出汗。

少年身上压着两床厚重的被子，脸上没有分毫血色，苍白如同冰雪。他说话声特别轻，窗外风声再凛冽些，就要彻底听不见了。

"哪有那么脆弱。"陈诺苦笑着拍了拍床边，"过来坐，不然讲话费劲。"

还病着，他声音听上去有气无力，许愿只好搬了个小凳子坐在离床几步外的地方。

"我看清楚了，不可能看错，他就打了一份米饭！"离得近，许愿实在憋不住，"哥，他这么吃饭不行，身体会垮掉的！"

陈诺点点头："确实。"

他体弱吃不下饭，但身边还有个吃什么都香的江潮，嘴上说着这不好吃那不好吃，但每顿都吃好几大碗。十三四岁的男孩子，正是最长身体的年纪，只会吃不饱喊饿，不会嫌弃饭太多。

许愿气馁："那怎么办嘛。"

陈诺也是头回遇上这种情况，稍稍蹙眉，没有说话。

“算了，哥。”许愿看着他皱眉的模样，“你别想这些，太费神了。”

陈诺嘴角微弯：“这有什么费神的。”

他往自己背后塞了一个靠垫，低头想了一会儿：“你先不要和别人讲，也别跑去问人家。他那么晚才去吃饭，大概就是为了避开同学。”

许愿：“我知道。”

陈诺又道：“这样，后面你要是有时间，就再观察一下，看看他是不是每天都这么吃。然后等我回……”

话说到一半，他毫无征兆地猛烈咳嗽起来，咳得特别凶，比虚弱无力的说话声大得多，让人听着都万分揪心。

许愿立刻站起身，给陈诺轻轻拍背，等他稍微平复一些，又去厨房端了杯温开水：“你就好好休息吧，别写那些作业了。反正又不是不会，也不差这两三天。”

石小果佩服许愿能认真写完假期作业，许愿其实更佩服陈诺，他隔三岔五地请假，也没有一回落下过功课。

陈诺忍不住有点儿想笑：“两三天？”

“你太看得起我了。”他喝了口水，“我觉得这回没有个小十天，肯定好不了。”

接下来的一周多，陈诺果然没有来学校。许愿按着和他的约定，偷偷小心观察了戚野一星期。

和那个中午一样，每到午饭时分，一下课，男孩就会独自离开教室，等到食堂的人几乎走光，才姗姗来迟。

他点的东西没有任何变化，永远是一份不加菜的白米饭。食堂偶尔会提供不要钱的蛋花汤，他拿来配饭的免费热水，就变成了免费汤。

连续一周都是如此。

许愿躲在立柱后，好几次都想直接走上前去，替他刷上一份饭，但想起陈诺那天的叮嘱，只能咬唇忍下。

这天，许愿吃过饭，照常找了个借口和石小果他们分开。

她在操场上溜达两圈，重新走回食堂。

今天她在外面转得有些久，进去时戚野已经打好了饭，拿着小碗去接热水。

清楚餐盘里不可能有别的东西，许愿仍旧有些不死心，勾着头去看，肩上被人重重拍了一把：“好啊你！我还说你这两天吃完饭都跑去干吗了，搞了半天你真的……”

许愿连忙回身，捂住石小果的嘴：“嘘！”

“怎么了？”

石小果已经看见在饮水机旁接水的戚野，本来想逗许愿两句，发现桌上只盛了米饭的餐盘：“不是，这什么情况？”

许愿冲石小果比了个噤声的手势，把她拉到立柱后，简单解释一遍。

石小果惊了：“不能吧？都什么年代了，咱们这儿还有吃不起饭的？！”

许愿不得不再次提醒她：“小点儿声！”

“哦哦哦！”石小果连忙伸手捂住自己的嘴。

两个小姑娘躲在立柱后，悄悄看不远处的戚野吃米饭，一点儿动静也不敢出。

石小果长得男孩子气，和许愿靠得特别近，偶尔有过路的学生困惑地看向这边，不敢相信有男生女生竟然这么大胆。好在戚野似乎没有发现她们，不紧不慢地吃着饭。

“我说你俩在这儿看什么大明星呢！”然而石小果忘记她是和江潮一起来的，在外面左等右等不见人，江潮很快不耐烦，“咱们学校有比我和班长还好看的？我就不知道你俩看……我的天！”

江潮脑子从来不转，即使石小果已经手疾眼快，往他背上狠狠拍了一巴掌，他也只是猛地打了个嗝：“兄弟，你搁这儿吃啥呢？食堂的菜不好吃也不能光吃大米饭吧？！”

许愿伸手想把江潮拽回来，他却在这时难得找回了智商，一拍脑门看向她：“哟，上回老钱还真没骗人！你物理课真在看你同桌啊！”

动静太大，食堂里人又少，坐在就餐区的男孩微微偏头，明显已经注意到了他们，也听清了江潮刚才说的话。

但戚野什么都没说，甚至没往这边多看一眼，他平静地端起碗，仰头喝掉剩下的水，拿起餐盘朝餐具回收处目不斜视地走去。

许愿一把拍掉江潮的手，小跑着追上去。

“戚野！”她想和他说清楚，“我没有故意想偷看，我就是上回不小心看到你，所以……”

许愿心一横：“以后我给你买饭吧。”

她已经做好了被果断拒绝的准备，打算在他说出那句说过无数遍的“不用”后，再努力争取一下。

但戚野仿佛压根儿没听到许愿在说什么，他只是看了她一眼。这一眼和以往并没有太大不同，依旧是那种淡淡的、没有情绪的眼神。

接着，他收回视线，把餐盘和碗放在台面上、筷子扔进回收筐，然后一脸平静、一言不发地走远了。

下午第一节还是物理课。

何老师习惯每两周换一次大组，所以这一周，戚野仍旧贴着暖气片坐。

暖融融的温度中，余光里，他看见坐在身侧的女孩每隔一会儿，就要紧张兮兮往他这边偏一次头——这次她倒是学聪明了，专门挑着钱主任写板书的时候看过来。

看他没什么反应，她又难掩失望地收回视线。

如此反复几次，终于，在隔壁班老师过来敲门，问钱主任借办公室钥匙时，许愿小声开口："对不起，我没想惹你不高兴。"声音很轻，怯生生的。

戚野盯着桌面上开裂的纹路："没有。"

"真的！我真是不小心看见的！我就是……"

许愿说话又快又急，声音也跟着高了一截。为了避免被钱主任发现，戚野打断她："我没有。"

他早就发现了在立柱后探头探脑的女孩，只是不好直接走过去把人揪出来，没想到今天竟然又冒出来两个。

戚野一向不擅长解释，干巴巴地说了第三遍："我没有生气。"

男孩语气淡淡的，听不出喜怒。

许愿分辨了一会儿他的情绪，感觉他确实没骗她："那你为什么……"理都不理她，一个人直接走掉了？

戚野沉默片刻："我不想欠人情。"

如果说这世界上还有什么比铁衣架更令他厌恶的东西，那一定是欠下还不了的人情。

戚野发自内心厌恶这件事。

从小学会揣摩陶淑君的脸色，许愿对他人的情绪很敏感。男孩语气轻描淡写，她却从他沙哑的尾音里，听出了一点儿掩饰不住的反感。比那回在街头，吹着寒风，顶着血淋淋伤口时还要浓。

"我有饭吃。"察觉到许愿还要继续劝，戚野飞快地补充，"晚上我在北南，那边有员工餐。"然后别过了脸。

钱主任和借钥匙的老师说完话，从门边走回讲台："来，我们继续看这个电路图。"

许愿连忙也转身乖乖坐好。或许是最后的解释勉强起了些作用，接下来的二十分钟，戚野总算没看见她再偷偷看他。

一节物理课很快过去。

下课前，钱主任向大家宣布了一个坏消息："今天这章我们就算讲完了，明天做个随堂测验，不多，只有五十道选择题。"

以江潮为首的同学纷纷抬头，简直不敢相信自己的耳朵：五十道选择题也叫不多?！

戚野在脑海里快速回忆了一遍知识点，感觉掌握得还可以。晚上要打工，没时间看书，明天早上提前到校过一遍课本，至少及格不会有问题。

戚野正这么想着，余光里，许愿突然幅度很轻地摇晃了一下。是真的非常不明显，动静特别小，仿佛被冷风骤然吹了一秒钟，冻得有些发抖。如果不是这一节课他一直注意她的动向，很容易就会忽略。

戚野下意识地抬头，有着双层玻璃的保温窗牢牢关着，别说冷风，连一点儿寒意都透不进来。

而许愿已经垂下头，面色如常地开始收拾桌面。那一瞬间的颤抖似乎只是他的错觉，从来没有发生过。

放学后，许愿先去了一趟陈诺家给他送作业。

陈诺的脸色看起来比之前要好得多："这几天辛苦你，明天就不用再跑了。"

许建丽站在一旁，不赞同地摇头："我说让你哥多在家待两天，他就是不听。马上快要开春换季，再病上一场怎么办？"

陈诺有些无奈："妈。"

"算了算了，你想去学校就去吧，我不拦你。"许建丽摆手，声音突然提高一个八度，"哎哟！我的鱼汤！"她急匆匆朝厨房跑去。

"姑姑也是担心，怕你又生病难受。"见陈诺露出一点儿苦笑，许愿安慰他两句，"啊，对了，钱老师说明天上课有随堂测验，是五十道选择题。"

"嗯，我知道了。"即使只上了开学第一天的课，陈诺对这个消息也没有太大的反应，看了眼许愿，"你……"

陈诺刚开口，许愿就知道他接下来想说的话："天要黑了，我得赶快回家。"

她语气故作轻松："走了哥，明天见！你记得穿厚实些！"

陈诺性子慢，根本来不及拦住许愿，眼睁睁地看着女孩一把抓起书包，飞快地跑出了门。

“许愿呢？走了？”许建丽在厨房听见关门的动静，出来看了一眼，“这孩子，我还说给她盛碗汤喝完再走呢！”

陈诺把许愿带来的作业收好，微微叹了口气。

许愿一个人走了很久很久，直到天色完全黑下来，才踏进小区大门。

到家的时候，陶淑君已经回来了。今天她心情似乎很好，躺在沙发上刷着短视频，咯咯笑出声：“饭在桌子上，我吃完了，你自己热一下。”

许愿悬着的心放松了一点儿：“好。”

这段时间陶淑君下班下得早，但餐桌上摆着的是一份尚未开封的外卖盒饭。许愿对此一点儿也不奇怪。

陶淑君平时不怎么下厨，只有在许建达回来时，会好好做上一个月的饭，其余的时间基本靠单位食堂和点外卖打发。

这家连锁盒饭其实不太好吃，油放得太多。但许愿什么也没说，坐在餐桌旁，听着短视频的背景笑声，一个人默默吃饭。

心里有事儿，许愿吃饭的动作很慢很轻，极力降低自己的存在感，希望不要被陶淑君发现。

但还没吃完，陶淑君走过来坐到她对面：“你去看你哥了？他身体好点儿没？”

听上去稀松平常的一句话，仿佛只是父母和孩子在饭桌上的随口寒暄。

许愿捏筷子的手一顿，心猛地悬起来，一颗心在胸膛里怦怦直跳。她深吸一口气，尽量说话不打战：“好多了，明天就可以去学校。”

陶淑君敷衍地应了声，过了一会儿，又问：“上回开家长会，你们何老师说要买个什么习题册，你买了没？”

许愿放在桌下的腿不安地动了动：“买了。”

买习题册已经是上个学期发生的事，陶淑君在这个时候提起，很有点儿没话找话的意思。

在问过两个随便拿来充数的问题后，陶淑君便换了话题：“今天在学校有没有什么事？”

很明显，这才是她今天想问的重点。陶淑君说这句话时，语气还算温和。

“没、没有。”于是，许愿难免心存侥幸，不敢抬头，盯着盒饭里的青椒，“没什么事，和以前一样。”

话音刚落，陶淑君便笑了起来：“哦，是吗？”

和短视频里的哈哈大笑不一样，她笑得很轻，短促的一声，尾音却意味深长地上扬，明显别有用心。

许愿右眼皮狠狠一跳。

她深深低着头，本不该看见陶淑君的表情，但餐厅的灯明亮，照在盒饭附赠的紫菜蛋花汤上，她垂下眼，在稀薄汤面上看到的并不是面色苍白、摇摇欲坠的自己，而是陶淑君很是兴奋、十分期待、急不可耐想要戳穿她的得意神色。

完了，许愿想，瞒不下去的，她已经知道了。

第二天的物理课在上午第一节。

为了随堂测验，戚野起得特别早，天还没亮便离开了家。他本以为自己会是第一个到班的学生，进了走廊，才发现教室里已经亮起了灯。

推开教室门，坐在座位上的小姑娘抬头，她愣了好几秒，笑着和他打招呼：“你来得真早！”

戚野不禁看了眼外面的天，现在还是灰蒙蒙一片。

“我来看一下书。”他没说什么，她起身给他让开位置，自顾自继续看课本。

戚野坐下来，靠在暖气旁先烤了会儿手。等到身体完全暖和起来，用了大概半个小时，把知识点梳理一遍，准备把物理书收起来，看见许愿正在发呆。

是真的在发呆，他进班时，她面前的物理书翻开在第一章的第一小节。半个多小时过去，物理书仍停留在刚才的位置，一页也没有往后翻。

女孩愣愣地盯着课本，嘴唇抿得很紧，手死死抓住校服下摆。因为过于用力，关节绷得很紧，能透过白皙皮肤看见凸出分明的纤细骨骼。

戚野皱了下眉。

没多久，钱主任抱着卷子走进来：“跟你们何老师要了节早读，和第一节课连起来考，早到的早做卷子。”跟在她后面进来的江潮一个激灵，唰一下从前门闪现到后门。

卷子很快从前排传下来，戚野拿了两张，将手里的试卷分给许愿一份。

此刻，戚野终于确定，昨天他并没有看错，许愿的确是在发抖。

因为眼下她比物理课上抖得还要厉害，整个人都在发颤。只是一张薄薄的试卷，她一连接了两三次，竟然都没接过。

最后，她几乎是从他手里一把扯过了卷子："谢、谢谢！"连话都说不完整。

拿到试卷，大家争分夺秒开始做题。

许愿低头看着纸面，黑白静止的电路图缓慢流淌，最后一点一点扭曲成昨晚陶淑君怒气冲天的脸。

收起进门时的笑模样，陶淑君坐在餐桌另一头，抬起下巴审判她："没什么事？你们明天要物理考试叫没什么事？你是不是故意想瞒着我，让我什么都不知道？"

"我看你是越来越歪了！学习不好好学，现在还学会了说谎！你们老师同学知道你在家什么德行吗？"

"哭哭哭！你再哭试试看？明天考完了把卷子给我拿回家，考不好你也不用回来了！之前不是很能跑吗？那你就跑啊！别让我再看见你！"

……

能跑去哪里呢？许愿抓紧试卷。

除夕夜的时候，她就已经思考过了。过了一个多月，答案还是和当初一模一样。

她哪儿也不能去，哪儿也去不了。即使一直在街头游荡，最终也会被大人们重新找到，带回家里，再一次要求她对陶淑君道歉。

可她能回家吗？许愿看着试卷上的电路图，她甚至理解不了题干表达的意思，连最基础的汉字都认不明白。

很快，讲台上的钱主任起身："好了，都停笔。"

"今天是开学第一次考试，我就不批了。"她推了下眼镜，"同桌交换，只数错题数目，我来打分。不许帮忙涂改，现在我来对答案。"

同桌交换批改给了大家很大的操作空间。

戚野坐在第四排，听见最后排的江潮恳求陈诺："班长你手下留情！千万手下留情！看在我们家新鸡毛掸子的份上！"

钱主任雪亮的目光立刻看过来，江潮低头不吭声了。

戚野和许愿交换试卷，拿到手扫了眼。戚野一向不太能理解，也没精力去考虑其他人，但他看着手里空白了一大半的试卷，难得微妙地体会到一点儿她的心情。

他忍不住看了许愿一眼。她像是察觉到他的目光，没吭声，胆怯地缩了缩肩膀。

选择题答案对起来快，钱主任对完答案，把卷子收上去算过分数，将试卷分成两堆，开始念成绩："陈诺，满分。"

"唉。"石小果在下面嘀咕，"真就不给人活路了。"

江潮看了眼陈诺，心有戚戚地点头。

石小果物理还不错，拿了 86 分。江潮知道自己的水平，索性破罐子破摔地玩起笔袋拉链。

戚野对答案时算了下自己的成绩，78 分，算是不上不下的分数，因此也不太在乎。

许愿坐在座位上，低着头，满脑子都是昨晚陶淑君一声高过一声的叱责。钱主任的声音也因此朦朦胧胧的，像是隔了一层纱，怎么听都听不清。

教室里暖气烧得很热，许愿却浑身冰凉，仿佛又回到了那个穿着薄睡衣，光脚走在空无一人街道上的夜晚。

"许愿。"这个时候，钱主任突然点了她的名。

许愿一个激灵，钱主任看她一眼："你站起来干吗？坐下。"接着念分数，"许愿，64 分。"

64 分？

许愿直接愣住，钱主任没注意到她的异样，拿起下一张卷子："刘晨睿，62 分。"

许愿听着其他同学的分数，愣怔好一会儿，偏头看向坐在一旁的戚野。

男孩也正好在看她。

他手里捏着一支最廉价的黑色水笔，和以往一样淡淡看她一眼，然后若无其事地收回视线。

戚野很快就后悔了这个决定。

因为中午放学后，许愿一把抓住他的手臂："我们一起去食堂吧！这不算你欠我的人情，是我还你的！"

小姑娘个头不高，力气不小，死死抓住他不放手。

她是女孩子，戚野不敢太用劲，甩了半天没甩开，只能把视线投向正往这边走来的江潮……身旁的陈诺。

陈诺正含笑听江潮指责自己："班长！'手下留情'这四个字难道不是中国话？五十多分我也就认了，三十几分是怎么回事？"

陈诺好脾气地和他解释："我真帮你改了，不骗你。"只是江潮错得实在太多，根本救不过来。

为了活下去，这些年戚野在社会上见过形形色色的人，眼光锻炼得很毒，见到陈诺的第一面，他直觉这是个看起来温和，实际很有原则的少年。

果然，陈诺拖着江潮走过来，立刻看向许愿："你干吗抓着人家不撒手？"

许愿冲陈诺眨眨眼睛："哥！"

陈诺对戚野露出一个有些抱歉的笑容："不好意思，我妹从小被我惯坏了，就是这么个性格，你不要生气。"

手臂还被牢牢抓着，戚野摇头："没事。"

"所以你还是听她的好了。"没想到陈诺话锋一转，"不然她待会儿要是耍赖哭鼻子，我也挺头疼。"

戚野怀疑自己的耳朵有问题，一时没控制住脸上的表情，他诧异地看向陈诺，对方还是那副笑眯眯、很好说话的模样。而有人撑腰的许愿则把他往外拽："走啦走啦，晚一点儿食堂人就多了。"

戚野真的不想去。

石小果匆匆赶来，直接抓起他另一只胳膊："哎呀，爷们儿点儿！男人磨磨叽叽什么！赶紧的！不然去晚了你替我们排队啊！"

石小果手劲很大，戚野根本挣扎不过，一路被拖去食堂。

到了食堂，石小果松了手，许愿继续紧紧地抓着戚野："你想吃点什么？面、套餐，还是盖浇饭？"

"随便。"戚野沉着脸，冷冰冰地挤出一句话，顿了顿，"你先松手。"

许愿注意到周围学生打量的眼神，连忙放开戚野，担心他半路逃跑，给他安排一个任务："那你先去找位置吧，等会儿人多起来，咱们就没地方坐了。"

戚野很不习惯许愿用的"咱们"这个代词："知道了。"

戚野朝就餐区走去，听见江潮在后面扯着嗓子喊："七爷！找五个人能坐的座位！五个人！记住千万别数错啊！"

戚野嘴角一抽，走得更快。

他在就餐区转了半天，找到一张还空着的长桌。

食堂里人挨人，学生手里端着各种各样的饭菜，食物香气混在一起，戚野忍不住伸手轻轻按了按自己的胃。

其实他也不是完全不想吃。最长身体的年纪，光靠北南那顿员工餐，只能勉强维持温饱，离一整天都不饿还差得远。

所以戚野中午一般不会待在教室。

因为有些同学会在班里吃外卖，冬天不常开窗，一整个教室都是浓郁的香味。

正值饭点，食堂里很热闹。

戚野感觉自己的胃几乎从一进门就开始缩紧，拼命绞成一团，向他大声抗议这种严酷的折磨，试图获取一些除了米饭和热水之外的东西。

胃一下一下地抽着，戚野手上力道重了些，正在和那种黑洞般扩张蔓延的疼痛较劲，“啪”一声，餐盘被重重摆在面前：“饭来了，快吃吧！”

戚野一贯毫无表情的脸微微僵住，旋即露出一种极其复杂、难以形容的表情。

许愿揉着自己的手：“怎么了？这几个菜不合你口味？”

戚野沉默片刻，一忍再忍，终于没能忍住：“你点了几个人的菜？”

比他第一天来食堂见到的壮实男生打的饭还多得多。虽然只用了一个餐盘，但里面的菜近乎堆成了小山。

点了三倍套餐的许愿心虚低头：“吃不完可以带走嘛。”

石小果翻白眼：“有什么吃不完的？陈诺那家伙都能吃完一份套餐，你比他身体好，多吃点儿怎么了？”

陈诺正好拿着餐盘和江潮一起过来，看看自己手里的小白菜炖豆腐，再看看戚野面前堆成山的红烧肉炸丸子，微微一笑：“是啊，小果说得没错。”

江潮瞪圆了眼，觉得石小果这是在睁眼说瞎话，正想反驳，被一巴掌拍到座位上：“闭嘴，吃你的饭。”

石小果这一巴掌把江潮打蒙了：“哦。”

许愿觉得好笑，看见戚野一言难尽的脸色，又努力收起笑意：“快吃吧，待会儿要凉了。”她在他对面坐下。

陈诺他们也一一落座。两个女孩子坐一边，三个男孩子坐一边。

戚野原本坐在最靠外面的位置，陈诺却把餐盘往里推了推，示意他让点儿地方。

左边是江潮，右边是陈诺，戚野坐在中间，对面是还在盯着戚野的许愿，斜前方则有个虎视眈眈的石小果。

被团团包围，根本没办法逃脱，戚野看了眼坐在对面的女孩。尽管已经努力压住嘴角，她看起来依旧很高兴，手里拿着筷子，并不吃饭，一双眼睛亮晶晶地看着他。

戚野默然片刻，拿起筷子："谢谢。"垂下眼盯着桌面，不知道这声谢谢是对谁说的。

即使江潮眼馋戚野的炸丸子，在许愿和石小果的死亡注视下一连夹了好几个，但那份足够两个体育生吃的套餐也没能吃完，戚野最后装了两个打包盒。

接收到许愿的眼色，陈诺从衣兜里拿出一包没拆封的面巾纸，第一张递给戚野："你帮过许愿的忙，也算帮了我的忙。大家现在都是同学，以后有什么需要的，都可以和我说。"

陈诺这话说得还算委婉，江潮一如既往不带脑子："是啊是啊！你是许愿同桌就是我同桌！想吃什么告诉我，成天饿着干吗！多难受呢！"

许愿在桌子下踢了江潮一脚。

戚野安静地听着，等他们说完才开口："我还是那句话，我不想欠任何人情。今天谢谢你们，以后就不用了，我也不会再来。"语调毫无起伏，神情没有波动。

陈诺一点儿没在意戚野的态度，扫了许愿一眼让她别开口："那我们不打扰你了。不过要是有什么事，到时候还是可以和我们说。"

戚野点点头，起身独自回了教室。

回去的路上，许愿忍不住："哥，你为什么让他走了呀？"

"虽然不知道你同桌为什么那么固执，但他肯定有他的原因。"陈诺慢条斯理地和她解释，"每个人都有不想被别人知道的小秘密，你说对不对？"

说到后半句时，陈诺低头，状似无意地看向许愿。

寒风吹着，他一贯柔和的眼神显得格外清明，带了点儿平时鲜有的锐利，像是能直直看到人心底去。

许愿被这么一看，想起除夕夜发生的事，低头攥紧手："嗯。"

"我知道你担心你同桌。既然他说他在北南打工，暂时应该不会有大问题。你和他坐一起多留心点儿。万一哪天真快饿晕了，到时候不管他愿不愿意，我都会让江潮把他扛去食堂的。”

被陈诺说服，许愿在放学时提醒戚野一句：“别忘记拿饭！”教室里温度高，两个打包盒放在外面的窗台上。

男孩看她一眼：“知道了。”按着她的意思拿好饭菜，径自离开了教室。

晚上，戚野回到小区。

戚从峰不在家，陈旧的老房子里依旧没有暖气，白天还好，夜里冷得和冰窟一样，他直接把饭菜放去了厨房，明天可以直接热。

摸黑用冷水洗漱过，戚野躺在只有一层薄床单的木板床上。

捞鱼这项工作简单不费脑子，就是耗体力，以往他总是一沾枕头便失去意识，今天却怎么都睡不着。

漫无边际的黑暗里，男孩躺在床上，睁着一双黑漆漆落不进光亮的眼，看向头顶暗沉无光的天花板，一会儿想到中午食堂里的那张长桌，一会儿又想起陈诺不紧不慢的语气、江潮咋咋呼呼的嗓门儿、石小果嫌弃又自来熟的声音。

最后在眼前渐渐分明的，是今天下午放学后，女孩冲他用力挥手时的灿烂笑脸：“拜拜！明天见！”

明明上午物理考试时还吓得一个劲儿发抖，仅仅过了不到一个白天，她又迅速高兴起来，还笑得特别开心，眉眼弯弯，无忧无虑，像是永远都不会有烦心事。

真好啊，戚野忍不住想。他记不清自己有没有这么开心地笑过，或许很小很小的时候，他也会露出这样的表情。

戚野今天心情挺好。即使强硬拒绝了许愿他们的好意，但和一群同龄人坐在一张桌子上吃饭，多少还是让他感受到一点儿这个年纪该有的氛围。

不是孤零零在十字路口卖烤红薯，不是搬着小板凳拼命捞水族箱里的鱼，更不是在冬夜街头一路狂奔，躲避醉鬼的毒打。

在吃午饭的这半个小时里，他看起来和普通的初中生没什么分别。

戚野这么想着，躺在黑暗里，嘴角微微上扬。

他嘴角扬得很慢，还没来得及构成一个很浅很浅的笑容，耳边“砰”地炸开一声巨响。一股骇人力道钳住他的脖颈，把他直接从床上拖了下来。

“小杂种！我就知道你有钱！”戚从峰喝得烂醉如泥，手劲比以往还大，抓着戚野的头，直接往墙上撞，“老子在外面吃糠咽菜，你背着老子吃香喝辣！就你有钱！就你能耐是不是！”

“那是别人给的。”或许是因为被撞蒙了，戚野竟然试图和戚从峰讲道理，“不是我买的。”

“你再骗老子试试看！”戚从峰认定放在厨房里的饭菜是戚野偷偷买的，下手越发凶狠，“看老子今天不打死你这个兔崽子！住老子的房子花老子的钱！老子凭什么养你！你给老子死！”

戚野脑袋又被磕了几次，终于清醒过来。趁着戚从峰打累喘气的间隙，他一把推开戚从峰，想要逃出次卧。

先前那几下磕得太重，他整个人天旋地转，卧室里没有开灯，漆黑一片，凭着记忆跌跌撞撞往门口逃，一个踉跄，不但没有顺势扑出门外，反而直接跌进门与墙之间的夹角。

戚从峰追了上来。

很难想象一个醉鬼为什么会这么精明，但他确实瞬间找出了最省力的殴打方式：“你跑啊！叫你再跑啊！老子看你能跑到哪儿去！”一边说，一边用脚重重踹向门。

戚野躺在地上，左边是墙，右边是被不停踹着的门。空间太狭小，他连翻身都做不到，只能任凭门板带着他的脑袋，一下又一下重重撞在墙上。

咚！咚！咚！

沉重的节奏声里，戚野意识慢慢模糊，又渐渐清醒。最后想到的，是戚从峰踹门进来前他在思考的问题。

多荒谬啊，他想，自己怎么配当个普通的初中生呢？

凌晨时分，西川突然下起大雪。

如今是三月初，这一波冷空气依旧来势汹汹。许愿一向睡眠浅，对光格外敏感，没过多久，就被满室白晃晃的明亮惊醒了。

她起床一看，窗外的世界已经被冰雪覆盖，茫茫一片霜天。

许愿把窗帘重新拉好，坐在书桌前翻找前几天新买的小熊眼罩。怕惊动睡在主卧的陶淑君，她没敢开大灯，只开了写作业时用的护眼灯。米色灯光柔和照亮一小片空间，也照亮放在书桌上那张被钱主任用红笔标了鲜红“64”的物理试卷。

许愿扫了眼试卷，把刚找出来的眼罩放下，蹑手蹑脚出了卧室，摸黑在厨房里翻出两袋面包和两盒牛奶，小心放到书包里。

不好直接拉着他去食堂，她自己吃加餐的时候，顺手分给他一份，应该没问题吧？

许愿想得很好，但第二天背着双人份的面包牛奶进教室时，暖气片旁空荡荡的，没有那个熟悉的只穿校服的瘦削身影。

戚野没有来学校。

担心戚野是不是生了病，下课后，许愿专门找了何老师。

“没什么大事，他爸爸给我发了短信，说他昨天晚上有点儿受凉，在家休息一天就行。”

何老师说得笃定，许愿却敏锐察觉到一丝异样。她见过那个酒鬼在除夕夜醉醺醺地拿着皮带，一路从小区追到街头，试图殴打戚野的凶狠模样；也见过凛冽北风天里，男孩手里捏着变形的铁衣架，身上一道又一道交错纵横、流血结冰的伤口。

这样的一个父亲，会仅仅因为着凉，就替戚野请假吗？

许愿有些怕戚从峰，放学后，先去了北南。

领班说：“你说戚野？没有没有，他今天一直没来呢。昨天下了那么大的雪，他是不是生病了？要是他明天去上课，麻烦你和他说一下，让他先养好病再来，身体最重要。”

许愿迟疑：“这样啊……”

她没来得及谢过领班，背后传来男人分外诧异的声音：“不是，最近怎么这么多小孩儿来这儿打零工？”

南哥上下打量许愿：“那什么，小妹妹，咱们家是火锅店，活累不适合你。购物中心一进去左手那家咖啡厅知道不？那儿轻松多了。”他拿出手机就要给咖啡厅经理打电话。

领班连忙制止他：“人家小姑娘是戚野的同学，过来找戚野的。”

“哦，找那小子的？”南哥眉峰一挑，露出一个吊儿郎当的笑容，“那小子在学校欺负人了？还是偷偷给你塞情书了？”

许愿看着南哥头上新染的粉毛，根本不敢吭声，转头对领班说了谢谢，就直接跑出北南。

火锅店找不到人，许愿打车去旧城区。下车后，她按着之前来这里的记忆，慢慢朝后面走过去。

她拐过又一个转角后，脚步一顿。不比南面的中高档小区，这种老式小区的物业基本是不干活的摆设。

雪停了大半天，院里厚重的积雪无人清扫。在一片茫茫的、连绵的白色中，堆在楼门前，近两人高的蜂窝煤分外显眼。它们黑黢黢的，沉默地立在那儿。高大而巍峨，像一座被烈焰吞噬、烧穿烧化的山。

山下，大半张脸充血肿起、眼睛赤红的男孩，正拿着编织袋，试图一块一块搬空这座比他高得多的山。

戚野没想过买蜂窝煤，否则在刚入冬的时候，他就会早早买煤。可他实在是太冷了。

不知道是因为这场突如其来的暴雪，还是昨晚戚从峰丧心病狂的殴打。上午醒来时，他躺在客厅地上，全身关节都冻得发痛，比头上的钝痛鲜明得多，像是被刀子在骨头上来回不停地划。

换作从前，戚野或许会默默忍下。但今天他一分一秒都不想忍，跌跌撞撞下楼的时候、摇摇晃晃骑上三轮车的时候、咬紧牙关一趟又一趟把煤拉回来的时候，他满脑子都是蜂窝煤在煤炉里烧红的模样。

滚烫的、和教室里的暖气片一般，一伸手便能感受到温暖。

靠这个念头支撑，临近下午，他终于把所有的煤都拉了回来。他先拿了两块上楼，坐在暖融融的炉边烤了好一会儿，又下楼来搬剩下的蜂窝煤。

戚野体力有限，一块一块慢慢把编织袋装满，正想扛在肩头背上楼，手臂被拉住。

女孩带着哭腔的声音，似乎从很远很远的地方传来，朦朦胧胧的："戚野！戚野！你怎么了？！你抬头！你说话啊！"

第一眼看见戚野的时候，许愿就惊呆了。

更让她恐惧的是，两个人明明只隔了几米的距离，她大声喊他的名字时，男孩就跟没听到一样，顶着那张充血红肿的脸，机械地往袋子里捡蜂窝煤。

"我不管你愿不愿意，今天必须报警！"手臂被抓住，戚野迟钝抬头，看见她满是泪水的脸，"又是你爸爸对不对！他不能这样！这样是犯罪！你和我走，我们现在就去找警察！"

许愿发起狠来力气挺大，戚野手里拖着编织袋，被拽着走出好几步，试图甩开她的手："不去。"

他脸还肿着，说话张不开嘴，声音非常含糊。

"不行！"物理课上怯生生和他道歉的小姑娘一口拒绝，"必须去！必须报警！"她另一只手也伸过来，紧紧抱着他的手臂，把他往小区门口的方向拽。

戚野被迫跟着走了一段，在即将绕过拐角的时候，把手撑在墙面上。

“许愿。”他声音哑着，第一次叫了她的名字，“我说了，我不去。”

许愿其实一点儿也不想哭，可她一抬头，看见他高高肿起的脸颊、一片血红的眼睛，根本控制不住自己：“为什么呀！警察叔叔都很好！他们不会不管你，他们会帮你的！”

女孩眼睛睁得很大，天气严寒，泪水沿着脸颊流下来，没一会儿便结成了两行薄薄的冰。

戚野沉默地看着许愿，看着她又哭着说了一长串话，喘不过气伸手抹眼泪，他问：“然后呢？”

许愿不明白他在说什么：“然后他们就会管你爸爸，不让他再打你！他敢打你就把他抓起来，让他去坐牢！让他——”

“然后呢？”寒风里，戚野平静地再次问道，“之后怎么办？”

许愿还是不明白：“之后……”之后那个醉鬼就不会再打人，不会再伤害他了啊。

戚野一看就知道她在想什么。

有那么一秒钟的时间，他有点儿想笑，嘴角牵动，整张脸都一抽一抽地痛，不得不放弃。

于是，他收起那点难得的笑意：“不可能。”

戚野不是没有报过警。当时接警的警察非常负责任，严厉批评教育戚从峰，告诫他不允许再对戚野动手，还给戚野留了联系方式。

戚从峰答应得很好，等警察离开，转头就是狠狠一巴掌：“你敢告老子！你以为你是谁养的！我叫你告！我叫你再告！”拳脚雨点般落下来，比报警前打得还要重。

况且……

想到这里，戚野垂下眼：“天要黑了，你走吧。”

许愿：“我不——”

再一次，她的话还没有说完，他便出声打断了她。

两个人在楼下僵持的工夫，天色渐渐变暗。小区里的路灯亮起来，年久失修，有一下没一下地闪着。忽明忽暗的光线落在男孩眼眸里，瞬间隐没在一片漆黑中。黑沉沉的，掀不起一点儿波澜。

“许愿。”他第二次叫了她的名字，语气郑重其事，“我有一件事想拜托你。”

戚野从来没说过这样的话，许愿瞬间应下：“你说！”

许愿以为戚野会让她帮忙瞒着何老师，或者问她借钱去医院治伤。

“我想说。”然而男孩一双眼睛盯着她，最终说出来的却是，“如果可以的话，你以后能不能别多管闲事了？”

许愿愣愣地盯着他：“……你说什么？”

戚野侧过头，看见不远处楼房外墙上掉下一块墙皮：“不要多管闲事。”

事实证明，天生的体力差距摆在那儿，除了石小果这样天赋异禀的姑娘，男生的力气还是远远超过女生。

戚野没费什么劲儿，很容易挣脱了许愿，拖着那个沉重的编织袋，朝单元门的方向走去。

装满了蜂窝煤，编织袋真的很重。和那个骑三轮车的除夕夜相仿，不过短短一段距离，他走得很慢很慢，一步一步，歪歪扭扭，雪地上留下一道歪斜的灰黑痕迹。

许愿呆在原地，愣了好一会儿，踩着煤渣和雪屑追上去：“戚野！我没有……”他都被打成这样了，她怎么能算是多管闲事？

他压根儿不看她，走到单元门前蹲下身，将编织袋扛在肩头：“让开。”他用力抓住编织袋，摇摇晃晃站起来。

男孩很瘦，那袋蜂窝煤压在肩上，沉重而冷硬，几乎压得他直不起身。但他一声都没吭，咬紧牙关眉头锁死，沉默不语地上了楼。

第四章 朋友

戚野后来去北南打工时，才从领班那儿得知许愿曾经来这里找过他：“你同学还挺担心你，专门从学校跑来一趟。你眼睛是怎么搞的？在外面和人打架了？”

戚野摇头：“不小心撞到门了。”

他在家休息了两天，等到脸上的红肿全部退下去，才重新回到学校。眼睛里的淤血消失得没那么快，凝结血块渐渐散开，他的右眼看起来比前几天还吓人，眼白部分通红一片，全是密密麻麻格外瘆人的血丝。

领班有些无语：“你可真行。对了，你同学来的时候南哥也在，你知道他那人就那个样子，说了点儿怪话把小姑娘吓着了，你帮他和你同学道个歉啊。”

戚野没想到还有这一茬：“哦，好。”

他应得干脆，然而第二天去往学校，别说替南哥道歉，连一个字都没告诉许愿。因为她压根儿不和他说话。

大概是那天在楼下的争执终于起了效果，这一次回来上课后，虽然两个人还是同桌，但早上到校后，她不和他打招呼；中午下课时，也不提一起去吃饭的事儿。等到下午放学，不需要他开口，她就背起书包，径自去找石小果他们，给他让出离开的空间。

今天依旧如此。

周一的早读是英语，稍显吵闹的读书声里，戚野想起昨天领班的话，稍稍偏头朝身侧看去。和之前一样，许愿没有注意到他的目光，规规矩矩地捏着英语书。或者注意到了，她并不想理他，自顾自认真读课文。

声音清脆，发音标准，她说英文又流畅又好听。让他想起小时候坐在电视前，狭小银幕上金发白裙、笑容明媚的主角。

戚野看了一会儿，面无表情地收回视线，翻到最后的单词表。

许愿不搭理他，班里再没人愿意主动和他说话。他在教室里一直保持沉默，只有每天早读课上，才会难得发出一点儿属于自己的声音。

和身侧的女孩完全相反，男孩发音极其生涩，读都读不太顺，磕磕绊绊，转瞬淹没在周遭朗朗的念书声中。

戚野本以为自己接下来不用再开口，没想到大课间休息时，陈诺拿着一张表格走过来："下午要发书，和你确认一下，你确定不订这本书对吧？"

戚野点点头："对。"陈诺说的是上周数学老师推荐同学们订的练习册，一本十五元。

"好的，我知道了，没其他事。"陈诺的语气一如既往地温和，没有因为许愿不搭理戚野而迁怒他。甚至在谈起这件事时，声音比平时更轻几分，即使是坐在前排离得最近的同学，也听不见他们在说什么。

这倒让戚野有些不适应。

最后一节是自习，赶在铃声敲响之前，数学老师指挥江潮和几个男生，去校门口把练习册搬回来发到同学们手上："写上自己的名字，别刚拿到就弄丢了。回家之后每天做两页，让家长签字，一周交上来一次。"

戚野没订练习册，认定发书这件事和他无关，低着头认真看课本，听见数学老师这么说，诧异地抬头。

教室里正在发书，闹哄哄的，数学老师没注意到他的视线，强调一遍："记住了，一周交上来一次。下周这个时候，我要收你们的练习册。"说完匆匆离开教室。

戚野脑袋里"嗡"的一声。

他当然可以自己重新去买一本练习册，但一般情况下，和大家一起集体购买的价格是最便宜的。书店单独零售，一本练习册要贵出十到二十块钱。他之前才买了蜂窝煤，在家养伤的那几天没去北南打工，别说多出来的十几二十块，就连一起订书要交的十五元，他现在都拿不出来。

眼皮瞬间不受控制跳起来，戚野伸手按住眼睛。

这是他这么多年挨打落下来的毛病，不知道是被打坏了，还是本能恐惧男人的拳脚。情绪比较激动的时候，他的眼皮就会失控抽动。

十五块钱而已，即使加上自己去买的溢价，算下来也绝对不会超过几十块。但就是这么小几十块钱，迫使戚野坐在座位上使劲按着眼睛，感觉掌心下的抽搐越来越频繁、越来越厉害。

而他用的力气也越发大，有那么几秒，他甚至感受到了那晚躺在地上，被门一下又一下疯狂撞击头脸的疼痛。

到底没有完全失去理智，戚野捂住眼睛，深吸一口气，准备起身离开教室，“啪”的一声——一本练习册从旁边飞过来，落在他有些变形、歪歪斜斜的视野里。

没控制好力道，许愿这一下扔得特别重，好在下课铃已经敲响，教室里吵吵嚷嚷，没人注意到这边的动静。

坐在座位上的男孩偏了偏头，保持单手捂住眼睛的姿势，抬眸朝她看过来。

挡住的是右眼，他拿那只完好无损的左眼看她。没有受伤，没有淤血，没有布满眼白的血丝，看起来并不可怕。

许愿的脸却瞬间白了起来，同他对视几秒，抓起自己的书包，干脆利落地直接跑了。

眼看只有几步路就能跑出学校，许愿却被人从后面拽住书包：“站住。”依旧是冷冰冰的口吻。

戚野伸手抓住小熊书包，被拽住书包的女孩就像被揪住后颈的小猫：“我没有多管闲事！”

她压根儿不敢回头看他的表情，看着近在咫尺的校门，心虚地大声强调：“我……我只是不小心看见了！你先用吧，我再去买一本！”

戚野拒绝：“我不要。”

被拽着书包，许愿不好转身，手足无措地扭头，看见他举起手上的练习册：“你已经写了你的名字。”按着数学老师的要求，刚发下来就写了。

许愿看清封面上的字迹，脸唰地红起来。

戚野松开她的书包：“抱歉。”

“你说什么？”许愿以为自己听错了。

戚野深吸一口气，强迫自己直直看向她的眼睛：“对不起，那天我不该对你那么凶。”

许愿愣了下：“嗯。”

女孩应得十分简短，戚野抓着练习册的手微微收紧：“谢谢。”

他把练习册递到许愿面前，看见她的脸瞬间比之前烧得更红。

“你把名字改掉不行吗？我用水性笔写的，你拿毛巾擦擦就可以！”

许愿语气里难得带上几分恼火，戚野听出来了，愣了几秒，不太确定地问：“你之前没生气？”

许愿根本听不懂戚野在说什么：“谁生气？”他是不是说错了，最爱不高兴的难道不是他？

她又茫然又迷惑，抬头看他。

不复往日的冷淡神色，男孩微微皱眉，眉宇间带出几分鲜见的迷惘，不知道在想些什么。

过了一会儿，随着眉峰慢慢展平，那点儿惘然就看不见了。

“没谁。”他摇头，“我不能收你的东西。”

许愿垂头丧气：“哦。”

不过这个结果也不稀奇，她很快调整好心态，伸手想拿过练习册，却扑了个空。

和那个站在楼下的雪夜有几分相似，手里拿着练习册，他稍稍退后一步，一双眼看向她：“许愿，我有件事想拜托你。”

今晚戚从峰依旧不在家。

戚野进屋后，从房间翻出一个小瓷碗，还有只剩下三分之一的白色蜡烛。用煤炉引燃蜡烛，趁着烛泪尚未形成，把蜡烛放在小瓷碗中，将蜡烛和碗一块儿放在餐桌上。

他拉开椅子坐在餐桌旁，拿出写着女孩名字的练习册，还有一大沓质量很差但便宜的草稿纸，借着隐约朦胧的烛火，开始一道一道誊抄练习册上面的题目。

瓷碗底部是一层陈蜡，是以前烧蜡烛的时候堆积而成的，拿碗装好，攒得多了，就可以重新找点儿棉絮做引，当成新蜡烛用。

他已经想好了，那件不能再穿的桃红色棉衣正好能拿来做蜡烛芯。

他打算用一晚上时间抄完整本练习册。

戚野手速很快，在不间断的抄写中，看着练习册上的印刷体，莫名想起下午许愿的神色。

“没问题！”一口应下他借练习册的要求，她松了口气，“你怎么不早说呀，这两天吓死我了！上课都不敢往你这边看！”

和英语早读时完全相反，女孩直接朝他这边走了一大步，把本就捏在他手里的练习册往他怀里推去：“你想借多久都行，那什么……这不算我管闲事吧？”

问最后一句时，许愿明显有点儿怵，紧张地拽着书包带，偷偷打量他的神情。

戚野从没遇上过这种脾气的小姑娘，僵着脸："不算。"

"那就好！"不等他说谢谢，她匆匆摆手，"我先走了，再晚要挤晚高峰的车，明天见！"她高高兴兴地跑远了。

戚野坐在餐桌前，手上抄写题目的动作不停，轻轻扯了下嘴角。

"咔嚓！"钥匙插进锁孔的转动声。

男孩唇边那点儿弧度顷刻消失。他背对大门默默合上练习册，开始收拾草稿纸。

今天戚从峰倒是没喝酒，抽着烟进来，见戚野点着蜡烛坐在餐桌旁，不着急开灯，大摇大摆走过去。

"你以为你能考得上高中？"看清桌上的东西，戚从峰朝他吐了个烟圈，"读完初中就给老子滚出去工作！给老子赚钱！把老子养你的钱还给老子！"他顺手弹了弹香烟。

烟灰下坠的时候，戚野匆匆伸出了手，但动作还是慢了一步。他用力扫开滚烫的烟灰，但练习册崭新的封面还是被烫出一个焦黄的小洞。

戚野手一顿，抬头看向戚从峰。

戚从峰根本没把这当回事："干吗，你还敢瞪老子？"抬手想要打人。

戚野捏着练习册，冷冷看着已经高高扬起手的男人。

一天过去，他右眼里的淤血又散开些，眼白部分彻底被淤血覆盖，通红一片，漆黑虹膜隐约透出几分暗沉血色。

没开灯，室内唯一的照明就是那小半截放在瓷碗里的蜡烛。

光影昏暗，忽明忽暗的烛火下，男孩拿那只红色的眼睛盯住戚从峰。

"你有病啊！"戚从峰一个激灵，不想承认自己被戚野吓到，装腔作势啐了口，"晦气！"急匆匆进了主卧，重重摔上门。

戚野拿起练习册，用衣袖拼命擦拭，把上面残余的烟灰擦得干干净净。可无论再怎么用力，那个丑陋难看的洞都留在封面上，再也擦不掉了。

许愿收到了一本截然不同的练习册："这是你包的吗？谢谢谢谢！上次回去我自己试了，包出来的一点儿都不好看！"

小姑娘特别兴奋，翻来覆去地摸着新书皮。

戚野不得不再次和她说明："我不小心把封面弄破了。"一把练习册拿出来，他就和她说了这件事，结果她跟没听见一样。

许愿毫不在意："嗯嗯，知道啦。"

戚野喉头动了动。

一时半会儿，他没什么其他办法，只能找出今年的新挂历，给练习册包了书皮。

但把练习册还给许愿之后，戚野才发现，这根本就是世界上最糟糕透顶的主意。

女孩用的东西都很精致，显然特别喜欢小熊，她的围巾、书包、笔袋都印着小熊图案，连随便一支水性笔，也是小熊外壳。

相比之下，表面没有任何花纹，光秃秃惨白一片，内里写着新春快乐的挂历书皮简直惨不忍睹。仔细看甚至能瞧见纸面下倒透出来的红色超市 logo。

戚野自己看了一会儿，很快看不下去，伸出手想要把练习册从许愿那里拿回来。

她恰好在此刻站起身，抓着练习册朝教室后排跑去："哥！你看！"

人已经跑了出去，戚野不可能再把她抓回来，僵着脸木然地坐在座位上。

被陈诺看见其实还好，以他温和到没脾气的性格，即使真的瞧不上眼，也绝对不会发表任何负面评价。

但和他坐同桌的江潮就不好说了，上回能在物理课上没心没肺带头笑许愿，这一次肯定也不会放过书皮。

戚野倒不介意别人在背地里说他穷，说他上不了台面。毕竟这是无可辩驳的事实，他是真的没钱，穷到连十五块钱的练习册都买不起，要拿最便宜的草稿纸誊抄题目。

可许愿和他不一样。她出于好心把练习册借给他，没道理和他一起被笑话。

教室后排传来几声轻笑，还有刻意压低的窃窃私语。很小声，听不清说了些什么。

戚野攥紧手，在心里默默盘算接下来几天要怎么节省，才能以最快的速度攒够钱，赔给她一本全新的练习册。

他正在思考要不要中午也去北南打工时，"咚"的一声，这一声比许愿昨天扔练习册时要沉重许多，又重又狠。他心里一突，抬头对上一大摞高高叠起的书，还有书山之后累得直喘气的江潮。

江潮几乎把主课副课全部课本都拿过来了，不好意思地冲戚野咧嘴："我也不会包书皮，你顺手帮我包了呗？"

"就这么说好了，你帮我包一本，我请你吃一天饭啊！"

戚野没答应江潮请吃饭的要求，让他第二天自带挂历过来。等江潮扛着一大捆挂历进教室后，戚野逐一包好全部的书皮。

这些书皮用不了多久，戚野冷淡地想。

并不是江潮拿来的挂历质量不好，实际上戚野还是第一次见到这种两面都撒着金粉，内外金光闪闪的挂历。不知道从哪儿搞来的，虽然审美有很大问题，但质量完全没毛病。

可挂历书皮就是挂历书皮。为了请他吃饭，江潮才拿书过来包书皮。眼下，他拒绝了江潮的好意，那些书皮自然也就没什么用。

怀着这种想法，戚野难得地注意起江潮。他也不知道自己为什么要留心这件事，就像他始终没考虑过，为什么要替江潮包书皮。

两天，三天。

周末结束，新的一周开始，戚野依旧能看见最后一排那摞闪闪发光亮瞎人眼的课本。

戚野不能理解。他和江潮总共没说过几句话，更不会主动开口去问，便把这个疑问放在心底。

周一下午最后一节自习课。

放学前数学老师进班："明天要查练习册，晚上回去记得把练习册放书包里，不要忘记带了。"

许愿把摆在桌面上的练习册收好，发现戚野正盯着她的书包，便问："怎么了？"

这段时间他俩相处得还可以，男孩仍旧不肯和他们一起去食堂吃饭，但她试图把"早晨不小心多带的面包"分给他一块时，五次里头，他能有一回，十分不情愿地伸手接过。

书包拉链还没拉上，露出练习册的一角。不是原装封面的果绿，而是挂历纸有些被磨毛发暗的白。

戚野看着那角白色，收回视线："没什么。"

许愿数学好，写作业写得快，写完老师布置的两页，拿着笔去客厅找躺在沙发上玩手机的陶淑君签字。

说起来许愿自己都奇怪，她偏科和其他同学完全不一样。比如石小果数学、物理每次都能拿高分，语文、英语则常年吊车尾，算是很典型的一种。

当然，陈诺那样门门都好，和江潮那种门门都烂的情况也不多见。

而许愿偏科偏得毫无规律。物理常常考不及格，按理说她的数学成绩也不会好到哪里去。但每次大考都是数学和英语一起帮她提分。如果某次考试的数学卷子特别难，她甚至还能考到班里前二十名。

前几天签字时，陶淑君没说什么。今天从许愿手里接过练习册顺手往后翻了几页："后面的怎么没写？"

许愿小声解释："后面的还没学，老师不要求写。"

"老师让你学的你就学，不让你学的你就不学了？"陶淑君皱眉，"去！把后面的写了！"练习册被扔在地上。

许愿弯腰捡起练习册："我现在去写……妈，你先给我今天的作业签个名吧。"

陶淑君睡觉的时间很不规律，有时刚早早回屋休息，有时夜里一两点。许愿躺在床上，还能被客厅里毫不控制、肆无忌惮的笑声惊醒。

明天数学老师要检查签名，她没那个胆子把熟睡的陶淑君叫起来签字。

许愿提出一个合理的要求，陶淑君瞪起眼睛："我不签！我凭什么给你签！你是给我学习还是给你自己学习？"

"我看你这个态度相当有问题！"陶淑君连手机也不玩了，坐起身，"天天赶鸭子上架，和驴拉磨一样，不抽不动！你这样能学好？能考出成绩？都是什么毛病，有你这样的学生吗！"

辱骂毫无征兆地落下，许愿不知道自己做错了什么："我会写的，我马上就去写……没有签名老师会罚站，妈……"

"我让你写你就去写！"陶淑君根本不听，"答案给我！待会儿我检查！错一道题你试试看！"

电视开着，手机里的短视频循环播放。而陶淑君的声音又高又尖厉，盖过电视机里观众的掌声，也盖过短视频里机器配音的笑声。

许愿只能把答案交给陶淑君，回屋坐在书桌前，盯着数学练习册。

她数学好，那些题目对她来说并不难。但台灯柔和的米色灯光下，她看着摊开的练习册，仿佛回到了不久前，物理测验的课堂上。

曾经熟悉的数字在瞬间变得陌生，即使她强迫自己一遍又一遍阅读题干，最后抖着手在草稿纸上写出来的，也只是一连串凌乱不堪的符号。

一张草稿纸。

两张草稿纸。

终于，在她撕下不知道第几张草稿纸之后，“咔”的一声，门被推开了。

因为惦记着要交练习册，第二天出门前，戚野特意带上了针线——并非缝补衣服，而是拿来把誊抄题目的草稿纸缝在一起。

买订书机和订书针还要花钱，用针线缝，就可以省下这笔不必要的开支。

来得早，戚野看见亮灯的初二（3）班，站在门边往里看了一眼，教室里没其他人，只有趴在桌上奋笔疾书的女孩。

和往常一样，她语气欢快地和他打招呼：“你来啦，早上好！”

放下书包时，戚野扫了眼，摆在许愿面前的是数学练习册。剥去挂历纸做成的白色书皮，练习册的果绿嫩生生的。

“昨天我不小心把果汁洒上去，书皮弄脏了。”注意到他的目光，她从书包外侧掏出一张卷好的挂历纸，“你能不能再帮我包一次呀？”

小姑娘把练习册和挂历纸推过来。

视线从练习册完好无损的封面上迅速划过，戚野沉默片刻，从她手里接过剪刀。

只做了一周的练习册，习题倒是比较好补。但和练习册一起被撕碎的签名，无论如何不可能补回来。

比起昨天晚上只差一个签名，今天这本新练习册从头到尾都没有家长签字，数学老师发现了，肯定要打电话给陶淑君。

那样的话……许愿坐在座位上，想起昨晚发生的一切，不自觉地收紧手。

手里抓着只喝了几口的牛奶，这么用力一捏，草莓牛奶顿时从吸管里喷出来，四处飞溅。不光溅了许愿一身，连坐在旁边的戚野都没能幸免。

“对不起，对不起！”许愿从书包里翻出面巾纸，顾不上收拾自己，先去擦戚野桌面上的牛奶，“我不是故意……你在干什么呀？”

她愣愣看着他面前的草稿纸，或者说，草稿纸下方字迹潦草的签名。

沾上一点儿牛奶，签名有些微微洇墨。但从龙飞凤舞的行文来看，一瞧就是大人才能写出来的字。

戚野翻开下一张："签字。"他在新的草稿纸上，签下戚从峰的名字。

成天醉醺醺的酒鬼根本不在意他的成绩，恨不得他早早辍学去打工赚钱。从小到大所有考试和作业，都是戚野自己签的。

许愿惊呆了。

她一直是个特别听话的小孩儿，陶淑君管教又严，她从来没想过还能自己冒充家长签名。

换作平时，许愿不会有这个念头。但她看着新买的练习册，总是不由自主地想到昨晚。护眼灯照亮陶淑君扭曲变形的脸，纸张在耳边撕裂发出清脆的刺啦声，最后浮现在眼前的，是练习册和书皮一起被撕碎，狠狠扔在地上的画面。

果绿与白混合在一起，还能看见水性笔的黑和批改过的红。

许愿忍不住打了个寒噤，翻出自己的草稿纸，拿起笔尝试模仿陶淑君的笔迹。

第一次做这种事，许愿完全不熟练。加上陶淑君的姓名笔画多，不太会简化，她写了好多回。

写完一张草稿纸，纸上全是规规矩矩、一板一眼的字。一看就不是大人写的。

时间一分一秒地过去，教室里的同学渐渐多了起来。

许愿害怕被发现，把草稿纸藏在桌下，放在膝上悄悄练习。

偏偏这个时候，江潮没眼色地跑过来捣乱："我说你偷偷摸摸干吗呢！陶淑君，这谁啊？"

许愿吓得脸直接白了："你小点儿声！"

江潮嗓门太大，坐在最后一排的陈诺往他们这边望了一眼。

"没谁。"许愿伸手捂住草稿纸，"你不许再看！"

江潮更好奇："到底是谁！快说！"一边说一边勾头去瞧。

许愿忙着保护草稿纸，还要留心后面似乎已经察觉到端倪的陈诺，正在和江潮推推搡搡，一只手伸到眼前。

领班给了戚野几支护手霜，他不太习惯涂这种东西，但手不舒服，最后还是用了。有护手霜滋润，他的手没像之前那样再开裂流血，但仍带着薄薄一层茧，和同龄人相比粗糙许多。

男孩有些泛红的手伸过来，拿起练习册，随手翻开，在需要签名的位置龙飞凤舞写下陶淑君的名字。

“太厉害了！”中午吃饭时，江潮的语言机能严重退化，翻来覆去就是这么两句，“太厉害了！不愧是七爷！”

目睹了戚野给许愿的签名现场，他立刻翻出熬夜赶了一宿的练习册，让自己作业上的签名也有了着落。

戚野非常不适应江潮这种说话方式，板起脸沉默地吃饭。

帮江潮和许愿签名后，这个中午，他不得不又一次被拽来食堂。

许愿一个劲儿给他夹菜：“我觉得这个椒盐蘑菇好吃，你尝尝看！还有粉条炖肉，这个也……”

眼见许愿快把自己盘子里的菜夹光，陈诺制止她：“行了，夹那么多人家吃不完。”

他又笑着对戚野说：“我妹就是这么个脾气，你看她急得，我再说几句，她估计要和我不高兴了。”

戚野同样很不适应这样的聊天态度，含糊应了声。

陈诺不紧不慢：“那就这么说定了，以后我不让她给你乱夹菜，你隔三岔五和我们到食堂吃顿饭，好不好？”

陈诺脸上带着浅淡的笑意，不听内容只看表情，根本想象不到他会理直气壮地说出这种话。

许愿兴奋点头：“好呀好呀！”

江潮这回脑袋终于灵光一回：“就是就是！我跟你说七爷，咱们食堂的饭都特别……”梗着脖子犹豫两秒，没好意思骗戚野，“……还不错。”

戚野嘴角一抽，完全不能理解许愿他们在这件事上的执着。他放下筷子，想要认真地解释一遍。

“许愿！许愿！”被数学老师叫走帮忙的石小果风风火火地跑进食堂，“不好了！你妈给数学老师打电话了！”

初二年级的数学组共用一个大办公室。

许愿喊过报告，推开门，电话那头陶淑君格外尖厉的声音炸开：“不可能！我没给她签字！她的作业上怎么会有签名？这绝对不可能！”

陶淑君说话声太大，半个办公室都能听见。数学老师起身找耳机：“许愿妈妈，你不要激动，咱们有话好好说。”

“来。”数学老师看见推门进来的许愿，冲她招手，“到老师这儿来。”

许愿僵在门口，一动不动。

听到陶淑君声音的瞬间，她感觉浑身血液似乎都冷透，在一瞬间结出结实的冰凌把关节全部都冻住了。

“她来了？老师你把电话给她！”陶淑君的声音只高不低，“谁给你练习册签的字？你自己签的是不是？学习学不好现在还学会骗人了！你从哪里学来的这种坏毛病！”

数学老师试图安抚陶淑君：“许愿妈妈，不能这样说，让家长签字只是起到一个督促作用。许愿在学校一直特别乖、特别好，她的作业签不签名都不要紧，你不要生气了。”

陶淑君根本不听：“老师，我怎么能不生气啊？你不知道，她爸爸一年到头在外面，家里就我一个人辛辛苦苦忙前忙后。这孩子一点儿不体谅我，昨天做作业跟我犟嘴，说题目做错了就错了。我火上来了没给她签名，想着今天给你打电话说一下。谁知道她竟然学坏了！”

许愿呆在门边，愣愣地听着陶淑君说话。她好像觉得陶淑君说得对，又觉得陶淑君哪里都说得不对。

昨天许愿确实是说了这么一句：“这些知识点没有学过，出错也是正常的。”

但陶淑君根本不听，不让她订正，直接上手把练习册撕了个干净。

假如许愿再长大一点儿，她就会知道，用不同的语气、稍有差别的词汇、改动一些无关紧要的细节，表达出来的意思就会截然相反。这是很多大人熟练掌握运用的技能。

可许愿太小了，只有十三岁，她还不懂那些颠倒黑白、是非不分的成年人。

尤其这个成年人不是别人，是她自己的妈妈。

“没有！我没有！”许愿哭着摇头，“我没有不尊重你，没有骗老师！”

那些知识点她真的没学过，她也不是故意要伪造签名，只是早晨跑了好几家书店才买到练习册，要去哪里找陶淑君签字呢？

陶淑君火气更大：“老师你听听，她还在这里说谎！”

“你就说练习册上是谁给你签的名？”撕练习册的事情不好说，陶淑君把矛头对准签字，“练习册我一个字都没给你签，你那些签名从哪儿来的？”

数学老师听到后半句，眉头一皱，正想说点儿什么，一道发哑的嗓音响起：“她没有签。”

“她没有签字。”没喊报告，推门进来的男孩表情很冷，“是我偷偷帮她签的。”

戚野冷冰冰说完这一句，又补充：“她的练习册昨晚被撕了，今天早上才来学校补的。”

戚野说得直接，许愿脸色瞬间惨白几分，脸上还带着泪。她恐惧地捏紧衣摆，力道太重，指甲隔着校服深深陷在掌心里：“没……没有！”反驳得十分微弱，不知道是在反驳什么。

数学老师连声追问许愿：“戚野说的是真的？是这么一回事？”

许愿呆呆地站在门边，听着数学老师的声音，一句话都说不出口。

完了，她想。

今天过去，所有老师都会知道她是个不听话的坏小孩儿。

许愿并不总是觉得自己做错了。可陶淑君发火的次数越多，她便忍不住怀疑，是不是因为自己真的做错了什么，才会惹妈妈这么不高兴。

所以许愿很害怕陶淑君给老师打电话，她不想让老师们知道她是个在家不听话，只会惹家长不高兴的坏孩子。

——不然陶淑君为什么会撕掉自己的练习册？

她完全不敢想象今天过后老师会怎么看自己。

许愿连哭都哭不出来，看着数学老师难掩怒意地拿起手机：“许愿妈妈，是这样吗？你真的撕了许愿的练习册？”

数学老师工作年龄长，说话比年轻的何老师更有底气。

陶淑君在许愿面前颐指气使，对上数学老师有些嗫喏：“老师，是她先顶嘴……”

“许愿妈妈，咱们都是大人，别绕弯子。”数学老师说话毫不客气，“孩子如果做错了事，该教育教育。但咱们大人得给他们做榜样。既然你撕了许愿的练习册，为什么还要说签名的事？你把孩子的练习册撕了，让孩子大早上找谁签名去？学生要有学生的样儿，家长也应该有家长的责任吧？”

仗着许愿不会回嘴，陶淑君天天发泄情绪。对上一句废话不多说的数学老师，半天回答不上来。知道自己没理，她吭哧吭哧半天，最后竟然把电话直接挂了。

数学老师“喂”了几声，放下手机，说：“别哭了，来来，到老师这儿来。”

“哭什么呢？你又没做错事。”数学老师拿面巾纸给许愿擦眼泪，“昨天和妈妈说了什么，她生你的气了？”

听到那句“你又没做错事”，许愿眼泪控制不住地往下掉，抽噎着解释。

“好了好了，不是你的错。”数学老师安慰许愿，冲戚野招手，“你也过来。”

戚野面无表情地走上前去。

以为要说他替许愿签名的事，结果数学老师从抽屉里摸出一本新练习册：“喏，刚好你来了。这个给你。以后还要订教辅资料，我让陈诺直接把你的名字记上，其他科目也一样啊。”

戚野一怔。

“老师！老师！”江潮人没进来，嗓门先到一步，“别骂许愿！要骂骂我！我的作业也是让戚野给我签的名！而且我还不是自己做的！我是昨天晚上连夜抄的答案！怕你发现，我还故意抄错好几道题！你想骂人就骂我吧！”

正在擦眼泪的许愿直接呛到，开始拼命咳嗽。

数学老师愣了：“你爸爸也撕了你的练习册？”

江潮纳闷：“我爸又没病，干吗吃饱撑着撕我练习册？”

数学老师：“……戚野，这是怎么回事？”

数学老师没有钱主任那么严肃，也没有何老师那么平易近人，板起脸一问，许愿吓得止住了眼泪，手里捏着皱成一团的纸巾，红着眼怯怯地看向戚野。

对上她通红的眼眶，戚野不自然地偏了偏头。

老师问话不好不回答，戚野垂眼看着地面，语速飞快地说了句话。他低着头，感受到女孩骤然明亮起来的眼神，带着还没干的眼泪，又惊又喜地看着他。

数学老师没听清：“你说什么呢？大点儿声。”

戚野深吸一口气。

“我说……”从来没说过这种话，他一开始还有点儿磕绊，很不熟练，后来索性破罐子破摔，慢慢流畅起来。

“因为他们是我朋友。”男孩板着一张脸，嘴角绷得很紧，“所以我帮他们签字了。”

“你说我这张嘴！怎么就这么欠啊！”下午放学后，江潮拖着数学办公室的地，和戚野抱怨，“但凡我进来先看看情况也好啊！这下倒好，许愿没事儿我完蛋了！晚上回家我老爹还不揍死我！”

戚野没吭声，把三个窗台都擦得干干净净，去水房洗抹布，顺道拎走了江潮洗拖布的水桶。

初二没有晚自习，一放学，教学楼里的人基本走光了。水房在一楼的另一端，戚野正在洗抹布，背后传来一连串格外轻快的脚步声。

许愿走进水房，背对她的男孩像是背后长了眼睛："除夕夜也是因为你妈妈？"

戚野从来没问过那天晚上的事，许愿顿了顿："嗯。她一直都那样，我、我……习惯了。"

戚野用力把抹布拧干，想起在北南打工的第一天，女孩前面还高高兴兴和他说话，后面就抹着眼泪冲出包厢门。

"以后长点儿脑子。"他关掉水龙头，"你错了就是错了，没错就是没错。"

戚野这话说得挺不客气，语调冷冰冰的，有点儿像是在训人。许愿缩了缩肩膀："知道了。"

男孩洗过抹布，拎起水桶朝办公室的方向走去。许愿追上他："戚野，你中午在办公室说的话还算不算数呀？"

中午在数学办公室待得久，一回班就上课，许愿没来得及问。而戚野一改在平时抓紧时间写作业的习惯，一连好几个课间一下课便趴在桌上补眠。

许愿不太敢把人直接叫起来，可上午也没见他这么困啊……

许愿问得特别直接，戚野脚步一顿，僵着脸往前走："你该回家了。"

男孩头也不回，甚至还走得比之前更快。许愿不甘心地攥紧书包背带，见他没有回头的意思，叹了口气，转身往楼门外走去。

她还没走两步就听见身后传来声音——

"许愿。"

男孩嗓音冷冷淡淡，莫名有些发哑。

许愿回过头去。

和中午一样，头一回做这种事，他明显很不自然。

他站在原地，把左手那块抹布塞去右手，手指动了动，又放下右手拎着的水桶，将抹布扔进桶里，然后在校服上蹭了蹭自己的手。

戚野回忆着从前女孩放学后的模样，按着她的动作，有些僵硬地、非常缓慢地半举起右手，停在空中几秒，完全不熟练地挥了挥——幅度特别小，如果没仔细看，几乎可以忽略不计。

“许愿。”与此同时，他很勉强地扯起嘴角，“明天见。”

第二天起，许愿他们的四人小分队就多了一个戚野。

被许愿和石小果生拉硬拽吃了一周午饭，戚野忍不下去：“我不想白吃你们的饭。”

他说：“我也可以帮你们一些忙，比如补课。”

江潮一拍桌子：“七爷！你这是恩将仇报！”

“谁爱让你补谁补啊！”生怕下一秒被抓去学习，江潮端着碗瞬移到许愿身边，“反正我不去！”

石小果白了他一眼：“瞧你那德行！”

“不过咱俩好像没啥能补的啊。”石小果性格大大咧咧，有话直说，“你数理好我数理也好，我英语烂你英语比我还烂。”

陈诺倒是很给戚野面子：“我觉得这挺好……”后面的话，因为坐在对面的许愿、江潮、石小果同时看过来，只能微微一笑，不再说了。

确实，以他和戚野的成绩，还不知道谁给谁补课。

“你可以给我补物理！”担心戚野因为这点儿事不来食堂，许愿急急开口，“反正……教我一个也顶教别人四个……”

陈诺看她一眼：“不要乱讲。”

“我妹学习挺刻苦的。”陈诺转过来，和戚野认真说，“你要真的坚持，帮我看看她的物理。要不是这段时间换季，我肯定要自己来。”

气象台昨天发布了天气预报，后日迎来最后一波寒潮。这一次降温过后，西川终于要正式入春。

陈诺身体差，寒潮还没来，人已经开始咳嗽，脸白得不像话。许建丽心疼儿子，恨不得那两天直接替陈诺请假，哪里舍得让他给许愿补物理。

“就是就是！”江潮在旁边拼命敲边鼓，“你补课也得找个好学生补吧！我不行我不行，许愿特别好！就她了！就这么说定了！”

“我补物理的事儿不着急。”回班后，许愿说起另一件事，“马上要降温了。”

戚野：“嗯。”

打工时蹭北南大厅的电视看，他知道这一波寒潮是历年以来最汹涌的一回。温度一夜降到零下，甚至比冬天还要低。

“降温会比较冷。”

“嗯。”寒潮来了不冷，那还叫什么寒潮？

许愿觉得他没听懂：“咱们学校周一供暖就停了。”

这波寒潮来得太突然，好在时间并不长，穿上厚衣服戴上厚手套，挨一挨能过去。问题在于，除了冬日那件桃红色棉衣，她没见过戚野穿什么厚衣服。

从开学到现在一个多月的时间，无论外面什么天气，戚野身上始终只有校服。不再供暖，只穿一件单薄的校服，绝对要被冻感冒。

女孩的眼睛飞快眨动好几下。戚野和许愿坐了这么久同桌，知道这是她紧张时才有的小动作。他思索几秒，斩钉截铁地拒绝：“不要。”

“你有没有其他的物理教辅？”他说起别的话题，“有的话回去做一下，对完答案不会的来问我。”

许愿顿时有点儿蔫：“有……”

见她的注意力成功被带偏，戚野松了口气，一边琢磨晚上去北南打工的事，一边抓紧时间写作业——并没有察觉到小姑娘发了一会儿呆，再度看向他时若有所思的眼神。

傍晚回到家，戚野仔细数了遍剩下的蜂窝煤，规划完每天能用几块，没脱校服直接上床睡觉。

第二天早晨，他直接被冻醒了。煤炉尚有余温，年久失修的老房子也在坚强抵挡寒风，但凉气依然从窗户缝里钻进来，又从骨隙里钻进去。

戚野在煤炉上烧了一壶开水，捧着碗小口小口喝下去。感觉身体热乎了一点儿，勉强能靠这点儿温度到达学校，他背上书包出门。

楼道里果然更冷。即使他把领子竖起来，拉链拉到最上面，下楼时牙齿仍旧上下碰撞，发出控制不住的“咔嚓”声，完全不敢想楼道外是什么天气。戚野一步一挪，到了一楼，转过最后半层，脚步一顿。

雪下了一整夜，如今还没停。盐粒般细密的风雪中，单元楼门口扔着一件别人丢弃的棉服。

之所以这么说，是因为这件厚实的黑色棉服看起来脏兮兮的，上面有好多灰扑扑的脚印。后背不知道被什么东西划了一道半长不长的口子，露出里面洁白蓬松的棉絮。棉服被大剌剌扔在地上，看起来像是谁家不要的。

搞不清这是什么状况，戚野走了几步，上前捡起棉服，里外翻看过一遍，嘴角狠狠一抽。

真的会有人把没拆标签的棉服划一道口子，然后往兜里放个针线包再扔掉吗？

害怕被戚野发现，许愿把衣服扔在楼道口后，躲去另一个楼道口，背对单元门蹲在地上。

过了一会儿，男孩沙哑的嗓音在风中时断时续："别躲了，我看见你了。"

许愿吓得直接从地上蹦起来："我不是故意的！我就想着天气太冷又没暖气！你穿那么少……"

她急急转身，想要和戚野解释，一回头却蒙住："哎？"

没有其他人，楼道里空空荡荡。除了她自己，就只有被风吹进来的雪粒。

他在诈她！

完全没想到戚野还会骗人，许愿惊呆了。

听见这边动静的男孩快步走过来，手里拎着那件被她踩过好几脚的棉服，绷着脸看她。过了一会儿，他没撑住，自己先气笑了："许愿，你真行啊！"

许愿还是头一回见戚野被气得笑出声。

"你要是昨天答应了，我……我也不用大早上过来一趟啊。"被他这么一训，她也挺委屈，"你以后少说点儿'不要''不行'，我不就不来了……"

天气冷，小姑娘穿得很厚实，小熊围巾、小熊耳罩、小熊棉服，连手套上都绣着圆滚滚的小胖熊。要不是她瘦，这么一套穿下来，看上去真的会很像小熊。

温度低，她在楼道里待的时间又久，脸上两团十分明显的红晕，一看就是被冻着了。

戚野没办法再凶下去，指着棉服背上那道口子："拿刀子划的？"

许愿老实摇头："不是，用剪刀剪的。"

她回答完，就看见他脸上露出一种难以形容的表情，似乎有点儿想笑，又有点儿无语，嘴唇绷得特别紧。

最后，他给她指领子上的吊牌："这个怎么不顺手剪掉？"

许愿看见标签和吊牌，脸腾地红了——完全忘记了！

“谁扔衣服还顺手一起扔针线包？”他又把口袋里的针线包掏出来，“你放这个干吗？”

许愿的脸更红：“那不是剪了口子……”

“要是被别人捡走怎么办？”

“那就捡走呗。”她可以重新买一件。

“你穿不穿呀？”一连被问了几个问题，许愿偷偷瞧戚野，“我昨天跑了好几家才买到的！”这件棉服是她找到的最厚最暖和的一件。

小姑娘委委屈屈地站在那儿，一张小脸被冻得绯红，一边拿手捂脸，一边从指缝里小心看他。

戚野拿她一点儿办法都没有：“下次别乱剪衣服。”

许愿听出他的退让，高兴地点头：“好！那你以后也不要总是说‘不要’！”

觉得这句话有些傻，她说完不好意思地笑起来。

戚野微微叹了口气。他缝好那道被剪开的口子，把棉服从上到下仔细拍了一遍。拍完脚印痕迹，他将棉服放在厚厚的积雪上，来回滚了好几趟。

积雪洗去灰尘，又是一件崭新的棉服。

“怎么样？怎么样？”许愿看着戚野穿棉服，刚套了一半，就迫不及待地问他，“暖和吗？”

戚野把棉服套在身上，拉上拉链。

许愿买的是一件中长款黑色棉服，比他从前那件桃红棉衣要长得多。同样，里面填充的棉絮也要多得多。风雪被牢牢阻隔在外，不论风声如何呼啸凛冽，都透不进半点儿寒意。

戚野很多年没穿过这样的衣服，一时间有些发怔，直到女孩连声问了好几遍，才缓慢回神。

两个人身高有差距，此刻，她正抬起头，一脸期待地看着他。

她眸子亮晶晶的，见他看过来，还弯了弯眼睛，笑得特别高兴：“到底暖不暖和呀？”

“嗯。”于是，他难得跟着她牵了下嘴角，“特别暖和。”

有了这件厚实的黑色棉服，这一波寒潮，戚野过得并不艰难。

寒潮过去，天气逐渐回暖。

又一个周五，放学后，戚野快步朝北南的方向走去。

“来啦？换衣服去吧。”领班现在和他很熟了，语气随意许多，“今天不太忙，你随便看着点儿就行。”

戚野没有立刻往后面去，迟疑片刻，说：“刘姐，我明天可能就不来了。”

领班“咦”了一声：“为什么啊？”

“身体又不舒服了，还是你们要期中考试？”她算了下日期，“现在考试考这么早？不过该学习的时候要学，过两天再来也行。”

戚野低头：“刘姐，我以后大概都不来了，周末也是。”

领班不明白：“你这是？”

“滚滚滚！他要滚你就让他滚！”领班以为戚野家里出了什么事，想追问几句，就被不知道从哪里冒出来的南哥粗暴打断，“不来最好！免得人社局那帮人天天问我是不是雇了童工！”

南哥叼着没点的烟进来，似笑非笑地看戚野：“怎么着？能耐了，有钱了，现在瞧不上咱们北南了是吧？”

戚野原本想解释几句，抬头看见男人头上才染的鲜绿色头发，顿时卡壳，一时间忘了自己要说什么，低头讷讷道：“嗯。”

“小兔崽子！”南哥一点儿不客气，抬腿轻踹了戚野一脚，“还给我嗯！嗯什么嗯！”

“想滚就麻利滚。”他没留戚野，把烟夹在手里，“到时候在外头混不下去，别想着回来抱着你南哥的腿哭！告诉你南哥我不认这套！你哭死都没用！”

男人说这话的时候一如既往不拿正眼看人，眼白要飞到天上去。

戚野听懂了南哥的意思，真心实意地朝他鞠了一躬：“谢谢南哥。”

南哥不搭理他：“快滚！”说完头也不回地朝包厢走去。

戚野被领班和小赵拉着说了一会儿话，确定他不是因为家里有变故不来打工，这才放心让他走。

戚野走出北南时，天将将擦黑。这里地处商业街，周遭的霓虹灯已经亮了起来，连同道路两旁的路灯一起，交织出一条璀璨的光带。

十字路口人来人往，戚野站在人潮中，伸手摸了摸校服口袋，一款最便宜的入门机躺在兜里。这是在上回那个手机维修店里买的，老板只收了他三百块。

便宜归便宜，各种功能都有。最重要的是，他又可以和从前一样在街头摆摊赚钱了。

一会儿的工夫，戚野在脑海里想出了五六种东西，然后被绿灯亮起的急促嘀嘀声惊醒。周遭行人朝斑马线另一端走去，他快步跟上。

初春傍晚的风从路口吹过来，有些凉，但并不冷。微风吹动男孩额前的碎发，也吹动枝头初初绽开的新芽。

不用琢磨那么多，戚野想。

冬天已经过去，无论如何，他都能继续活下去。

第五章 初春

初春第一个周末阳光灿烂。许愿早早起床，背上小熊包包，怕吵醒还在主卧睡觉的陶淑君，蹑手蹑脚关上门。

“哥！”她拐下最后半层楼梯，陈诺已经在楼下等着，“你怎么不上来？外面有风呢。”

他笑着看她：“没什么风，我看太阳挺好，在这儿晒晒。”

西川温度变化快，裹挟雪粒的寒风仿佛还在昨日，不过一眨眼的工夫，大家都换上了轻薄的单衣。今天日头高，许愿随手套了件卫衣，没有穿外套。

陈诺站在暖融融的春日阳光下，里三层外三层穿得厚厚实实的，脖颈上甚至系着一条烟灰色的羊绒围巾，衬得脸色越发透明。

许愿端详一会儿陈诺的脸色：“姑姑、姑父去哪儿了？他们怎么不陪你呀？”

昨晚休息前，他“小窗”敲了她，说是今天要去医院拿体检报告。

“我爸在外地开会，我妈……”说到一半，陈诺苦笑，“别的也就算了，拿体检报告这种事，我可不敢让她陪。”

少年脸上露出一丝鲜见的无奈，许愿就笑了：“我知道，我知道！姑姑回来肯定又要念叨你！”

许愿笑得高兴，陈诺拍拍她的肩膀：“行了，走吧。”

今天是周末，陈诺在自助打印机上拿到体检报告，快速翻阅一遍：“还行，没什么大毛病。”

许愿惊喜：“真的？那太好了！等过两天完全热起来，你也不用天天请假啦！”最后一次降温，陈诺请了两天假没能来上课。

提到这件事，陈诺叹气：“我那几天本来就没……”

“算了。”他话说了一半，“你着不着急回家？不着急的话，咱们中午吃完饭再回去。”

许愿有点儿诧异：“姑姑能让你在外面吃？”

陈诺笑着点她的额头：“早知道出来还有你管我，今天我该自己来才对。”

“那我不管啦。”许愿挺不好意思。

讲真的，平时其实是陈诺管她比较多。明明只差几个月，他像是比她大了好几岁，从幼儿园到小学，从小学到初中，一直都耐心照顾她。

距午饭还有一个半小时，为了打发时间，许愿拉着陈诺进了路边一家奶茶店。她给他点了杯热牛奶，自己要了柠檬茶，还没喝，她手机振动起来。

许愿看清来电显示：“是姑姑。”

陈诺怔了下：“那今天咱们估计不能在外面吃了。”

“许愿，姑姑和你讲，不能拉着你哥随便乱吃东西啊。”果然，许建丽嘱咐许愿，“我这边已经开始剁排骨了，你中午过来吃饭。待会儿你俩顺便去超市买点儿莲藕带回来，开春热乎乎吃点儿莲藕炖排骨多好！”

隔着一条街，奶茶店对面是本地最大的蔬菜批发市场。许愿小尾巴似的跟在陈诺身后，看他熟练地和老板选莲藕。

陈诺不让许愿拎东西，她只能空着手走在他旁边：“我怎么感觉你什么都会！太厉害了！”

陈诺微微一笑，目光不经意朝前一瞥，突然上前两步，试图挡住许愿的视线。

“哥？”而她已经抓紧他的手臂，语气惊慌失措，“戚野那是在干吗？！”

这个周末，戚野同样起得很早。他去废品站卖掉原来那个装烤红薯的铁桶，拉了些没人要的钢筋、铁条、一口铁锅和一个半旧不新的煤气罐回来。一去一回，天将将擦亮。

借着逐渐分明的天光，他在楼下组装那些破破烂烂的钢筋铁条，不到半个小时，一个架子就被组装起来。方方正正的，煤气罐放在下方，上面正好可以放下一口锅。还有多出来的位置，摆放油盐酱醋等调料，放蔬菜肉类的盒子也有相应的存放区域。

这就是戚野想摆摊卖的东西。

不管是大人还是小孩儿，都很难抵挡烧烤炸串的诱惑。

摆摊累归累，收益也高。如果只为了养活自己，在北南打工已经足够了。但是……

戚野想到这里，面无表情地拎起架子和铁锅朝楼上走去。

拿着东西不好走，进门动静大，瘫在沙发上看直播的戚从峰奓毛了："大白天你折腾什么！想死吗！看老子不抽死你！"

戚野眼皮猛地一跳，没理会他，进厨房洗东西。

"你要出去摆摊？"等他洗完，戚从峰来了兴致，"现在春天了，摆摊赚钱吧？一个晚上怎么都能有个二三百？那你可有钱了！比你老子厉害啊！"

戚野不想搭理他，拎着铁锅和架子就要下楼。

"你跑什么！你老子跟你说话呢！"戚从峰火气上来，从沙发上蹿起，抬腿给了戚野一脚，"怎么着？你住老子的房子睡老子的床，给老子交点儿钱怎么了！"

和南哥的轻轻一脚相比，戚从峰踢得很重，直接踹在戚野膝盖后侧。

戚野腿不由得一弯，咬牙撑住，没有倒下去。

戚从峰重新瘫回沙发上："我不问你多要，你也不用多给！一个月七八百差不多了。"

戚野很平静："不行。"

戚从峰登时立起了眼："你是不是想——"

"你最近给那边打钱了吗？"戚野冷冷打断戚从峰。

"上一次汇款是我开学前打的，所以我没钱交学费。"腿一突一突地抽痛，戚野神色冷淡，"过去快两个月了，你准备什么时候打钱呢，爸爸？"

这是开学到现在戚野第二回这么称呼戚从峰。

空气突然安静下来，没有人说话，陈旧老房子里只能听见美女主播清脆的笑声，还有男人越发沉重的呼吸。

最后，和咆哮一起甩来的是一个还有残酒的酒瓶："滚！"

批发市场里，戚野预付过一个月的菜钱，离开前问老板："外面地上那些菜还要吗？"经常有蔬菜从车上掉下来摔得稀烂。

老板摆手："不要不要，你想要就拿吧。"

戚野嘴角微弯："谢谢。"

刚付过菜钱，还要买调料竹签等杂七杂八的东西，眼下他身上没剩多少钱。

周内可以在食堂吃饭，周末不在北南打工，吃不了员工餐，总得想办法吃点儿什么。

戚野不觉得捡菜有什么丢人，以前他也经常这么做。有一回，戚野甚至捡到了一盒过期的奶油蛋糕。具体什么滋味已经忘了个干净，只记得特别甜、特别软。

很莫名地，戚野突然想起那个除夕夜。他站在楼顶，被许愿伸手拉住时，脑海里出现的就是那盒过期的奶油蛋糕。软软的，有种发甜的香味。

这都是什么和什么……戚野用力摇了摇头，弯下腰把一根摔成两截的白萝卜扔进袋子，掂了掂分量，感觉这两天够吃了。

再起身时，他正对上不远处两张惊疑不定的脸。

戚野看看陈诺手里捆扎整齐的莲藕，再看看自己手里摔成两截的萝卜。尽管他并没有很尴尬，可瞥见他们一个比一个惊惶的神色，他想了想，还是解释一句："我想弄个炸串摊，今天过来买点儿菜。"

他解释完，就看见这一大一小同时愣住，几秒后，再一起露出欲言又止的表情。

戚野："……"

这兄妹俩是不是误会了什么？

"对不起，对不起！"离开批发市场，许愿死死拽住戚野的手臂，"我刚才没别的意思！就是……就是突然不小心想歪了！"她怎么会觉得他捡菜卖炸串！

陈诺也有点儿尴尬："不好意思啊，是我们想岔了。"

戚野简直无话可说："我还有事。"左胳膊被女孩抓着，小树袋熊一样挂在身上，根本走不动路。

被陈诺敲了下手，许愿后知后觉地松开："那你不去北南打工了啊？什么时候开炸串摊？在哪儿开？只有周末开，还是每天放学都去？"

小姑娘嘴快，叭叭叭一连串问了许多问题。戚野听得发晕，只回答了第一个："不去。"

"我要去买调料。"他掏出那个便宜的入门机，看了下时间，"先走了。"戚野冲他俩点点头，跨上停在批发市场门口的三轮车，晃晃悠悠骑远。

初春温度高，路面上没有冰雪，比冬季路况好得多。渐渐地，男孩单薄瘦削的身影在人潮中越来越小，再也看不见了。

陈诺看着戚野离开的方向，微微皱眉：“他情况原来这么糟。”

许愿已经见过戚野太多窘迫的样子，见怪不怪，惊讶一会儿后，有些怀疑：“开炸串摊真的能赚钱？万一卖不出去不会亏本吗？”

在北南附近的商业街和本区最大的游乐园里犹豫不定，戚野决定周末来游乐园，周内去商业街。

第二天是周日，他出门早，游乐园人不多。戚野把油倒进锅里，开火烧热，等着游客过来买炸串。一等就是大半个小时，等来等去，过路的行人偶尔朝他投来打量的眼神，又很快收回视线，朝不远处的其他小吃车走去。

游乐园附近，自然不可能只有戚野一个卖东西的。

“糖葫芦四块钱一串，十块钱三串！”

“刚出锅的锅巴土豆、锅巴红薯看一下！”

“小朋友，要不要棉花糖？来来来，爸妈给孩子买个棉花糖吧！”

一声比一声热闹的吆喝里，男孩垂下眼，艰难地动了动喉结。在北南打工的时候，戚野能口齿清晰地向顾客介绍各种各样的鱼。但到了街头，他很难像其他人一样露出笑脸。

戚野发愣的工夫，油彻底凉掉。他看了眼架子上一根也没卖出去的炸串，在脑海里重新计算过一遍成本，最后扯了下嘴角。

能在街头卖红薯，能在菜市场里捡菜，该做的不该做的全部做了，只是笑着吆喝几声，有什么大不了的？

他做了好几遍心理准备，感觉勉强可以露出一点儿微笑，刚重新打火，就听见熟悉的清脆嗓音：“啊啊啊看到了！在那里在那里！哥！你真的很厉害！”

陈诺拿着手机，看着还没关掉的搜索栏：炸串摊摆在哪里最赚钱？

他笑容很是无奈：“好了，你别夸了，这回不是我厉害。”

“行了行了，别废话！”石小果不耐烦听他们讲这些，扛着音响和喇叭，三两步冲到三轮车旁边，“你就在这儿了，不挪是吧？不挪我把东西放下了！”她把江潮贡献出来的高级音响往地上一扔。

扔得太重，磕在路面“咚”的一声，戚野听着都心疼。

江潮本人毫不在意，冲他咧开一个龇牙咧嘴的笑：“做好吃的咋不叫上我？太不够意思了！快快！随便炸点儿什么！”

一切发生得太突然，戚野十分茫然，按着江潮的意思，往油锅里随手扔了点儿炸串。

江大少爷拿着喇叭，直接坐在音响上：“来来来，走过路过的美女帅哥老少爷们儿都看过来啊！七爷烧烤七爷炸串了啊！新鲜的菜新鲜的肉！连油都是才从超市里拎出来的啊！”

他一边说，一边拎起三轮车上的油桶，向大家展示上面的商标。

戚野：“……”

这都是什么乱七八糟的东西？七爷烧烤和七爷炸串又是什么？

不等他拽下江潮，许愿又拉着陈诺跑过来。

“我们给你搞了个牌子，不要嫌弃喔！”她一路小跑到戚野面前，站定后，把广告牌举在手里，展示给他看，“昨天晚上临时弄的，不太好看，但是绝对能用！”

广告牌尺寸不小，比三轮车稍微窄一些。为了醒目没用什么花里胡哨的图案，最简单的白底加粗红字，很是惹人眼球。

正面：七爷炸串。

背面：七爷烧烤。

“我们想着你也许以后会做点儿其他的，”许愿有些不好意思，“所以就都写上啦，到时候可以换着用，也不费什么……”

这么解释着，她脸一白：“不对！”

“哥！咱俩搞错了！”许愿抱着广告牌，扭头和陈诺急急比画，“他这个是放在车头的！不是那种贴在车上面的！”不管立在前面的是烧烤还是炸串，从背后换个角度看，都是另一个完全不同的东西。

着急和陈诺说话，许愿完全忘了手上还有广告牌。一比画，沉重的广告牌直直下坠。

“没事。”她还没意识到发生了什么，一双微微泛红的手伸过来，稳稳托住广告牌。没有掉下去，更没砸到她。

身侧，男孩嗓音比平时更低哑，听起来沉沉的：“这个就很好。”

他轻声说：“我非常喜欢。”

有音响和江潮卖力吆喝，炸串摊很快迎来第一位顾客，接着不需要宣传，就有络绎不绝的客人。到中午饭点，戚野准备的菜品全部卖完，给老板打电话要求再送一批。

许愿这时才有空凑上前。

“你歇一会儿吧。”她从后面绕过来，给他递了杯杨枝甘露，“都站好久了。”

他们来了将近三个小时，身体最不好的陈诺首先站不住，去路边奶茶店歇息。一开始扯着嗓门努力吆喝的江潮，很快也败下阵来，蔫头蔫脑地去陪陈诺。

石小果倒是还有点儿力气，和许愿一个人抱喇叭，一个人扛音响，把碍事儿的东西搬走。

男孩一直站在三轮车后，守在那口刺啦作响的油锅旁，一站就是一个上午。他额上的汗出了一层，被风吹干，很快又热出一身汗。

戚野抬头看了眼许愿。

火刚停，锅里还在不停冒泡泡。女孩显然有些怵那口锅，站得远了些，倒是一点儿没嫌弃他同样被油弄脏的手，一手拿着奶茶，一手拿着纸巾：“先擦擦汗，待会儿风一吹要着凉的。”

他伸手接过纸巾：“谢谢。”简单擦了擦额头。

“这个也给你。”许愿把杨枝甘露举高一些，“你一上午没喝水了。”

顾客太多，他们没有地方站，而他甚至没法儿停下来，连喝水也顾不上。

他俩说话的工夫，老板骑着电动小三轮过来送菜。

许愿看着这些菜品：“我们帮你串吧。”

“不用，你回去歇着。”

“那我把杨枝甘露给你放这儿啦。”

戚野不知道什么是杨枝甘露，但这并不妨碍他迅速叫住她：“你先别走，等一下。”

他从老板送来的菜品里挑出几样东西，下锅炸好，装在一个塑料盘中递给她：“这些你们拿去吃。”

许愿扫了眼盘子里的菜，看向戚野。

白底红字的“七爷烤串”立在身侧，男孩仍旧冷冰冰的，仿佛先前那个伸手接过广告牌，说“我非常喜欢”的人并不是他。

“戚野。”她忍不住抿起唇，喊了声他的名字，偷偷笑起来，“原来你记得我们都爱吃什么呀。”

盘子里的菜不算很多。鸡腿是江潮每顿必点的最爱，石小果隔三岔五就要吃茄子，许愿喜欢炸年糕和奶油馒头。那几串只稍微过了下油、没刷酱料的蔬菜，肯定是给陈诺的。

其实他们也没有在一起吃很久的饭，满打满算，到不了一个月。

许愿话音刚落，男孩神色骤然一僵。把盘子强行塞进她手里，他不看她，飞快扭过头，也不回应她说的话。

只是在转身之前伸出手，拿走了那杯她没来得及放下的杨枝甘露。

戚野摆摊一直摆到夜里。许愿他们陪着他待到晚饭前，在各自家长的催促声中回家。

回家前，许愿在小区楼下的药店买了几盒活血化瘀的膏药。戚野站的时间太长，贴上膏药要舒服一点儿。

然而等第二天到了学校，向来体弱的陈诺好好儿的，站了一天的戚野也没什么事，连最娇生惯养的江潮都毫无问题。

反倒是昨天一个人扛两个音响，平时能把江潮一拳打哭的石小果蔫头蔫脑，整个人没有精神。体育课江潮邀请她去打篮球，收获了一个虚弱无力的"滚"。

"你是不是昨天累着了？"许愿很担心，"要不要我找何老师请假，叫你爸妈来接你回家？"

石小果冲她翻了个白眼："我看你就是个小傻瓜！"

小傻瓜许愿一脸茫然，看见陈诺从教学楼那边走过来，更糊涂了："哥？"陈诺体育课常年请假，他现在应该待在班里。

陈诺对她笑了下，转头看石小果："何老师给你准了假，石叔叔刚到校门口，你还是回家休息吧。"

"你怎么那么爱多管闲事！"石小果不耐烦，"许愿，扶我一把。"

许愿一头雾水，把人扶到校门口，回来后问陈诺："你和小果怎么了？"

陈诺摇头："跟我没关系。"

见许愿还想再问，他比了个噤声的手势："你们女孩子的事情，回去自己说，别和我讲。"

许愿瞪圆了眼，脸瞬间烧起来："哦！"

她敢确定自己的脸一定非常红，因为体育课下课回班后，戚野看了她好几眼："你发烧了？"

戚野随口这么一问，女孩像被踩了尾巴的猫，差点儿从座位上跳起来："没、没有！你不要乱说好不好！"

戚野莫名其妙。观察一会儿她的脸色，感觉她除了从额头一直红到下颌外，没什么其他状况，大声反驳他时也中气十足，很有精神，转头写起自己的作业。

这种事情不好和其他人说，吃晚饭时，许愿没忍住："妈，石小果今天……”

说起这个女孩子之间的青涩小秘密，她下意识用了标准词汇：“她来初潮了呢！”

“你在说什么？”陶淑君一听就撂了筷子，“你一个女生有没有廉耻心！这种事是能随便挂在嘴边说的？”

许愿一怔：“妈？”

陶淑君根本不让她说话：“不许再说了！吃你的饭！别让我再听到你说那个！”

陶淑君沉下脸，许愿吓得不敢吭声，默默低头吃饭。

原来这确实是一件很让人害羞的事，她想。怪不得大家从来不在班里说。

石小果请了一周假。没过多久，一场倒春寒突如其来，陈诺也请了两天假。

今天下午的课都是副课，上完第一节音乐课，许愿觉得小腹有点儿难受，像是着凉般隐隐作痛。以为是中午从食堂回来时灌了风，她没多想，觉得忍一忍就能过去。

可等到第二节美术课，那种疼痛便越来越明显，甚至还有种没有过的异样感觉。

换作从前，许愿估计会傻乎乎觉得自己吃坏了肚子。但石小果还没来学校，她忍着那种怪异的疼，稍微琢磨一下，脸直接白了。

这是在上课!

而且……倒春寒刚过,今天气温比较高,许愿只穿了一条校服单裤。坐在座位上没过多久，她明显感受到那一层布料已经被血浸湿了。

许愿抿紧唇，僵着身子，一动都不敢动。

第一个反应是去找陈诺。她转头，看见江潮身边的空座位，才想起来他今天请了假。

许愿捏紧手里的水彩笔，不知所措。

美术老师就在讲台上，和何老师一样是才毕业不久的大学生，都是女孩子，按理可以举手示意老师。

她迟疑着，想起陶淑君那天疾言厉色的训斥，徒劳地动了下指尖。

许愿半趴在桌上，额头上出了薄薄一层冷汗，拼命思索要怎么办，身侧一直安静画画的戚野突然往这边凑近：“生理期？”

虽然是疑问句,男孩的语气却有种不容置疑的笃定。许愿一下蒙了，眼睁睁看着他把校服外套脱下来：“等会儿披上。”

他将校服扔给她，又问：“你带没带卫生巾？”

戚野说这些话时，嗓音一直压得特别低。

许愿捏着他的校服，好半天说不出话：“你为什么……”

他为什么能和她说这些话！说生理期也就算了，竟然还、还直接说了……

许愿见识过班里其他同学的态度。

女生们偶尔会躲躲闪闪的，提起“谁谁谁来那个了”；男生一般不说什么，但在体育课有女生请假时，总会彼此交换心照不宣的眼神，甚至还会哄笑几声。

许愿的脸白了又红，戚野面无表情：“你带了吗？”

他是真没觉得怎么样。西川一中没有生理卫生课，戚野从前也不懂，去北南打工后，帮着卸过好几回卫生巾的货，才知道女孩子每个月还有这么一出。

至于北南为什么要进卫生巾，据领班的说法，是为了方便那些急用的女顾客，顺便在戚野搬卫生巾的时候，和他科普了一下基础常识。领班科普得大大方方，戚野就很自然，所以不太明白许愿说话为什么结结巴巴。

他以为她这是疼的：“你没带的话，待会儿我帮你去买。”

戚野实在太过坦荡，许愿简直不知道该说什么，轻轻摇头：“……没有。”

“那下课你在楼梯那边等我，要不要止痛药？”

许愿连忙摇头：“不、不用！”

许愿对生理期一知半解，甚至还没戚野了解。见他一点儿不尴尬，慢慢地，她也没那么紧张了。

下课后，戚野去学校门口的商店买卫生巾，许愿把他的校服围在腰间，慢吞吞挪出教室。

许愿动作慢，到楼梯口的时候，戚野已经等了一会儿。见她过来，他把手里的黑色袋子递过去：“给你。”

许愿看着那个鼓鼓囊囊的袋子，十分茫然：“啊……”

是不是买得有点儿多？她确实不知道要怎么应对初潮，也不知道生理期可以吃止痛药。

但她毕竟是个小姑娘，看过电视上的卫生巾广告，这个袋子里得有多少卫生巾？许愿愣在那里没接，从美术课开始一直从容的戚野难得有点儿迟疑。

“这应该够一个下午了？”他一改之前的淡定，不太确定地问她，“一包里面是只有一片吧？”

最后，许愿从那个满满当当的袋子里拿了一包日用，害怕被别人看见，用校服挡住，左顾右盼进了卫生间。

戚野完全没有顾忌，直接拎着袋子回班。坐在最后一排的江潮很眼尖：“你买了什么好吃的！”

“给我也来点儿！”江潮从教室后面嗖地跑过来，一把夺过袋子，看清里面的东西，吓得直接扔给戚野，“你你你……”

戚野看他一眼：“不是我。”随后把塑料袋扎起来，塞进许愿的抽屉。

江潮不是体育课上那群爱起哄的男生，飞快地憋红了脸：“她她她……她没事儿吧？”

戚野不明白江潮怎么突然变成了结巴：“还行，可能有点儿肚子疼。”又伸手拿过许愿桌上的小熊水瓶。

许愿重新回班时，看见一脸平静的戚野和面红耳赤的江潮。水瓶盖被拧下来放在一边，开水还在冒热气。

猜也能猜到水是谁接的，她坐下来，小声对戚野道了声谢。

“那那那什么……”江潮站在一旁，还是有点儿结巴，“放学我让刘叔送你回去。”每天都有司机接送他。

“不用了吧？”

“就这么说定了！”江潮再也受不了当面谈论这种话题，狗撵兔子似的蹿回座位。

相比之下，戚野要冷静得多：“你就让他送吧，校服明天再给我。”

男孩语气始终平淡，在刚才弄错卫生巾数量时，也只简短说了句不好意思。

这让许愿有种莫名的安心：“好。”

她捧起水瓶，小口小口地喝热水。

或许是心理作用，或许是喝热水真的有效，下午放学时许愿已经不太难受。

被江潮送回家，她把校裤扔进洗衣机，正在往洗衣机里加洗衣液，“咔嚓”一声，大门被打开的声音，陶淑君回来了。

许愿原本想说一下今天的事，想起昨晚那一顿突如其来的训斥，缩了下肩膀，什么也没说。

不过她忘了被放在玄关的黑色塑料袋，陶淑君往里看了一眼：“你来那个了？”

许愿讷讷应声：“嗯，下午……下午来的。”

陶淑君皱眉：“买这么多做什么？家里不是还有？”

“别人帮我买的。我没……没有用的。”

后来，她想把钱给戚野，被他拒绝了。那一袋卫生巾日用夜用都有，算下来还挺贵。不知道他当时怎么舍得一下买那么多。

“哦，我知道。”陶淑君意味深长地看了许愿一眼，“男生买的吧？刚送你回来那个？”

陶淑君每说一个字，许愿后颈上的汗毛就立起来一片：“不、不是……”

虽然她不明白陶淑君的意思，但已经敏感察觉到了不对。

“不是什么不是！”果然，方才还笑着的陶淑君一秒变脸，“我都看见了！你从人家车上下来的！许愿！你要不要脸！”她随手抓起一包卫生巾朝许愿砸过去。

陶淑君天天坐办公室，没什么力气，也没准头。这包卫生巾没有砸到许愿。

“你到底要不要脸啊！”在许愿难以置信的眼神中，陶淑君又重复一遍，“你就那么喜欢让别人知道你来那个？喜欢让男生帮你买卫生巾？喜欢让男生送你回家？说了不让你说你还跑去和男生说！我怎么生了你这么个没脸没皮的东西！”

许愿彻底惊呆了。如果家宴那回她还有底气跑出去，这一次她根本动都动不了。

成年人不加掩饰的恶意狠狠甩过来，把许愿拍在走廊的墙上。

她牢牢嵌在墙里，动弹不得，听着陶淑君一声高过一声的尖厉嗓音：“谁家小姑娘和你一样！第一次来那个就让男生知道！说出去我的脸也要被你全丢光了！”

许愿刻在墙壁上，四肢毫无感觉，已经不怎么难受的小腹，在渐渐听不清的叱骂声中剧烈抽痛起来。

第二天，快敲响早读铃了，许愿还没来上学。

琢磨着她可能身体不舒服，戚野没多想，坐在座位上看课本。

这两天戚野在商业街摆摊收入很不错。

江潮和石小果专门帮他录了一段吆喝，被吸引过来的行人很多。慢慢地，不需要喇叭，也有顾客排起长队。

戚野看着单词表，在绕眼的ABCD里默默计算收支，感觉最迟明天或者后天，就能把成本赚回来。这让他感到一阵久违的轻松。

翻去下一页单词表，他听见江潮控制不住的嗓门："你也看了？我最近一直在追！昨天男女主角雨中分手那段可哭死我了！我爸还以为我失恋被女生甩了哈哈哈哈哈！"

"不过……"江潮停顿了一下，"还是你们女孩子心思比较细腻……"

江潮说得无心，许愿用手挡住额头："好啦，你别笑话我！"

两人在许愿的座位前分开，江潮朝后面走去。许愿坐下来，把校服还给戚野："给你……谢谢。"

害怕被看出来什么，她单手递校服，另一只手还挡在眼前。

毕竟离得近，戚野看得很清楚。像是哭了很久，女孩两只眼睛都肿着，已经过去一夜，仍然有点儿睁不开。

察觉到他的视线，她小声解释一句："昨天熬夜追剧了。"把校服往他手里一塞，低下头。

戚野微微皱眉，想要询问，语文老师走进来上早读。

许愿跟着其他同学，机械地张合着嘴，听着周遭朗朗读书声，想到的却是昨天陶淑君疾言厉色的指责。

为什么呢？为什么陶淑君要那么说她？就因为她对初潮毫无准备，拜托戚野买了卫生巾，又被江潮送回家，所以就是没脸没皮吗？

可石小果和她一样啊。

陈诺甚至直接帮石小果请了假，又给石叔叔打了电话。石小果不仅没有被骂，现在还在家好好休息。

为什么她就是丢人？为什么她就是……不要脸？

许愿几乎不能想起最后那三个字。对于一个只有十三岁的孩子来说，这三个字的破坏力实在太大。每一个音节、每一个笔画都带着小刀一样尖锐的恶意。

心脏被狠狠扎着，每搏动一下，刀子就陷得更深。

大课间做完操，大家陆陆续续回教室。

戚野一直注意许愿的状况，看见女孩正把手伸进书包，忐忑地抿紧唇，一开始还只是抿，后来就变成了十分用力的咬。

许愿摸到一片卫生巾，但不知道该怎么把它拿出来。周围都是同学，粉色包装的卫生巾很显眼，稍微露出一点儿，肯定会被人发现。

一晚上没睡着，许愿恐惧地想。被女生看到还好，被男生看到了，她该怎么办?

实在太小，她还不能很好地分清对错。何况班里的某些男生原本就会瞎起哄，每次看到女生拿卫生巾，都会互相交换十分微妙的眼神。有调皮捣蛋的，甚至会发出一些怪叫。

许愿捏着那片薄薄的卫生巾，直到快要上课，实在不能再拖下去，一咬牙一狠心，飞快把卫生巾从书包里拿出来，迅速塞到校服口袋里。

后面几个男生当即眼神乱飞："哎哎哎！你看她手里那个！看到没！"

江潮试图制止他们："你们有完没完！"

陈诺平时遇到这种情况也会出来阻止。但他性格温和，男生一般不太听他的话。而江潮平时大大咧咧惯了，根本没什么威慑力。

所以那帮男生中比较刺儿头的刘晨睿"啧"了一声："咋了潮儿?你这么激动干啥？咱们男生可不用这东西啊！"

又是一阵哄笑。

其他同学或好奇或疑惑地看过来。

被这么多人看着，许愿感觉小腹又开始隐隐作痛，白着脸站在座位上，不知道该装作若无其事走出去，还是重新坐下。

一双泛红的手突然探过来，伸进她的书包，直接抽走一片粉红色的卫生巾。

许愿吓了一跳："戚野?"

她来不及制止，也没办法制止，扭头看着男孩一边快步往教室后面走，一边麻利拆着手上的卫生巾。

"哟，新同学……"刘晨睿有些蒙，嘴上不饶人，"我说你这是……啊！"

鼻子上重重挨了一拳，两道暖流往下淌的同时，一张卫生巾被狠狠拍在他脸上。

戚野面无表情地看着他："现在你可以用了。"

刘晨睿哭了，而且哭得特别惨。

何老师很快赶来，没批评哭得抽声噎气的刘晨睿，也没骂冷着脸站在一旁的戚野，而是吩咐他们俩去商店买了一大袋卫生巾："每个人拿一片，男生女生都拿。"

同学们面面相觑，谁也不敢碰那儿包开封的卫生巾。

见他们这样，何老师索性自己来发："都拿着，就拿在手上，不许扔。”

她用十分钟时间，给班里每个学生都发了一片卫生巾：“现在还好奇吗？”

女生们红着脸不说话，男生们像是抓着烫手山芋。

江潮一张脸从上到下憋得通红，刘晨睿眼看着又要哭了。

“女同学不用觉得不好意思，每一个女生都要经历这种事，老师也一样。”何老师的语气带着少见的严厉，“月经是最普通的生理现象，卫生巾是最常见的卫生用品。如果谁拿这两件事和你们开玩笑，那是他不懂得尊重人，不是你们的问题，更不是你们的错。”

西川一中没有生理卫生课，这是大家第一次在课堂上听老师公开讲这种事。包括许愿在内，女生们一开始挺害羞，连头都不敢抬。但何老师没有就此停下，非常详细地科普了一遍相关知识。

慢慢地，大家都抬起了头。

“我希望咱们班的女同学以后可以光明正大地拿卫生巾，不会被嘲笑，不会被欺负。”下课前，何老师做了最后总结，“如果以后还有这样的事发生，我会通知你们的家长，我的班上不留不尊重人的学生。”

这一节英语课上得过于震撼，大家你看我我看你。最后，刘晨睿起身从后排走过来。

“对、对不起啊。”他和许愿道歉，“以前是我不懂事，以后不会了。”

他刚才哭得惨，现在眼睛还是红的，道歉算比较诚恳。

许愿平时和他没什么过节，犹豫一会儿点头：“好。”

刘晨睿又看向戚野：“那个……七爷……”

戚野看他一眼：“嗯？”

男孩沉着一张脸，冷冰冰的。刘晨睿鼓起勇气：“刚才你打得对，是我不好，是我欠揍。”

刘晨睿认错速度太快，戚野有点儿意外：“哦。”

到底是他先动的手，既然刘晨睿主动认错，戚野也准备和刘晨睿道个歉。

还没来得及开口，刘晨睿揉着鼻子：“不过我觉得我还是用不了那玩意儿……”

他摸了摸脸上的粘胶痕迹，心有余悸：“这也太疼了！你们真不容易！”后半句是对旁边其他围观的女同学说的。

之前戚野那一巴掌拍得太用力，卫生巾牢牢粘在刘晨睿脸上。硬扯下来的时候，生生拽掉了好几根眉毛和汗毛，直接把他疼哭了。

许愿、戚野：“……”

女同学们：“噗——哈哈哈哈！”

不太想回家，下午放学后，许愿叫住准备离开的男孩：“戚野，待会儿我能不能和你一起去摆摊？”知道自己这个要求提得有点儿没头没脑，她抓着小熊书包的带子，紧张地盯着他。

戚野看起来很无所谓：“那你在班里写会儿作业，我得回家一趟，你半个小时之后再过去。”

最近摆摊时间长，用气用得快。昨天他把煤气罐送去气站，现在这个点儿，充过气的钢瓶应该被送了回来。

戚野回家时，煤气罐正摆在门口。隔着薄薄一层房门，能听见里面的大声喧哗：“来来来！给咱们戚哥满上！再倒！再倒！”

戚野没进门，直接蹲下来扛煤气罐。戚野瘦，这罐煤气比他轻不了多少。钢瓶沉沉压在肩头，比之前分批搬上去的蜂窝煤还重。

他扛着罐子，咬牙屏气，一步步从台阶上方慢慢往下挪，好不容易挪到倒数第三级台阶——

“砰！”戚从峰猛地推开门，“戚野！”

醉鬼声音很大，戚野一个激灵。

被男人从床上拖到地上疯狂殴打的记忆在瞬间袭来，他拔腿就跑，忘记自己肩上还有个沉重的煤气罐，直接踏空。他半跪在地上，被扭到的右脚一阵钻心的疼。

“哈哈哈哈哈哈！看你那个尿样！”男孩瞬间苍白的脸色极大取悦了戚从峰，“怕老子打你？老子是你爹！打死你你都给老子受着！跑也没用！”

戚野死死抓住根本当不了武器的煤气罐，警惕地看着楼上的男人。

很快有酒鬼在家里喊：“戚哥！戚哥！别跑啊！回来一口闷！”

戚从峰忙着喝酒，顾不上搭理戚野，“砰”地关上门。

戚野深吸一口气。右脚扭得不算轻，他扶着墙，试探着慢慢站起来，走了两步感觉还能忍，继续扛好煤气罐下楼。

扭到了脚，他下楼下得慢，蹬三轮车也没以往那么方便。走走停停，花了比平时足足多一倍的时间才到商业街。

许愿已经在那里等了一会儿，看见戚野骑着车过来，高兴地冲他挥手："这里！这里！"

戚野把车骑到许愿身边。

本来想装作无事发生，刚从车上下来，他就是一个踉跄，接下来几步也走得一瘸一拐。

许愿瞬间白了脸："你……"

"你爸爸又跟你动手了？"笑容僵在那里，她上下打量他，甚至试图去拽他的校服查看，"他打你哪儿了？腰？腿？脚？"

戚野摇头："没有。"

许愿根本不信戚野的话。

男孩无动于衷，一副习以为常的模样。她想起他之前说的话，抿紧唇："这……这是不对的，这是家暴！"

女孩最后几个字咬得特别重。

戚野没当回事儿，往锅里扔炸串。她在旁边嘀咕："不报警也行，哪怕让人去吓吓他呢。江潮他爸爸那里有好多保安，我见过的，都特别壮实……"

不管她怎么说，戚野始终没什么反应。等到一波高峰过去，他趁着换油的工夫看向她："你说他对我是家暴？"

许愿："对啊！"

小姑娘点头点得毫不犹豫，语气格外笃定，戚野不由得多看了她一眼。

商业街霓虹璀璨，明亮灯光下，一天过去，她眼睛没有完全消肿，微微眯着。

戚野不带表情地把头偏回来，开火，扔炸串。火开得大，油烧得热。炸串扔进滚油的一瞬间，发出让人有些害怕的刺啦声，许愿下意识地往旁边退了小半步。

街头嘈杂的人声里，油锅刺啦作响的背景音中，她听见男孩格外平淡的嗓音。

"那你呢？"

他没看她，盯着锅里翻滚的油花："你妈妈那样对你，就不算家暴了吗？"

接下来两周，发生了两件比较重要的事。

首先，开学时拒绝和戚野坐同桌的学生们主动找他道歉——这完全出乎戚野的意料，在上次对刘晨睿动手后，他以为自己在班里的人缘会更糟。

石小果嗤之以鼻："那是他们觉得你帮了他们的忙，和你对比起来不好意思了！"前半句说的是女生，后半句说的是男生。

"知错能改也好呀。"许愿倒是觉得这样挺不错，"反正大家都是同学，以后还要继续相处。现在好了挺好的。"

其次，戚野摆摊收入稳定下来，终于不用让许愿他们替他刷卡。

炸串摊老顾客越来越多，戚野只要骑着三轮车往那儿一停，没多久便有老顾客围过来："七爷！来两串鸡翅和蘑菇！"因为那个白底红字的招牌，现在他们都这么喊他。

春日渐暖，枝头渐绿。气温慢慢回升，一转眼的工夫，到了四月下旬。

期中考试要来了。

考前最后一个周末，许愿琢磨早点儿回家复习，却被戚野叫住："你有没有时间？要是有空，等会儿陪我去摆半个小时摊。"

戚野从来没提过这样的要求，许愿有些蒙："啊？可以。"其实她更想回家做习题，但既然他这么说，总是不好拒绝。

和上次一样，戚野先回家取三轮车。许愿在班里待了一会儿，往商业街的方向走。

今天他到得早，但她走得近了，才发现他并没有在炸串，而是翻炒着小半锅大米。她站在旁边，能闻见那种脆生生的米香味。

戚野忙着盯火候，顾不上看许愿："帮我拿下盆，架子上不锈钢的那个。"

戚野把炒米倒进盆里，找剪刀开白砂糖的包装袋，顺势扫了眼许愿："你物理其实挺不错。"

他不再刷她的饭卡，仍旧盯着她的物理。比较难的压轴题许愿做不出来，普通甚至中上难度的题，完成得都很好。

他这么一说，许愿垂头丧气："光做题好没用啊！你不知道，我物理一直考四五十……"到了考场上，那些平时会做的题目一道都做不出来。

戚野没顺着这个话题往下说："你今天其实不想来吧？"

许愿一愣："没！没有！"虽然她确实比较想回家复习，但陪他摆上一会儿摊的时间还是有的。

小心思突然被戳穿，她反驳得急，戚野看了她一眼。他眼珠极黑，像被细细打磨过的玻璃珠，很凉，有些硬，在春日和煦的阳光里冷冰冰的。

许愿被看得心尖儿一突。

"你、你干吗呀？"她小声嘟囔，"是你叫我来的……"

"下次不想来就拒绝。"他慢慢炒着锅里的油和糖，"我不是你妈妈，不会生你的气。"

许愿一连眨了好几下眼："你……"

上一次反问完她之后，他和她谁都没有再谈论家暴的话题。戚野没说起陶淑君，许愿没提及戚从峰，两人心照不宣保持了沉默的平衡。

这是大半个月以来，平衡首次被打破。

"你物理怎么样，我心里有数。"许愿心跳还没缓过来，戚野说回上一个话题，"你考试的时候不是不会做，是害怕做。"

戚野说得非常直白，不留分毫余地。

许愿微微一怔，脸跟着白了："我……"

她确实很害怕。害怕试卷上鲜红的分数，害怕排在末尾的成绩表，害怕陶淑君拿到排名后瞬间阴沉的脸，更害怕陶淑君之后会做出的事。

"下周考试你不要想她。"戚野把不锈钢盆里的大米倒进锅，又随手抓了点儿芝麻核桃仁扔进去，"别想你妈妈，随便想点其他的，想什么都行。"

许愿低头："我……我不行……"

许愿记得很清楚，初二的第一次物理测验，她考了 72 分。

这个分数其实还可以，毕竟刚学，钱主任题目又出得多而难。全班只有陈诺一个人上了 90 分，还有一大堆人不及格。

但陶淑君还是生气了。那一天，许愿倒是没被赶出家门，只是一边被骂，一边哭着抄错题。一遍，两遍，三遍。抄到第二十七遍，凌晨五点，陶淑君终于放过她，大发慈悲让她去睡觉。

从那以后，无论随堂测验，还是期中期末，许愿的物理成绩从来没超过 72 分。

一次都没有。

"不行也得行。"戚野把大米、芝麻和核桃仁放在锅里搅匀，倒进一旁准备好的长方形模具。

"如果你以后学理科，你还要学四年物理；如果学文，也至少要再学两年。难道这几年，你准备一直考不及格？"男孩一点儿不委婉，直来直去，毫不顾忌她的心情。

许愿被说得满脸通红，过了一会儿，又慢慢变白。

“戚野。”她轻声叫他的名字，“我好想快快长大呀。”

许愿不太愿意细想家暴的话题。

她只是天真地觉得，等哪一天他们都长大了，长成说话有底气、做事不紧张的大人，她就不用因为考试担惊受怕，他也不会被亲生父亲在街头追打。

可要过多久，才能真正长大呢？光是现在的十三年，对于许愿来说，已经很长很长了。

戚野用力压着模具里的大米，放凉后用刀子仔细切成块，递给她一块：“给。”

许愿伸手接过：“这是什么？”

炒过的大米被油和糖包裹，一口咬下去又甜又脆，加了核桃仁和芝麻，吃起来特别香。

戚野把剩下的装在塑料袋里：“炒米糖。”

“你准备卖这个？”炒米糖酥脆爱掉渣，许愿一边吃，一边用手去接，“好吃是好吃，不过做起来好麻烦哦。”

“不卖。”戚野摇头，“你回家吧，这个拿回去。”他把塑料袋递给她，转头往锅里倒上油，招呼起前来排队的客人。

油锅重新刺啦作响，许愿正准备走，听见男孩有些发哑的嗓音：“会的。”

许愿脚步顿住：“什么？”

戚野没看她，把炸串扔进锅里，重复一遍：“会的。”

总有一天，他们会长大的。

周末过去，转眼到了考试的日子。周一上午考语文和物理，语文是许愿的强项，第一场考试比较顺利，没出什么状况。

第二场物理开考前，她怎么都坐不住，去外面转了一大圈，快开考才回来。

老师已经开始发试卷，许愿坐在座位上，心怦怦跳得厉害。克制不住开始发抖，她垂下眼盯着桌面，突然发现笔袋似乎被人动过。

鼓鼓囊囊的，不知道里面装了些什么。

许愿拿起笔袋，慢慢拉开拉链。先露出的是糯米纸洁白的一角，接下来，她闻见熟悉的、带着甜味的焦香。

是一块炒米糖。

熟悉的香气中，她想起他那天说了一半的话。尽管没有说完，但她明白他的意思。

许愿深吸一口气，趁着老师没过来，轻轻咬了口炒米糖。甜丝丝的滋味在舌尖绽开，一直保持到交卷铃响。

等待老师收卷的工夫，许愿低头，扫了一眼答题卡。毫无空缺，满满当当，每一个位置都填着相应的答案。

这是近一年以来，她第一次做完一张物理试卷。

初二下学期的期中考试，许愿考了班级第十三，年级六十二名。

她简直不敢相信自己的眼睛，傻傻地拿着成绩单："这真的是我自己考的？"

"你这不是废话吗！"石小果一把抱住她，"可以啊许愿！一下进步三十名！姓陈的都没你厉害！"陈诺依旧是第一，没有任何进步的空间。

根本没想到自己能考出这个成绩，许愿一整天都晕乎乎的。

戚野坐在座位上，看见小姑娘一直在抿唇轻笑。是真的开心，直到放学，她脸上的笑容也没退去。

"谢谢你！"她拼命和他道谢，"要是没有你……我肯定考不到这么好。"

许愿笑得很灿烂，眉眼弯弯的。

戚野看着她的笑脸，原本绷紧的嘴角放松些："回家吧，你妈妈这回该高兴了。"

许愿做了个鬼脸："只要别再骂我就行。"

"那你呢？"高兴完，她又有些惴惴不安，"你爸爸……"这一次的考试，戚野成绩属于中下，班级三十七名。

戚野："没事，他不管我成绩。"

忙着摆摊赚钱，没太多时间学习，这个名次戚野自己挺满意。毕竟他英语确实很差，考起来比许愿的物理还能拉分，没考倒数已经很不错了。

"以后我给你补英语！"许愿信誓旦旦，"我英语可好了！何老师都夸过的！"

戚野想起早读课上女孩读英文时流畅好听的声音，不置可否："走了。"

"五一"放三天假，戚野打算一直在游乐园外头摆摊，假期能赚更多的钱。想到这一点，骑车去批发市场的路上，戚野忍不住弯了弯嘴角。

许愿考得好会开心，而对他来说，赚到更多的钱，可以养活自己，就是世界上最值得高兴的事。

上次预付过一个月的菜钱，明天是新的一月，该重新给老板交货款。

戚野输入密码，屏幕上跳出提示：余额不足。

“怎么了？”老板勾头来看，“要不扫微信？”

戚野又扫了一遍，依旧提示余额不足。

心里冒出一个很糟糕的念头，戚野深呼吸，提醒自己保持冷静，手却有些发抖，点了两次才点开手机银行，查询卡面存款。

批发市场信号不太好，小圆圈转了一会儿，才弹出界面。

我的账户：0.00 元。

戚野不知道自己是怎么回的家。

也许是骑车，也许是走路。也许是疯子一样，在周遭行人异样的眼神中，从六七公里以外的批发市场，一路狂奔回小区。

“你老子还没死呢，你奔丧啊！”他一把拉开门，瘫在沙发上看直播的戚从峰吓了一跳，“短命鬼！我看你就是欠收拾欠揍！打上一顿你就老实了！”

戚野耳朵里嗡嗡作响，眼前也忽明忽暗，却还记得最重要的事：“钱呢？我卡里的钱呢？”

“老子上次不是说了，让你给老子交钱？！”戚从峰瞪起眼，“老子凭什么要白养你？你住老子的房子不该交房租？我还没问你要以前的钱呢！”

男人声音扬得非常高，重重砸在墙上，又反射回来，深深扎进戚野的耳朵里。

戚野半个头都在痛：“剩下的钱，剩下的钱去哪儿了？”

每天晚上睡觉前，他都要看一遍银行卡上的余额，在心里默念好几回数字，才能安心睡去。就算戚从峰无耻地拿走了所谓的房租，应该还剩下相当一部分。

戚从峰哼了一声：“剩下的钱……剩下的钱就当你借我！对！借我！老子是你爹！你给老子借点儿钱怎么了？儿子给老子借钱不是理所应当？老子瞧得起你才拿你的钱！不然你以为你算什么玩意儿！”

男人嗓门一声高过一声，戚野站在门边脑子里像是有小刀在搅，眼睛和耳朵都很疼。

剧烈疼痛间，他有一刻短暂的清醒："你怎么知道我的密码？"

戚从峰根本不把戚野放在眼里："你密码不是你妈生日？"

一点儿不觉得这么做丢人，他甚至有几分得意扬扬地炫耀："随便一试就出来了，这么简单的密码，活该……戚野！"

戚野几乎没有反抗过戚从峰，体力差距摆在那儿，如果逃跑不成功，失败的反抗只会遭到更剧烈、更丧心病狂的殴打。

这一次，戚从峰话还没说完，头上便重重挨了一拳。

"不许你提我妈！"戚野手抖得厉害，一连抓了好几下，才抓住戚从峰的衣领，"你不许提我妈！不许！不许！"

"小兔崽子！"戚从峰勃然大怒，大手一扬，抓住戚野的胳膊，"你敢打老子！活腻了是不是！"

他手劲大，往日揍戚野比揍狗还轻松。今天钳着戚野的手臂一连用力拉了两回，竟然都没把人从身上拽下来。

"你不配提我妈！你不配！"

因为愤怒，戚野的眼皮又开始疯狂跳动，一边跳，眼白一边迸出鲜红的血丝。

"你是不是有病！"戚从峰一下奓毛了，"想死是吧？老子让你死！叫你对老子动手！老子看看你以后敢不敢！"他直接掐住戚野的脖颈。

戚野一直抓着戚从峰的衣领，喉管被捏住说不出话，瞪着那双有些出血、眼皮不断跳动的眼睛看着男人。

戚从峰被看得发怵："真晦气！"

他直接甩手，把戚野磕在一旁的墙壁上。

戚野再次醒来，家里已经没人了。

这其实只是他的猜测。

因为耳朵里充斥着太多杂音，汽车尖锐的喇叭声、指甲刮黑板的动静，甚至还有小孩子咯咯的笑声。

这些本不该同时出现的声音，在脑海里循环往复，一片嘈杂，根本分不清家里有没有人。

但应该是没有。

被磕到的后脑勺隐隐作痛，被大力拧过的手臂也撕裂般难受。甚至在昏迷前没挨打的腿部和腰侧都一抽一抽地疼痛。大概是他晕过去之后，戚从峰不解气，又踢了他好几下。

不过他躺在这里，身上没落下新的拳脚。只有一阵阵发黑的视线提醒戚野，他刚被戚从峰狠狠揍了一顿。

男孩并不在乎这个，歪歪斜斜地躺在地上，在天旋地转的眩晕，与时高时低的耳鸣里，他愣愣地盯着天花板。

视线穿过剥落斑驳的墙皮、积水潮湿的屋顶、旧城区带着阴霾的灰色天空，一直看去很远很远的地方。

最后，他动了动嘴唇，轻声说："妈妈。"

第六章 别扭

许愿嘴上说回去不挨骂就好，到家后，把成绩单从书包里拿出来，悄悄放在玄关。没什么向家长要奖励的想法，她只是单纯想和陶淑君分享自己的喜悦。

许愿回到房间，在小群里发消息："@江潮，你上次说的是哪个电影？"她很少追剧看电影，更是从来不玩游戏，今天难得想放松一下。

"别问了，他现在肯定在他们家花园里被他爸追得上蹿下跳。"石小果很淡定，"爱情片有什么好看的！谍战片、武打片、恐怖片看不看？"

陈诺："看萌宠片吗？最近新出了好几个讲猫猫狗狗的。"

最后，许愿选了一套从前看过的医疗纪录片。

许愿看得很入迷，没注意到回家的陶淑君："许愿！"

知道陶淑君不喜欢她看这些，她迅速关掉窗口："妈。"

但陶淑君已经看见了："你怎么没在学习？我们办公室老赵他丫头，和你一个学校，人家比你努力多了！人家平时在家里根本不玩电脑不看电视，这次期中考试考了年级前一百！你看看你，一回来只知道玩！你考了多少名？"

陶淑君语速快，许愿来不及插话，等到对方闭嘴，怯怯地回答："六、六十二。"

眼看陶淑君一下就变了脸色，她急急补充道："是年级！年级六十二名！"

害怕陶淑君不信，她去玄关拿回成绩单。

陶淑君一时半会儿挑不出毛病，放下成绩单："偶尔一次考好不要骄傲！你看看你哥哥，每次都考年级第一，他有没有骄傲？别以为考进年级一百就轻松了，该学习就学习，不要成天搞那些没用的东西！"

许愿不知所措："妈……"

"不要说了！"陶淑君摆手，"我不听你狡辩！"

陶淑君一个"狡辩"凌空砸下来，把许愿所有想说的话都堵了回去。

对方离开后，她在列表里选了一会儿，跳过陈诺、江潮、石小果，点开戚野的头像。没设置新头像，他还是那只默认的企鹅。

她给他发了一个哭泣猫猫头的表情包："我又被我妈骂了。"

信息发过去，没有立刻得到回复。想着戚野或许在忙，许愿先做作业。然而写到深夜，直到陶淑君重重摔上主卧的门，戚野仍旧毫无动静。

戚野一直没看手机。短暂清醒后昏睡过去，他直接睡到了第二天下午。

男人不知道是跑出去赌博还是躲债，卷光了他的钱，拿走了家里所有能吃的东西，什么都没给戚野留下。

于是，临近傍晚，领班见到了一个月没见的男孩："你来啦？自己去后面换衣服吧，包厢那边缺人，你到包厢去啊。"

晚高峰时段，顾客特别多。没有一刻能停下来歇息，戚野眼前又开始忽明忽暗，手臂麻得不听使唤。许久没有抽搐的胃疼得厉害，比以往每一次都痛。

不，不行。

戚野提醒自己，不能吃客人的饭。

他咬紧牙关，推开包厢的门："花鲢来了。"

"这个我们不吃了，撤下去吧。"客人指的是一道只吃了一小半的拔丝香蕉。

"好的。"戚野拿起那道拔丝香蕉，转身离开包厢，低下头，正对上沾着糖浆的香蕉。

北南师傅手艺好，即使是客人吃剩下的，已经凉掉的拔丝香蕉看起来仍旧非常可口。

美食近在咫尺，散发着甜蜜的香味，一伸手便能够到。

这一回，男孩实在没忍住，轻轻带上包厢的门，门没完全合上，迫不及待地伸出手。

包厢里有位格外眼尖的客人："你在干什么！怎么能偷吃我们的菜！"

戚野饿得头晕目眩，手脚发麻，只听清了那个"偷"字，当即缩回手："没有，我没有——"

"什么没有！"客人直接从座位上跳起，三两步冲过来，一把抓住他的手，"我都看见了！你还不承认！我们让你把这道菜端下去，又没让你偷吃！"

他们这边闹得动静大，很快有人喊来领班。

领班当然护着戚野："不好意思，这是不是有什么误会？"

"能有什么误会！"客人丝毫不饶人，"我们这么多人都看见了，他偷吃我们的菜！"

立刻有人附和："你们北南不是高端火锅吗？服务员偷吃东西不行吧？以后谁还敢来？"

戚野站在包厢最角落，西装革履的客人们坐在圆桌旁，一口一个"偷吃""偷拿"，扎得他本就眩晕的脑子嗡嗡作响。

"实在是不好意思。这样吧，我替他给你们道歉，顺便免掉这桌的单，再赠送各位每人一张五折优惠卡，好吗？"

"不用你给我们道歉。"客人根本不搭理领班，"让那小子自己道歉，我们也不是不讲理的人。"

领班还想护着戚野："各位……"

"刘姐。"戚野轻声打断领班。

一天一夜没有吃饭，来北南后又连轴转地干活，如今再被客人这么一吵，他是真的没什么说话的力气，强撑着开口："对不起。"

"对不起什么？"客人冷哼一声，"说清楚点儿！"

他的同伴也跟着道："就是！说清楚点儿！"

戚野动了动嘴唇，没有出声。

胃一抽一抽地疼，他靠在墙上，视线掠过客人板正笔挺的西装、桌上琳琅满目的菜肴，最后停在不远处，那盘吃剩下的拔丝香蕉上。

真可笑啊，他想。

已经觍着脸，重新回北南打工，如今让他张嘴承认偷吃客人的东西，他竟然还会觉得难以开口。

明明尊严这种东西，早就和他没什么关系了。

"对不起。"于是，戚野垂下眼，"我不该……"

那个“偷”字没说出来，被人粗暴地打断：“怎么了怎么了？这好好儿的不吃饭，都搁这儿站着干吗？”

一个月不见，南哥今天染的是最亮眼出挑的红毛，手里一如既往拿着根没点的烟：“小刘，给你南哥说一说，这是怎么回事儿？”

“哦。”南哥听完，把烟别到耳朵上，“兔崽子，你真吃人家东西了？”他没用那个“偷”字。

戚野点点头，又摇摇头。

“我想吃。”他小声说，“但是没吃到。”

“你看！他自己都承认了！”最开始抓住戚野的客人精神一震，“我说你们可不能包庇……你！你干吗！”

南哥上前一步，直接伸手拿起一个拔丝香蕉，扔进嘴里。

“糖多了。”他嚼了两口，转头若无其事地吩咐领班，“待会儿给后厨说，拔丝的时候少放点儿糖，这么甜想齁死谁？”

客人惊呆了：“你……你干什么你！”

“吃东西啊。”这个时候，南哥脸上还挂着混不吝的笑容，“这拔丝香蕉不是让端下去？我看还剩一半怪可惜的，吃一个怎么了？”

客人难以置信：“你们这家店简直是……老板和员工沆瀣……”

“沆什么？”客人的话还没说完，南哥一秒翻脸，猛地拍了把桌子，“这么大人欺负小孩儿要不要脸！你不要脸老子还要呢！”

“不要的菜端下去还不准别人吃是不是？一口一个‘偷’‘偷’‘偷’寒碜谁呢？想出名是吧？来来来！我现在就拍视频发网上去！看看是我们北南出名还是您几位出名！”他拿出手机，对着这桌人的脸拍了一圈。

被这么一拍，客人立刻𡔞了：“老板有话好好说，你这发网上去对你的店也影响不好……”

“哦，影响不好那就关了呗！咱不差这一家店！”南哥完全不介意。

“行了！别发！”客人哪里见过这种行事风格，纷纷给戚野道歉，“今天喝酒上头说了几句浑话，对不起，让你受委屈了。”

南哥冷笑一声，把耳朵上的烟拿下来叼到嘴里：“上头了？那正好，我叫车把您几位送回去，别大晚上搁外面撒酒疯再把谁吓着！”

他们离开后，南哥毫不客气给了戚野后脑勺一巴掌：“小兔崽子！”

他很不高兴，语气非常冲：“咱们北南缺你那两口员工餐？告诉你今天那帮人要是有什么病，把老子传染了，你得给我打白工打到大学！听到没有！”

南哥这一巴掌打得并不重，至少比戚从峰要轻得多。

靠在墙上的男孩摇晃两下，抬手擦了下眼睛：“哦。”

始终联系不上戚野，假期第二天，许愿早早背着小熊包包出门。

戚野不在游乐园，也不在商业街。站在人潮涌动的街头，她忽然灵光一现。

戚野留在北南过夜，听见领班在喊自己：“怎么了？”他朝外面走去。

“你怎么真在这儿？”许愿傻乎乎地问，“放假不是正好去摆摊？”

但她毕竟不是真的傻，顿了下，瞬间明白过来：“你爸爸！你爸爸他又……”

“不是，我没事。”

男孩反驳得很快，许愿一个字都不相信。

“那你怎么不回我消息？”她拿出手机，“我前天就给你……”

“不好意思，刘姐。”小姑娘不依不饶，戚野直接搭上她的肩，“我带她去那边说话。”

许愿一个女孩子，没什么力气，半推半拽被拉去楼梯拐角，抬头仔细打量他：“你骗人！戚野！你骗人！”

走廊尽头有大片落地窗。今天是晴天，阳光好。借着从窗户里射进的光线，许愿看见男孩脖颈上深深的指印，过了几天，呈现一种不正常的瘀青。

戚野下意识地整了下衣领：“真的没事。”

许愿不可思议：“你疯了吗！这怎么能叫没事！”

“我要报警！”许愿不想再听戚野那些理由，“要是实在没办法，那就告诉江叔叔！”

她的手抖得厉害，划拉了好几回，没能解开锁屏。下一秒，手里骤然一空。

“戚野！”许愿不敢相信他竟然抢走了她的手机，“你想干吗！我说了！我要报警！我要给江叔叔打电话！”

好在两个人有身高差距，戚野把手举高：“许愿！”

男孩沉下脸时挺凶，一双黑漆漆的眼沉沉压着，嘴角绷紧，眉头皱起，看起来非常不高兴。

许愿其实挺害怕别人这么喊她的全名，带着怒意，和陶淑君每一次开口训斥她的语气一模一样。

但她还是执拗地伸手，想要拿回自己的手机："还给我！"

个头不如人，许愿只能一边伸手一边跳。

没跳几下，身后传来一个有些耳熟的嗓音："兔崽子！大白天你欺负别人小姑娘，想死是不是！"

为了制止这两个在楼梯拐角拼命蹦跶的小孩儿，南哥把他们带去办公室。

许愿记得这个男人，不太敢说话，坐在沙发上听南哥骂戚野："几小时不见你反了天了你！抢人小姑娘的手机丢不丢人！"

戚野站在办公桌前，垂下眼任凭南哥训。

"小妹妹，他干吗要抢你手机？"南哥训够了，看向许愿，"不害怕啊，有什么事和叔叔说，这兔崽子要是真有坏心眼，咱们就送他去派出所！"

许愿本来是想报警，南哥这么一说，快快摇头："没、没什么。"

"我可以不报警。"她擦了下自己的眼睛，"你至少去医院看看吧。"这两句是对戚野说的。

"哦对，昨天我还想问你呢。"南哥扬起下巴，"说吧，脖子上这是谁掐的？"

"说实话。"知道戚野的心思，他冷笑，"不说就给我滚蛋！别在这儿打工！"

戚野沉默一会儿："我爸。"

南哥脸上没有露出很意外的表情，看向许愿："你是因为这个想报警，然后被他拦下了？"

许愿点点头。

"行了，我知道了。"南哥一挥手，"小妹妹你先回家，这事儿我来处理。"

许愿不太敢相信眼前的男人——顶着一头红毛，嘴里叼着烟，长腿吊儿郎当地跷在桌子上，看上去更像是会家暴的那种人。

"真的，骗你我就把头上这玩意儿染成绿的。"南哥指了下自己的头发，"这大中午的，光天化日一个人在外面多不安全，快回吧。"

他说话颠三倒四，毫无逻辑，许愿更不信了。但几步开外的男孩根本不看她，自顾自低着头，露出后颈上狰狞的指印。

她犹豫一会儿："好。"吸了下鼻子，起身离开。

办公室只剩下两个人，南哥"啧"了一声："人都走了，你准备磨蹭到什么时候？”

戚野可以不和南哥说实话，然而他身无分文，要靠在北南打工才能活下去。他简短地说了遍这次的事，没提以前发生过什么。

“哦。”南哥听过他的话，心不在焉地点评，“你可真是完蛋了。”

戚野面无表情地听着。

某种程度上，南哥说得没错。摊上戚从峰这样的父亲，人生基本一眼能看到尽头，和陷在沼泽里没区别。只不过他如今还不甘心，拼命想要从这摊烂泥里爬出去。

“你等着吧。”结果南哥根本不是这个意思，“你把人小姑娘惹生气了，看人家回学校还理不理你！”

最后，南哥借给戚野这个月的货款，又给了他一个手机号：“下次有事打这个号码。”

“记住了，没大事不许打！”他强调，“我可不会处理你和你同学过家家闹别扭的小事！”

戚野莫名其妙。这一回他一句重话也没说，最多只是抢了许愿的手机，没摔坏没弄碎的，她怎么会生他的气？

戚野没把这件事放在心上，等到收假开学，才发现南哥的话一点儿没错。

许愿确实生气了。

和那回因为害怕惹他不高兴，而刻意保持沉默不同，这一次她是真的不搭理他。

许愿会和江潮讨论偶像剧的最新更新，会捧场石小果在散打班打趴老师的战果，会拿着练习册去教室后排找陈诺问问题，就是不和他说话。

哪怕陈诺有意往他身上引了两三回话题，石小果当着她的面问他是不是欺负了她，甚至反应最迟钝的江潮意识到不对，在饭桌上直接大剌剌地问出声：“哎，不是我说，许愿，你这两天咋不搭理七爷？”

她也只是捧起碗，安静喝了一小口面汤，跟没听见一样。

今天食堂的面盐放多了。

许愿喝过这口面汤，被咸得不行：“我去买水，你们要不要？”

陈诺收起纸巾：“我也去，和你一块儿。”

许愿没向坐在对面的男孩投去任何一个眼神，起身，和陈诺一起往贩卖饮料的窗口走去。

“你俩这是怎么了？”走到一半，陈诺轻笑，“好端端的，得有一周多没说话了吧？闹别扭了？”

许愿就知道他跟上来是为了说这个：“没有！”

没有才怪！她快被戚野气死了！世界上哪有他这种根本不在乎自己性命的人！

许愿完全不理解他那天抢她手机的举动，这几天不想搭理戚野，生怕一开口，他还没怎么样，她先把自己给气哭了。

陈诺拍拍她的肩：“和我说说，是不是他欺负你？”

“没有没有！”许愿鼓着脸走得飞快，“哥你再问，我也不和你说话了！”

陈诺举手投降，说：“行行行，我不问，不问了啊。你走慢点儿，我跟不上。”

回头他找时间把戚野叫到走廊：“没辙，我妹现在一提到你就生气，跟小河豚一样，我可不敢再提了。”

“不过你到底怎么惹着她了？”他好奇，“她脾气一直好得不得了，我还是第一次见她发这么大的火。”

少年问得疑惑。

隔着竖起的校服领子，戚野摸了摸自己的脖颈，垂下眼没回答。

由于陈诺中午多问了两句，一整个下午，许愿看起来都不太高兴。

放学后，陈诺不得不叫住她：“别和你哥生气行不？我妈今天往你们家拿了箱大虾，当我借花献佛，吃完别不高兴了啊。”

陈诺很少这么自称，许愿也不是生他的气，最后嘟着嘴：“那要看好不好吃。”

“肯定好吃。”陈诺失笑，“我爸他们医院今年特供，特别新鲜，外面买不到。”

“我是吃不惯这东西。”许愿到家时，陶淑君已经吃得七七八八，“你把剩下的吃掉吧。”

面前堆着小山般的虾壳，盆里有浅浅一盆底的虾。

许愿规规矩矩地坐在桌前，小心拆掉虾壳，吃了一个之后，感觉身上有些不舒服。

“妈。”她和陶淑君说，“我好像不能吃这个，眼睛痒，有点儿过敏。”

陶淑君心不在焉地刷短视频：“小孩子家家有什么过敏的！”

许愿分辨了一下那种痒意：“真的，妈，我不吃了。”

“你姑姑专门给你拿来的，你这孩子怎么一点儿不知道珍惜东西？”陶淑君放下手机，从沙发上坐起来，“你以前又不是没吃过虾，怎么以前没过敏现在就过敏了？别给我找事儿！”

陶淑君语气很凶，许愿只能忍着眼皮上细密的痒意，拿起一只虾。

她慢慢吃着，感觉那种痒意逐渐变得分明，从眼皮蔓延开来。不光是眼睛，很快，脸和脖子也一起跟着发痒，一阵一阵难受。

许愿忍不住伸手挠了下，然后惊声尖叫起来：“妈！”

“又怎么了！”陶淑君很不耐烦，“哪有那么多不能吃的，你怎么这么娇气！我看都是惯……”

她的话还没说完，许愿转过身，半张脸肿了起来，脸上、手臂上，全是密密麻麻的红疙瘩。

“以后不能再给孩子吃虾了啊。”急诊室里，医生一边给许愿开输液，一边对陶淑君说，“有时间抽空带她来做个过敏原检查，看看还有没有其他容易致敏的东西。”

“以前她吃虾好好儿的，从来没这样过。”陶淑君拿出就诊卡，“是不是你天天在外面乱吃东西，把自己搞得抵抗力下降，所以才过敏了？”

在家只肿了半张脸，来看急诊的工夫，许愿整张脸都肿了起来，眼睛根本睁不开。

她勉强能听清陶淑君的话，哭着反驳了句：“我没有……”

“过敏原是会变的，和抵抗力没关系。”医生皱眉，“既然孩子不能吃虾，下次就别逼着她吃了，搞不好会出人命！”

“知道了，谢谢医生。”陶淑君对医生态度很好，转头对上许愿，语气又不耐烦起来，“走吧，赶快给你把水挂上。看你肿得这样，难看死了！”

许愿难堪地低下头。没照镜子，看不见脸，但从手臂上一团一团的红疹来看，脸上肯定也好不到哪里去。

护士姐姐很快给许愿输上液。

急诊室人多，吵吵嚷嚷的，陶淑君不乐意待在这儿：“我去外面转转，你挂完水别乱跑。”

许愿被丢在急诊室里，一个人孤零零地坐着。她吊了一会儿水，肿起的脸慢慢消下去，眼睛勉强能睁开一些。她拿出手机，给陈诺发消息：“我明天不去上学了。”

陈诺秒回：“怎么了？生病了？”

许愿看了眼手上的红疹：“反正不去。”

“那明天我给你带作业？”以往都是许愿给他带作业，陈诺还是头一回遇上这种事。

许愿立刻制止他：“不要！哥，你不用给我带了！”她不想被任何人看见自己满脸长疙瘩的模样。

陶淑君不知道去了哪儿，一直没回来。

最后输完液，许愿只能自己喊护士，拔过针，给陶淑君打电话：“妈，我挂完水了，你在哪儿？”

“嗯，知道了。”电话那头听起来有些吵，“我这边有点儿事，你自己打车回家吧，挂了。”

许愿急忙阻止：“妈！你能不能给何老师打个电话，帮我请一下明天的假？”

她是真的不想去上学。对于一个只有十三岁的小姑娘来说，顶着满头满脸的红疹进班，实在过于残酷。

“不是已经挂完水了吗？”陶淑君根本不答应，“一点点小事就不上学？又不是我让你过敏的！明天必须去上课！”直接挂断电话。

许愿愣在急诊室里。手上贴着药棉和胶布，她保持着把手机举到耳边的姿势，不敢相信自己听到了什么。

你怎么能这么说？

我都说了自己不能吃虾，是你硬逼着我吃下去的啊。

这个晚上，戚野没睡着觉，躺在床上盯着天花板，眼前浮现的画面不断变化。

一会儿是那天女孩红着眼睛，拼命伸手来够手机的模样；一会儿是最近她面对别人时言笑晏晏，转头对上他，顿时笑容无影无踪的表情。

男孩睁着眼睛，直到窗外漆黑无光的夜慢慢退去，天际隐约露出一线鱼肚白，朝阳被晨风吹进窗棂，才深深呼出一口气。

戚野根本不知道该怎么办。他从小到大都没朋友，许愿他们是他长到十几岁，唯一愿意和他玩的一群人。再严格一点儿来说，她大概算是他第一个朋友。

但他现在却把她惹生气了。

假如在北南惹恼了客人，好好赔礼道歉，顶多扣上几天的工资，事情就算过去。

如果摆摊时顾客不满意，那更简单。直接全额退款，或者重新做一份，不会有人再找麻烦。

可许愿不是北南的客人，也不是摆摊的顾客。

她会因为照顾他的颜面，在看到他捞鱼的时候第一时间跑开；她会担心他摆摊卖不出去炸串，专门拉上陈诺他们来帮他的忙。

她不是陌生人。她是他长到十三岁，第一个真正的朋友。

既不知道许愿为什么会不高兴，更不知道怎样才能让她消气，戚野一晚上没阖眼。

等到天亮，他继续盯着天花板出神，快迟到才爬起来。

好在戚从峰并不在家。卷跑他的钱之后，醉鬼便消失了，一连十几天没有消息、不知死活。

以为自己来得晚，戚野进班后，才发现身旁座位空荡荡的。

戚野下意识地回头看陈诺，少年坐在后排，和他比口型："请假了。"

戚野点点头，转过身，从书包里拿出英语书。

南哥借给他这个月的货款，他重新摆起摊，平时没什么学习的工夫，只能抓紧在学校的时间好好看书。

英语差，他看得更用心些，今天却不知道什么原因，格外心浮气躁，随手翻了两页，很快看不下去，一个单词都记不住。

正在和单词较劲，门口传来惊呼："啊！许愿！你这是怎么了？！"

戚野一怔，抬头去看。

五月中旬，春光最为明媚的时候，天气彻底暖和起来，除了陈诺这种常年身体不好的同学，大家基本全换上了夏季校服。

因为脖颈上还有瘀青，这几天，戚野不得不继续穿秋季外套，但下半身穿的是单薄透气的夏季校裤。

然而此刻，站在门边的女孩穿的是全套秋季校服。和他一样领子立起，拉链一直拉到最上面，将脖子捂得严严实实。

不同的是，她甚至戴着一个格外厚实的蓝色口罩。脸小口罩大，轻轻松松挡去大半张脸，只露出眼睛和额头。

正因如此，额头上的红疹看起来更加明显。

许愿顶着同学们惊讶好奇的目光，飞快跑到座位上，把头深深埋进臂弯，即使陈诺从后排过来，也打死不抬头："不要看我！"

她又委屈又难堪，声音带上哭腔，让陈诺脸色微变。

"舅妈带你看过医生了？"他脑子反应快，一下明白过来，"吃药了吗？要不要紧？"

他不问还好，这么一问，许愿想到陶淑君的话，更加难过："不要看我！不要管我！"

许愿平时从来不这么说话，一起凑过来的石小果和江潮都有点儿蒙。

江潮还好一点儿："什么看医生？你生病了？不是被蚊子咬的？"

石小果神经比全班男生加起来都粗："到底怎么了这是？姓陈的你别遮遮掩掩，说句话啊！"她甚至还蹲下去，想要从下面看许愿的脸。

陈诺拦住他俩："好了好了。"

"不看你，我们都不看你啊。"陈诺拍拍许愿的肩，"没事儿了，回座位吧。"然后一手抓江潮，一手拉石小果。

他是个常年病号，石小果不敢动手，只能一脸蒙地被拽回去。

江潮路上还在喊："真不是被蚊子咬的？"

许愿真的要哭了。她完全不希望别人注意自己，只想大家都像陈诺那样不要在意她的脸，但趴在桌子上，即使不抬头，也能感受到从前后左右投来的视线。

十三四岁的小孩儿，生活没什么波澜。谁换了新鞋、谁剪了刘海儿、谁脸上长了痘痘，都够大家私下里讨论好半天，更别说她不是长了一颗痘，而是满脸的红疹。

许愿趴在桌上不动弹，想到今天是何老师的英语早读，又吸了下鼻子。

何老师一向很关心学生，待会儿进来肯定要问她为什么捂得这么严实。到时候，她脸上的疹子就要被全班同学再看见一次了。

她越想越伤心，根本不抬头，把脸埋在臂弯里。直到早读铃响，何老师拿着英语书进班。

"你的脸怎么了？"果然，何老师一进来，便吃惊地问，"为什么全是红点点？"

许愿把脸埋得更深，然后一愣。

不对啊，她现在趴在桌上，何老师怎么能看见她脸上有什么？

"和你说话呢。"许愿还没想通，何老师继续追问，"戚野，你的脸是怎么回事儿？"

许愿茫然抬起头来，身侧，被点名的男孩神色如常。

何老师说得没错，他脸上确实有很多红点点。分布得密，从额头到下颌，从脸颊到鼻梁，甚至连压出深褶的眼皮，也有星星点点的红。

尽管位置不同、大小不均，但这些红点的颜色倒是出奇一致，很难不让人注意。

如果戚野手里没有夹着一根还没盖上笔帽的廉价红笔，看起来就更像那么回事儿了。

第七章
生日

许愿被迫与戚野和好。因为他这么一弄，大家的注意力全被吸引走，根本没人在意她。

甚至在她的红疹褪去后，他脸上用水笔画出来的红点点，一个比一个顽固，洗都洗不掉，过了一周多才慢慢淡化。

“你试试这个。”还是有点儿不高兴，许愿往戚野桌上放了罐洁面慕斯，“知道错了吗？”

小姑娘气哼哼的，戚野咳嗽一声：“知道了。”

那天她逼着他承认他们是好朋友，以后有事必须告诉她，否则以后她绝对不理他。戚野哪里见过这种威胁，他只能全部答应下来。

“这个就不要了。”戚野把慕斯推回去，“我用不着，再过两天就没了。”他用不惯这些东西。

许愿十分坚持：“不行，我都买了。”她试图拉开他的书包，把慕斯放进去，戚野立刻警惕地捂住书包。

两个人一个捂一个拽，陈诺拿着信息表走过来：“你俩待会儿再闹，先填一下表。”教育局收集学生信息，线上线下都要填写。

许愿接过表，边填边告状：“哥！他欺负人！”

陈诺非常公正：“行了，别天天给人家乱塞东西，我看是你欺负人。”

“对了。”被许愿瞪了一眼，他笑，“下午放学等等我，我和你一起走。”

许愿把表格递给戚野：“有事儿？”

陈诺放学回家一向很准时。为了不让许建丽操心，这么多年除了课后做值日，他总是一下课便背上书包离开。所以尽管两家住得近，许愿也很少和陈诺一起回去。

“算是吧。”陈诺点点头，“反正你等等我就行。”

说是她等他，放学后，还是陈诺等了好一会儿许愿。

两人往公交车站走，许愿好奇：“什么事啊哥？”专门留下来等她，弄得神神秘秘的。

陈诺微微一笑：“不是什么大事儿，我生日快到了。”两个人同年，他出生在5月31号，比许愿大差不多四个月。

“今年……”陈诺有些犹豫，“我不想在家过生日。”

许愿理解而同情地点头：“我明白。”

半个月前，江潮和石小果偷偷来找她，询问陈诺今年想要怎么庆祝生日。不是打算提前准备生日礼物，而是实在受不了许建丽做的菜。

陈诺吃不了任何重油重盐的东西，这十几年来，他们家做菜口味一直非常清淡，和白水煮菜没什么分别。

“我想今年别折腾你们了，咱们还是去外面吧。”

“姑姑能同意吗？”

“我没打算在外头吃东西。”陈诺摇头，“这不是正好要过节……”

他拿出手机，点开班级群指给许愿看：“你觉得呢？”

许愿心头一动，隐约有种直觉。等到少年打开群文件，就确定了他的意思。

“哥！”她冲他眨眼睛，“你人真好！”

陈诺笑着摇头：“怎么是我人好？算我跟着沾光才对。”

五月过去得快，戚野脸上的红点还没彻底消失，六月要来了。

这周末就是“六一”，周五最后一节课，戚野把手机压在课本下，加加减减，仔细算过每一天的账，留出一部分还给南哥的钱。

计划好接下来一个月该干什么，戚野收起手机，发现许愿正在看他。

他不禁有些头疼：“我不要。”老房子乱七八糟堆了一大堆洁面产品，马上快没地方放了。

许愿摊开手，给他看空空如也的掌心，戚野这才松了口气：“怎么了？”

许愿压低声音：“我哥明天要过生日。”周日是“六一”，陈诺生日在周六。

戚野点头："嗯。"

他从来没注意过别人的生日，但江潮和石小果一早在饭桌上讨论，想不知道也不行。他已经把礼物给了陈诺，是一本书：《如何正确饲养仓鼠》。

这是陈诺自己要的，石小果当时就吐槽："你家连根仓鼠毛都没有！你买哪门子的如何饲养仓鼠？！"

许愿观察戚野的表情："我们打算周日去游乐园玩，你要一起吗？"她没抱太大希望，毕竟那天是"六一"，戚野肯定要去摆摊赚钱。

戚野："知道了，我会去的。"

"真的？！"许愿有些不敢相信，"你真的和我们一块儿去？"

戚野再次点头："嗯，去。"

"你们在群里把时间定了就行。"恰逢下课铃敲响，他忙着去摆摊，把桌上的东西往书包里随便一揽，"先走了，拜拜。"

周五晚上和一整个周六，戚野都在摆摊，回到家时天黑透了。

点开 QQ，许愿在小群里@他："我们明天八点半在游乐园门口集合哦！"

戚野回了句"知道了"，和以前一样，摸黑洗漱完，躺在床上。戚从峰仍旧没回来，老房子安安静静的。

过了一会儿，已经闭上眼的男孩，突然坐起来，翻身下床。

"啪"的一声，一直没亮起灯的房间，骤然被明亮填满。

戚野从床下拖出一个半新不旧、四个万向轮坏了三个的行李箱。他拿出放在最上面的桃红色棉衣，再伸手，就碰到了一件折叠整齐的白衬衫，和同样熨帖的黑色长裤。

如果许愿在这儿，肯定会觉得十分眼熟。这是他在开学第一天穿的那一身，后来压在箱底再没穿过。

戚野把白衬衫和黑裤平铺在床上，借着明亮的灯光，确定这两件衣服和冬日里上身时差不多，用塑料衣架把它们挂好。

"啪"的一声，灯光熄灭。

戚野重新躺在床上，手臂搁在脑后，睁眼看着天花板。

从小到大都没朋友，这是他第一次被同龄人邀请一起出去玩。所以不论"六一"摆摊能赚多少钱，他都一定会应下邀约。

第二天，闹钟一响，戚野睁开眼。

洗漱过后，随便热了点冰箱里的半成品炸串当早餐。吃完饭，他又拿许愿塞给他的洁面慕斯，重新洗了一遍脸。

洁面慕斯是草莓味的，泡沫闻起来特别甜。

戚野洗好脸，换上白衬衫和黑裤。

老房子没有全身镜，他把餐桌旁的椅子搬去卫生间，站在上面转了好几圈，打量洗漱镜里的自己。

难得没骑三轮车，戚野今天坐公交车去游乐园。

约定八点半集合，他七点半便出了门，不到半个小时，到达目的地。

"到了。"戚野在小群里发消息，"我先排队。"

立刻有人回复："你到得是不是有点儿早！"这是许愿说的。

江潮："在起了在起了不要催！马上就起！再躺五分钟！"

石小果发来一段语音："你赶快给我起！迟到一分钟我打你一拳！听到没！"

陈诺忍俊不禁："@大果子，行了，他现在肯定吓醒了。"

没到开园的时间，队伍纹丝不动。戚野完全不着急，看着小群里弹出的消息安静等待。

过了十几分钟，听见女孩清脆的嗓音："戚野！"

连陈诺都成功被江潮带偏，开始喊他七爷，但她从开学后，再没喊错过他的名字。

戚野循声抬头，不由得庆幸自己今天换了新衣服。

今日是晴天，天气好，许愿穿了身嫩绿的连衣裙。脸上过敏早就好了，她肤色原本又白，被裙子这么一衬，几乎整个人都在发光。

仗着纤细身形，会发光的小姑娘在人群里灵活穿梭，一路"噔噔噔"跑过来，一边跑，一边把手背在身后。

她跑到他面前，停下脚步，扬起脸甜甜地笑。

"戚野！"她又喊了声他的名字，手还是藏在后面，眼睛弯起来，双颊上有明显的两个酒窝。

戚野有些莫名："嗯？"

既不懂她为什么突然这么开心，也不懂她为什么要保持这么奇怪的姿势。他还没来得及问，她唰地把手伸出来，将一个盒子举到他面前。

"戚野！"

第三次喊了他的名字，她冲他眨眼睛："生日快乐！"

戚野没有去接礼物："什么生日快乐？谁的生日？"

许愿一怔："今天不是你的生日？"6月1号，儿童节，是他填的信息没错。

戚野突然明白她邀请他来游乐园的原因："……我填的信息是错的。"

"户口本上是那个日期，但不是我生日，我也……不清楚具体是哪一天。"

戚野上户口上得晚。读小学前一直没有户口，到了该接受义务教育的年纪，才从负责报名的老师那儿知道这回事。

戚从峰成天在外面鬼混，不在意戚野能不能上学。是好心的社区工作人员前前后后跑了好几趟，帮他把户口落好。这个出生日期，也是那位阿姨替戚野填的。

"你记得自己的生日吗？不记得了呀？那阿姨给你填成6月1号好不好？"

"6月1号是小朋友的节日，填到这一天，以后就有好多小朋友和你一起过生日了！"

但戚野从来没庆祝过生日。

上完户口的第二年，戚从峰带着他离开西川，一走就是六七年。这六七年里，戚野住过群租房、住过地下通道。最拮据的时候，甚至还在露天公园里睡过觉。活下来已经是老天爷眷顾，根本没心思琢磨什么生日不生日。

许愿哪里想得到竟然还有这种事，举着礼物愣在当场："那……"她已经告诉了江潮、石小果！他们今天就是来给戚野过生日的！

许愿脸登时通红，不知道该把盒子塞给戚野还是收起来，手上蓦然一轻。

他从她手里接过这份十几年来第一次收到的生日礼物："谢谢。"

江潮、石小果很快赶到，一一送上礼物。陈诺到得最晚，除了礼物还带了一盒八寸蛋糕。

"把蛋糕先存到服务台，咱们玩完再吃！"江潮最喜欢这种热热闹闹的场合。他不由分说，从自己的背包里掏出两顶生日帽，"来！七爷！班长！你俩一人一顶啊！"陈诺昨天没邀请他们去家里，今天算是一起补上。

五个人在游乐园门外会合，进场后在游玩项目上出现重大分歧。石小果拽着陈诺去坐云霄飞车，沉迷偶像剧的江潮对旋转木马念念不忘，许愿不敢坐云霄飞车，退而求其次选择碰碰车。

头一回进游乐园，戚野对这三个项目都不熟悉，但听江潮发表"偶像剧男女主都坐旋转木马”的言论后，果断选择和许愿一起去玩碰碰车。

许愿带着戚野往碰碰车那边去。想起先前的对话，再看看男孩头上的生日帽，还是非常尴尬：“那你的生日……到底在什么时候呀？”

戚野摇头：“我真不知道。”

记忆里只有一些零星的片段，因为太小，场景和时间都模糊，甚至记不清当时在场的还有谁，只记得老式硬奶油甜点的味道。用的是非常便宜的人造劣质奶油，口味还没有他在菜市场捡到的过期奶油蛋糕好。

但或许是因为那双一直拿着手绢，仔细帮他擦拭唇边奶油痕迹的手，这么多年过去，他始终记得那种温柔的甜。

“那……”听他这么说，许愿绞紧手，“那以后我们就定在今天？”

“嗯？”戚野没听懂。

正好走到碰碰车区域，许愿没继续往下说，指着身后的戚野：“姐姐姐！他今天过生日，给我们一辆生日车好不好？谢谢！”

在游乐园过生日的小朋友，可以坐被气球装饰的摩天轮，骑戴王冠的旋转木马。碰碰车花样没那么多，但和普通款还是很不一样。

车身涂装很鲜艳，两侧分别用中英文写着“生日快乐”的字眼，车尾系着粉红色蝴蝶结。

戚野扫了眼蝴蝶结，嘴角隐约一抽，许愿已经坐进车里，冲他兴奋招手：“快来快来！”

音乐响起，工作人员特意播放的《生日快乐歌》里，他听见她大声和他说：“那我们以后每年都在今天给你过生日吧！”

戚野这回听懂了，没来得及开口，一辆碰碰车撞过来，把他们的生日车撞向一边。

驾驶碰碰车的小朋友看见自己撞到了生日车，高兴招呼同伴：“快来快来！来这边！”整个场地里就数生日车最醒目最显眼。

眼见四五辆碰碰车从左右包抄，戚野握住方向盘，迅速从一侧滑开，许愿拼命指向身后：“追上来了！他们追上来了！”明明只是玩碰碰车，她却像是真要被追尾一样，声音直接提高八度。

戚野只好打了把方向盘，掉转车头，狠狠撞向离得最近的碰碰车，激起一连串尖叫。

“左边！右边！小心后面，要撞上了要撞上了！”接下来的时间，他压根儿没机会和许愿说话，在她大呼小叫的指挥下，不断在场地里转来转去。

戚野上手学东西一向很快，场地里零星有几个大人在玩，他依旧横冲直撞，逼得大家团结起来，一起默契统一地来撞他。

最开始撞过来的小朋友始终追着他们不放，戚野也不和他客气，每回从包围圈里冲出来，都要往他那边狠狠撞一次。

再一次突破包围圈，他扭头看后面准备再撞一回，坐在身侧的女孩突然出声："等一下！待会儿再撞我们！你别动，生日帽要掉了！"后一句是对他说的。

许愿替戚野调整好生日帽："现在可以了。"

小朋友毫不客气地撞上来："好！"

许愿本以为戚野会躲开，结果"砰"地被撞出去："哎？"

关键时刻，戚野却发起了呆，根本不动弹，又被撞了两下才回过神，顺势看向她。

许愿睁大眼睛："你怎么了？"

两个人坐在同一辆碰碰车上，距离近。她眼仁干净又漂亮，清凌凌倒映出他头上刚被扶好的生日帽。

目光短暂相接，两秒后，戚野挪开视线，佯装无意摸了下生日帽，猛地一打方向盘："没什么。"只是突然想起当年上户口时阿姨和他说的话。

虽然这一天来得有些晚，但在今天，他真的是那个和大家一起过生日的小朋友。

许愿和戚野玩了好几轮碰碰车，才去跟陈诺他们会合。

人渐渐多起来，每一个项目基本都得排长队。等大家排完鬼屋和海盗船，已经快到下午了。

江潮第一个受不了："班长我要死了！咱们歇歇行不行？你那蛋糕不是放服务台了吗？还是快点儿吃蛋糕吧！"

工作人员把蛋糕放在冰箱里，一早上过去，蛋糕仍旧很新鲜。许愿将蜡烛一一插好，左右各七根，一共十四根蜡烛。

吹灭这些蜡烛，戚野和陈诺就都十四岁了。

"你坐这儿。"戚野扶着生日帽，被许愿推着坐到蛋糕正面，"哥，你委屈一下，坐他对面哦。"

陈诺轻笑："这有什么？本来今天就是七爷的生日，我昨天就过完了。"

戚野不清楚普通小孩儿怎么庆祝生日，听他们的话老实坐下，唱过《生日快乐歌》，许过愿望，和陈诺一起吹灭蜡烛。

“等一下，等一下！”他从石小果手里接过刀，被许愿拦住，“先别切。”

许愿翻出自拍杆，半蹲下去，把手肘搁在戚野肩膀上，比了个胜利的手势：“你们快来！”

江潮第一个响应：“来了来了！”

石小果和陈诺也走过来。

没拍过除了证件照以外的照片，戚野不太适应，盯着被自拍杆拉远的手机。

屏幕里，戴着生日帽的男孩板起脸，神色稍显拘谨。但身旁每一个人都笑得很开心，迟疑几秒，赶在女孩按下快门前，他轻轻扬起嘴角。

许愿一连拍了十几张照片，觉得哪一张都不错，又觉得哪一张都有点儿小毛病，拿着手机去问陈诺：“哥，你觉得用哪张当背景好看？”

“回家再选吧。”陈诺扫了眼，“现在不早了，要不今天就到这里？”

石小果匪夷所思：“姓陈的，你管下午两点叫不早？你哪个星球来的？”

江潮也纳闷：“不是，班长，你抬头看看，太阳还挂在天上呢。”就连许愿都觉得有些夸张。

陈诺微微一笑：“时间真的晚了。”

他坚持要结束，大家拗不过，只好提前结束流程。

大家住在不同的方向，戚野和石小果陆续等来公交车，打过招呼一一离开。江潮很快被司机接走，留下许愿和陈诺在车站等车。

许愿看着他背上鼓鼓囊囊的背包：“你带的这是什么呀？”

她原本以为里面装的是给戚野的礼物。但陈诺送完礼物后，背包看上去还是很满。

“放了套衣服。”陈诺温和解释，“咱们今天不是在草坪上坐着？进门前换套衣服，我妈就不用再扫一遍地了。”

许愿似懂非懂：“哦……”可她觉得他身上好像没什么草叶灰尘。

“车来了。”她正想继续追问，少年看向不远处，“走吧。”

戚野回到家，脱下身上这套白衬衫黑裤，换成平时穿的校服，给批发市场的老板打了电话，下楼骑上三轮车。一来一去没过多久，又回到游乐园。

“六一”人多，等到收摊，天已经完全黑了。

下午出来得急，戚野没来得及拆礼物。长大后第一次过生日，同样也是第一次收到生日礼物，他还真的挺期待。

戚野走进单元门。随着男孩上楼的脚步，感应灯一层层亮起。走到六楼，年久失修的灯泡发出一声轻响，他不由得顺势扫了一眼。

就是这么短暂的一眼，戚野突然明白了戚从峰消失的原因。

扫完那一眼，戚野若无其事地收回视线，继续上楼，没搭理站在他家门口的几个男人——领头的是个刀疤脸，他们染着比南哥还夸张的发色，露出来的手臂肌肉结实，嘴里无一例外叼着烟，见他上楼，目露凶光盯过来。

戚野没有停下来，也没拔腿就跑，只是恰到好处地表现出了一点儿茫然、一点儿畏缩，胆怯地看了他们好几眼。

“咚咚咚！”

他来到对面房门前抬手敲门：“妈，我回来了。”

对门一直没有人住，自然不会有人来给戚野开门。

顶着身后男人们穷凶极恶的眼神，他敲了一会儿，拿出手机，在南哥留下的号码和许愿的手机号里犹豫两秒，最后选择打给女孩。

“喂？”电话一接通，赶在她说话前，他先开口，“你和妈是不是又去外婆家了？”

不能先打给南哥。

老式楼房的楼梯间空间狭小，很容易能听见通话声。他不能被这群男人误会正在给戚从峰通风报信。

戚野背对男人们，盯着房门上的倒影，看见他们此时也正在盯着他，只要接下来女孩应答稍有不对，就会直接扑上来。

男孩右手拿着手机，左手佯装放松地垂在身侧，五指虚虚拢起，看起来很是自然。只有他自己知道，在等待女孩回应的几秒内，手心一层密密的汗。

一秒。

一秒半。

两秒。

就在他的手要克制不住发颤前，窄小的楼梯间里，每一个人都能听见小姑娘清脆的嗓音：“是呀，怎么了，你没带钥匙？”

“你俩出去前能不能和我说一声？”戚野微微闭了下眼，一颗汗顺着指骨下淌，落在裤缝处，“你俩走了我怎么办？大晚上的让我睡马路？”

“是你自己不带钥匙好吧……那你喊个开锁的？”

“开一次锁一百块！你不心疼钱我还心疼！南叔晚上不是要回来？你让他把咱家钥匙带过来。”

“我没有南叔电话呀……”

“你拿支笔，我给你说。”戚野直接背了一遍南哥的电话号码，“快点儿打，南叔指不定已经坐车了。”

“好的！我现在打，你不要着急！”

戚野挂断电话，靠在对门房门上低头玩手机。

其实没什么可玩的。买手机最主要的用途是扫码收钱，这部便宜的入门机内存小，装不了什么游戏，戚野也不爱玩，索性点开许愿发在小群里的照片。看着屏幕上戴生日帽的自己，在心里默念。

他可以撑过去的。

今天是他的生日，他一定会撑过去的。

见他没跑，刀疤脸勾着脖子，看了下他的手机界面，没看出什么异样，粗着嗓子问：“小孩儿，你家对面是不是住着父子俩？”

戚野抬头扫了眼自己家的大门：“是啊。”

他应得没什么破绽，眼神里恰到好处地带上几分戒备，一副明显提防对方的表情。刀疤脸和同伴对过眼神，点点头，没再和戚野搭话。

很快，许愿的电话打进来：“南叔正好要回来，我已经把钥匙给他了。不过……他说他最近犯了夜盲症，晚上看不清路，你要不去门口接他一下？”

戚野愣了下：“哦，行。”和刀疤脸对视一眼，低头下楼。

不敢走得太快，也不能走得太慢，他保持着刚才上楼时的速度，不疾不徐往下走。

六楼。

五楼半。

五楼。

一直竖起耳朵，戚野走到五楼时，听见有人嘀咕：“那小孩儿穿的是不是一中校服？”

“好像是，怎么了？”

“你傻啊你！戚从峰他儿子就在一中上学！小王八蛋你别跑！”

听见第一句时，戚野便绷紧了身体。听到第二句，刀疤脸还没来得及发号施令，他直接甩开腿飞快地跑下了楼梯。

跑！一定要跑！绝对不能被这群追债的人抓到！

好听点说叫追债人，再直白点，就是一群无法无天、不管不顾的地痞流氓。一旦被他们抓到，不是挨上一顿揍就能逃脱的。

戚野一路飞奔，但无论他怎么拼命奔跑，沉重脚步声仍旧紧紧咬在身后：“小兔崽子你别跑！给老子站住！再跑老子抓到你扒了你的皮！”

戚野跑得更快了。不知道过了多久，跑着跑着，他跑进了一条死路，道路两旁没有分岔的小路，尽头是几格铁栅栏。

不知道铁栅栏里面是什么地方，旺盛的灌木和杂草挤出栏杆外，一簇又一簇。

跑了这么长时间，戚野不剩什么力气。

地痞的叫骂声越来越近，眼前一片模糊。他咬着牙，抓住栏杆，用最后一点劲儿翻过带着箭头的铁栅栏。

铁栅栏上的箭头异常锋利，狠狠扎了下戚野的小腿。他瞬间晃了晃，伸手想要抓住点什么，但没有任何可供借力的东西，摇摆两下，直接一头栽下去。

地面硬得不像话，戚野感觉自己像是摔在水泥地上，痛得顿时没办法挪动。记得自己正在被追，他没有闷哼出声，蜷起身子缩成一团。

正值六月，草长莺飞，灌木旺盛。

男孩身形格外瘦削，只有薄薄的一层。晚风拂过，灌木发出窸窸窣窣的响动。枝叶垂下，遮挡住了他近乎于无的形体。

“人呢？”地痞们很快追过来，“刚是不是跑这边了？”

“不是吧……算了算了，别看了，这地方晦气，上那边看看。”

“就是，大晚上的，快走快走。”

戚野保持着躲在灌木丛里的姿势一动不动，额头冒出的冷汗渐渐被风吹干。等到再也听不见男人们的声音，他忍着小腿的抽痛慢慢从地上坐起来。

坐起来的瞬间，他用力眨了好几下眼，突然明白地痞们先前说的话。

作为西川唯一的公墓，墓园位置很偏。要不是他被追得太久，也不会一路慌不择路逃进这里。

深夜，公墓里亮着路灯。淡白色灯光下，晚风吹过一排排林立沉默的墓碑，发出呜呜咽咽的声音。戚野方才就是摔在一块墓碑后，勉强躲过了追债人。

他拖着受伤的腿，缓缓起身，一瘸一拐绕到墓碑前。从生卒年月看，是位高寿的奶奶。

戚野没有立刻离开，而是把周围的灌木丛简单清理了一遍，拔掉多余的杂草，捡起地上无人清扫的落叶，扶好被自己先前压弯的枝条。将一切收拾得干干净净、整整齐齐，他最后来到墓碑前，毫不犹豫地跪下，认认真真、恭恭敬敬地给奶奶磕了一个头。

许愿挂断电话后，死死捏住手机。她既担心戚野那边的状况，又害怕贸然打过去会对他造成什么不利影响。

长这么大，许愿头一回遇上这种情况，甚至完全不清楚发生了什么。

对于一个十三岁的小姑娘来说，无论是父母动手打人，还是高利贷上门逼债，都是难以想象的事。

许愿原本想找陶淑君帮忙，听着客厅里传来的短视频声音，最后一个字都没说。

好在没多久手机振动起来。

“小妹妹是我！”电话那一头是南哥，“跟你说声没事儿了，人我找到了，你就别操心了，大晚上的早点儿休息啊！”

许愿有些迟疑：“真……真的？”

“我骗你干吗？那谁，你自己给你同学打个视频。少让人家大晚上担心你！”

电话被挂断，随即，许愿收到戚野发起的视频通话：“你没事吧？之前吓死我了！”

“没事。”戚野摇头，“刚才幸亏你反应快。”万一她傻乎乎问上一句“什么回外婆家”，他现在估计已经被抓走了。

许愿心有余悸：“还好小果叫我去看电影的时候，我每次都去了……”

“到底是怎么回事？”许愿现在仍旧有些手抖，“是你爸爸他……还是……”

戚野没想好怎么回答，南哥插嘴：“几个人找麻烦，我来处理就行了，你俩别凑一块儿瞎琢磨。”

南哥说得轻描淡写，许愿直接白了脸：“啊……”那不就是小混混？

“你放心，真的没事。”想起她上次发脾气的原因，戚野补充两句，“我不都给你打电话了？”

许愿看戚野脸上没伤，勉强放下心：“那你现在去哪儿？还要回家吗？”

戚野摇头：“今天不回。”南哥说了，让他先去他那里凑合一晚上。

两个人絮絮叨叨好一会儿才挂断电话，戚野把手机放回衣兜，从后视镜里看见南哥正在憋笑。

他好似忍得很辛苦，一张脸涨得通红，再憋一会儿都快赶上头顶鲜艳的发色了：“你们俩说话可太有意思了！”

开车开了十五分钟，这俩小孩儿就硬说了一刻钟的——

“你有没有事？”

“我没事。”

“你真的没事？”

“我真的没事。”

“你别骗我你到底有没有事？”

“我没骗你我确实真的没事。”

……

“今天那几个人的事儿我来处理，你别管了。”回到南哥家，他问戚野，“不过我得先问清楚，你确定这钱是你爸借的？”

戚野：“嗯。”

因为在外欠了钱，戚从峰才会卷走他卡里的钱，才会直接跑得无影无踪，才会一直躲在外面不回来。至于追债人会不会追上门，会不会找到戚野，会不会对他做什么，完全不在醉鬼的考虑范围内。

南哥“哦”了一声：“那行，我知道了。”随手给戚野指了一间客房，让他自己把床铺好。

戚野坐在床上套被套，刚套好被子，门口伸进一颗鲜红的脑袋：“还有件事儿，兔崽子。除了你那废物爹，你们家有没有什么其他亲戚？”

戚野抬眼看南哥，神色稍显戒备，抓着枕头不吭声。

“你那什么表情啊你？欠收拾是不是！”南哥瞪他，“看什么看！我就问问！总不能不堵你了再跑去堵别人吧！”

戚野低头套枕套：“没……”想了想，又说：“可能有。”

南哥被他整糊涂了：“有就有没有就没有，到底有没有？！”

戚野沉默片刻：“没有。”

从前或许是有的。

戚从峰是家里老大，下面还有个年纪差了十岁的妹妹。偶尔酒鬼喝到烂醉时，会把对方的名字挂在嘴边痛骂，指责她忘恩负义，这么多年不回家看看。

戚野对这个姑姑毫无印象，也许小时候曾经见过，长大记事后他从没有见过她。

这并不奇怪。连他都不想要这样一个父亲，十几年没有音信的姑姑，凭什么要一个酗酒滥赌的哥哥和他带着的废物拖油瓶？

许愿一直惦记着戚野的事，第二天跑着冲进班里：“他们没打你？没对你动手？”

戚野穿的是夏季校服，一眼能看见身上有没有伤。许愿把他拽起来，上上下下打量一遍，松了口气：“真的没有。呃……我不是说你一定要挨打啦。”只是在她的印象里，他每次都被揍得很惨。

戚野“嗯”了一声：“我知道。”被扎伤的小腿就没必要提了。

“那……”许愿仍惴惴不安，“那你今天回家吗？”

“南哥说以后没事儿了，让我放心回。”

不知道南哥想了什么办法，早晨赶他出门时，男人非常淡定：“滚吧！晚上别滚回来了！小心门口保安报警把你抓走！”

许愿再次仔细打量了一遍戚野，确认他的确没挨揍，这才去做自己的事。

进入六月，还有一个多月就要期末考试。和开学时相比，老师布置的作业数量翻倍，即使是何老师也免不了让同学们天天做卷子。

第二节英语课结束，何老师对陈诺说：“班长，待会儿找个同学和你去打印室，拿一下咱们班的英语卷子。”

五十份卷子其实不多，不过陈诺身体不好，何老师一般不让他拿东西。

陈诺点头：“好的，老师。”

他原本想喊江潮，但江大少爷课前喝了整整一瓶水，上课时就坐不住，急得在座位上一个劲儿发抖，铃一响，哪里还能乖乖待在位置上，何老师刚说下课，人已经没了影。

“哥，我和你去！”许愿注意到陈诺的视线，冲他挥手，“我！我！”

她在那里一个劲儿傻乎乎招手，陈诺失笑：“行，那就你吧。”

两个人去了打印室，陈诺没让她全部拿，一人一半，二十五张卷子。

初二（3）班教室在一楼，打印室在四楼。这个时候是大课间，同学们基本都出去做操了，教学楼里很安静。

许愿走着走着，和陈诺诉苦：“昨天回家我挨骂了。”接到戚野电话前，她又被陶淑君找借口训了一顿。

“我妈她非要说你去上奥数课，我和小果在外面玩，然后说我不好好学习！”

明明昨天陈诺也是主角之一，哪有逮着她一个人骂，甚至为此编造谎言的道理。许愿倒不是认为陈诺也该被骂，只是觉得陶淑君实在过分。

陈诺温声对她道歉：“对不起，是我不好。”

“我没怪你啊哥。”害怕他误会，许愿连忙解释，“我就是不明白她怎么总是找理由训我……”

陈诺打断她：“不是的，昨天我确实该去上奥数课，是我连累你了。”

陈诺说得十分干脆，许愿直接愣住。

她反应了一会儿，想起他昨天背着的那个包，迟缓地眨了眨眼：“哥，你该不会是……”

陈诺再次打断她：“是啊。”

他出声打断她的时候，语气一如既往地温和。然而某一瞬间，或许是许愿走了神，那短暂的一秒里，她从他脸上看到了一种，一向只在江潮或者石小果脸上出现的表情。

满不在乎、很无所谓，甚至有些不管不顾、吊儿郎当。

但当她再次抬头看去，他又恢复了往日和煦温和的模样：“我妈他们不知道我昨天没去上奥数课。”

“也就是说——”他手里还拿着英语卷子，冲她微微一笑，“我昨天直接逃课了。”

少年口齿清楚、咬字明晰，每一个音节都说得十分完整。

许愿愣了下：“你是说你昨天原本有奥数课，后来取消了，我妈不知道是吗？”

陈诺笑得更加温和：“不是。”

“不是取消。”他重复一遍，“就是逃课，直接没去上奥数课。”

许愿沉默了。

两个人正在下楼，连下两层，她猛地扭头看他：“哥！我是你妹妹！你别诓我行不行！”

怎么可能！

他们五个人里，其他四个人都有逃课的概率。哪怕许愿自己向来懂事听话，也不敢断定将来不存在逃课的极端情况。但这种事怎么会发生在陈诺身上。

陈诺又不是他们，陈诺是陈诺。从小到大，从幼儿园到初中，他都是永远的年级第一。是老师眼里的好学生，家长嘴里的好榜样，更是逢年过节把同龄人气个半死、恨不得老死不相往来的“别人家的小孩儿”。

她是疯了才相信他会逃课!

见她不信，陈诺无奈：“我没必要诓你。”

“昨天你不是问我包里装的什么？”他快走两步，和她并排，“我包里装的是奥数书，当时想着和你解释太麻烦了就没说。不然你想想看，一套夏装能塞那么满？”

“不、不是……”许愿太过震惊，停下脚步，“哥！你真逃课了？就……为为为……为什么啊！”

陈诺很淡定：“因为要去游乐园。”

“其实认真说的话也不算逃课。”他示意许愿接着走，“我给老师打电话请过假，就是没跟我妈说，所以她和舅妈不知道，才害得你挨骂。”

许愿：“……”这比单纯逃课还吓人好不好!

“我本来是想告诉我妈，但是奥数老师太严格，平时迟到两分钟都要训人。要是和他直接说我打算出来玩，他肯定不会准假，所以——”陈诺笑着冲许愿眨了眨眼，“所以要拜托我妹替我保密了。”

少年语气有几分俏皮，许愿蒙蒙地张嘴：“可……可是……”

“你总不能让你哥挨骂吧？”

陈诺平时很少提哥哥的身份，许愿连忙摇头：“没有！不是！我没那么想！”

“我就……就是……”她伸手掐了把自己的脸，“感觉好……神奇。”

是的，神奇。

在许愿十几年的记忆中，陈诺一直是完美小孩儿的范本，学习好脾气好性格好，方方面面都挑不出任何毛病。

许愿从前也听过一些嫉妒的言论。无非是说陈诺只知道死学习，估计除了成绩，没有什么其他能拿得出手的。但从小一起长大，她看着在他一丁点儿大的时候就坐在琴凳上弹琴，走路都走不稳先学会画画，年年硬笔书法都拿市里金奖。

要不是身体太差，许建丽心疼儿子不肯让他多学，陈诺现在会的才艺肯定更多。

“我也是人好不好，还是说——”陈诺失笑，故意逗她，“你觉得我偶尔逃一次课，就不能当你哥了？”

许愿赶紧再次摇头：“没有没有！我会替你保密的！绝对不会告

诉别人！”

虽然许建丽肯定不会像陶淑君骂她那样劈头盖脸地训斥陈诺，但逃课毕竟不是可以大大方方拿出来说的事，还是不要被其他人知道比较好。

这么想着，许愿忍不住抿唇偷偷笑起来，被陈诺眼尖地看见：“你笑什么？”

“没什么。”许愿把手里的英语卷子拿好，故意说，“就是觉得你也有小秘密了。”

兄妹感情好，平时他俩无话不说。要不是这一次她跟他诉苦，还不知道竟然有这么一回事儿。

“不然呢。”闻言，陈诺伸手弹了下她的额头，“谁还没有几个秘密了。”

见许愿吃痛地捂着头后退，他又笑：“行了，走吧，何老师还在等咱们。”

这个学期，西川市所有初中的期末考试时间，统一定在 7 月 1 号开始。6 月中旬，绝大部分学校结束副课，开始给主课让位复习。

西川一中没有停止副课，直到期末考试的前一周，大家还在上美术课。美术考试上周已经考完，这节课，老师让同学们做自己的事。

下周要考试，许愿还是有点儿担心。期中的好成绩并没有让她放松，而是越发紧张——万一这一回没有考好，再退回到原来的水平，以陶淑君的脾气，肯定要大发雷霆。

许愿拿出物理练习册和订正本，复习之前的错题，做着做着，有一道题目怎么也算不出答案，准备问一下戚野：“咦，你在干吗？”

仿佛回到他们头一天做同桌的上午，男孩面前摊着一沓挂历纸，旁边放着把折叠小刀。他拿着铅笔和文具盒，在挂历纸上涂涂改改，他画得仔细又入迷，甚至没有听见许愿的话。

许愿悄悄凑过去，又问了一遍：“你在画什么呀？”

戚野一边挪动笔盒，一边画出长长短短的直线。直到身旁的小姑娘问了第三遍“喂！戚野！你在干吗呢”，他才笔尖一顿，终于回过神：“没干吗。”

“这些是什么呀？”许愿好奇地盯着挂历纸上的线，“你又要包书皮？”包书皮好像不需要画这么多道道。

戚野摇头：“没有。”

“等我画好再告诉你。”他又迅速低下头，回忆着昨晚摆摊时在商业街大屏上看到的内容，继续完成剩下的部分。

这一个月，戚从峰仍旧没有回家。而在南哥找过人之后，戚野也没在家门口再遇见过那些地痞流氓。

醉鬼不在家，生命安全得到保障，没人时刻盯着他的钱。6月里，戚野过得比较轻松。没有经济压力，心情愉快，他不像以前一样闷头摆摊，一站就是一个晚上。偶尔也会停下来喝口水，歇一歇，和卖气球的阿姨们一起坐在路边，看会儿大屏上的节目和广告。

他现在画的东西，就是昨天某个娱乐栏目里特邀嘉宾展示的。

戚野按着记忆中的图纸，一点一点复原，在美术课下课铃敲响时画完最后一笔。他拿起挂历纸端详片刻，不自觉长出一口气。

“现在可以说了吧！”许愿好奇了小半节课，“这到底是什么？”

戚野收起折叠小刀：“折痕图。就是把折纸拆掉后的痕迹图，可以拿来做折纸。”

许愿只听懂了最后一句，看了眼他手上的折痕图：“这真的可以？”

小时候，陈诺带她做过折纸。手工书上的折纸直线虚线印得非常整齐，旁边还配着详细的步骤说明。

戚野手里这张挂历纸就不知道是什么了。

虽然他说是所谓的折痕图，在许愿眼里，更像是在纸上画满了各种直线——这也是事实，男孩用了整整一节美术课的工夫，在挂历纸上画出密密麻麻、长短不一的线条，简直是复杂的迷宫。

戚野毫不犹豫：“可以，最后可以折成一匹马。”

昨天的节目里，那个嘉宾就是拿着这么一张纸，反复折来折去，最后将一张白纸折成了一匹身姿灵活的奔马。

许愿顿时来了兴趣：“那你快试试看！”

“那就不用了。”一点儿没觉得不好意思，戚野理直气壮地说，“别人可以，但是我不行。”

许愿：“……”那他怎么画了一节课？

“你试试呗。”她有些不死心，“你都记住了，试试说不定能折出来呢？”

戚野摇头：“不要，我对折纸没兴趣。”

如果不是今天有美术课，他根本不会浪费时间画折痕图。

又要上学又要摆摊，一天二十四小时里，每一分钟都极其宝贵。要么抓紧时间学习写作业，要么忙里偷闲小憩片刻恢复体力。衣食无忧的小孩儿才能发展兴趣爱好，他没有时间，更没有金钱。

男孩应得斩钉截铁，没留丝毫余地，许愿撇了下嘴：“好吧。”

戚野收好东西，拿出作业。

整整一节美术课都用来画折痕图，这个课间，他没离开座位，也没趴在桌子上休息。他翻开上个课间正在做的数学试卷，继续算只写了一半的题目。

刚算出答案，正准备填到等号后，“啪”的一声，一团白影斜斜飞过来，径直落在练习册上。

“跳了！跳了！”他还没反应过来这是什么，身旁小姑娘高兴地笑，“跳得好远！”

戚野这才看清飞来的是一只纸青蛙。

用草稿纸叠的青蛙个头不大，蹦得倒挺远。轻轻一按它的尾巴，直接从她那一侧跳到了他这边。

他有些诧异：“你还会叠这个？”戚野还记得刚开学那天，许愿目不转睛看他包书皮时的模样。

许愿不乐意了，“别瞧不起人好不好。我除了会叠青蛙，还会叠小鸟叠兔子叠河马。”她掰指头认真地数，“啊对了，那个河马从后面抽尾巴，它还会自己往前走！不过……”

戚野捏着廉价水笔，等着许愿往下说，就看见她不好意思地晃了晃脑袋：“不过我做的河马走不起来，只有我哥做的可以。”

说到这里，许愿有些脸红。好在男孩没说什么，保持一贯的冷淡表情点了点头，把纸青蛙还给她，接着写功课。

戚野对折纸兴趣有限，许愿却觉得很有意思，一直摆弄着纸青蛙，让它在桌子上跳来跳去，直到上课铃敲响，才依依不舍收进抽屉。

这一节是钱主任的物理课。一改上节课慵懒散漫的氛围，大家打起百分百的精神，连江潮都坐得笔直，生怕被钱主任抓出来当典型。

期末考试前最后一节物理课，钱主任带着同学们大致梳理一遍课本上的重点。没有新课要讲，她索性拿着书走下来，一边在教室里转，一边给大家圈重点。

或许是因为钱主任不在讲台上，多少减轻了压迫感；又或许实在太久没玩过折纸，向来上课不走神的许愿听着听着，心思从电阻电压转移到了抽屉里的纸青蛙上。

许愿把手悄悄移到桌下，一面摆出认真听讲的模样，一面摸索。她在抽屉靠外的位置摸到纸青蛙，找到尾部，轻轻一按。

“啪！”没控制好方向，原本只在抽屉里蹦跶的纸青蛙一个猛子扎出去，正好撞上路过的钱主任。

钱主任放下书，露出细框眼镜和冷冰冰的脸：“什么东西？”转过身来，目光严苛地扫过同学。

许愿瞬间白了脸，下意识就要站起来主动承认错误。

即将起身的前一秒，身侧认真听讲的戚野偏头，不轻不重看了她一眼，示意她乖乖坐好别动。

男孩眼神带着少有的警告，许愿一下被制住。瞬间的冲动过去，她既没有胆量站起来，又不敢这么瞒下去，不知所措地看向他。

戚野转过了头，不再看她，他保持着认真听讲的姿势，手里拿着笔在课本上圈圈点点，一副什么都没发生的模样。

钱主任转过身看了半天，没瞧见周围有什么奇怪的东西，最后不得不怀疑是自己搞错了：“我们继续，这一章的考点主要是……”

钱主任拿着书越走越远，已经做好挨骂准备的许愿十分茫然。

纸青蛙呢？

一头雾水，许愿转头看戚野。他还是那副冷冰冰的表情，直到她坚持不懈、锲而不舍地盯了好一会儿，他才微微皱眉，不情不愿地挪开左脚。

洗到发旧的白球鞋下，刚才还活蹦乱跳的纸青蛙已经被踩扁了。

下课后，许愿拿着戚野赔给她的新纸青蛙：“所以……”这就是他说的“对折纸不感兴趣”？

许愿轻轻一按，这只纸青蛙立刻弹了起来，又高又远地飞出去。

和之前那只飞跃半张课桌的纸青蛙不一样，它从她手里一直飞到他那边的课桌边缘。

一飞就是一米多，大半个身子露在课桌外，摇摇欲坠，眼看就要一头栽下去。

纸青蛙即将跌落在地的前一秒，戚野伸手抓住才叠好的纸青蛙，淡淡看她一眼：“那你到底要不要？”

他的语气算不上太好，女孩兴奋地点头：“要要要！你好厉害！”

她从他手里把纸青蛙拿回来，害怕它再掉到地上，用手虚虚挡在前面。不管要不要复习，一个人自顾自玩得开心。

戚野没有和许愿一起玩，但也没埋头写作业，手里捏着笔，看她在那里玩了好久的纸青蛙。许久之后，他平淡地垂下眼，继续写没写完的试卷。

最后的复习周过去，很快迎来期末考试。从 7 月 1 号开始，一连考三天。7 月 3 号下午，最后一门考试结束。

回班后，何老师在讲台上通知："先回家休息两天，咱们 7 号下午再回来拿成绩，提前祝你们假期快乐！"

"好啊！"江潮第一个响应，"放假了！放假了！"

石小果白他一眼："那你最好赶紧享受这几天，7 号之后就享受不了了！"

陈诺笑着打圆场："你也好好玩，正好可以去上散打班。"

收获石小果的又一个白眼："不用你管！"

大考之后，同学们都很放松。

满教室吵吵嚷嚷的说话声里，戚野一边收拾书包，一边看见许愿在桌子上按来按去，还在摆弄纸青蛙。显然还是之前他给她叠的那一只，十几天过去，纸青蛙已经微微泛出毛边。没有那么崭新，看起来有些旧。女孩一点儿不嫌弃，仍旧爱不释手地玩着青蛙。

戚野纳闷："怎么在这里玩？"在家玩就好，竟然带到考场来。

许愿冲他做了个鬼脸，说："家里哪能玩。"陶淑君连小医药箱都容不下，更不乐意见到她在家里玩这个。

"没事的，她最近没骂我。"见男孩脸色微恙，许愿摆手，"你爸回来了吗？"

戚野摇头："没有。"

像是人间蒸发，戚从峰一直毫无音信。这让戚野偶尔会产生一种摆脱对方的错觉，但他仍旧不敢掉以轻心。

尽管醉鬼已经消失了两个多月，他还会不会突然回来？

这个问题，很快有了答案。

7 月 7 号，大家回校拿成绩单和暑假作业。

戚野准备拿完作业就去摆摊，早晨起床后，在厨房里洗铁锅，哗哗水声中，他敏锐听见钥匙转动门锁的声音。

戚野手一顿，没关水龙头，若无其事地继续洗锅。

时隔两个多月，戚从峰再次踏进家门时看起来比之前瘦了一大圈。在外面躲债的日子显然不怎么好过，他一改往日在戚野面前趾高气扬的模样，冲戚野笑："儿子！我回来啦！"

醉鬼咧开嘴，戚野只觉得恶心。

不用动脑子，就能明白这男人为什么笑得这么谄媚。他拿抹布擦干净铁锅，换好衣服拿起书包，沉默地往楼下走。

戚从峰在后面紧追不舍："我都听说了，你找那个什么南哥帮了忙是不是？哎呀，我就说我儿子有本事！了不起！果然没错！能认识这样的大人物，果然是我的种！"

戚从峰一口一个"儿子"，戚野快要吐了。

男孩冷着脸不搭理他，戚从峰完全不气馁，一路从老小区，跟到西川一中附近，路上一直重复："我听说南哥特别有钱，身家有几个亿！你和他关系好，他有没有给你钱？你看爸爸在外面待了这么久，也没找到工作什么的，你借爸爸一点儿钱吧，等我找到工作立刻还你！"

戚野始终没理会戚从峰，直到走到西川一中门口，才停下脚步，抬头。

早晨耽搁了一点儿时间，此刻校门口停着各式各样来送学生的车。人来人往，完全不用担心醉鬼会在此时动手。

所以，他平静地看着戚从峰："不要脸。"

冷冷说完这一句，他没看戚从峰的表情，头也不回地走进西川一中。

戚野打算先拿到暑假作业，再考虑回去如何应付醉鬼，走进教学楼。

眼看离教室后门还有一点儿距离，戚野刚迈出右脚，整个人毫无预兆飞了出去。

距离近，他直接砸上了后门门框。

这一下砸得狠，原本该报修的陈旧门框和男孩一起摔在地上，发出沉闷的声响。后腰被狠狠踹了一脚，戚野跌倒在楼道里，撞上门框的脸和擦在地上的手一起火辣辣地疼。

但他来不及考虑这些，双手撑地，余光里，戚从峰已经顺手捡起放在后门的铁锹："你再骂老子！你再骂一句试试看！看老子不打死你！"

说着，戚从峰挥动手臂。

铁锹尖头泛着利光，眼看就要直接劈在戚野身上，戚野下意识地用双手抱头，护住关键部位，免得被直接劈死。

等待铁锹劈下来的瞬间，他并没有感到慌乱，反而异常冷静，甚至突然理解了许愿之前的心态。怪不得她不愿意让老师同学知道陶淑君做的事，就算是他，在这个时候也不想让班上同学看见自己挨打的模样。

屈辱，恶心。

难堪到几乎抬不起头。

戚野一边这么想，一边等着手臂上即将到来的剧痛。

一秒，两秒，三秒。

他保持双手抱头的姿势，在心里数了好几个数，迟迟没等到想象中的疼痛。

他手臂下意识地挡在额前，然后抬起头，先看到死死抱住男人的一双手。

戚从峰个头高，看不见后面的人，但对方手腕上的表，戚野认识，是江潮爱不释手一连炫耀好几周的昂贵名牌手表。

接着，“铛”的一声。

随着石小果一个飞踢，戚从峰发出惨叫，铁锹直接掉在地上。

戚从峰毕竟是成年男性，腰被死死抱住，挨了这发狠的一下，立刻跳了起来，不管周围的人到底是谁，扬起拳头，开始毫无章法乱打。

不过他并没有打到多少人。

几十秒的时间里，初二（3）班的同学们在短暂愣住之后，反应过来发生了什么，顿时一窝蜂拥上来：“男生上！女生去叫老师！快！快！”

以刘晨睿为主的男生们直接压了上去。

女生没见过这种场面，一边吓得直抹眼泪，一边从前门绕出来，七手八脚地扶戚野：“你有没有事？哪里受伤了？”

戚野被她们搀起来，整个人都很蒙，以前被揍的时候压根儿没有人管，面对男人一直单打独斗。

此刻，他感觉自己仿佛正在看一出情节离奇的魔幻剧——石小果薅着戚从峰的领子，把他的脑袋往桌上撞；江潮脸上挨了好几下，还嗷嗷直叫往上冲；刘晨睿带着男生抱住醉鬼的腿，被踢被踹也不松手。连向来体弱文静的陈诺，都拼命按住男人的手，不让醉鬼伤害到其他同学。

这场荒诞魔幻剧最后的镜头，是满脸是泪，死死捏住手机的许愿。

“我去找何老师了！”她才从办公室跑回来，吓得一个劲儿掉眼泪，语速反而比平时快了不少，“戚野！我去找何老师了！”

重复好几遍，最后，她哭着来拉他的手：“你别生气！我……我也报警了！”

第八章 保护她

“警察叔叔您看看我这脸！都给打成这样了！”

派出所调解室里，江潮拽着警察不撒手：“我才多大啊！现在给我打毁容了以后怎么办！要是找不到对象我爹不得拿鸡毛掸子抽死我！警察叔叔！您一定得给我做主啊！”

比起脸上顶着几块瘀青、哭天抢地抹眼泪的江潮，石小果要淡定得多。

她把指关节掰得“咔咔”作响：“没错，后面最重的那几下都是我打的，头上也是。嗯，我平时练散打。揪领子？都打起来了还管什么揪领子揪头发，难道要看着他发疯揍我们班同学？”

“是的，是他父亲先动的手。”面对警察的询问，陈诺条理清楚，“我当时坐在教室后排，正好看到了。楼道里应该也有监控，如果需要的话，你们可以向校方调取监控录像。”

“而且他父亲还想打我们。”陈诺指了指哭哭啼啼的江潮，又展示自己手背上被挠出的血印，“班上同学都能做证。”

许愿坐在调解室角落，听着警察叔叔和警察姐姐询问陈诺他们。

尽管已经到了派出所，戚从峰高高扬起铁锹的动作，仍然在她脑海里挥之不去。

而戚野觉得，这是他活到十四岁经历的最魔幻的一天。

在初二（3）班同学们七手八脚地帮他按住戚从峰后，令学生们闻风丧胆的钱主任从家里赶来，板着那张严肃刻板的脸，在走廊里握着董队的手，拜托警察一定好好处理戚从峰。

“孩子这边住宿不是问题。”钱主任说，“让他住宿舍，咱们学校假期有值班老师，不怕没人看着。”有戚从峰这样的父亲，原来的家肯定没法再住。以醉鬼的德行，今天只是被骂了句不要脸，都能追进学校拿铁锹砍人，要是被拘留，释放后肯定恨不得直接打死戚野。

钱主任推了推金丝眼镜，看向戚野：“我听你们何老师说你父亲问你要钱，他要那么多钱做什么？”

“大概……”戚野猜测，“大概是赌博。”这个问题董队刚才问过他，他也是这么回答的。

钱主任点点头：“我明白了。”

“警察同志。”她立刻转头看董队，“这个赌博你们是不是要查一查？和刚才闯进校园殴打未成年应该能一起算？而且既然有赌博，那大概有借钱或骗钱？对了，有没有非法开设赌场，涉黑涉恶的可能？要是有的话能一起判吧？”

戚野：“……”

许愿他们和何老师：“……”

总之，钱主任是个办事雷厉风行的人，前后用了不到半个小时，先搞定派出所这边的程序，又打电话弄好了戚野入住一中宿舍的流程。

“我家里小孩儿今天有点儿吐奶，先走了。”她拍拍何老师的手，“待会儿你带他直接去宿舍就行，有什么缺的东西给我发消息，我明天带过来。”

“行了，那你就回去收拾收拾行李。”何老师放心不下戚野，“老师和你一块儿去？顺便帮你叫个车？”

江潮立刻举手：“不用了，何老师！我们去！我们去！”他拿出手机准备给司机打电话。

拨号的同时，他又顶着脸上的瘀青上来捶了戚野一拳：“不许你说不哈！真是的！你要是早点儿说，我至于今天遭这回罪？”

石小果也抱着手臂冷哼：“就是，到底有没有把我们当朋友？！”

陈诺虽然没有跟着他们说什么，但同样没上来劝架，只是笑眯眯地看着戚野。

唯一没敢说话，也没看戚野的就是许愿。

事情暂时得到解决，对上男孩的视线，许愿还是很心虚。毕竟他之前一而再，再而三地说过，不许报警，她却没有听他的话。

是真的没底气，许愿甚至不敢露面，只能躲在陈诺背后低着头，希望戚野不要发现她。

这当然不可能。

她拽着陈诺衣袖不撒手，垂下眼，就看见面前出现一双白球鞋，还是上回踩纸青蛙的那一双。穿的时间长，但很干净。因为清洗次数多，球鞋边缘泛出一层细小的毛边，看起来绒绒的。

生怕戚野要问她为什么报警，许愿抿了抿唇，想要开口说抱歉。

“对不起。”戚野却先一步抢了她的话。

几秒后，他又认真地对她说：“谢谢你。”

男孩语气很认真，许愿仍旧不敢露头，又往陈诺背后躲了躲，半晌后小心翼翼探出小半张脸：“你没生气啊？”她还记得上一回说要报警后，他不客气地让她别多管闲事。

小姑娘抿着唇，神色惴惴，看上去很是不安。

戚野不知道该说些什么：“没有。”

其实他从前也没真的生气，只是觉得没必要做无用功。在成年读大学前，他脱离不了戚从峰，与其报警后多挨上几回毒打，不如忍一忍过去。

没想到这次可以不用忍，说起来戚野自己都觉得奇怪。

许愿他们冲上来帮忙还好说，何老师、钱主任作为老师，照顾他也情有可原，因为不太爱说话，他和初二（3）班其他同学平时没什么交集，更别说之前迎面给了刘晨睿一拳。

但今天要不是他们，他可能真的要被戚从峰打死。

“你俩在这儿说啥呢？”江潮不知道他俩之前的事，上来拍了把戚野的肩，“什么对不起生气的？行了行了，刘叔到了，咱们快走！”一边把人往外推，一边在班级群里报平安。

石小果本来要跟着去，陈诺眼尖地看见她手上的伤：“我陪你去处理一下。”并不严重，只是刚才制伏戚从峰时，不小心撞上课桌擦伤了。

“我和你一起。”知道石小果肯定不同意，陈诺给她看自己手上的血痕，“七爷，让我妹他们和你一块儿去啊。”

戚野点头，许愿也说：“小果你跟我哥去吧，你没事我哥还不一定呢。”

“行吧。”石小果不耐烦地摆手，“就你们一天到晚婆婆妈妈的。”说完极不情愿地和陈诺去诊所。

这还是许愿第一次来戚野家。进过两三回小区，因为各种各样的原因，她始终不知道他住在哪一层。

她和江潮一起跟在男孩身后往上走。江大少爷从小含着金汤匙出生，头一回来这样的地方，进屋之后，手都不知道往哪儿放。他原本想主动帮戚野拿东西，看见那个四个万向轮坏了三个的行李箱，眼睛直接瞪圆了，最后低头玩起在打斗中磕坏的手表。

许愿见过戚野在除夕夜卖烤红薯，见过他肿着大半张脸搬小山一样的蜂窝煤，见过他在批发市场里捡别人不要的蔬菜，倒是比江潮淡定些。

但毕竟是别人的家，到处乱转不礼貌。

江潮僵在客厅不敢动，许愿也没往里走，等了一会儿，索性去阳台上看风景。

老城区自然没什么看头。这里是六楼，极目望去，几乎没有什么高层建筑。唯一能做点缀的只有在斑驳墙皮与纷杂电线间顽强生长的爬山虎，绿油油的，顺着裸露掉漆的楼房外墙，不屈不挠地向天空生长。

许愿看了一会儿，收回视线，目光不经意划过某处，猛地一顿。

“好了，我收拾完了。”戚野没什么家当，要不是加上之前他们送的生日礼物，甚至连破破烂烂的行李箱都装不满。

他拎着箱子走出来，就看见这两人一个愣在客厅，一个在阳台发呆。

知道江潮肯定是被家徒四壁的景象吓着了，戚野走了两步，上前拍了拍许愿的肩：“走——”

刚说出一个字，他顺着她的视线看去，很快明白她为什么站在这里发呆。

阳台上，墙脚下，落满灰尘的墙裙印着小半个手印。

因为时间过得太久，血液干涸，已经不是最初的鲜红，呈现出毫无生气的褐色。

是手掌的前半截，还没来得及全部压下，便被醉鬼拖着腿强行拽走。

“没事。”戚野淡淡看了眼那半个手印，“走吧。”

他忘了这到底是什么时候印上去的，也许是铁衣架劈头盖脸抽下来的那一回，也许是男人高高扬起手的那一回，又或者随便哪一次，戚从峰莫名其妙看他不顺眼，抄起板凳、电线、水壶一类的东西便虎虎生风地砸下来。

这样的事发生过太多次，他真的记不清了。

男孩的语气格外平淡、毫无波澜，就像是在说一件最寻常不过的小事。

许愿微微抿唇，抬手擦了下眼睛：“以后会好的。”

她自己或许帮不了他太多，但还有陈诺、江潮、石小果，有刘晨睿和初二（3）班的其他同学，有何老师、钱主任，还有嘴上说话刻薄、关键时刻从不掉链子的南哥。

他不是一个人。

小姑娘红了眼眶，戚野沉默片刻。

“嗯。”他轻声说，“我知道。”

初二升初三的这个暑假，除了戚从峰闯进西川一中殴打戚野外，算得上比较平静。

戚从峰被暂时关进看守所，据董队向何老师透露的口风，他身上还背着点儿其他事。事儿都不大，但一笔一笔累计下来，大概得在监狱蹲上大半年。

无论对戚野还是许愿来说，这都是个好消息。

还有另外一个好消息，就是这回的期末考试，许愿竟然破天荒考进班级前十。年级排名也跟着往前走，直接冲进全年级前五十。

这个成绩着实很不错。一整个暑假里，陶淑君虽然改不了横挑鼻子竖挑眼的毛病，到底没有像以前一样，动辄对许愿大发雷霆。

开学前一天，许愿到陈诺家问他借物理作业对答案：“哥，你不知道！过了这个晚上，我妈就有整整两个月没训过我了！”

陈诺哭笑不得：“原来我妹就这么点儿出息。”两个月没挨骂竟然高兴成这样。

少年语气稍带调侃，许愿没生气：“怎么是我没出息，有谁乐意天天挨骂呀！”

“我可没说你没出息。”陈诺闻言一笑，“给，你就在这儿对吧，别拿回去了。”把椅子往旁边挪了挪，给许愿让出大半张书桌，继续写手里的习题册。

许愿不由得好奇：“你在写什么啊？”

陈诺没遮掩，大大方方地给她看：“化学练习册。”他手里的习题册已经写到最后几页，明显从很久前便开始做了。

许愿心有余悸：“哥，你是不是太努力了？”

大家多半会在假期上补习班，或者自己在家预习，但基本只是大概过一遍课本。像陈诺这样还没开学就写完厚厚一本习题的同学，实在不算多。

“还好吧。”陈诺轻笑，“这次不是没拿第一？放假当然要抓紧时间。”

许愿顿时不知道该说什么：“哥，并列第一也是第一呀！江潮听了你这话还不得闹。”

许愿期末成绩有进步，陈诺、江潮一如既往地稳定。

唯一不同的是，这一回期末考试除了陈诺外，隔壁班还有个和他同分的女生。两人成绩一分不差，并列年级第一。

领成绩单那天戚从峰来闹事，大家就没注意这回事，回来后发现竟然还有个年级第一，班群和小群里都调侃了几句。

但不管怎么说，陈诺始终是第一名。

陈诺听了她的话只是笑：“那就让他闹去。”

他语气温和，内里透出的含义却不容置疑。许愿撇嘴：“好吧。”反正她是不懂他这种好学生的心思的。

兄妹俩一个做题一个对答案，下午很快过去。

生怕被许建丽留下来吃晚饭，许愿赶在饭点前，把练习册还给陈诺，说：“哥，我走啦！”

陈诺放下笔：“带遮阳伞了没？外头晒。”

明天是 9 月 1 号。8 月底，西川日头毒辣，别说室外，静坐在室内往往都能热出一身汗。

许愿点头：“带了。”

“你穿得太多了。”她抬头看见陈诺，又笑，“家里没开空调，穿件短袖不好吗？”她伸手去拉陈诺的手臂。

陈诺身体不好，吹不了风，即使是最炎热的时候，卧室里也不开空调。

许愿知道他们家这个习惯，所以今天穿的是无袖吊带裙。

陈诺则完全相反。

虽已热到鼻尖上有细细的汗，他还是穿着白色的长袖衬衫，扣子一丝不苟扣到最上面那一颗，板板正正，袖扣也牢牢扣好。

许愿随便一伸手，压根儿没够到陈诺，他立刻往旁边躲去，躲闪幅度有点儿大，椅子在地板上拖出“吱”的一声，险些直接倒下。

许愿一愣：“哥？”

陈诺从小文静，平时连走路都慢吞吞的，很少动作这么夸张。

陈诺站稳，伸手扶住椅子，再抬头时面色如常：“以后不管在家还是学校，都少拉拉扯扯。毕竟你是女孩子，还是注意点儿。”

“拜托！你是我哥！”搞不懂陈诺在想什么，许愿瞪大眼睛，“我拽你的胳膊，还会有人说什么？”

“听话，明天开学就是初三了，咱们都不是小孩子了。”自家妹妹一脸不可思议，陈诺只是笑，“你和小果也少拽点七爷和江潮，不然要被人传闲话。”

升入初三后，除了多学一门化学，最大的改变是晚上有了晚自习。并不强制，但要求家长接送。

虽说不强制，在全班绝大多数学生都上晚自习的情况下，剩下的人多半也得跟着一起。何老师通知过后，同学们先是愁眉苦脸，很快又打起精神。

放学后，许愿坐公交车回家。上学期期末考得好，最近没怎么挨骂，她在家里放松了许多。

“妈。”于是吃晚饭时，她鼓起勇气，主动和陶淑君说话，“我们下周要开始上晚自习，十点放学，你有没有空过来接我？”

陶淑君边吃饭边玩手机，心不在焉：“嗯？你说什么？”显然根本没听见，许愿只好又说了一遍。

“你不是和你哥坐同一趟公交车？还需要我接？”陶淑君忙着看手机，语气稍显不耐烦。

许愿的心顿时怦怦直跳，下意识地低头绷紧身体，捏住筷子。

保持这个姿势几十秒，发现自己并没有挨骂，她怯怯开口：“我哥他不上晚自习……”

陈诺身体不好，一向睡得很早，如果在学校上晚自习，回家收拾完少说也要十一点。许建丽心疼儿子，自然不愿意他去上晚自习。

陶淑君很敷衍地应了声“哦”，然后不说话了。

心跳还没缓过来，许愿不敢再问。

她默默地吃过油腻的外卖盒饭，收拾好餐桌上留下来的垃圾，回屋预习第二天的功课。坐在桌前，刚拿出化学书，陶淑君走进卧室：“我刚又想了想，我还是去接你好了。虽然大晚上跑一趟确实挺麻烦，不过总比你再被别人送回来好，是不是？”

许愿一开始没听懂，愣怔片刻，突然明白过来：“妈！”

许愿既不敢相信陶淑君竟然还记得上学期江潮送她回家的事，更不能理解对方在此时把这件事拿出来说，一下急了：“我没有……”

她没有早恋！江潮只是好心送她回家而已！

“行了行了，你急什么。”许愿反驳得急，陶淑君反而有些莫名其妙，

“我这不是提醒你？我听我们同事说，你们学校不干正事儿的小孩儿还挺多。你可千万别跟他们学，不然到时候连高中都考不上！”

陶淑君说得理直气壮，仿佛已经认定许愿在学校和人谈恋爱。许愿又委屈又生气，不敢和陶淑君吵架，捏紧手里的化学书。

为什么呢？许愿想不明白。

她是她的妈妈，是这个世界上最应该无条件相信她的人啊。

与此同时，西川一中。

“老师觉得你最好还是来上晚自习。”办公室里，何老师对戚野说，“现在是初三，明年就要中考，这一年非常关键。而且学校要管理你们，肯定也不能让你不上晚自习跑到外面去摆摊。”

才加班开完会，何老师从文件夹里找出两份表格：“今天回去把这个表填一下，明天交给我就行。”

戚野伸手接过表格，两张表格抬头不同，性质一样，都是国家专项帮扶的助学金。

“谢谢老师。”

这周没有晚自习，戚野从办公室出来，直接回了宿舍。西川一中的宿舍都是四人间，眼下住校生不多，初三年级的男生更是只有他一个，所以单独住了一个四人间。

这一栋住的都是男生，十几岁的男孩子，人数少，嗓门一个比一个大。在走廊里一声高过一声的鬼叫中，戚野填好那两张助学金表格，把化学书拿出来，预习明天的课程。

门外，初一初二的男生还在打闹。他盯着化学书上的元素表，渐渐有些走神。

戚野明白何老师的好意。两份助学金加起来挺多，光他一个人的生活费肯定足够，省着点儿花，每个月甚至能有大几百块的结余。

只是……

迟疑片刻，戚野拿出手机，点开银行卡明细。暑假在游乐园和商业街摆了整整两个月的摊，比寒假卖烤红薯赚得多，一个假期过去攒了不少钱。

然而支出明细里，开学前一天，这些钱全被转去另一个账户。

被羁押在看守所里的戚从峰当然没有这么大本事，这笔账是戚野自己亲自转的。如果接下来几个月不能摆摊，自然也不能接着转钱。

在上晚自习和摆摊里犹豫许久，男孩最后叹了口气，最终选择了前者。

想通这个问题后，戚野不再纠结，很快预习完明天的课程。想起还要问许愿英语题，又在书架上翻练习册。

住进宿舍后，人生十四年来，他第一次拥有了自己的书桌和书架。上床下桌的结构，书桌书架都很小，但比起那个只有木板床的背阴次卧已经强出太多。

戚野没什么课外书，书架一层放的都是上学期的课本，他很容易找到了要带的练习册。

他刚抽出来，目光往上一瞥，又伸手朝二层探去。和一层相比，二层放的东西有些格格不入。不算大的位置摆着一尊青铜战马雕像、一个会自动洒亮片羽毛的音乐水晶球、一本包着挂历纸的崭新《牛津英汉大词典》，还有一个月亮星星造型的小夜灯。

戚野把小夜灯拿下来。第一次收到生日礼物，他一直没舍得用。他除了给陈诺送的词典包上书皮，剩下都小心放在盒子里藏在木板床下，搬进宿舍才摆出来。

西川一中宿舍全天供电，戚野将小夜灯插上电，按下开关。书桌上立刻亮起一抹暖黄的光，镂空的星月图案映在墙壁上，在光晕里缓缓转动。

在家里根本不用电，戚野头一回见做工这么精致的灯。他盯着小夜灯看了一会儿，伸手拔掉插头，把小夜灯重新放回去。

因为昨天被陶淑君莫名其妙怀疑，第二天，许愿上学时有点儿蔫，中午吃完饭，从食堂回班里的路上，抓住石小果一顿吐槽。

石小果一向大大咧咧，但女孩子之间更能相互理解，听完许愿的吐槽，心有余悸："你妈也真是怪那什么的……"别人没说什么就先怀疑上了。

"别怕！"她安慰许愿，"反正你又没和谁谈恋爱，这种事难道还能捕风捉影？何老师又不是傻的！咱们行得端立得正，下次你要是听见谁再说些有的没的，除了你妈，都交给我收拾！"

石小果一个劲拍着胸脯保证，许愿被逗笑："也没有那么夸张啦。"

两个小姑娘高高兴兴地准备回到班里。刚进教学楼，还没回教室，遇上往这边跑的刘晨睿。

他一边跑，一边扯着嗓子喊："石小果！石小果！不好了！何老师叫你去办公室！"

刘晨睿嗓门大，他这么一喊，不光许愿她们停下脚步，走在前面的戚野他们也纷纷回头。

石小果皱眉：“什么事？”

“就……”石小果一皱眉，刘晨睿不太敢吱声，被狠狠瞪了一眼后，嘴皮子一下变得无比顺溜，“隔壁班班主任说你和他们班同学谈恋爱！现在要喊你过去对质！”

许愿：“？”

才夸下海口的石小果：“？？？”

“你和谁谈恋爱了？”许愿茫然，“我认识吗？”

石小果脸顿时黑了：“我和谁都没谈恋爱啊！”

“哪个不要脸的往我身上泼脏水！”石小果一下火了，撸起袖子就往办公室冲，“看我不打断他的腿！”直接消失在楼梯口。

陈诺微微皱眉：“过去看看。”说完，便往楼上办公室的方向走。

许愿他们自然也跟上。

几个人来到何老师办公室门口，还没来得及敲门，门从里面打开。石小果一脸嫌弃地摆手：“走了走了，没事儿了！”

许愿有些没反应过来：“你解释清楚了？你怎么解释的？”

早恋在老师、家长眼中是头等大忌，一般要被翻来覆去追问好久，才能让大人们放心。他们上楼花了还不到两分钟，石小果怎么已经被放了出来？

许愿不问还好，这么一问，石小果的脸黑得堪比锅底：“没怎么解释！我就说了四个字！”

她被气坏了，顶着一头比男生还短的板寸，梗着脖子硬邦邦道：“我！是！女！的！”

石小果昨天和隔壁班班花一起坐公交车回家，被对方班主任看见，误以为她和班花恋爱，才有了这么一出。

闹了个乌龙，隔壁班班主任仍旧不依不饶：“谁叫她看起来一点儿不像女孩子……对！哪个女生像她这么打扮，何老师，这符合咱们校规校纪吗？”

石小果脾气本就火暴，一听这话直接怒了，不管对面是不是老师：“姓林的你有完没完？！”

林老师倒抽一口冷气：“你你你……你叫我什么？”

“小何！”他气坏了，“你们班这个同学也太不像话了！我看要叫她家长到学校来！”

许愿听见最后一句，轻轻拽了下处于暴走边缘的石小果：“算了……”

许愿倒没觉得石小果做错了事。但林老师是老师，石小果是学生，如果对方坚持要叫家长，最后倒霉的肯定只有石小果。

石小果一点儿不怕，当着两个老师的面掏出手机。

“喂？妈，你现在有没有空？”电话一接通，她单刀直入，“隔壁班班主任污蔑我和他们班班花谈恋爱，还说我看起来没有女生样儿！你什么时候能过来？十分钟？那我在我们何老师办公室等你！”

石妈妈很快就来了：“林老师，我女儿电话里说的是真的吗？”

石妈妈说话语气温温柔柔，内容一点儿不客气：“校规里哪一条不允许女生剪寸头？又是哪一条规定女生该有什么样？而且我记得你不是小果的任课老师，凭什么越过何老师管理学生？既然你误会了我们家小果，是不是该先给小果道个歉？他们这个年纪，你随便说她和谁谈恋爱不好吧？”

石妈妈成功地把林老师的脸说绿了。

没想到家长压根儿不听他的话，无条件地维护自己的孩子，他只能道歉：“不好意思石同学，是老师误会你了。”

石小果压根儿懒得搭理他，在石妈妈的示意下，非常勉强地说：“哦，那对不起啊林老师，我刚才也不该叫你‘姓林的’！”

江潮没忍住：“扑哧！”

戚野和陈诺一个抬头望天，一个低头看地。

林老师的脸更绿了。

“瞧你这个脾气。”出了办公室，石妈妈点石小果的额头，“你看看你把人家许愿吓的！”

石小果嘿嘿一笑，来拉许愿的手：“你胆子别那么小好不好？！你的手怎么这么凉？”

手被抓住，许愿没说话，一边下楼梯，一边听着石妈妈温声教育石小果，渐渐有些走神。

果然不是所有人都和陶淑君一样。这个世界上，真的有一心一意向着孩子的妈妈。

这件事最后以石小果在空间里发了条“我爱穿什么穿什么，爱剪多长头发剪多长头发，看不惯你有本事就去和我妈告状啊”的说说结束，并强迫许愿他们去给她点赞。

戚野从来不玩空间，一开始甚至找不到入口在哪儿，最后是许愿手把手教他，这才成功转发点赞。

升入初三的第二周，正式开始上晚自习。大家头一天还觉得挺新鲜，三天过后渐渐有点儿遭不住。

要上晚自习，晚饭自然在食堂解决。

“我好羡慕班长啊！”江潮无心吃饭，狠戳碗里的鸡腿，“这晚自习谁爱上谁上！反正我是不想上！”

许愿从衣兜里翻出纸巾：“不行呀，还有不到一年中考。不是说好咱们要一起考六中吗？”

陈诺不在食堂吃饭，提供纸巾的任务落在她头上。

“就是！”石小果接过纸巾，“你看看你那个成绩！能够到六中的边？到时候我们四个都考去六中，你一个人哭去吧你！”

闻言，戚野点头，同意两个女孩子说的话。

六中是西川最好的高中。陈诺自然不用说，许愿保持住现在的成绩，考去六中也没问题。而戚野和石小果名次不相上下，刚好属于努力一把可以稳进，万一没考好便失之交臂的那条线上。只有江潮一看就没戏。

“好了好了！”他们三个都这么说，江潮愤愤咬了一大口鸡腿，“我学！我学还不行吗？！”

吃过晚饭，大家回班。三个小时晚自习很快过去。

晚上十点，下课铃准时敲响。

宿舍楼晚上十点半关门，戚野收拾好书包，和许愿说了声再见，直接走了。

石小果、江潮也一一离开。

许愿不着急，慢慢整理完课本，等到教室里的时钟分针指向十点十分，背上书包。

虽然上次说了那样的话，这一周，陶淑君还是开车来接她。不过和早早等在门外的其他家长不同，陶淑君一点儿不准时。一共接了三次，每回都晚一二十分钟，显然没提前出门，到十点才磨磨蹭蹭下楼。

今天也是如此。十点十分离开教室，许愿走到校门口，没看见自家的车，只能在门外等待。

西川早晚温差大。9月上旬，白天还不算冷，到了晚上，气温降下来。一阵风吹过，许愿裹紧身上的校服，拿出手机看了眼时间，十点十六分。

刚准备把手机放回去，头顶突然传来熟悉的发哑嗓音：“你怎么还在这儿？”

她吓了一跳：“你怎么在这儿？”

戚野拎着一个蓝色热水瓶，把手里的热水瓶举起来给她看：“内胆坏了，出来买个新的。”

许愿有点儿没听懂：“内胆？”既然已经坏了，为什么不直接换个新热水瓶？

戚野不用细想，就知道她肯定不知道热水瓶还能换内胆。得赶在宿舍楼关门前回去，他索性没解释：“你在等你妈？”

得到女孩肯定的点头后，他自己也跟着点头：“嗯，那我先走了。”说完，朝校门口最近的小超市跑去。

许愿继续在原地等待，三四分钟过后，手机振动起来。

“喂？你今天是不是要上晚自习？”不知道陶淑君在哪里，对面听起来非常吵，“我今天有点儿事，先不去接你了。你自己坐公交车回家吧！”

“嘟”的一声，通话结束，陶淑君直接把电话挂断。

保持着接电话的姿势，许愿愣了一会儿，抓紧书包，拼命往公交车站的方向跑。

但凡陶淑君早一点儿打电话，哪怕只提前二十分钟，她都能拜托石小果或者江潮，让他们把她送回家。

现在已经晚了，常坐的那班公交车最后一趟十点发车，停靠西川一中，大概在十点二十五分左右。这么晚，许愿不敢坐出租车或网约车，生怕错过末班车，一路跑得飞快。

好在公交车站离西川一中不算太远，她踉踉跄跄跑到车站时，不远处，公交车也缓缓进站。

车门开启，许愿抬眼扫了眼车厢，迟疑地停住脚步。这一趟末班车乘客不多，最显眼的就是坐在车尾的几个社会小青年，看上去差不多十八九岁的年纪，头上发色一个比一个鲜艳，连南哥都没他们这么酷炫。

来上晚自习的学生基本都有家长接送，车站里只有许愿一个人，一时间不知道该不该上这辆车。

司机大叔很快等得不耐烦：“小妹妹，我说你到底上不上来？”

许愿抿唇：“我……”

正在犹豫，一只手落在她肩上，轻轻一推，把她推上了车。

许愿一愣，回过头去。

“走吧。”男孩一手拎着热水瓶，一手拎着新内胆，“我送你回家。”

“你上来干吗！你要被锁在宿舍外头了！”公交车已经驶离车站，不能中途停下，许愿冲司机喊，“叔叔，麻烦下一站停……”

“不用。”戚野面无表情看她一眼，目光飞快掠过车厢尾部，“坐。”抬手指了指旁边的座位。

许愿下意识地跟着他朝后排看去，正对上社会小青年里，发色最酷炫的那一位。见她看过来，对方咧嘴一笑，露出两颗比头发还显眼的大金牙。

许愿吓得收回视线，不敢再说什么，乖乖坐下。

坐在座位上，她还没从被推上车的惊吓中缓过神，就听见戚野稍显厌恶的嗓音：“你妈这次过分了。”要是男孩还好说，她一个小姑娘大晚上独自回家，不知道半路会发生什么意外。

戚野明白自己这话说得重，因为小姑娘蓦然一愣，张了张嘴，一个字没说出来。

戚野不擅长说话，更不擅长安慰人。

说完那一句，眼看女孩低着头，一同沉默片刻，他找不到什么能说的话，索性研究起刚买的热水瓶内胆。

他其实也是第一次给热水瓶换内胆，抱着内胆和壶看了半天，正准备下手，身侧的小姑娘突然开口。

“戚野。”她没看他，偏头看向车窗外的世界，“我很喜欢小熊。”

这句话说得没头没脑，戚野愣了几秒：“哦。”

他知道她确实很喜欢小熊，从书包到笔盒，从围巾到发绳，甚至连自动铅笔和橡皮上，都印着圆滚滚胖乎乎的可爱小熊。但他不明白她为什么突然说起这个。

公交车遇到红灯，停了下来。

附近中学也有上晚自习的学生。比一中下课晚，此刻人行道上，父母和小孩儿步履匆匆，一起往家的方向赶。说是小孩儿，已经初三的孩子个头不算矮。男生基本比家长高出一个头，女生身高低一些，不过都有小大人的模样。但他们的爸爸妈妈还是和他们并肩走在一处，亲热点的甚至手拉着手。

许愿盯着一对手挽手的母女看了一会儿，收回视线：“我特别喜欢小熊。因为小熊有结实的肉肉、厚厚的皮毛，不像其他小动物那么脆弱，怎么摔都不会疼。”

女孩说这段话时语调很梦幻。这个年纪的孩子，总是试图证明自己已经长大了，说话做事拼命学习成年人，努力让自己变得成熟起来，生怕被同龄人嘲笑不够稳重。

可她的语气仍旧非常幼稚，内容也特别天真，听上去不像是十三四岁的少女，而是三四岁的小孩儿。

戚野搭在内胆上的手一顿。

从各种意义上来说，他和“善解人意”这个词完全不沾边，然而此刻，绿灯亮起，公交车缓缓起步，车速渐快，校门口拥挤的人群、人行道旁手挽手的母女，西川夜里微升的月都被抛在身后，这个瞬间，他突然明白了她的意思。

他是真的不会安慰人，只沉默地抱着内胆。遇上又一个红灯，他干巴巴地开口：“哦，我知道了。”

他迟疑地伸出手，试探着小心翼翼地停在她肩头，想拍又不敢拍，仿佛她比手里的玻璃内胆还易碎。

许愿被他的动作逗笑了：“好啦，我没事。”

今天只不过是陶淑君没来接她，比起被无端训斥、被赶出门外、被打电话给老师告状，已经强了很多。

公交车很快到站。

“你不用送我了！”许愿连连摆手，“就这么几步路，我自己可以走，你快回去吧！”

在许愿的一再坚持下，戚野到底没直接把她送回小区。她原本要给戚野叫车，被他直接拒绝：“不需要，我自己打车就行。”

许愿背着书包，没一会儿走到了小区门口，正准备掏出门禁卡，看见门卫往自己身后看：“那是你同学？”

许愿一怔，转身向后看去。

显然没预料到她会回头，几米开外，手里拎着水壶的男孩直接愣住。

见她发现了他，他站在原地，不情不愿冲她挥了下手：“走了。”

许愿平平安安到家。令她有些意外的是，陶淑君和她几乎前后脚进门，中间只差了十分钟。

“今天有个同学聚会。我们玩得高兴忘了时间，才没去接你。”

许愿看着陶淑君身上的工装：“好的，妈妈。”

会有人穿工装去参加同学聚会？看着陶淑君春风满面的模样，许愿没问出口。

反倒是陶淑君问了她一句：“你们何老师最近没出差开会吧？”

许愿摇头：“……没有。”

听到陶淑君提起何老师，她有些紧张。

不过仔细想想，最近陶淑君没有发火，自己没有挨骂，或许只是这么一问。并不像以前那样，口口声声威胁要找老师告状。

果然，陶淑君没多说什么，反而又冲许愿一笑："行了，我知道了，你去洗漱吧。"

第二天是雨天。西川一年的降水量，百分之八十都在冬天，秋季倒是很少下雨。雨下得不算很大，淅淅沥沥。

害怕戚野挨批评，昨天一回家，许愿算着时间，给他发了消息，收到了一句简短的"没事"。

今天到校后，她又追着他问："你真没被老师训？真的没有？不骗我？"

戚野："没有。"

"是吗？"许愿看着他冷若冰霜的脸，十分怀疑，"可是你脸色看起来很差欸。"

戚野垂下眼："和昨天的事没有关系。"只是他自己很不喜欢下雨天。

他和戚从峰在外四处乱跑的那些年，穷得叮当响，基本一身衣服、一双鞋子，一穿就是大半年甚至一年。衣服还好说，破了洞自己就能补。鞋子则没有那么容易，一到下雨天，雨水顺着鞋底的破洞漫上来，湿漉漉的，又冰又凉。

男孩脸色显而易见的差，许愿正想再追问几句，刘晨睿顶着一种比昨天惊恐一万倍的表情冲进班："许愿！何老师找你！"

许愿一愣："找我？什么事？"

刘晨睿看了看她，又看了看戚野："你你你……你先去吧，去了就知道了！"

许愿不明就里，被刘晨睿拽着往外走："真的！这事儿没法在班里说！你去吧！"

听他这么说，许愿心里突然有了种预感。

果然，一踏进办公室，她就看到坐在椅子上的陶淑君。

陶淑君问："怎么只来了她一个？还有一个呢？那个男生呢？"

刘晨睿脸红脖子粗："阿姨！你这……你这说话得讲依据啊！"

陶淑君闻言，轻轻笑了下，和昨晚的笑容一样带着种旗开得胜的炫耀。

“我怎么没有依据？”她拿出手机，给一旁的何老师看，“何老师你看看，这是我昨天拍到的。昨天晚上都多晚了，那男生一直把她送到小区门口，看着她进小区才回去。”

许愿站在原地，听着陶淑君对何老师说：“我没什么别的意思，就是想现在是关键时候，马上要中考了，她可不能和其他男生早恋啊！”

有那么一瞬间，许愿宁愿这句话不是从陶淑君嘴里说出来的，哪怕是何老师、钱主任，随便什么人都行，只要不是陶淑君。哪怕陶淑君不像石妈妈维护石小果一样维护她也无所谓，只要陶淑君不这么说就可以。

同样一句话，何老师可以说，钱主任可以说，隔壁班林老师可以说。

陶淑君不可以。

小熊有结实的肉肉、厚厚的皮毛，平时怎么摔都不会痛。可当最亲的人举着刀扎进胸口，她茫然伸手去摸，那里出现了一个漏风的、往外淌血的洞。

戚野被刘晨睿火急火燎抓到办公室，一进门便对上陶淑君兴奋的脸：“就是这个男生，何老师你看！就是他！昨天我亲眼看见他把她送到小区门口，然后才回去的！”

戚野微微皱眉：“你什么意思？”

陶淑君没有搭理他，看向站在一侧的许愿：“你不是口口声声说你不会早恋？这是怎么回事儿！上次大白天让男生送你回家也就算了，大晚上的你不嫌丢人？你就是这么答应我的？”

许愿没有说话，白着脸，呆呆的，像一个被抽去内胆的小熊玩偶皮套，毫无生气地贴在办公室雪白的墙面上。

她的沉默被陶淑君当成了默认，陶淑君越发得意扬扬：“哎，对了，我怎么记得上学期送你回家的男生不是这一个？何老师，能不能让我——”

“许愿妈妈！”

“你闭嘴吧。”

两道声音同时在办公室响起。

何老师一顿：“戚野！”

“没错，我昨天确实送了她回家。”一改往日说话基本不超过十个字的风格，戚野面无表情地盯着陶淑君，“但那是因为你晚上没有来接她，她自己一个人回去不安全，我才把她送回去。”

“上学期送她回家的是江潮，因为她第一次生理期不舒服。如果你觉得这样就是早恋，那我也没什么可说的，不过——”戚野上前一步，直接夺过陶淑君的手机。

陶淑君尖叫：“你干什么！”

戚野根本不理会她：“这是你昨天拍的，是不是？”

他飞速翻动相册，按着时间倒序，陶淑君拍的照片从小区门口到人行道，从人行道到小区附近的车站。最后出现的是女孩等在校门口时，仰脸和他说话的场景。

“阿姨。”戚野把手机举起来，平静地说，“你这样真没意思。”

许愿站在几步开外，看着他手里那张照片，突然明白了陶淑君为什么只和她差十分钟进家门，为什么穿工装参加同学聚会，为什么专门问何老师今天在不在学校。

9月初，窗外下着雾蒙蒙、轻飘飘的小雨。许愿却像回到那个风雪交加的除夕夜，从头到脚都发凉，血管里流着鲜红的冰碴，眼睛一点一点结出霜花。

男孩的嗓音时远时近：“如果我没有送她呢？阿姨，晚上十点钟，你就不担心她自己坐车会出事？”

“你……”陶淑君从来没被小孩儿反驳过，气得倒仰，“你凭什么这么和我说话！你家长是怎么教你的！叫你爸妈来！我和他们谈！”

何老师闻言，立刻想要制止话头，却再一次被戚野抢先：“哦，那可能得麻烦阿姨自己去。”

他面无表情，语气非常平淡：“我妈死了，我爸在看守所。您有本事找谁就找谁吧。”

最后，被提前支走的刘晨睿及时叫来了钱主任。钱主任把三个小孩儿直接赶出办公室：“行了行了，都回去上课，这儿没你们的事儿。”

这一节是体育课，西川一中从来不占副课，即使今天下着小雨，依然在体育馆内正常上课。刘晨睿跑得飞快，许愿和戚野落在后面，在林荫道上慢慢走。

雨下得小了些，雾气凝在身上，湿漉漉的。戚野很不喜欢这种感觉，抬手擦了把额头上的水珠，放下手时，看见身侧的小姑娘正在偷偷看自己。

和方才在办公室里的木然不一样，她的目光小心翼翼、轻之又轻，骤然对上他的视线，先是一顿，随后“唰”地别开眼。

戚野纳闷：“怎么了？”

许愿摇头："没……没什么。"

方才在办公室里，他说最后那句话的语气实在太平静。

对于戚野的家庭状况，戚从峰来闹过事后，她和陈诺他们私下有过猜测。都觉得他的妈妈应该已经不在人世，或者离婚远走高飞。总之，一定是有什么不可抗拒的理由，才没和戚野生活在一起。但还是很难接受他这么平淡地说出来。

许愿曾经想象过他们会在什么场景里谈起这个话题，然而想来想去，根本没想到竟然是在这样的场合下。

戚野不知道许愿的想法，顺着女孩刚才看过来的视线看回去："我以为你这次还要哭。"

许愿低下头，伸手揉了揉眼睛，干干净净，一点儿水渍也没有。愣怔几秒，她把手覆在胸口，隔着一层秋季校服外套可以明显察觉到心脏有力地、一下又一下地搏动。但她还记得刚才在办公室里，那种心头漏风、往外淌血的感觉。

很痛，很难受，反而一点儿都哭不出来，没有任何想掉眼泪的冲动。

戚野停下脚步，看着女孩站在原地，将手放在胸口，停顿几秒，拿下来，再放上去，再拿下来。

如此重复好几个来回，最后一次，她的手贴在心口，迟迟没有放下："你说得对。"

许愿感受着自己的心跳："她确实……在家暴我。"

或许这种家暴形式并没有戚野挨过的拳脚那么明显，不像他脸上被衣架抽出来的血痕、眼睛被砸出的淤血、脖颈被掐出来的青紫引人注意。

但这就是家暴，是精神上的践踏、心灵上的侮辱。

"戚野。"终于想通这件事，许愿抬头，"我……我该怎么办？"

陶淑君和戚从峰不一样。

醉鬼会因为殴打未成年、赌博等罪名被送进看守所。陶淑君并不会因为"不小心丢饭卡然后大发雷霆""在饭桌上当着全家人的面随便开玩笑""被男同学送回家所以就是早恋"这样的小事受到任何惩罚。

在很多大人眼里，这根本算不上事儿，都是小孩儿敏感、矫情、玻璃心。

女孩脸色瞬间变得苍白，戚野迟疑两秒，轻轻拍了怕她背。

"别怕。"他向她保证，"我会保护你。"

体育课结束后，何老师把许愿叫到办公室："我和钱主任刚刚批评了你妈妈。这件事是你妈妈做得不对，老师都知道，不会冤枉你和戚野，好不好？"陶淑君已经离开了。

钱主任伸手摸摸许愿的头："下次你妈妈要是还这样，你就告诉你们何老师，来找我也行，我们给你做主。"

许愿本来没想哭，被钱主任这么一摸头，鼻子一酸，用力点了点头。

"好了好了，不哭。"钱主任向来严肃，把许愿揽进怀里的动作很不熟练，"看把孩子委屈的。"

许愿将脸埋得更深。其实她并不是委屈，只是钱主任轻轻摸的这一下，让她想起上回隔壁班林老师冤枉石小果的事。那一天，从办公室出来后，石妈妈就是这么安抚石小果的。

而陶淑君从来没有摸过她的头。

两个老师哄了半天，总算把小姑娘哄好了。

看着许愿离开，钱主任恢复到以往的严厉脸："这家长可比你们班那男生的父亲难搞多了，最后倒霉的都是孩子。"

何老师点头："是啊。"

陶淑君刚才离开得很不服气，显然没把她们的话听进去。老师们只能制止她在学校胡搅蛮缠，回到家关上门，不知道还会发生什么事。

许愿对此有心理准备，一整天都在想该怎么办，一直想到晚自习下课，石小果拉着她往教室外走，还没想出任何有效的招数。

"我刚和我妈说了，以后每天晚上我们先把你送回家！"石小果大大咧咧，根本注意不到这些细枝末节，"这样你妈总不会挑毛病了吧！我一个女……"

她停顿两三秒，挺起胸脯："反正我是女的！你妈不能说什么！她要再说你，我喊我妈来说她！"

"行行行。"许愿本来有点儿郁闷，被这么一打岔，忍不住笑了，"你快好好走路，怪模怪样的。"

石妈妈开车把许愿送到小区门口，看着她进去，然后载着石小果离开。

预计回家后肯定会挨骂，许愿在楼下做了好久心理建设，才迈开脚步。即将走进单元门的前一秒，衣兜里的手机振动起来。

来电显示：戚野。

许愿猜测得很对。从她把钥匙插进锁孔的那一刻开始，房门里便传来陶淑君歇斯底里的怒骂："你还好意思回来？你怎么回来的？又是那个男生把你送回来的是不是！还是其他什么人？你平时在学校怎么骗的老师？我看你们老师和那个主任也不是好东西！"

许愿换好鞋子往卧室里走，陶淑君追在她身后："我是你妈，我了解你还是她们了解你？她们凭什么给你打包票？你给老师灌了什么迷魂汤，哄得她们都相信你？"

积攒一个白天的怒火，陶淑君从客厅追到卧室，从卧室追到卫生间，越说越激动，最后又扯上许建达基因有问题，她做了什么孽才嫁进老许家，咒骂姓许的所有人。

许愿没有反驳，始终沉默安静地听着，直到陶淑君开始咒骂许建达和许愿有多让她丢脸，许愿才从枕头下，掏出藏在那里的手机，

屏幕亮起，一条红线在绵延不断、一刻不停地走。

录音模式，共计一个小时四十七分十九秒。

许愿按下暂停键，将录音上传到云端。

陶淑君一刻不停，吼了将近两个小时，也累了，停下来喘气，准备去厨房喝口水继续，看见女儿正看着自己。

在陶淑君的印象里，许愿总是很爱哭，根本经不起训，稍微骂上两句，很快红了眼眶，边哭边发抖。

这次的情况也差不多。她眼角红着，拿着手机的手正在抖动，说起话来带着颤音。"妈妈……"许愿说出来的话却让陶淑君心惊胆战，"我把你刚才说的话都录下来了。"

许愿从来没有反驳过陶淑君。这十几年里，她习惯被骂、被侮辱、被伤害。此刻每吐出一个字，对她而言都无比艰难。

但想起男孩的话，许愿磕磕绊绊往下说："你、你再骂我的话……我就去你们单位放录音，让你的同事们听听，陶主任在家里是怎么教育小孩儿的。"

晚自习时写完所有作业，戚野回到宿舍。

放在书桌上的手机蓦然亮起，是笑呵呵圆滚滚的小熊头像，他一眼扫过去，只能看见满屏的感叹号。

"我妈没继续骂我！真的！"许愿高兴坏了，说话语无伦次，"她直接闭嘴回房间了！天啊！你怎么能想到这样的办法！太厉害了！"

"你别高兴太早。"戚野很冷静，"我不保证效果能持续多长时间。"

“我知道，我知道的。”从来没反抗过陶淑君，许愿的手有些抖，“只要她别总骂我就行。”没想过真的去放录音，以她的性格也做不出那样的事。

许愿慢慢敲打手机屏幕：“戚野，你人真好。”要是没有他，今天她大概得挨一整夜的骂。

第二天是周五，不用上晚自习。

许愿把陈诺的那份作业收好，跟戚野挥了挥手：“那我走了，下周见！”

戚野点头：“嗯，再见。”

陈诺身体欠佳，没来上课，许愿和以前一样去他家送作业。快下公交车时，她收到他的消息：“我在小区对面的奶茶店，你不用上去，直接过来就行。”

下了车，许愿远远看见等在奶茶店外的少年。他个子高，面容清隽，在门外一众女孩子里很显眼，有不少女生边等奶茶边偷看他。

“哥！”许愿一路小跑过去，跑到陈诺面前，后知后觉地发怔，“你这是……”

今天白天温度挺高，许愿穿了短袖的夏季校服，而陈诺和以往一样裹得很严实。校服外套拉链一直拉到最上面，他在里面套了件高领T恤，烟灰色领子遮住脖颈和下颌，又埋去小半张脸，露出的皮肤非常苍白。

不过许愿在意的不是这个，她早习惯陈诺一年四季病恹恹的模样，没伸手去接递来的柠檬茶，而是勾头去看他身后的黑色书包：“哥，你去上学了？”

问完这一句，许愿觉得自己问得有点儿傻。他要是来学校，怎么还让她拿作业，而且下午也没见到人。

“中午是想去，我妈不同意。”陈诺面不改色，“其实就是有点儿感冒，没什么，你坐。”他指了指店外摆放的小圆桌。

她问：“那你怎么又出来了……”甚至还背着个书包。

陈诺把柠檬茶推到她那边：“我和我妈说我只下楼走走。想着刚好能去书店买几本习题，就把包背上了。”

许愿一口茶直接呛着：“哥！不是我说，咱们也不用这么用功吧！”

“我没事。”见许愿拼命地咳嗽起来，陈诺不由得好笑，站起来给她拍背，“我倒是听小果说，舅妈昨天去了学校？”

许愿不太自然，一连眨了几下眼，最后简洁地说了遍昨天发生的事，又把戚野教她怎么对付陶淑君的事告诉他："反正今天她早上没再骂我。"

陈诺听完就笑，"你俩啊你俩。七爷也是人才，亏他能想出这种办法。"他抿了口冰可乐，"真损。"

许愿没应声，盯着桌上的冰可乐："哥，你能喝这个吗？"

许建丽平时三令五申不让陈诺在外面乱吃东西。除了那些油腻的饭菜，高糖高热量的奶茶自然也不行，所以许愿一向只敢给他点热牛奶。

陈诺摇头："偶尔喝喝不要紧。"

他伸出手，修长冷白的手指在桌上敲了两下："说正事，你俩这办法治标不治本啊。"陶淑君或许一时半会儿吓到，不敢再训许愿，后面反应过来一定会变本加厉。

许愿垂头丧气："我知道。"

她没指望这个办法能一直起作用，只希望效果可以持续久一点儿，哪怕仅仅一两周不挨骂，就已经很好了。

"哥。"这么想着，许愿对陈诺说，"我真羡慕你。"

这不是她第一次和他这样说。实际上，她也是真的羡慕陈诺。

陈诺笑了笑，没接这个话茬。

兄妹俩在奶茶店外坐了半小时，喝完柠檬茶和冰可乐，起身分手。只剩两站公交车的距离，许愿打算步行，刚走了两步就被叫住："等一下。"

她回头："怎么了哥？"

陈诺把领子往上拉了拉，快走几步，来到许愿面前低头看她："你手机录音备份了没？"

许愿点点头："备份了。"

陈诺松了口气："那就行。"

"哦，对了。"他转身要走，又想起一件事，"现在晚上温度低，你睡觉的时候记得把门关好，小心别着凉。"

许愿笑着应下："知道啦，知道啦，你也注意！"

升入初三，课业压力骤然变重，许愿待在房间里写作业。客厅里，陶淑君刷手机的音量比以往大了许多，甚至打开电视放到综艺频道，把音量一再调高。

许愿不得不找出耳塞，才能继续做功课。好在今天陶淑君睡得格外早，平时至少玩手机玩到晚上十点，今天或许是累了，不到九点便回主卧休息。

许愿拿下耳塞，又写了一张物理试卷，抬头看闹钟，夜里十一点半。她简单收拾了一下桌面，洗漱完，想起陈诺今天的话，检查一遍窗户。她房间的门锁早被陶淑君找人拆掉，房间没有锁，她也没有锁门的习惯，顺手关上门，上床休息。

不知道睡了多久，许愿迷迷糊糊听见一点儿细微的响动，一开始以为自己在做梦，没有理会。直到木质地板承受压力，发出一连串“嘎吱嘎吱”的细碎响动，她才蓦然惊醒。

她不能动也不敢动，闭眼躺在床上，僵着身子。听见瘆人的拖沓的脚步声由远而近，慢慢走来，最后停在床边。

短暂的一秒钟里，陪石小果一起看过的恐怖片和其他社会新闻的标题一起涌上来。许愿一点儿声音都不敢出，放在被子里的手拼命攥紧，指甲深深掐进掌心，鲜明的钝痛表明眼下的一切并不是梦。

深夜，房间里有一个人正无声无息站在她的床头。她不知道该怎么办，死死闭上眼。

视线受阻，听觉和触觉反而变得异常敏锐。有什么东西碰到了她的枕头，接着很快移开。接下来的几分钟，她没有听见任何声音。

时间一分一秒地过去，除了愈跳愈快、密集如鼓的心跳，许愿什么也听不到，冷汗出了一层又一层，枕巾和睡衣都湿透。最后许愿实在受不了，小心翼翼地偷偷睁眼，然后看见了永生难忘的场景。

房间里拉着厚重的绸布窗帘，不透光，一片漆黑。浓稠黑暗中，手机屏幕亮着，自下而上映出一张惨白的、毫无表情的脸。

许建达常年不回家，许愿一直和陶淑君生活在一起。不管平日里相处得如何，陶淑君始终是她的妈妈、她的家长、她一年到头见得最多最亲密的人。

但她看着对方被手机映亮的脸，眼睛是陌生的、鼻子是陌生的、嘴巴是陌生的。或者说，每一个五官看上去都无比熟悉，拼凑出的却是一张毫不熟悉、从未见过的生疏面孔。

许愿根本无法控制自己，一边尖叫一边往后躲，试图把自己凿进墙壁，躲避眼前藏在人类躯壳里的恶鬼。

直到楼上楼下亮起灯，住在楼上的叔叔阿姨紧张敲门：“怎么了？出什么事了？孩子怎么了？”

许愿仍旧拼命缩在墙角，发出一声又一声撕心裂肺的惨叫。

警察和救护车先后赶到。

许愿最后的记忆，停留在被医护人员七手八脚地按住，强行注射镇静剂的时候。

失去意识的前一秒，隔着蓝色衬衫的警察和白色制服的医生，她看见陶淑君远远站在卧室门口，手里拿着小熊外壳的手机，在屏幕上轻轻一按。

第二天，许建丽坐在许愿的病床旁："是不是最近学习压力太大？我看你哥在家也忙得不行，要我说身体第一学习第二，咱们别把成绩看得那么重。"

许愿呆呆地坐在床上，过了好一会儿问："她呢？"

"谁？你妈？"许建丽给许愿背后加了个枕头，"她刚去找你的管床医生了。你看你妈多操心你，昨天晚上一晚上没睡，我来的时候还在守着你。"

白天，病房窗帘拉开，阳光照进屋来，明晃晃的。

许愿回想起昨晚发生的事，忍不住打了个寒战："她昨晚站在我床头。"

许建丽没听懂："你说什么？"

"我说……"许愿手有些抖，"我妈半夜到房间来拿我的手机。"

许建丽闻言一愣，伸手来摸许愿的额头："我说你们现在就是压力太大了，你和你哥一样一样，昨天他快迟到连早饭都没吃，急匆匆直接跑了。姑姑和你说，成绩不重要，最重要的是身……"

"我没有！"许建丽话说到一半，被女孩打断，"我没有！我说的都是真的！"

"她就站在我面前！和鬼一样！"许愿攥紧被子，手抖得厉害，"她想来删我手机里的录音！她怕我把她骂我的话拿出去放给别人听！她害怕！我听见她走进来了！她是故意的！她故意等到我睡着，然后偷偷——"

"许愿！"这一回，换许建丽不可思议地打断她，"你怎么能这么说！你这孩子怎么不知道心疼人呢？就算你妈妈平时对你严厉，你也不能这么说你妈妈吧？"

许愿拼命摇头："我没说谎！"想要拿起放在枕边的手机，一伸手摸了个空，才想起陶淑君昨天把手机拿走了。

“姑姑！”她抓住许建丽的手，“你让她把手机还我！我证明给你看！”

许建丽面色很是无奈：“这孩子真是……”

旁边病床的大妈不赞同地摇头：“哎，现在小孩儿都难管，你们这个还算好的，我们小区还有威胁父母的呢！看看现在的娃娃看那些乱七八糟的小说电视都看成什么样儿了，我看就该让国家好好管一管！”

病房里另外几个家属也点头附和。

许愿愣愣坐在床上，听着他们全站在陶淑君那一边，用大人的眼光，高高在上又假装平易近人地指责着她。

许愿只是受到惊吓，情况并不严重。医生做过检查，下午便允许她出院回家。

回到家，见手机搁在玄关处，她打开录音文件，里面是一片空白。

“你小小年纪，城府还挺深？”陶淑君看见许愿的动作，冷笑，“好的不学全学坏的，现在学会威胁你妈了是吧！”

许愿不吭声，拿着手机往卧室走。陶淑君在后面扬高声音：“你去哪儿？”

许愿轻声说：“我回我的房间。”

“你的房间？”自以为把录音删得干净，为了不留下新的把柄，陶淑君三两步赶上来，一把夺走许愿的手机，“这个家哪块砖是你赚来的？你有什么资格说你的房间说你家？我告诉你！你不听话以后就别在这个家待着！这是我的家！不是你的家！”

这是我的家，不是你的家。

陶淑君之前和之后说的话，许愿一句也没听清，满脑子都是这十个字。

这句话和陶淑君昨晚惨白的脸混在一起。她忍了几秒，最后没忍住那种反胃的冲动，一把推开陶淑君，直接冲进卫生间。

新的一周开始。

周一，戚野发现许愿有点儿奇怪。

女孩眼下有两大块显而易见的乌青，根本不需要凑到跟前，便能看见两个深深的熊猫眼。顶着两个熊猫眼，午饭和晚餐，她一连两顿都剩了大半碗饭。

晚上的晚自习，许愿甚至没写作业，一直趴在课桌上，最后放学时，额头上一个红红的印子。

“戚野。”顶着那个红印子，她叫住他，“明天你能不能帮我做一下物理笔记？”

“什么意思？”戚野没有立刻应下，“你明天不来上课？”

男孩眼睛很黑，视线小刀般锐利。

许愿避开他的目光，点了点头：“嗯，明天……我想在家休息。”

她有些紧张，攥紧校服袖子，害怕他会继续逼问。

但戚野没说什么：“我知道了，好好休息。”

翌日，许愿和往常一样起床洗漱，背着书包走出小区，给何老师发短信：“老师，我今天不舒服，想去医院看病，请一天假行吗？”

第一次对何老师说谎。这条短信许愿编辑了很久，从昨晚反复修改到现在。很快收到回复：“好的哦！那你好好休息！千万注意身体！”

许愿看清回复，微微抿唇，在路边随手招了辆出租车。上车后，她小声说了个地名：“去这里。”

“去哪儿？”她声音太小，司机没听清，“闺女你说你去哪儿？”

许愿攥紧书包带子，从后视镜里看见自己异常苍白的脸。

她轻声又说了一遍地址。

十分钟的车程，很快，出租车到达目的地。

大人们的上班时间比西川一中上学时间晚，街道上的人不多。许愿站在路边，抓紧校服口袋里的东西。

那是一个小小的便携音响，存着她从云端下载的备份录音。

女孩死死抓着便携音响，每用力一点儿，指关节和脸色都泛白一分。

许愿其实没想过真的这么做。她自己很清楚，所谓“去单位门口放录音”的威胁脆弱到根本不能称之为威胁。有保安有工作人员，只要一打开音响，过不了多久，就被会保安拖走。

许愿不是个特别有勇气的姑娘。

从小到大，她做过的最勇敢的事，就是除夕夜那晚踉踉跄跄追到旧楼楼顶，一把拽下摇摇欲坠的男孩。此刻仅仅是站在马路边，她都克制不住发抖。

会有人相信自己吗？许愿想，即使手上有录音，就真的会有人相信自己吗？

他们会不会还和病房里的大妈、其他床的家属或者许建丽那样，认为她是个不听话的小孩儿，她不懂得体谅父母，她在不知羞耻地说谎。

许愿的脸越来越白，抓紧音响，就这么站在路边。

一辆又一辆车从她身边飞驰而过，太阳慢慢升起。

就在许愿举棋不定的时候，一只手突然从后方伸过来。和除夕夜那一晚她伸手去抓他一样，这一次，换他牢牢抓住了她。

“小心！”戚野翻身越过绿化带，一把抓住许愿的手，把她拖到人行道上，避开不远处违规上路疾驶的电动车。

许愿没反应过来，被他拉着走到行道树下，如初梦醒：“你……你怎么在这里？”她猛地甩开他的手。

许愿这一下甩得挺用力，戚野的手差点儿砸在一旁的行道树上。

“你来真的？”他语气中带着明显的不赞同，

“我……”许愿原本踌躇不定，他这么一说，她反而下定决心，“我要放录音。”

“你不怕你妈回家骂你？”

戚野只是随口一问，许愿的脸却骤然由白变红，两颊生出不自然的红晕。她的嘴抿得很紧，在树下安静站了两秒，突然爆发。

“那就让她骂好了！”连续几天没阖眼休息，许愿眼底泛青，眼睛红红的，“反正不管怎么样都会挨骂，凭什么只能她骂我！她可以污蔑我早恋，说我不要脸，偷偷跑到房间里删录音，为什么就我什么都不能做？！”

许愿很少高声说话，即使之前和戚野生气，最多只是不搭理人。此刻她站在人行道上，一张小脸涨得通红。

“小时候就是这样，考班里第一会被骂为什么不考年级第一，考不到第一就要被骂笨蛋废物！吃饭快了要被骂，吃饭慢了也要被骂！在家里骂我不够，还要把我赶出门去，凭什么呀？就凭她生了我，我是她的小孩儿吗？可是我又不想当她的小孩儿！

“都说要我替她考虑，要我为她着想。但这不是我想要的妈妈，不是我想要的生活！这一切都不是我选择的，为什么要我去还啊！”

“我真的有去理解了！”许愿一边擦眼泪，一边和他说，“但是我理解不了！我想不通她为什么要那样对我！我想不通！”

每一次，当许建丽他们要求她站在陶淑君的角度考虑，她都会认真地想，是不是自己真的做错了什么所以陶淑君才会大发雷霆。

可从小到大，许愿理解不了的事太多太多。她不懂为什么在家里不小心摔碎一个碗，就要被前前后后甩脸色至少一个星期；不明白仅仅只是错了一道数学单选题，就会被揪着耳朵骂白痴傻瓜；更不懂被其他小朋友欺负，哭着回家找妈妈时，反而要被说一定是自己哪里有问题，否则怎么不欺负别人只欺负你？

更多的时候，她什么都没做，而陶淑君总能找到理由，她成绩差的时候骂成绩，她成绩好的时候骂生活习惯，她生活习惯没问题时便开始向外发散。

许建达的冷漠、婚姻的失败，甚至工作上的不顺，陶淑君能将一切原因都归结到她身上。

“而且——”眼泪流进嘴巴里，许愿舌尖和心口都泛着种又咸又涩的苦，“她和我说了，那是她的家，不是我的家！”

这一句话比“你不要脸”“你是个废物”“我做了什么孽才生下你这样的小孩儿”加起来的杀伤力都要大。

戚野眉头皱紧，想给她擦泪水，手举起来又觉得不合适，停在半空中：“你别哭了。”

许愿哭得更凶，并非江潮爱看的偶像剧女主角梨花带雨的哭法，而是满脸都是泪，五官皱在一起。

戚野不擅长安慰人，在衣兜里摸了半天，没摸出任何一张纸巾。最后，他把手缩进校服袖子里，非常不熟练地将衣袖糊在她脸上：“好了，你不要哭。”

经过冷静理智的考虑，戚野觉得放录音不是个明智的选择，只能逞一时之快，解决不了什么问题。

“那就放录音吧。”然而把袖子盖在许愿脸上时，男孩说出来的却是，“不过得换个办法。”

陶淑君和往常一样按时上班，没工作一会儿，有人在外面急急敲门：“陶主任！陶主任！您下楼看看吧！”

陶淑君没放在心上：“上班时间下什么楼？”

“哎呀，陶主任！”另一个年纪大一点儿的男同事捧着保温杯，从楼道里大呼小叫地奔过来，“陶主任！您快去外面看看！这是怎么了！有什么事还是在家里解决，别拿到外面来，多难为情呢！”这个男同事就是之前故意问起许愿成绩的那一个。

陶淑君心里警铃大作：“什么事？”

她第一个反应是许建达在外面有了人，如今撕破脸闹到单位。她匆匆离开办公室，一路上碰到好几个同事，都拿奇怪的眼神打量她，一边打量，一边看手里的A4纸。

陶淑君一开始没注意，但当她走到楼梯口，发现连刚打卡进来的同事手上都拿着一张纸，她终于意识到不对：“这是什么？”

A4 纸上，加红加粗的字体格外醒目，内容从辱骂许愿，到攻击许建达，再到诅咒一整个许家。又从嘲讽家里人，到鄙视西川一中的老师，再到一些嘲讽同事、领导的话。

陶淑君脑袋里“轰”的一声。

“不是！不是这样的！”她方寸大乱，拿纸的手不停地颤抖，“这是假的！是有人故意给我泼脏水！”

“我说陶主任，您就别磨蹭了！”男同事三两步追上来，“您快出去听听！啧啧啧，现在这年头的孩子可不得了啊！”

男同事这么一说，陶淑君想起许愿曾经说过的话，脸直接白了。

她捏着 A4 纸跑出去，离门口近了，隐隐约约听见一个熟悉的声音：“和你说话呢！你个废物玩意儿！你说话啊！死人是不是？和你爸一个德行是不是？”

这个声音当然熟悉，因为这是陶淑君自己的声音。

怎么都不敢相信许愿竟然真的敢来放录音，陶淑君飞奔出去：“许愿！”

马路上，许多人手里都拿着一张满是内容的 A4 纸，一边看，一边嘀咕：“这就是那个妈？”

“是的吧，啧，看着人模人样的，说话怎么那么难听。”

“怪不得小孩儿被逼到来这里发传单，太可怜了，才那么大一丁点儿。”

大家没收声，陶淑君两眼一黑。

“许愿！”她的尖叫和录音里的咒骂混在一起，格外刺耳，“给我关掉！关掉！”

有看不下去的老奶奶撇嘴：“你在这里发什么疯？”

路过的大叔附议：“就是，人家孩子又没在这儿放，在外面还想把小孩儿当狗训！这是什么妈！”

陶淑君浑浑噩噩，几乎分辨不清声音的源头，在工作人员的示意下，向大门外望去。

马路正对面，行道树下放着一个笨重的立式音响，缠着夕阳红舞蹈团的红绸布，这是许愿借来的音响。而大厦门口，穿着校服的女孩一面擦眼睛，一面给路过的人发传单。

她边发边哭，发得慢。身侧的男孩动作利落很多，顶着保安欲言又止的眼神，把传单递到大家手里：“帮一下忙吧，谢谢。”

觉察到陶淑君难以置信的视线，发完几份传单，戚野稍稍偏头，和陶淑君对上目光。他面无表情对视两秒，向前迈步，将一旁的女孩挡在自己身后。

这份录音当然没能放完。

陶淑君两眼一黑晕过去的同时，被领导打 110 叫来的警察也赶到了现场。他们手忙脚乱地把陶淑君送去医院，把两个孩子带回所里，询问具体情况。

警察简单询问过后，给他们的监护人打电话。

许建达不在西川，来的自然是许建丽。不过令许愿有些意外的是，陈诺竟然也跟着一起进门。

许愿哭得眼睛通红："哥，你怎么来了？"

陈诺脸色有些白，把衣领往上拉了拉："今天没去。"

"你俩可真行，胆子一个比一个大。"传单放在调解室的桌子上，他随手拿起一张，"怎么不提前告诉我一声？"

说这话时，他扫了眼坐在一旁的男孩。戚野不置可否，面无表情地抱着手臂，没回答这个问题。

许建丽一开始向着陶淑君："是不是有什么误会？我嫂子脾气是有些暴躁，但绝对不是那样的人！"看到传单上咒骂她和许建达的部分后，很快沉默了。

"你妈真……真是！"许建丽气得要命，不好对许愿发火，只能拉下脸，"行了，你先跟姑姑回家，其他的事等你爸回来再说。"

许愿一愣："我爸？"

"刚才我妈给舅舅打电话了。"陈诺站在一旁，"舅舅说他坐最早的一趟班机回来，应该晚上就能到。"

想了想，他又问许建丽："舅妈怎么办？留她一个人在医院？"

"那你去照顾她啊！你要有那个本事你就去！看你爸到时候不收拾你！"

许建丽说得特别不客气，陈诺表情微微一僵，旋即恢复如常，轻轻拍了下许愿的肩："先跟我们回去吧，晚上舅舅就回来了。"

许愿点点头，又摇摇头。她睁着一双红肿的眼睛，看着身旁一言不发的戚野："可他……"

"闺女，你就和你姑姑走吧。"接警的老警察摆手，"我们也给你们班主任打电话了，她说马上到。"戚从峰在看守所待着，自然只

浸过，递给许愿敷眼睛。

湿毛巾盖在眼睛上，多少缓解一些疼痛，许愿仰着脸："哥，你那天是不是想和我说，我妈有可能偷偷到我房间删录音？"

上周给陈诺送作业，分别时他问了她备份的问题，又提醒她要关好门窗。那时许愿以为陈诺担心她会着凉，现在仔细一琢磨，好像没有那么简单。

"你说什么呢？"然而陈诺表情很奇怪，仿佛第一次听说这件事，"什么删不删录音？舅妈去了你房间？你把录音存在哪儿了？"

他的语气非常疑惑，许愿一怔。

陈诺岔开话题："舅舅晚上要回来，你准备和他怎么说？你和舅妈这么一闹，以后估计住不到一块儿了吧。"

"我……"眼睛还在火烧火燎地疼，许愿小声说，"我想好了，我去住校吧。"

她轻轻抽了下鼻子："我听戚野说，女生宿舍那边床位挺多。反正已经初三了，我住校也行，早上还能晚起半个小时。"

陈诺一听便笑："舅舅怎么可能让你去住校？就算舅舅同意，我爸我妈也不会同意。"

他慢条斯理给她分析："咱们学校住宿的人少，七爷是男生，不要紧。你一个女孩子，自己住害不害怕？万一晚上有坏人，老师在楼下，你来不及喊救命怎么办？"

陈诺这么一说，许愿有些迟疑："那我……"

"行了，要不这样。"少年声音由远而近，最后在她身后站定，"你先在我们家住一段时间，等舅妈什么时候冷静下来，你再回去。"

许愿一怔："这样可以吗？会不会太麻烦姑姑和姑父？"

陈诺轻轻敲了下她的头："你是我妹，是他俩的侄女，一家人说什么麻烦不麻烦。"

"要是你觉得没问题。"他一边说，一边取下她脸上的毛巾，换上另一块新的，"我待会儿就去和我妈说。"

湿毛巾覆在眼睛上，许愿眼角有些发涩："谢谢哥。"

许建丽夫妇没意见，匆匆赶回来的许建达也同意，他甚至没过问许愿和陶淑君间的龃龉。于是，许愿暂时在陈诺家住下，第二天和他一起去上学。

"你妈也太坏了！"事情已经传开，刘晨睿第一个管不住嘴，"上

次来咱们学校就随便乱说！我的天！许愿你在家过的是什么日子啊！”

江潮也气个半死，说：“哪有这么当家长的！我回去得天天给我爹磕头，谢谢他还把我当个人看！”

石小果一反常态地不吭声，捏着手里才买的罐装可口可乐，过了一会儿，“砰”的一声将其捏爆了。

“抱歉。”她冷着脸，对受到波及满头满脸都是泡沫的江潮说，“我不是故意的。”

许愿不得不和他们解释：“好啦好啦，我现在住我哥家，你们放心吧。”

江潮、石小果都见过许建丽，对她印象倒是不错。快要上早读了，他们不好围在许愿这边多说，各自回到座位上。

他们离开后，许愿看向戚野：“何老师昨天是不是说你了？她罚你了吗？”昨天晚上给他发消息，只收到“没事”两个字的回复，连多余的标点符号都没有。

戚野平静地摇头，想到了什么，抬眼看她：“那你不住宿舍了？”住校的主意其实是他给她出的。

“我本来是想住的！”害怕戚野误会，许愿连忙和他解释，“但是我一个人有点儿害怕，而且……而且我爸也不同意。”

戚野：“哦。”这回只说了一个字，听不出来喜怒。

许愿小心翼翼地看他：“你没生气吧？”

“我生什么气？”戚野翻开英语书，看着密密麻麻的生词，忍不住叹了口气。

“我只是在想，要是你不住女生宿舍的话。”他叹完气，一脸遗憾，“我就捡不到那边的纸箱和空瓶子了。”

第九章 新年快乐

接下来两个月，许愿都和石小果一起去女生宿舍帮戚野收废品。一来二去，生活老师都认识了她们："又来！我们楼快要被你俩搬空了！"

"谢谢老师，谢谢老师！"许愿嘴甜，拉着石小果冲老师笑，"我们走啦，老师下周见！"

两个女孩把废品拿出去，交给等在门外的戚野。

"啊……"许愿一说话，就有白气冒出来，"好冷。"

穿着单衣的石小果满不在乎："11 月了，该冷了。"

位于北方，西川冬季时间长。往年这个时候，多半已经开始下雪。或许是因为上半年降雪时间长，下半年的第一场雪迟迟未到。校园里的树叶倒是都掉了个干净，枝丫光秃秃的。

戚野把废品拿去男生宿舍，她俩先回教室。走着走着，石小果突然问："你妈没叫你回家住吧？"

许愿摇头："没有。"

算起来，她在陈诺家已经住了两个月。

许建达回来看过陶淑君之后，在西川待了大半个月，等陶淑君身体一好起来，又匆匆离开。陶淑君没提让许愿回家的事，许愿就一直住在陈诺家。

不得不说，这两个月，大概是她十四年来最轻松的一段时间。许建丽从不发火，陈涵幽默风趣，许愿不用担心被毫无征兆迁怒、被没有理由批评，吃饭无论快慢都不会被骂，有不会的题可以问陈诺甚至

陈涵，得到的是父子俩的耐心讲解，而不是劈头盖脸的“笨蛋”“废物”“白痴”。

“那你继续住着。”石小果上次被气坏了，过了好久才能心平气和地谈起这件事，“反正我觉得许阿姨人不错，除了做饭不咋样，其他都挺好的。”

两个人走回班，一进去，差点儿撞上正在往外跑的江潮。

“你赶着投胎啊！”石小果把许愿挡到身后，“要撞上人了！”

江潮毫不在意：“那下辈子我也得像这辈子这么好看！”说完风一样刮出走廊。

许愿纳闷：“跑这么急干吗？”

陈诺轻声道：“他快递到了。”

“那让他待会儿把盒子留下。”许愿下意识地开口，看见少年对着自己意味深长地笑，拍了下额头，“我都被戚野带偏了！”一听见“快递”“纸箱”“汽水瓶”一类的关键词，下意识想要赶快收起来。

陈诺难得调笑一句：“我看以后你俩可以开个废品站。昨天我去团委办公室，刘老师他们还在说这件事。”都知道初三年级有三个到处搜刮纸壳、塑料瓶的学生。

废品站站长戚野走进来，完全不知道自己的前途已经被安排得明明白白。

戚野前脚进班，江潮后脚也回来了。

“终于到了！终于到了！”他手里抱着一个大盒子，激动得要命，“来来来，都过来！”

许愿好奇里面的东西，戚野想要江潮手里的纸箱。

大家围过来，在江潮身边探头探脑，最后看着江大少爷兴高采烈拆出了一本《教你如何织围巾》，还有随书附赠的两根棒针和几大团毛线。

“哎？这……是不是发错了？”

江潮嘀咕着抬头，看见许愿他们无语的眼神，瞬间奓毛：“不是！你们这是什么表情啊！”

“这是围巾！围巾！”江潮把毛线撑到他们眼前，“马上要冬天了，我给我自己织不行吗？！不要瞧不起人！我学东西很快的！”

说完，他又热情招徕：“你们要不要和我一起学？”

许愿：“不要。”

戚野：“箱子给我，不是毛线，对的谢谢。”

出乎许愿意料的是，一向对各种手工活嗤之以鼻的石小果，竟然拿起了教程书。

“我想给我妈织一条。”见许愿看她，石小果解释一句，“快要下雪了。”第一场雪迟迟未下，估摸着也就在这几天。

许愿对织围巾不感兴趣，和戚野一起回座位，看着他把纸箱放到脚下。纸箱轻，男孩一只手就能拿。他弯下腰，一手搭在课桌上，一手去放纸箱。

深秋初冬交替的时节，气温普遍低。已经开始供暖，教室里暖烘烘的，室外依旧很冷。或许是因为寒冷，又或是因为干燥，戚野搭在课桌上的那只手很红，虽然没像去年那样开裂流血，但能看见明显泛红的痕迹不均匀分布在手背和指间。

“你用我给你的护手霜了没？”许愿看着有点儿害怕，“感觉你的手要流血了。”

戚野把纸箱放好，起身：“你不用管，别给我塞东西。”

男孩拒绝得斩钉截铁，许愿嘴里那句“你要不要手套”就被直接噎了回去，最后只能不情不愿地点头：“哦。”

不过很快，听着江潮和刘晨睿在后头咋咋呼呼，她有了新的想法。

今天是周五，不用上晚自习。下午放学后，许愿拉着陈诺，在他家小区楼下的超市里挑毛线。

“浅灰行吗？还是深棕？”她看哪一种颜色都好，又觉得哪一种都有点儿小毛病，“黑色会不会太沾灰了？”

陈诺看着她挑来挑去，温和地一笑：“我觉得你还是先想想，能不能织出来再说。”

许愿老实地摇头：“我觉得我织不出来。”

她的手工一般般，叠纸青蛙算是极限。一长条的围巾勉强算好学，分手指的手套织起来真的很难。

但想想戚野手上的红痕，最后还是买了一大团浅灰色毛线。

“万一织不好，到时候给你用吧。”她和陈诺开玩笑，“反正哥你肯定不会嫌弃我。”

“行，谁叫我是你哥。”陈诺又无奈又好笑。

一整个周末，许愿都在琢磨怎么织手套，中间还请教了许建丽两回。无奈她在这上面实在没什么天分。江潮已经在群里晒出歪歪扭扭的一小段围巾，许愿连起针都磕磕绊绊，更别说织手套。

好在没有跟戚野说这件事。她打算慢慢学，等什么时候织出了模样，再给他织一双手套。这样，他的手应该就不会红得那么厉害了。

怀着这样的想法，周一许愿带着棒针和毛线上学，想要问问同为新手的江潮和石小果，到底应该怎么起针。

一进班，何老师有事情找她。

许愿放下书包，急匆匆赶去办公室，再回来时，看见陈诺脖颈上围了条崭新的围巾。是他惯常戴的烟灰色，但不是今天早晨出门的那一条。

围巾针脚密实，花色漂亮。灰色衬得人更加白皙，看上去非常暖和。

江潮和石小果正站在他面前，背对着许愿，似乎正在欣赏成品。

"你也太厉害了吧！"不敢相信江潮进步这么快，许愿目瞪口呆，"这才几天！"

许愿感叹完，却没有听到江潮惯有的名为自谦实则自夸的"一般厉害一般厉害"。

实际上，江潮盯着陈诺脖颈上的围巾久久没有出声，仿佛在思考什么严肃的问题。他沉默许久，最后偏头看向一旁的石小果。

"所以——"无论如何想不明白，江潮真诚地发问，"班长是你妈吗？"

石小果勃然大怒："你有病啊！"

"不是！那不是你说的给你妈织围巾吗！"

石小果脸色肉眼可见地黑了。

"你别想占我便宜！"她从手里的袋子里抓出剩下的几条围巾，抽出其中一条，狠狠摔在江潮脸上，"我给你织了你也是我妈？想都不要想！"

江潮被摔晕了，还记得伸手去抓围巾："啊？我也有啊？谢谢小果！"

"我就说嘛！"他手里这条是姜黄色的，"吓死我了！我还以为你和班长有情况呢！"

"我看你就是有病！"石小果气得脸都红了，一把从江潮手里夺回围巾，"许愿！给你！这是你和七爷的！"她把另外两条塞到许愿手里。

"想戴就戴不想戴就别戴！"大概真的被江潮惹毛了，她和许愿说话也非常不客气，硬邦邦地丢下这一句，拿着原本属于江潮的围巾回座位。

江潮追在她身后："小果！我错了！我错了小果！给我吧！好不容易织的别浪费！"

情节过于跌宕起伏，许愿站在一旁，愣愣看了一会儿江潮拼命对石小果说好话，又看向自己手里的围巾："这真是小果织的？"

"小果辛辛苦苦织的，你就戴着呗。"陈诺莞尔道，"过两天要下雪了，正好合适。"

少年态度特别坦荡自然。许愿看看他，再看看前面薅着江潮头发猛扯的石小果，最后只能点头："哦。"

抛开石小果为什么突然织围巾不谈，她织的这几条围巾都很漂亮。许愿拿回来的围巾是浅棕和黑色。浅棕那一条自然是她的，黑色那条给戚野。

戚野也没想到石小果会织围巾，不过倒是没拒绝，甚至还在下课后，专门去后面谢了一趟石小果，然后被赶回来："滚滚滚！爱戴不戴！"

戚野莫名其妙："我没说不戴啊？"

许愿听到这一句，高兴地笑起来："那就好！"

女孩笑得特别开心，戚野狐疑地看了她好几眼。

许愿连忙收起笑容："看书，看书。"低下头不吭声了。

接下来大半个月，许愿一直抱着棒针和毛线追在石小果身后让她教自己怎么织东西。石小果对别人不耐烦，对许愿还有点儿耐心，不厌其烦一次次地指点。

不过很快，又一次看到失败的半成品后，石小果终于忍不下去。

"实在学不会咱们就不织了。"她劝许愿，"大街上哪儿不能买手套？你去外头直接买一副算了，省着点儿力气。"

许愿讷讷道："不行呀……他不要的……"

"他敢不要！"害怕被戚野察觉，许愿始终打着给陈诺织手套的旗号，石小果直接火了，"姓陈的你事情怎么那么多！有人惦记你就不错了！挑来挑去什么毛病！"

陈诺无辜中枪没生气，也没解释，只是冲许愿笑了下："慢慢学吧。"

石小果嗓门大，戚野听见他们争论的内容。等许愿回来，他扫了她一眼："还没学会？"

他看着她前前后后学了两周多，棒针上的毛线仍旧不成样子，乱糟糟的。

"没……"许愿很是心虚，"没学会。"

再这样下去，说不定等到冬天过去，她才能把手套织好。

她叹气："就不能简单点儿？"老老实实地收下成品手套多好，不折磨他的手也不折腾她。

身侧的男孩淡淡地"哦"了一声，开始翻下一节课要用的课本。许愿也只能把毛线和棒针塞进抽屉，拿出包着挂历纸书皮的物理书。

今天是周三，陈诺不上晚自习，下午放学后先回家。许愿留在学校，和往常一样等晚自习结束后和石小果一起回去。

期中考试才结束不久，最近这段时间作业不太多。许愿写完作业，额外多做了一张物理试卷。看了看表，离晚自习下课还有将近半个小时，于是拿出毛线团。

戚野早早写完功课，正在背英语单词。余光里，小姑娘满面愁容地拿起棒针，怏怏不乐地开始织。十分钟过去，毛线缠在一起，根本看不出来织的是什么。

许愿盯着这团毛线看了一会儿，不得不重新拆掉，一边拆一边想，实在不行，到时候干脆买个最普通的毛线手套，冒充是她自己织的好了。不然等他手冻出血，她都未必能织出什么东西。

心里这么想着，许愿慢慢拆毛线，还没拆完，一只泛红的手伸过来。

上周下了第一场雪。化雪时天气冷，一周过去，男孩的手看起来比之前红得更厉害。即使涂上护手霜，手上也现出深深浅浅的纹路。关节和指尖都通红，甚至还有几处隐约泛青泛紫。稍显青紫的指尖捏住棒针，轻轻一拽，将毛线团和剩下的棒针拽到自己这边，然后开始上手拆。

和瞧上去已经冻僵的手完全不符，戚野拆毛线的动作非常迅速，不到半分钟，就把乱糟糟的毛线整理好，又缠在棒针上，拿着两根棒针，开始飞快走针。

他编织的速度非常快，许愿没怎么看清楚，一会儿的工夫，他已经织好了手腕处的部分："看懂了吗？"

许愿乖巧地摇头："没有。"

戚野沉默两秒："那我再来一遍。"他把刚织出来的拆掉，重新慢慢起针。

许愿看着他一点点起针："戚野，你手工好好啊！"

之前她过生日的时候，他送给她的生日礼物，是一个木头雕的原色小熊。

一开始，包括许愿在内，所有人都以为戚野是在精品店里买的。除了没有上漆，小熊打磨得光滑漂亮，可以坐可以站，甚至还能换四肢。

江潮对小熊很感兴趣："哪里买的？多少钱？"

许愿也比较关心后面那个问题。要是太贵，她说什么都不会收下。

"不要钱，自己做的。"结果男孩反应非常平淡，往外面指了指，"就前段时间修行道树，拿路边木料弄的。"

他确实很擅长这些。从一跳老远的纸青蛙到可坐可站的小熊，再到眼前已具雏形的手套，甚至是仅凭记忆就复原下来的折痕图。仿佛没什么他不会做的东西。

女孩语气特别真挚，戚野淡淡应声："这次会了吗？"

许愿眨了眨眼睛："你最近有没有觉得冷呀？"迅速岔开话题。

戚野不明白她怎么突然问这个，但明白她没看会，又一次拆掉毛线，开始织第三遍："没有。"

这是戚野的真心话。今天的冬天，大概是他长这么大以来，最暖和的一个冬天。

西川一中早早开始供暖，教室和宿舍极其温暖。宿舍楼修得晚，装的还是地暖，光脚踩在地上都不会冷。

他再也不会像从前那样，半夜睡着睡着被冻醒。倒是有好几次因为暖气烧太热，第二天起来喉咙干得发痛，只好接几盆水放在宿舍里。

他不用楼上楼下扛蜂窝煤，不必拿冷水洗衣服。下晚自习回到宿舍，可以毫无顾虑地开灯，再没有人一巴掌扇过来指责他浪费电，看书看到半夜也不会挨打。

这种事他曾经做梦都不敢想，如今却真的实现了。美好得比梦境还虚幻。

许愿满嘴的话被一句"没有"给堵回去，很不甘心地看了眼戚野的手："可是你的手看起来很冷欸。"

"冬天最好还是不要吹风。"她认真地说，"护手霜要和手套搭配起来效果才好，不然过两天气温再降，你的手就要……"

戚野皱眉，放下手里的棒针："你不是说这是给你哥织的？"

从带毛线到班里的第一天起，她就在他耳边大声重复好几遍：

"天气冷了！我要给我哥织手套！"

"正好小果织了围巾，我就不用再织了！"

"既然围巾是烟灰色，那我就用黑色毛线吧！"

戚野当时还纳闷。明明应该配成同色，怎么她非要另辟蹊径，选一个色差明显的颜色。

此刻，他低头看看自己脖颈上的黑色围巾，莫名有种此地无银三百两的感觉。

于是，他再一次平静地叫她：“许愿。”

“我是说给我哥织的……但是，呃……”许愿结巴了半天，最后灵光一现，想到了一个非常绝妙的好主意。

当然，是她自以为的好。

往后很多年，每当他俩争论到底是谁先喜欢谁，戚野总会提到十四岁那年的冬天。

静谧清澈的雪夜，偶有翻书声的教室，烧得滚烫的暖气片旁她说过的那句话。但许愿发誓，那个时候她真的没有任何其他意思，只是纯粹担心他不愿意接受手套，情急之下，没头没脑想出来的昏招。

戚野坐在靠暖气的那一侧，看着小姑娘支支吾吾许久，倏忽眼睛一亮：“我是说过给我哥织的！”

“所以……”

她冲他眨了眨眼睛：“戚野哥？”

许愿话音刚落，就看见向来神色平淡的男孩一怔，面色瞬间古怪起来——两道漆黑的眉拧着，露出一种无法言说、一言难尽的表情，眉头皱得更紧：“别乱叫。”听起来有点儿生气。

戚野并不知道自己在生什么气。原本只是想让许愿打消织手套的心思，结果她这么一喊，他觉得浑身上下都不对劲。

这个称呼其实没有太大的错。男生之间经常这么喊，比如成天住在楼道里的刘晨睿，喊得多了，戚野偶尔还听见几回女生叫他“睿哥”。

而许愿这么一叫，戚野说不出来究竟哪里不对，但就是很不舒服。不是手冻到开裂流血、胃饿到皱缩绞起的那种疼痛，而是一种从心里冒出来，闷闷的、别扭的，说不上到底是什么感觉的难受。

眼看女孩瞪大了眼，戚野立刻拿起刚放下的棒针和线团：“我说了别叫。”她这声“戚野哥”叫得他整个人直接坐立不安。

“最后一次。”觉得自己语气有点儿凶，戚野又硬邦邦地补充，“下次不许了。”继续往下织手套，不再搭理她。

被晾在一旁的许愿一脸茫然。她倒没计较戚野刚才的语气，愣愣地看着他飞快走针，自己给自己织手套。

原来这样也可以？那她之前还费什么劲儿！

不过许愿为期大半个月的努力并没白费。过了一周，戚野戴着黑色手套来上学时，又塞给她一双崭新的浅棕色手套：“拿着。”

和他手上走针朴素的手套相比，她接过来的这双手套特别精致。

针脚细密，纹路清晰。

最用心的是，手背上用深棕色毛线分别钩出了一只小胖熊，圆滚滚的，甚至还用两粒小纽扣做出了眼睛。

许愿喜欢得不得了："戚野，你好厉害！"她立刻套在手上试了一下，和看起来一样温暖，软软的。

戚野仍旧心有余悸，听见她喊他的名字，下意识脊背绷紧，没等到后面那个多出来的字，暗自松了口气。

"你觉得手套感觉怎么样呀？"许愿摸着小熊的脸，半晌后不好意思地笑起来，"我忘了，这是你自己织的。"

戚野："还行。"

其实是非常暖和。寒风凛冽的季节，北风小刀一般，走在路上脸被刮得又麻又痛，手揣在袖子里要好些，但也禁不住寒气直往里钻。有了手套，至少已经泛红的手不会像往年一样流血。

"那你每天都得戴哦！"许愿害怕他织了又不戴，连忙叮嘱，"平时只要出去就要戴。回宿舍去食堂，等咱们去跨年的时候也得好好戴！"

"跨年？"

"对啊！跨年！"

已经是12月中旬，接下来的各种节气节日扎堆。冬至、平安夜、圣诞过去之后，就该到新年了。

"你会来的吧？"害怕戚野不来，许愿和他解释，"我们一般不去太多地方，就是吃顿饭，在街上转转，然后去市政广场看烟花。"

想了想，她又补充："江潮他爸爸每年都有好多用不完的代金券，今年不知道是哪家。"

言下之意，跨年不需要他掏任何钱。害怕伤到戚野的自尊心，这已经是许愿能想到的最委婉的表达了。

她说完，便看见他微微一怔，急忙解释："呃……我的意思是……"

"我知道了。"戚野回过神来，摆了摆手，"我会去的。"

他刚刚只是突然走了神。从前这个时候，他多半忙着挑选合适的地点，挤在跨年熙攘人群中，卖点应和节日气氛的气球、荧光棒或者烤红薯一类的小零嘴，所以刚才完全没想到她在邀请他出去玩。

"真的？"鉴于戚野还冷冰冰地板着张脸，许愿不太相信，"你不骗人吧？"

两个人是同桌，坐在一起，距离本来就近。为了营造出逼问的氛围，她又往他这边靠了一点儿。

离得近，戚野闻到一种甜甜的香味，应该是护手霜的味道。小姑娘怕冷又娇气，每次课间都要重新搽一遍护手霜。她用的护手霜和给他的是同款，都是一个味道。戚野分不清什么洋甘菊野蔷薇，统一叫作“花香”。

他平时自己也用，闻习惯了，本该没什么感觉。但许愿凑过来时，他莫名想起上回她喊他的那个称呼，直接往旁边猛地一躲，整个人贴在暖气片上。

“我不骗你。”

许愿看见男孩突然白了脸，他说：“真不骗你，你别再过来了！”

然而跨年最难约出来的，并不是平日冷着一张脸的戚野，而是一向笑眯眯的陈诺。

正式放假的前几天，许愿在饭桌上和许建丽磨这件事：“你就让我哥去吧！把围巾、手套、帽子都戴好，不会生病的！”

许建丽给她盛了碗汤：“别和我说，和你姑父说。”

许愿立刻看向陈涵，“我哥最近身体挺好的，这学期他都没怎么请假了。以前到这时候怎么也得请十几次假，今年……”她掰着指头来回算了好几遍，“今年这学期他只请了两次假！””

这件事说起来很有意思。

上半年，陈诺的请假频率维持在一个月四五次左右。到了下半年，尤其在许愿搬进他家后，陈诺请假的次数直线下滑，基本没怎么请过假。

江潮和许愿打趣：“早知道你应该早点儿搬去班长家，这样他还能少生点儿病！”

虽然是玩笑话，但陈诺这学期身体确实看起来好了不少，脸色白归白，和以往那种病态的、毫无血色的苍白相比已经强了很多。

子随父相，陈诺一贯保持微笑，陈涵也始终是笑眯眯的温和模样，捧着碗听她讲完，看向陈诺：“你想不想去？”

被许愿期待的目光盯着，陈诺没立刻点头，只是轻轻地笑了下：“都行。”

许愿不乐意了：“哥！”

什么叫“都行”？简直是在拖后腿！

陈涵笑了：“别生气，别生气。”

他又对陈诺说：“那你今年就去吧，都初三了，在外面能照顾好自己。衣服多穿点儿，早点儿回来，马上要期末考试，小心别着凉。”

陈诺表情不变："嗯，好的。谢谢爸爸。"

吃过晚饭，许建丽收拾碗筷，陈涵去书房看医学论文。

许愿跟在陈诺身后进了他的卧室："哥，你是不是不想去呀？"

"你这说的是什么话。"

"那你刚才干吗说都行？"

小姑娘嘴嘟得能拴气球，陈诺好笑："你是女孩子，我一个男生，还能和你一样动不动撒娇？"

见许愿盯着自己看，他伸手揉了下她的头："行了，托你的福，明天我也能去跨年了。"

跨年当天最后一节课结束，大家立刻收拾书包，欢呼着冲出教室。江潮爸爸知道他们要出去玩，专门让自己的司机过来接送几个孩子，直接送他们去吃一家老字号火锅。

"我哥不能吃红汤，点个鸳鸯锅吧。"第一次带陈诺出来跨年，许愿是有点儿紧张，"他也不能喝碳酸饮料，有鲜榨橙汁吗？要热的不要凉的。"

确保陈诺不会吃出问题，她又去关照戚野："你看看菜单有什么想吃的？喜欢哪个你自己点就行。江潮说了，不要和他客气。"

正在逗隔壁桌小孩儿的江潮压根儿没听到许愿说什么，只听见一句"江潮说的"，敷衍地点头："啊对对对，是我说的！"

石小果在一旁虎视眈眈："快点儿！你点完轮到我了！"

在北南打工时，戚野差不多把店里能吃的东西都吃了个遍，这才能认出菜单上都是什么。选了几样，递给石小果，在中途被另一只手拿过去。

"好不容易过个年。"陈诺微笑，"我不要橙汁，换成冰镇可乐好了。"

戚野很认同前半句，没有阻拦陈诺，甚至在许愿发现时替他遮掩："是我去掉的。"

许愿一愣，再回头时，陈诺已经把一杯可乐喝得干干净净。

"哥！你不能喝这么冷的饮料！"

陈诺无辜地摊手："已经喝完了。"

"戚野！"

肩膀上挨了两下，戚野岿然不动，和坐在对面的石小果对了个心照不宣的眼神。

成功把隔壁桌小孩儿逗哭，江潮唰地转回身，根本不知道发生了什么事："都愣着干吗？快捞肉啊！要老了要老了！"

许愿气鼓鼓地瞪着眼，戚野给她夹了一筷子羊肉卷："要跨年了，别生气，吃饭。"

许愿虽然很不情愿，但把肉送进嘴里后，就忘了生气的事："好好吃！"

江潮："给我留点儿！戚野你别只给许愿夹！还有我呢！"

离跨年还早，这一顿饭吃了非常久。吃到最后，江潮直接吃嗨了，跳到餐桌上邀请大厅里的顾客们一起唱歌，差点儿没被石小果直接拍进红汤里。

吃完饭，司机尽职尽责地送他们去看烟花。市政广场新年和春节都会放焰火，但最佳观看地点并不在广场，而是在数百米开外，横贯大半个城市的西川河边。

从下午便开始下雪，一直未停。雪势渐大，一直下到接近零点时。已经上冻的河面积着厚厚的雪，两岸也是一片茫茫的白。

江潮还没缓过来，仍旧很兴奋。

车一停，他立马冲下车，手脚并用地在雪地上写字，一边写一边喊："考六中！考六中！考六中！"

"你们也来啊！"自己写不过瘾，他冲他们招手，"快来！新年不许愿错过就没机会了！

"许愿你来！你都叫这名字了，不许愿怎么行！"

许愿没办法，在旁边选了块雪地，拿着树枝认认真真地写：成绩进步。

写完自己的，又去看其他人。仿佛知道许愿要看，陈诺远远看着她走过来，直接用脚踢散了面前的雪，等她走到面前微微一笑："不给你看。"

许愿顿时噎住："哥你好小气！"

陈诺八风不动，笑着指了指一边的石小果和戚野："去看他们俩的。"

"我不小气！"石小果主动让开位置，还拿手机打光，"你看！"

石小果写得很简单：打遍天下无敌手！！！

最后三个感叹号一个比一个大。

"你可以的。"许愿这句话说得很真诚。

虽然不知道石小果未来能不能打遍天下，不过至少在西川一带的范围内，现在没同龄人能打得过石小果。

“那是当然！”石小果得意扬扬，跑过去看她的，“你这也太普通了！”

两个小姑娘相互闹了一番，石小果赶去笑话在河边不慎跌倒的江潮，陈诺帮着扶人，许愿悄悄往戚野那边走去。

男孩写得很专注认真，没听到江潮一声高过一声的惨叫，更听不见女孩刻意放轻的脚步，拿着树枝在雪地上一笔一画地写。

许愿屏住呼吸，蹑手蹑脚地绕到戚野身后，站在他后面的小雪包上，努力辨认雪地里的文字。

戚野一共写了三行字，写得很规整，倒是不难认：

赚钱。

读大学。

不知道是不是在写完这两行后，突然想起每次只能许一个愿望，他用树枝从雪上草草划过，又划去这两个愿望。

最后，雪地上只剩下唯一一个他还在慢慢写的心愿。

他写得真的很慢，许愿站在后头看了足足三分钟，冻得脸都僵了，终于看到他写的是什么。

一年一次的跨年夜，新年来临之际，男孩仔仔细细、工工整整地写下自己的愿望：

明年也和大家在一起。

戚野写完最后一笔，背后传来一声惊呼。

回过头去，女孩正顺着被踩塌的小雪包跌跌撞撞往下冲，在雪地里踉跄两步，尴尬停住：“我什么都没看见！”她十分心虚，说得特别大声，比不远处江潮撕心裂肺的惨叫还大。

戚野嘴角一抽，把手里的树枝往旁边扔去：“看见就看见了。”

男孩语气特别自然，没有半点儿不好意思。许愿自己尴尬了一会儿，跑回来：“你真这么想啊？”

戚野点头，沉默片刻，淡淡道：“快毕业了。”谁也不知道他们一年后会在哪儿。

如果可以，戚野希望一直待在 12 月 31 号的晚上，身旁是睁着眼睛定定看他的女孩，耳边听见江潮一声一声的喊叫，石小果指着四脚朝天的江潮捧腹大笑，陈诺无奈喊她别笑了快过来帮忙。

雪细细地下，时间停留在此刻。

戚野正这么想着，视线里，一只浅棕色的小熊爪爪伸过来，温柔又嗔怪地轻拍了他一把：“你乱想什么呢！”

仿佛为了应和许愿说的话，话音刚落，“砰”的一声，第一簇焰火从市政广场的方向升起。紧接着，一束又一束烟花不断在冬夜漆黑的天空里炸开，明亮而绚丽。

焰火光芒璀璨，照亮许愿亮晶晶的眼睛。

“我们会一直在一起。”她拍拍他的手，“戚野，新年快乐。”

元旦假期结束，紧接着便是期末考试。期末考试结束，没几天工夫，又到了一年一度的除夕。

这段短短的时间，对于许愿来说，一共发生了两件大事。

相对没有那么重要的第一件，是从小学到初中回回考试考年级第一，没有任何一次例外的陈诺，在期末考试中拿了年级第二。上回并列年级第一的女生这次比他考得好，以两分的微弱差距，拿下第一名。

“怎么可能！”返校拿寒假作业和成绩单时，江潮第一个不相信，“何老师你看看是不是哪里算错了！班长怎么可能不是第一！没道理啊！我不信！绝对有问题！”

石小果在一旁帮腔：“就是！老师你给姓陈的看看！他一天到晚光学习了，不拿第一说不过去！”

何老师哭笑不得：“你们别这么激动，年级第二也很棒呀！”

江潮、石小果接受不了这个现实，抓过许愿和戚野，拿着陈诺的各科卷子，对照标准答案从头到尾算了一遍，最后不得不垂头丧气地承认，陈诺这次真的没办法拿第一。

语文作文是满分，剩下错的都是只有唯一答案的客观题，根本找不回来这两分。

许愿也挺惊讶。两分的差距真的不算多，对普通学生而言，年级第一和年级第二的区别完全不大。然而从小和陈诺一起长大，她习惯了他无论什么时候都是第一。

不光学校考试，作文比赛、书法比赛、钢琴比赛，只要不和运动沾边，有排名的地方，第一名肯定是陈诺。

这是十四年来，她印象里陈诺唯一一次与第一失之交臂。

陈诺本人倒是不怎么在乎：“只差两分而已。怎么，难道我考不了第一，我就不是你哥了？”

“没有没有！”许愿拼命摇头，搂住他的胳膊，“哥，哪怕你跟江潮从前那样次次拿最后一名，你也是我亲哥！”

陈诺笑着拍她的头：“行了，就知道天天哄人。”

许愿把他的手臂抱得更紧："真的！哥你信我！"

这件事并未掀起太大波澜，除了陈诺又从书店抱回一堆习题，被许建丽说了两句，很快没人再提起这件事。

于是，第二件事对许愿而言显得格外重要。那就是许建达终于结束常年不断的出差生涯，回到西川，打算自此稳定下来，不再和以往一样四处乱跑，一年只回两次家。

"年纪到了，干不动了。"除夕夜前一天，在陈诺家饭桌上，许建达是这么说的，"公司正好在这边有个管理岗，我回来也清闲，还能顺便看着她妈。"

自从许愿和戚野在陶淑君单位门口放完录音后，陶淑君大病了一场。

病好后，她被领导用"身体不舒服需要好好休养"的理由，把她调去另一个看似平级，实则不太重要，五六年之内没什么升迁希望的岗位。

陶淑君爱面子，哪能受得了。

许愿不在家，没有发泄对象，她天天在家里摔东西。楼上楼下邻居向物业反映好几次，最后联系到许建达。恰逢公司在西川设立新部门，许建达趁这个机会调岗回来。

不过这件事虽然相对比较重要，实际和许愿并没有太大关系。因为许建达说："你还是先住姑姑这儿，你妈那个脾气在家里没法儿学习，该中考了，别让她影响你。"

对于这个常年在外的父亲，许愿始终很生疏，不知道该说什么，点头应下："好。"

依旧住在陈诺家，今年除夕，许愿过得很平静。

吃过年夜饭，陈涵是个大忙人，立刻去书房和大洋彼岸的同行开视频会议。许建丽仍旧不让许愿插手，自己收拾碗筷。

陈诺对春晚没兴趣，说了声"我回屋看书"，直接往卧室走。

"哥！"沙发上的许愿目瞪口呆，"今天是除夕！"

"你别管他。"陈诺还没开口，许建丽的声音和着水声从厨房里传来，"你哥就是那个脾气，和他爸一模一样！每年这父子俩都往里头一钻，谁拦都拦不住！"

陈诺微微一笑："你好好看电视。"转身进了房间。

许愿在"那我也跟着哥哥好好学习"和"大过年的谁疯了要学习啊"

这两个选择里纠结半秒，没有任何心理负担地选择了后者。

一个人坐在沙发上看春晚很无聊，她拿起手机，给所有任课老师发过拜年祝福，“小窗”戳戚野：“你吃了没？怎么没见你在群里发图呀！”

女孩发来消息时，戚野正拆开一个崭新的电磁炉：“快了，正在弄。”

西川一中寒假宿舍不留人，前几天，戚野便收拾东西回到老房子。戚从峰不在家，很长时间无人居住，灰扑扑没有暖气的老房子反倒比从前有人味儿得多。

而许愿他们害怕他一个人吃不上年夜饭，杂七杂八买了好多东西送过来，除了鸡鸭鱼肉、饮料水果这些，还贴心地买了电磁炉和配套锅具。这样，即使不能像跨年那晚一样在一起，戚野自己也能过个好年。

许愿看了下时间：“这么晚了，你怎么还没吃上？”

戚野：“下午睡了一会儿，才醒。”

年货是江潮帮忙送的，他走后不久，物业打电话到家里，提醒戚野记得调试暖气阀门，否则供暖不到位，房子里不热，把戚野弄得莫名其妙。

初三开学早，寒假总共没几天。他打算裹着被子凑合过去，压根儿没交暖气费。

不过，戚野很快就想通了。

“我爸说了这钱他出。”被问到头上，江潮振振有词，“他说感谢你帮我补物理，都是朋友，咱们就不谈什么补课费了！那多生分！”戚野帮江潮看过几次物理题。

屋里热，人难免有些懒怠，许愿发消息的前几分钟，他才迟滞地睁开眼。

知道她给他发消息，是担心他一个人不好好过年，戚野拾掇好电磁炉，拍给许愿看：“锅刚开。”

许愿放下心来：“那你先好好吃！吃完我们再聊！”

“好，除夕快乐。”

“除夕快乐！”附赠一个小熊比心的表情包。

戚野不太会使用表情包，收到这条消息，在不超过两位数的表情包里仔细挑选一会儿，最后发了个自己的表情包过去。

这是石小果P的，抓拍他跨年时双手给许愿递可乐的场景。因为坐在对面，距离远，戚野看起来非常恭敬礼貌。一举成为五人小群里使用频率最高的表情包。

老房子不怎么隔音。和去年一样，戚野坐在餐桌旁，隐隐能听见楼里邻居们说话的声音：

“干一杯！干！”

“妈妈我要吃这个！”

“来来来，看这里！”

楼下人家的饭菜香味飘上来，仍然有去年那道烧得非常好的糖醋排骨，酸甜中带着焦香，一个劲儿往人胃里钻。

只不过这一次，戚野不会再饿得胃疼了。

他把筷子伸向翻滚的锅，刚夹住一个牛肉丸子。

咕嘟冒泡的水声、若有似无的说话声、楼下传来的春晚背景音里，响起“咔嚓”一声，是钥匙插入门锁，微微转动的声音。

戚野手一顿，第一反应是戚从峰那个醉鬼，很快又自己否定了这个想法。

南哥帮他打听过戚从峰的刑期，酗酒滥赌的醉鬼至少要等到今年夏天才能从监狱里出来。如果期间查出新的违法犯罪事实，还会再次加刑，无论如何不可能回来。

那么，门外的人究竟是谁？

说句实在话，戚野此刻倒宁愿对方是戚从峰。

今天是除夕，就算是平时和戚从峰厮混的那帮狐朋狗友，多少也得揣着仨瓜俩枣回家过年。难得团圆相聚的日子，没人会在这时候跑去别人家，除了上门讨债的债主。

搞不清楚眼下究竟是什么状况，戚野屏息静气，完全不敢出声。

或许是因为万能钥匙、铁丝一类的工具已经插进锁孔，避无可避，他没有起身躲进卫生间，或者产生从六楼直接跳下去的愚蠢冲动。

“咔嚓！”

“咔嚓！”

又是两声锁芯转动的响声。

戚野心提到嗓子眼，门却没有同想象中那样被直接打开。

大概是工具不太凑手，门外的人一连转动了三四次都没能成功打开房门。

戚野忍不住松了口气，迅速伸手拿过放在一旁的手机，犹豫着是直接打110报警，还是先给南哥打电话时，又听见另一种古怪的声音。

“咚！”

“咚！”

“咚！”

像是有什么东西正在敲击地面，一下一下，十分有节奏。

先是在门边，而后转移到楼梯上。慢慢地，淹没在楼下举杯的吆喝声中，再也听不见了。

生怕这是讨债人搞出的什么新花样，戚野没第一时间去看，直到火锅完全凝固，才蹑手蹑脚走到门边。

他先谨慎地从猫眼往外看去，未发现什么异常，又小心地推开门。

六层只住了戚野自己。

也许是巧合，他推开门后，下面几家住户在一瞬间默契地收了声，连电视都在那一刻沉默下来。

楼道里安安静静，没有半点儿声响。

先前“咔嚓咔嚓”的门锁转动声，“咚咚咚”的莫名敲击声，仿佛只是发生在冬日雪夜里一场毫无痕迹的幻觉。

第十章 一切都会好起来

南哥瘫在北南大厅里的懒人沙发上，顶着一头新年新气象的红发，听戚野讲完昨晚的事，眉毛挑得快要飞上天。

“所以你大年初一早早跑我这儿，就是专门为了给我讲鬼故事？还咚咚咚敲地，我看小兔崽子你就挺欠敲！这大过年的，你以为你南哥和你胆子一样小？”

戚野沉默两秒：“没有。”

他其实没想着来找南哥，只是经历过昨晚那一回，待在老房子里怎么都不舒服，半夜躺在床上，总觉得有人在偷偷开门。早上醒来后索性直接来了北南。

北南店面大，承接年夜饭，大年初一不休息。戚野打算过来帮忙，没想到正撞上拎着个小行李箱进门的南哥。

“哦！”他这么一说，南哥露出恍然大悟的表情，“那你小子是故意来蹭压岁钱的！”

南哥瞅着其他人：“你们几个谁给他说我今天要来发红包？啊？是不是你们通风报信！说的就是你俩，别站在后面偷偷笑！谁再笑今年的红包没他的份儿！”

领班笑得直不起腰：“行了南哥，看你把戚野吓得，今天过年呢。”

南哥冷笑：“我吓什么了我吓！过来！来都来了，今天我当一回好心人，也给你发压岁钱！”

他打开行李箱，露出满满一箱装好的红包。

戚野哪里想得到南哥说的是这个，警惕地后退一大步。

“嘿！”南哥瞪起眼睛，“小兔崽子你长本事了是不是！赶快麻溜儿的！没看到那么多人还等着我发红包！”

戚野完全不打算拿南哥的钱，飞快地说了句“我不要”，从领班和小赵之间钻出去，三拐两拐，躲去楼上的空包厢。

戚野准备等南哥离开后再下去帮忙，刚坐下，手机开始振动。

来电显示：许愿。

“戚野！春节快乐！”电话一接通，女孩活泼清脆的声音立刻传过来，“你是不是不在家呀？”

“你去我家了？”

“今天我没有事，想着你估计没贴春联，就带了一对过来。我还带了福字，你是待会儿自己回来贴，还是我现在给你贴上？”

“你放门口好了。”戚野不打算这么快回去，“不用你贴，也别在那儿多待，赶快回家吧。”他对昨晚发生的事始终很在意。

“哦……可是……”

“兔崽子？小兔崽子！戚野！”他俩说话的工夫，南哥发完给员工的红包，拿着给戚野的那一个，气势汹汹地冲上楼，“你躲哪儿去了！给我滚出来！快出来！小心我待会儿揍你！”

戚野弯腰躲在大圆桌底下：“没有可是，你把东西放门口，直接回家。”

“可是——”许愿犹豫，“可是你姑姑也在这里等着呢。”

“砰”的一声，戚野狠狠撞在圆桌上。

“在哪儿？在我家门口？和你在一起？”顾不上去摸头顶被撞出来的大包，他从桌下钻出来，“不要相信她，马上离开那里。别和她说任何话，我没有姑姑！”

戚从峰确实有个小了近十岁的妹妹，但十几年没有联系，毫无音信。即使父子俩回到西川，戚野也没听过任何有关对方的消息。

已经消失十几年的姑姑，不可能突然毫无征兆出现在家门口。这大概是债主搞出来的新骗局。

“你快走！我没有姑姑！”他说得急，音量不自觉提高许多。楼道里安静，听得一清二楚。

许愿顿时涨红了脸：“戚野！我不骗你！她真是你姑姑！你快回来吧！”说完悄悄瞥了眼身旁的女人。

许愿确实没什么社会经验，但她并不是毫无防备心的傻瓜，不至于随便相信陌生人说的话。可她身侧的女人和戚野实在太像了。之前戚从峰来学校闹事时，许愿见过醉鬼的长相，虽然因为常年酗酒显得萎靡不堪，多少也能看出一点儿与戚野的相像。

在戚从峰身上是一两分，在眼前的女人身上就是七八分。单薄瘦削的身形、漆黑淡漠的眉眼，始终挺直的脊背。最神奇的是，她脸上那种毫无波澜的神色与戚野一模一样，即使已经清楚听见男孩那句“我没有姑姑”，也没有露出任何难堪的表情，只是睁着那双和戚野有七八分相似，又稍显不同的眼睛。

“咚！咚！咚！”

女人轻轻敲了敲手里合金质地的盲杖。

“我的天！他们姑侄俩还真像！”

二十分钟后，许愿和南哥一起挤在巴掌大小的厨房中，听见男人啧啧称奇：“要不是他姑姑年轻，你说亲生的我也信！”

戚从云比戚从峰小十岁，如今三十出头，和南哥差不了多少。

许愿正想点头，南哥又感叹：“瞧瞧这两个！一个比一个死人脸！不是我说，他们老戚家什么基因？这给孩子遗传得多糟心！我看他俩能这样坐上一天不说话！都搁这儿等着活活熬死对方呢！”

许愿默默离南哥远了些。

不过南哥说的其实也没什么错。

一个坐在沙发上，一个搬了张椅子坐在对面。这一大一小表情极其严肃，坐姿分外端正，连双手放在膝上的动作都一模一样，不开口的功力更是不相上下。

从进门到现在，硬是一句话没说。

“可能……”不好在这个时候出去打扰他们，许愿小声说，“可能好多年没见，不太熟？”

在与戚野通过电话，等待南哥送他回来时，许愿硬着头皮和戚从云一同站在门外，许久之后，听见对方简短解释了一句：“我和戚野十三年没见过面。”所以他不记得她很正常。

不得不说，戚从云和戚野真的很像，不但长相、神态相仿，语气也如出一辙——冷冰冰的毫无感情，一个模子刻出来的冷漠疏离。

看着客厅里的两人相对无言，许愿小声问南哥：“叔叔，他姑姑是不是要收养他呀？”

“想什么呢你？”南哥瞥她一眼，“你以为是什么好事？”

许愿愣了下：“啊？”这怎么不是好事？

抛开正在服刑的醉鬼不谈，戚从云是和戚野血缘最近的人。要是她能收养戚野，他就不用一个人生活了。

许愿还没想明白，在厨房里看了半天默剧的南哥实在忍不住，两三步走到客厅，顺手拖走餐桌旁另一把椅子："我说小兔崽子他姑，您有什么话就直说。这大过年的咱们都赶时间，甭来那些虚的！"

他直话直说："您这十几年没出现，去年您哥哥进去也没见人，现在一声不吭回来了。我寻思您是突然想起西川有个大侄子要照顾，还是琢磨着可以白捡一护工？"

追过来的许愿脸直接红了："叔、叔叔！"

戚野面色有些不自然："南哥。"

"我这人说话就这样，您要是听得不舒服，打我两下也成。"南哥把椅子往沙发那边挪了挪，正好挪到盲杖可以够到的地方。戚从云稍一抬手，便能直接打到他。

端坐在沙发上的女人面无表情，她平静地坐在那里，仿佛被说的人并不是自己，睁着那双看不见东西的眼睛，往戚野的方向看去。

"我不会收养你。"戚从云淡淡道，"你也不需要照顾我。"

戚野不怎么意外："嗯。"

除了一张极其相似的脸，他与对方的关系生疏到和陌生人没差别。并不觉得因为那点儿血缘，她就该为他承担什么责任。

不过戚野的确有点儿诧异。戚从峰喝醉后除了动手，也爱怨天尤人，除了骂戚野，剩下提起最多的便是戚从云这个唯一的妹妹。

"当年要不是我给了她五百块，她能去上大学？！"醉鬼常常边砸瓶子边骂，"上了大学就忘了本！亲哥哥都不管了！早知道当年一分钱不给她！浪费老子的钱！扔给路边的乞丐都比给她强！"

戚从峰嘴里没几句真话，但可以肯定的是，戚从云当时的眼睛并没有问题，否则无法去外地念书。不知道为什么现在会失明。

"今天我来没别的事。"戚野正这么想着，戚从云从大衣内侧摸出一张银行卡，"这是以前我借你父亲的钱，现在还给你。"

"不用了姑姑。我爸今年夏天能出来。"知道戚从云看不见，戚野依旧礼貌地看向她的眼睛，"我不清楚你们之间具体的经济往来，还是你到时候自己给他吧。"

许愿站在一旁，看见女人明显愣了一下，手举在半空中。停留好一会儿没等到男孩来拿银行卡，她把卡放回去："那我走了。"直接拿着盲杖起身。

南哥想上来拦她："再坐一会儿吧！待会儿我开车送您回去。您这情况自己一个人不好……我去！"

南哥话没说完，戚从云扬起盲杖，直接给他腿上来了一下。

这一下又快又准，压根儿不像视力有碍，盲杖狠狠敲在南哥腿弯。在男人的惨叫声中，戚从云面色仍旧不变，自己走到门边，摸索着开门。

"不用送我。"她像是背后长了眼睛，一句话砸向身后的许愿和戚野，"我自己回去。"

他们自然不可能让戚从云独自走，一前一后护着她出了小区。许愿刚想叫车，戚从云已经拿出手机，给师傅报了地址，等出租车来了，干脆利落地上车离开。

留下两个孩子在原地大眼瞪小眼，完全不明白是什么情况。

大年初一过后，戚野没再见过戚从云，只是在开学后收到了一大箱奇怪的东西：各种尺寸的画笔、一盒三十六色的水粉、一套七十二色的彩铅、几罐丙烯颜料以及一些素描、国画、油画入门一类的书籍，甚至还有两本封面花里胡哨的漫画。

整整一箱莫名其妙的大杂烩。

以为是许愿买的，戚野有点儿不高兴："说了我不喜欢这些东西，我对美术真的没兴趣。"

真正有兴趣的人，该像陈诺学钢琴那样。他偶然听过他们兄妹俩谈论陈诺学琴的开支，从钢琴本身到课时费都令人咋舌。

金钱与时间缺一不可。

相比之下，他这种只在美术课上临摹插画叠折纸的，根本算不上什么兴趣爱好。

男孩脸沉下来，许愿为难半天，选择出卖队友："不是我买的，是姑姑啦。"

戚野莫名其妙："许阿姨干吗给我买这个？"回头去看后排的陈诺。

"不、不是我姑姑。"许愿更为难，"是你姑姑啦。"

"那天你还没到的时候，姑姑和我加了QQ。"不好当着其他人的面说这些，晚自习，许愿给戚野传字条，"后来姑姑走了，我就和她在手机上联系。"

现代科技很发达，戚从云借助读屏软件和语音助手，几乎可以无障碍与许愿交流。

戚野微微皱眉，将便利贴翻了个面："她主动找的你？"

他把便利贴递过去，许愿立刻疯狂摇头。

"是我找的姑姑。"她从作业本上新撕下一页纸，"我想——"

笔尖停顿两秒，她继续往下写："我觉得姑姑人挺好，没南哥说的那么夸张。"

大年初一那天，许愿去戚野家时，戚从云先一步等在门外。

"姑姑以为我是租客，还给我道了歉。说除夕来的时候没考虑那么多，用钥匙打不开门，才想到你们可能搬走了。"想着或许能从租客这里得到有用的消息，她第二天又重新登门。

"姑姑后来和我讲，她刚回西川，不知道你父亲的事。"戚野再一次拿过作业纸，小姑娘一口气密密麻麻写了很多，"初一听南哥那么说，回去打听以后才清楚。"

"她说她自己没孩子，和你很多年没见面，不太懂该怎么相处，所以那天直接走了。"

"不过我觉得姑姑还是挺关心你，这段时间问了好多和你有关的事。"从饮食习惯到兴趣爱好，身体状况到学习成绩，事无巨细问了个遍。

"那一箱东西是姑姑寄的，我下午问过她。之前我和她提过你喜欢上美术课，她就记住了。"但不清楚戚野究竟对什么感兴趣，只好乱七八糟买了一堆。

许愿看着男孩读完纸上的内容，沉默片刻，"唰唰"写下一行字。

她拿过来一瞧。

"她能和你说这么多？"非常怀疑的语气。

并非戚野不相信许愿，只是他见过戚从云，还与对方在客厅一起沉默对坐了将近半个小时。女人十分吝惜言语，和他这个有血缘关系的侄子都没多说一个字，遇到她竟然一反常态，很难不让人多想。

戚野正这么想着，身侧的小姑娘偏头看他一眼。

戚野一向很不擅长看别人的眼色。但这一次，对视两秒后，他从许愿稍显无语的表情中，迅速领会到她没说出口的话：你怎么好意思说别人不爱吭声啊？

许愿不动笔，静静地盯着他。直到男孩不自然地别开视线，才继续往下写。

作业纸重新被推到面前。

戚野低头，最后一行，她只写了一个问句："周末一起去看姑姑吗？"

戚野有些迟疑，还没想好要不要答应，许愿就凑了过来。

小姑娘爱撒娇，平时经常抱着陈诺的手臂晃来晃去，对他和江潮倒不会那么亲密，只是睁着黑白分明的眼睛，一声不吭地看他。

戚野从前没少被许愿这么看，但自从她冬天喊过那句“戚野哥”，直到现在，只要两个人距离拉近，戚野便莫名其妙地不舒服。

“哦。”他只能往旁边一躲，“那就去吧。”

周六是晴天，阳光很好。

初春稍显凛冽的东风里，戚野一手拎着水果，一手拎着点心，站在戚从云家门外，看着许愿按门铃。

“姑姑！姑姑！”她一边按，还一边喊，“是我！我们来啦！”

女孩一口一个姑姑，叫得特别自然，戚野嘴角微微一抽。

这到底是谁的姑姑？

但他不得不承认，上一回的见面算不上多顺利。姑侄两个相对无言，要不是南哥大剌剌插嘴，估计还要一起沉默半个小时。相比之下，戚从云的确更像许愿的姑姑。

许愿不知道男孩此刻在想什么，否则一定会拿上回晚自习的无语眼神，再凉飕飕地看他一次。

戚从云的确和戚野一样不爱言语。然而许愿已经熟练掌握和戚野沟通的技巧，几乎不需要怎么改动，便能直接套在戚从云身上。

姑侄俩那种别别扭扭、冷冷淡淡的脾性如出一辙，一点儿差别都没有。

“姑姑！”门一开，许愿立刻亲亲热热地喊戚从云，“戚野给你买了橘子和苹果，还有你们小区楼下的烤点心！放在哪里呀？玄关还是客厅？或者你有单独放食物的柜子？”

戚野站在后面，清楚地看到戚从云原本已经做出了“不要”的口型，愣是被女孩这一通不带喘气的话打断，忘了自己要说什么，沉默两秒，说：“玄关就好。”

“好的，姑姑！”许愿立刻应下，“不用你找拖鞋，我们带鞋套了。”她从小熊包包里拿出一次性鞋套，冲他眨眼睛，“快把东西放下呀！”

戚野插不上话，只能乖乖放下水果点心，换好鞋套，跟着许愿一起往里走。

戚从云的家装修风格很简洁，除了必备的基础家具，没有任何多余装饰。因此，放在电视柜旁的相框便格外显眼。

许愿走在前面，比戚野先看见相框里的照片，脚步一顿。她愣神的工夫，落后半步的男孩也看清了照片。照片里的主角自然是戚从云，不同的是，比现在年轻几岁，她穿着一身警服，目光如炬地盯着镜头。

与现在稍显空洞的眼睛不一样，照片中，戚从云的眼神分外凌厉、气势凛然。即使只是一张静止的相片，也莫名让人感到震慑。

听到两个孩子停下脚步，戚从云语气平淡："几年前拍的了。"

她摸索着坐在沙发上，指了指另一侧："坐。"

不知道戚从云并非天生视力受损，许愿看见对方从前的模样，一时间很是震惊，几乎说不出话，默默坐下。

戚野迟疑开口："姑姑，你的眼睛……"

"工伤。"话没说完，就被直接打断。

"姑姑。"戚野想了想，"你是因为工作原因，所以一直没回来的吧？"

戚从云依旧面无表情："这不重要。"她睁着那双看不见的眼睛，"许愿和我说过你之前的状况，我还是那句话，我不会收养你，也不需要你照顾我。但在你成年前，我会负担你的学习生活费用。你不用觉得我拿不出这笔钱。我是工伤离职，国家把我照顾得很好。支付你平时的开支绰绰有余。"

虽然让他俩进了家门，戚从云语气始终不怎么热络，说这段话时口吻甚至越发公事公办，仿佛戚野不是她的侄子，而是被警方当场抓获的犯罪嫌疑人。

许愿本以为戚野不会同意，毕竟平时她给他塞个面包都难于登天，次数多了，还得听他冷着脸说："你又随便浪费钱。"

然而坐在她身旁，男孩几乎没有犹豫，立刻应下："嗯，好的。谢谢姑姑。"

许愿："？"今天他怎么答应得这么快？

戚从云同样没料到戚野的反应，冷若冰霜的脸上出现一丝罕有的诧异，明显记得上回他不收银行卡的事。

"我同意姑姑帮我付生活费。"戚野对这一大一小惊讶的表情视若无睹，"不过我也想让姑姑答应我一件事。"

"你说。"

戚野看着戚从云有些空洞的眼睛："如果姑姑一定要支付我的生活费，那就要同意让我照顾你。"

戚野说完这一句，还没来得及继续往下说，坐在沙发另一侧的女人突然冷了脸，站起身：“出去。”

“姑姑？”

“出去。”戚从云根本不理会他，“你也出去。”后半句是对许愿说的。

一直没吭声的许愿帮腔：“姑姑！你就让戚野搬过来吧，他做饭可好吃了！”

“不需要，你们可以走了。”

许愿被噎了一下，观察着她的表情，斟酌片刻使出撒手锏：“姑姑，现在离夏天没几个月了。万一，我是说万一，到时候戚野他爸爸回来再打他怎么办？”

许愿在手机上说过戚野被家暴的事。

戚从云性格原本就内敛，隔着屏幕又感受不到太多情绪。但眼下坐在一处，许愿清楚地看见女人瞬间皱起了眉。

“姑姑！姑姑！”戚野不善言谈，主动提出照顾戚从云已经是极限，只能看着许愿冲上前去，一把抱住自家姑姑的手臂，“你就心疼一下戚野吧！别再让他挨打了！谢谢姑姑！姑姑最好了！”

小姑娘撒起娇来格外自然，抱着女人的手臂摇了半天，终于得到一个可有可无、极不明显的点头：“嗯，我考虑考虑。”

最后，戚从云没同意戚野直接搬进来，只允许他在不上课的周六周日过来住上两天，帮她做几顿饭，顺便收拾一下房间，周内还是在学校待着。

戚野对此没什么意见，回学校整理出一套被褥，放在戚从云这里。接下来几个月，他一直过着周内住校，周末去戚从云家的生活。

女人始终是那副冷冰冰的模样，不爱吭声，姑侄俩坐在同一张饭桌上，一顿饭吃下来，甚至可以不说一个字。好在戚野本身也不是多话的性格，一大一小就这么沉默地安静度日。

时间过得飞快，跨年夜似乎还在昨天，一眨眼的工夫，中考来临了。

许愿原本以为自己会很紧张，但结束最后一门英语，收卷铃响，她收拾好文具，和周遭陌生的同学一走出考场，才隐约有种不太真实的感觉。

“单选最后两道到底选啥？”西川一中的学生基本被安排在三中考试，许愿走出三中教学楼，就看见江潮拽着陈诺一个劲地在问，“我不会蒙错了吧！不能吧不能吧！那可是两道题！两道！全错了我就完了！”

陈诺被他拉得走不动路：“放手。”

“不放！除非班长你先告诉我正确答案！”

“这边！”石小果懒得搭理他俩，眼尖的她瞧见了许愿，“看这儿！”

“可算是考完了！”石小果伸了个懒腰，“晚上要不要找个地方吃顿饭，好好放松一下？”

江潮第一个举手同意：“好好好！火锅还是串串？”

陈诺微微一笑：“我妈说今天在家给我做庆功宴，去不了。”

“你也去不成。”他顺势看向一旁跃跃欲试的许愿，“我妈说了，这顿饭是专门给咱俩做的，你必须得吃。”

一听许建丽要做庆功宴，许愿心里那点儿不太分明的惆怅，立刻变成了实质化的悲伤：“啊？我没听姑姑说呀？”

她已经连续喝了两个月不放盐的补脑鸡汤，实在不想再吃一桌没油没盐的硬菜了！

陈诺笑得越发温和：“早上出门的时候就说了。”只不过那时候她忙着背单词，没听见许建丽的话。

“你找七爷吧。”陈诺指了指不远处正在打电话的男孩，对江潮说，“看看他有没有空。”

江潮还没说话，许愿摇头：“他没空。”

西川每年的中考定在周六周日。这周要中考，上个周末，一中没有放假，戚野就没去看戚从云，如今中考结束，大概要立刻赶去对方家。

“那他当然选他姑姑不选我啊！”江潮对自己的地位有清醒认知，“我说你们别这么扫兴行不行！都考完试了哎！一个个的！不能好好出来玩吗！”

许愿安慰他：“明天吧，明天应该可以。”

五个人里三个都去不了，石小果索性也不去了：“那就明天！”

江潮哭丧着脸：“早说呀你们！我这座位都订了！”

他们四个在这边叽叽喳喳。另一头，戚野同戚从云讲了会儿电话，挂断电话，走过来：“你们先走，我要去趟那边。”

戚从云的家和许愿陈诺家在同一方向。每次周五放学，他都与他俩一起走。而“那边”指的是戚从峰手上那套老房子，自从周末住在戚从云家里，他习惯这么称呼。

许愿好奇：“怎么了？”

“没事儿。”戚野摇头，“那边水管好像出了点儿问题，水流到楼下，物业叫我过去看看。”于是给戚从云打电话，说今天回去晚一点儿。

“哦哦！”戚野这么一说，许愿点头，“那你快去吧！早点儿弄完，别让姑姑等太久！”

两个孩子回到家。

吃过饭，许建丽不让许愿帮忙收拾碗筷。陈诺有些累，早早回房间休息。

突然结束紧绷的状态，许愿不知道该做些什么，在沙发上发了一会儿呆，拿起手机，好几个未接来电跳到眼前。

“喂？”她回拨过去，“姑姑有事吗？”是戚从云的电话。

手机那头，女人声音冷淡：“没什么。”迟疑两秒，“就是……小野现在还没回家，老房子那边的事没处理完吗？”

戚野坐公交车去北面，和维修师傅一起检查过水管，确定是他们这边的问题，给楼下被水淹没的住户赔了点儿钱，然后又回到老房子，简单打扫一遍卫生。

戚野对老房子完全没有感情。小时候的记忆大多已经模糊，在这个灰扑扑的房子里，他能想起来的，只有醉鬼劈头盖脸的拳脚、夹带下三路的辱骂、冬天浸入骨髓的寒意，还有压在肩上沉甸甸的蜂窝煤。

但他还是仔细扫着地上的积灰。

戚野扫完客厅，站在主卧门前，看着被戚从峰卷得空荡荡的卧室，突然想到戚从云。

中考前，许愿曾经旁敲侧击地问过对方要不要收养他，被冷冰冰地拒绝。戚从云甚至说出“再提以后你们俩都别来”这样的话，把许愿委屈得不行。

但戚野明白戚从云的心思，无非是因为那双失明的眼睛。

不论经济条件如何优越，看不见就是看不见，现在年轻勉强能自理，等到以后岁数渐长，麻烦肯定会越来越多。

戚从云不愿意拖累他。不住在一起，不办收养手续，没有法律意义上的关系，没有后天培养出的感情，他对她也就没有什么必须要承担的义务和一定要负起的责任，随时可以干脆利落抽身。

认真说起来，戚从峰、戚从云这对兄妹除了姓氏，没有一点儿相似的地方。

着急赶回去给戚从云做晚饭，戚野随便扫了两下主卧，拎着扫帚去扫次卧。

“咔嚓！”大门被推开的声响。

“师傅刚走了。”以为是之前打电话的物业人员，戚野没抬头，“我也给楼下的住户赔——”

话说到一半，或许是因为对危险天生的直觉，或许是因为十几年来挨打挨出的经验，又或许是因为老旧的木质地板承受不住男人的步伐，发出无比沉重、潜藏杀机的嘎吱响声。

耳边传来飒飒风声时，戚野毫不犹豫，下意识地往旁边一躲，回过头去。

视野里最后出现的，是一张扭曲变形的丑陋的人脸以及对方高高举起的铁板凳。

很多很多年以后，许愿半夜做噩梦，还会梦到那个中考结束的夏天。

六月中旬的傍晚。

金乌西坠，天边火烧云燎燎连成一片。浸着血色的夕阳余晖穿过旧城区乱糟糟的藤蔓、掉皮掉漆的外墙、生锈蒙尘的玻璃窗，静静洒在才过了十五岁生日的男孩身上。

是的，戚野已经十五岁了。

十五岁的年纪，说大不大，说小不小。步入青春期的男孩长得都快，短短两三个月的时间，他个头蹿了一大截，比江潮和陈诺还要高。

她和他说话必须要仰起脸。

但当她沿着门口那串触目惊心的血迹，一路跌跌撞撞跑进去。星星点点鲜红的尽头，是一摊浓稠暗沉的红。

男孩躺在那摊红色里，很瘦，很薄，沾着鲜血的脸肿起，在余晖里慢慢变得透明，仿佛下一瞬便要消失。

戚野的头非常痛，其实全身上下都在疼，只是头上的疼痛过于明显，掩盖了其他地方的知觉。

撕裂般的疼痛中，他头晕目眩，看不清眼前晃动的人影。

他试图仔细去看，只听见女孩带着哭腔、时远时近的声音：“我打120了！你坚持住！别动！你不要动！”

戚野没太听懂她在说什么。

顺着她的意思，他老老实实地躺在地上，听着她语无伦次重复了好几遍：“不要动！不要动！再动你会死的！”

从蒙尘玻璃窗透进的余晖渐渐融化，变成柔软的、滚烫的液体，一滴一滴坠落下来，淌过他高高肿起的脸颊、开裂渗血的伤口，隐隐作痛的下颌。

不知道为什么，戚野莫名地有点儿想笑：“别哭。许愿，别哭。”顶着头上深可见骨的伤口，他叫她的名字，轻轻笑起来，“人哪有那么容易死啊。”

陈诺接到警察的电话，和许建丽一起赶到医院时，许愿正坐在手术室外。

夏夜时分，被送进医院的各种病患层出不穷。又一辆担架载着满头是血的伤者从走廊飞奔而过，显得她手上身上的血迹没有那么刺眼。

“我没有碰他。”许愿呆呆地坐在那里，一板一眼地回答警察的问题，“我看过书，他这种头部受伤的情况不能挪动。所以我先打了120，又报了警。

“我想打他的应该是他爸爸。他爸爸之前被抓了起来，夏天该出狱了。

“他没有其他亲人，我已经拜托人去接他姑姑了。他姑姑是盲人，来得可能要慢一些。叔叔你们别着急，她一会儿就到了。”

女孩语气特别平静。

从小一起长大，陈诺最清楚许愿的性格。小姑娘聪明，脑子转得快，但有陶淑君那样的母亲，胆子难免有些小，平时遇到什么事容易被吓到。

但此刻她坐在那里，被一圈警察围着，尽管脸上还有泪痕，但每一句话都说得特别清楚，一点儿不结巴，分外有条理。

“警察叔叔。”陈诺上前两步，把许愿护在身后，“我是她哥哥，也是戚野的同学，你们有什么事儿问我吧。”

许建丽也走过来：“同志，有没有什么我们能帮上忙的地方？”

接警的警察摇头：“没其他的事儿。”

“我同事他们已经在抓人了。”这种案件性质恶劣，所里极其重视，“这是我的电话，孩子有情况随时通知我。”他给许建丽留了自己的手机号。

许建丽把警察送出去，陈诺留下来陪许愿。

“换件衣服？”少年心细，出门时给她带了条新裙子，“你身上这条脏了，我们换掉好不好？”

许愿低下头看了眼自己。她的裙子确实脏了，去找戚野时没换衣服，穿的是白天参加考试的那一件。薄荷绿的裙子上沾着大片大片的血渍，深深浅浅、斑斑驳驳。

她抬起手，举到眼前，手心里，指缝中，连掌纹都被男孩的鲜血浸透。

“哥。”许愿轻声说，“我没有碰戚野。”

陈诺点头：“我知道，你不会随便碰他。”

陶淑君总是嘲笑许愿看医疗纪录片，笑话她只是为了装样子，嘲讽她从来不干正事。但陈诺清楚，许愿是认真的。她搬来他家的那天，连多余的衣服都没怎么带，只拿走了那个放在书柜上的小药箱。

少年语气温柔。

许愿抿唇，几秒后，盯着自己的手，眼泪直接掉下来：“我没有碰他！可这些都是他的血！全是他的血！”

她只是守在他身边，跪在那里，那摊浓稠暗沉的血就慢慢化开，沾在她的手心中，沾在她的裙子上。

她没有动他，但他的血还是越流越多，头上、脸上、脖颈上、手臂上……她几乎数不清他身上究竟有多少伤，到底有几处伤口在出血。

“他会死的。”许愿小声说，“哥，戚野会死的。他爸爸会把他打死的。”

陈诺板起脸：“胡说。”

“警察叔叔不是已经去抓人了？”他拿出纸巾，给她擦眼泪，“他爸爸会被抓起来。”

“可他爸爸已经进过监狱了啊！”许愿一向很听陈诺的话，这次无论如何都听不进去，“这次能判多久，出来之后又怎么办？”

“哥。”许愿又叫了一声陈诺，“戚野真的会死。”

从前没有目睹过这种场面，即使戚从峰上次闯进学校，最后也被大家齐心协力制止。

许愿头一次意识到，小孩儿和大人之间的差距很大很大，大到即使有心想要反抗，都没有任何办法。

“不会的。”陈诺正想开口安慰许愿，一道冷冰冰的女声先行响起。

被南哥飞速送来，戚从云站在几步开外，脸上看不出太多情绪，只是耳边的头发有些乱。

“许愿，谢谢你。”她平静地说，“剩下的事情交给我就可以了。”

戚从云和南哥来得快走得更快，等到戚野手术完成，向医生确认过他的具体情况，便急匆匆离开了。

接到消息的江潮和石小果先后赶到医院。

“下午考完试人不是还好好的！”江潮一看躺在病床上的男孩，

眼睛直接红了，“现在这是怎么回事儿！他那个畜生爹抓到没？狗东西！我一定要打死他！”

石小果的脸黑得能滴水，站在病床边默默捏紧拳头。

“病房不允许大声喧哗。”路过的护士提醒，“注意点儿。”

江潮梗着脖子闭嘴，没过多久脸憋得通红，眼见快要爆炸。

“医生说他一时半会儿还醒不过来。”许愿已经换过衣服，吸了下鼻子，小声说，“他姑姑去忙了，我们两两一组留下来陪他吧。”

江潮、石小果自然同意。陈诺原本想留下，许建丽担心他身体撑不住，坚决不答应让他守夜，于是约定明天白天再过来。

许愿和江潮今晚留下。其实留下也不能做什么。头上缠着厚厚一圈纱布的男孩沉睡着，露在外面的手臂、小腿、脖颈，甚至指尖都是伤痕，随着时间推移，鲜红变成暗红，再由红转紫、由紫转青。

江潮根本不敢细看，搬着凳子坐在门口，护士不让他大声喧哗，就一个人坐那儿偷偷掉眼泪，慢慢哭累了，直接靠着门框打起小呼噜。

许愿坐在戚野床边。目睹了男孩被疯狂殴打后的现场，她惊吓过度，神经紧张。她倒是比江潮坚持得久，直到头控制不住地一点一点，才趴在床边睡过去。

很久很久之后。

戚野渐渐恢复意识，一连费力睁了好几次眼，视线才终于变得清晰。

他还不太清醒，盯着医院雪白的天花板看了好一会儿，慢半拍想起自己昏迷过去的原因，有点儿想笑。

果然，这一次又没死。

他刚牵动嘴角，肌肉就一抽一抽地疼，只能被迫斩断尚未成形的笑容，“嘶”地吸了口气。

这一声吸气非常轻，至少和江潮的小呼噜相比，几乎微不可闻。趴在床边的小姑娘却立刻抬头：“戚野，你醒了？”之前哭得久，她的眼睛如红彤彤的兔眼一般。

“我去叫医生！”她用这双兔眼看了他几秒，不等他回答，匆匆跑出病房。

留下戚野一个人躺在病床上。

门边江潮睡得死，压根儿没听见任何动静，还在一声又一声地打呼噜。

记忆有些缺失，没明白眼下是什么情况，戚野愣了一会儿，才反应过来他俩这是在给他守夜。

从前被戚从峰毒打之后，他总是独自醒来，孤零零地躺在地上，强忍身体各个地方传来的疼痛，看着陈旧掉漆开裂起皮的天花板。

这是第一次清醒之后身边竟然有其他人。

不成片段的记忆慢慢浮现，他渐渐记起老房子狭小昏暗的次卧、冰凉潮湿的地板、眼前隐隐绰绰的虚影，还有女孩带着哭腔的嗓音。

是她。

那个时候，是她陪在他身边。

昏迷之前视线模糊，他没来得及看清她的模样。方才刚苏醒，也只记住了那双红彤彤的兔眼。

躺在病床上，戚野脑海里突然冒出个奇怪的想法。

原来她竟然长得这么好看。他偷偷地想。

戚野昨夜短暂苏醒过一回。许愿叫医生来看他，检查一番没有大碍，男孩又睡了过去。这一觉睡得沉，直到清晨陈诺、石小果来换班，他依旧躺在床上双眼紧闭。

“医生说至少要再住两周院。”害怕吵到他，许愿说话声非常轻，“如果这段时间没问题，就可以出院了。”

铁凳子破坏力很大。戚从峰没把戚野当人看，每一下都重重往头上砸。好在男孩有意护住了关键部位，手臂上被划出不少伤口，头上挨得并不多。但那几下已经能把他砸得颅内出血，需要留院观察。

陈诺脸色十分不好看：“我知道了。”

“你先回家吧。”他从带来的书包里拿出面包和酸奶，分给她和江潮，“我和小果在这儿看着，你俩晚上再来。”

江潮抹了一晚上眼泪，做梦都在哭，眼睛肿得只剩下一条缝，还记得和许愿说：“晚上我叫刘叔去班长家接你。”

许愿毫无胃口，把陈诺给的食物抓在手里，和江潮一起往外走，正遇上往病房走的戚从云和南哥。

许愿抓紧面包：“姑姑。”

昨天许愿原本想直接给戚从云打电话，考虑到对方的身体状况，最终先打给南哥，拜托他去接戚从云。两个大人昨晚消失了一夜，中间几个需要签字的场合，还是江潮家司机帮忙顶上的，不知道他们去做了什么。

听见女孩叫自己，戚从云停下脚步：“辛苦你了。”对她淡淡点了下头，没再说什么，咚咚地敲着盲杖，走向戚野的病房。

哭了一晚上的江潮有点儿不高兴："七爷他姑姑也太冷淡了吧！那可是她亲侄子！"

许愿拉了下他的手臂："好了。"说罢犹豫片刻，悄悄跟上。

猜想戚从云和南哥大概是去解决戚从峰的事，许愿倒没有不高兴，只是想问问具体情况。

一路跟到病房，她走到门口时，戚从云正站在戚野病床边。

江潮刚才有一句话，许愿勉强同意一半。戚从云性格确实非常冷淡，即使眼下站在床边，听着监护仪器的嘀嘀声，脸上的表情依旧不变。看不出任何愤怒悲伤的情绪。

她只是在那里静静站着，许久之后，伸出手摸索，轻轻摸了摸男孩裹着纱布的头。

戚野第二次醒来依旧是深夜。

头有些发晕，刚睁开眼，他下意识地去看床边，对上的不是记忆中女孩红彤彤的兔眼，而是女人察觉到动静，偏头看过来的失焦眼神。

"醒了？"戚从云摸索着递给他一个带吸管的保温杯，"他俩在隔壁休息。"说的是已经熬了大半晚的许愿和江潮。

戚野接过保温杯："谢谢姑姑。"喝了两口水，抱着杯子不知道该说什么。

两个人一起发了一会儿呆，最后，戚从云先开口："出院之后搬到我这里来。"

"我已经找到律师争取你的监护权。"她平静道，"以后你父亲和你就没关系了。"

正在喝水的戚野呛了一下。

"姑、姑姑。"他一咳嗽整个胸腔都疼，拼命忍住，"不用了，我不搬。"他不想给她添麻烦。

男孩拒绝得斩钉截铁，戚从云又不说话了，过了很久，说："我听许愿讲，你身份证上的生日是6月1号。"

戚野没想到许愿和戚从云竟然说了这么多："这是后来上户口的时候随便填的。"

戚从云点点头："嗯，这个生日挺好。"

女人很少表露出情绪，她这么一说，戚野跟着笑了下："我也觉得。"

在遇到许愿他们之前，一直都没庆祝过生日，这两年和大家一起过，已经很习惯了。

他时常会想起当年那位好心阿姨说的话："6 月 1 号是小朋友的节日。填到这一天，以后就有好多小朋友和你一起过生日了！"

虽然戚野不认为自己是小朋友，但和许愿、陈诺、江潮、石小果在一起，哪怕只是在食堂吃最便宜的套餐，他一样很开心。

这么想着，他听见女人冷淡的嗓音："那就搬过来。"

"大人的事让大人去做。"他下意识地想要拒绝，戚从云先他一步，"戚野，你只是个小孩儿。"

睁着那双没有焦点的眼睛，她偏头看他，重复一遍："你只是个小孩儿。"

"我找了从前的老师和同学，陆先生也用了他那边的关系。"没听见男孩的回应，戚从云继续往下说，"你父亲以后没有办法再伤害你，戚野——"

话说到一半，戚从云顿住。

失去视力，听觉和触觉变得分外敏感，尤其现在是夜里，一向嘈杂吵闹的医院安静下来。

夏夜，窗外传来一两声零落蝉鸣。稍显尖厉的虫声中，她睁着眼睛，在漫无边际的黑暗里，听见男孩极力压抑、无法克制的哽咽。

从小到大，戚野只哭过两回。

一次是很小很小的时候，戚从峰带着他，站在一个白色的房间，白色病床上盖着白色床单，床单下露出一只没被盖住的、女人苍白的手。

"你妈死了。"男人说，"戚野，你妈死了。"

这么多年过去，戚野不记得当时还有没有其他人在场，不记得那究竟是冬天还是夏天，只记得自己哭闹着想要去抓女人的手："妈妈！妈妈！"

他没有碰到她，眼泪要流干了，他还是没有碰到她。

从那之后，戚野再没有掉过眼泪。他不是没有难过的时候，但寒冬腊月的桃红色棉衣、铁桶里慢慢凉掉的烤红薯、醉鬼摔在脸上才凑齐的学费，不允许他因此掉眼泪。

可他现在实在忍不住。

换成同龄人，许愿、陈诺、石小果，哪怕最不靠谱的江潮这么说，他都没有这么失控。

尽管他比他们都成熟，干过更多的活，吃过更多的苦，然而他心里很明白，他其实也只是个小孩儿。

这么多年，第一次有一个大人对他说：你只是个小孩儿。

听到这句话的时候，他突然一下特别委屈，十几年积攒的难过和伤心瞬间冒了出来，无法控制、压抑不住。

头上缠着绷带，身上大部分地方裹着纱布，一动浑身就疼，戚野躺在床上，死死咬住唇。从心里涌出的咸涩液体流进嘴里，和着被咬出来的鲜血，又淌回男孩的心里。

身旁的女人没说话。

和早晨一样，等到他哭累了，她伸手轻轻摸了摸他的头。

或许是因为常年挨打挨成习惯，戚野的恢复速度比医生预想的要快，五天后便能下床，进行适量活动。

“可以了，可以了！”但许愿不许他走那么多，“戚野！从你下床到现在已经过了五分钟！江潮，把他弄回床上去！”

江潮立刻撸起衣袖：“好嘞！这就来！”

“你慢点儿，别碰着七爷。”

“这你放心班长。”从江大少爷进化成江护工，江潮只用了短短五天，“把我碰了都不能碰着他啊！”

许愿指挥江潮扶住戚野，往男孩身后塞了个枕头，回头看陈诺和石小果：“你们两个不回去？”

石小果一脸无所谓地嚼着泡泡糖：“时间还早，多待会儿呗。”

陈诺点头：“咱们五个好久没在一起了。”

其实也就是这么几天。因为要照顾戚野，大家只能在交接时短暂说几句话，难得有机会坐在一起。

“我还说咱们去吃火锅呢。”江潮一脸遗憾，“得了，都搁这儿陪七爷一起吃病号饭吧！”

戚野闻言默默看了他一眼。

“这你不能怪我啊！”江潮立刻指许愿，“是她！是她不许大家吃外卖！”

许愿没理江潮，笑眯眯地看戚野：“你觉得你能吃外卖吗？”

小姑娘笑起来很好看，眉眼弯弯，眼神亮晶晶的，一动不动地看着他。

被这么盯着，戚野莫名地想起刚醒来那晚脑海中不合时宜的念头，低头躲开她的视线：“不能。”

许愿满意了：“不能就行。”

“医院食堂的病号饭也很好呀。”她劝他，“现在吃点儿清淡的，过两天你就能吃火锅了。”

女孩说话温温柔柔，话里透出的含义却不容拒绝，戚野只能叹气：“好吧。”

他很少见到许愿这么坚定。平时她总是软软的，除了初二那年和他生气，剩下的时间都非常好说话。唯独在这方面一步不让。

陈诺很会察言观色，轻笑起来：“你最好听咱们小许医生的话。”

他故意压低声音，却又用所有人都能听到的音量说：“我在家不好好吃药都被她管，你一样跑不了。”

“哥！”许愿不乐意了，“你说我什么呢！”

几个孩子在病房里闹了一会儿，时间不早，陈诺、石小果先行离开。

许愿搬了个板凳，坐在戚野床边给他削苹果：“无聊吗？”医生让他静养，除了每天适量活动，剩下的时间只能待在床上，并且不能玩手机。

戚野：“还行。”

从前大部分时间把手机当摆摊工具，他不打游戏，直到现在，依旧只用来看大家平时的聊天。如今他们每天都陪着他，虽然不能自由活动，但也不算无聊。

就是习惯了摆摊打工的生活，骤然清闲下来，躺在床上无事可做，他难免有些不适应。

“无聊不怕啊！”江潮听见他俩的对话，立刻从包里掏出好几本书，“七爷！来！你今天想听我们给你念哪一本？”

许愿坐在床边，看见男孩脸上顿时出现一种一言难尽的表情，嘴角甚至抽动两下：“不、不用了！”

江潮带过来的自然不会是什么天文地理科学。

为了考进六中，他初三一整年都没怎么看小说了。

中考结束的下午，接到许愿电话时，江潮正在西川最大的新华书店，将书架上的热门小说一扫而空。

“别啊！”戚野拒绝得干脆，江潮仍旧兴致勃勃，“昨天那本校园小甜文你不喜欢？那都市霸道总裁追妻文呢？你听听这一本怎么样？”

江潮撕掉手上这本书的塑封：“R城人人都知道，陆氏集团的总裁陆北南向来清冷矜贵，不近女色。直到有一天，大家发现他把一个女人堵在墙角……”念到一半没声儿了。

许愿正在竖起耳朵认真听，没想到突然没了下文：“怎么不念了？”

“唉，这总裁名字起得。”江潮摆手，“起什么不好起一火锅店的名儿啊！这要怎么清冷矜贵？我现在脑子里全是毛肚鸭血豆腐皮！”

许愿失笑：“陆北南这名字挺好听的呀。”

“不行不行！”江潮摇头，“都让人联想到火锅了，万一等会儿把咱们七爷听饿了怎么办？陆北南取得不好，换一个换一个。”

戚野没参与他俩的讨论，只是听见这个名字，心里隐隐有种说不出的怪异。正在分辨这种感觉来自何处，男人吊儿郎当的嗓音自门外响起：“啊？叫我干吗？”

江潮回头：“没叫你啊南哥！我们在这儿说陆北南呢！”南哥这两天和戚从云来看过几次戚野，大家彼此混了个脸熟。

听到江潮这么说，戚野心头一动。之前，戚从云来看他的那个晚上，他记得她好像提过一句“陆先生”。

头上挨了一下，戚野反应速度有些慢，没来得及开口，南哥已经走进来，直接拿走许愿手里刚削好的苹果。

“怎么没叫我？”顶着一头才染的蓝绿毛，他一口咬走一半苹果，“你南哥我就叫‘陆北南’啊！”

南哥说得理直气壮。

江潮脸上仍旧挂着傻笑，看看男人头顶鲜艳显眼的蓝绿色，再看看封面上大写加粗的“清冷矜贵”，默默放下了手里的书。

最后，这件事以南哥打开手机，在地图上给江潮一一指出自己名下的产业而告终。

“凭什么说我配不上这名儿？”离开时，男人仍然愤愤不平，“这年头谁还不是个坐拥千万资产的霸道总裁了！哎对，这苹果我吃着挺好，剩下半篮给我了啊！”同时顺跑那本被放下的言情小说。

江潮备受打击，人直接蔫了：“怎么会这样……不该这样啊……”

“别难过了。”许愿拍拍江潮的肩，“叔叔他其实长得不错呀。”

江大少爷面色如土心若死灰，一个字也听不进去，忘记自己还要照顾戚野，两眼无神地坐在门边独自发起了呆。

许愿又劝了几句：“算了，我先给你上药吧。”

戚野同情地看了眼江潮：“好。”

许愿从床头柜里取出药膏和棉签，站在病床旁，看着男孩伸手去挽病号服的衣袖。

袖子一点点挽起，她跟着一点点皱眉，因为江潮和南哥而弯起的嘴角慢慢压下，等戚野把衣袖全部挽上去，脸上的笑容终于完全消失。

除了头上深可见骨的伤口，戚野身体受伤最严重的就是手臂，在遮挡头脸关键部位时，被丧心病狂的醉鬼用铁板凳一连敲了十几下。

不幸中的万幸，暴怒之下的戚从峰力气惊人，准头并不怎么样，这十几下没把戚野的胳膊敲骨折。可铁板凳毕竟是铁板凳，轻轻一砸便是一道血痕，更别说用力去砸。

许愿垂下眼，盯着戚野的手臂。比初二那年的冬天，她在街头偶遇他时更骇人——病号服缓慢卷起，露出一道又一道深浅不一的红色血痕。

这一年半吃得比从前好，但所有养分似乎都用来供给身高了，男孩个头一个劲儿往上蹿，身体仍旧单薄得厉害。

他身上没什么肉，手臂很瘦，稍微一动便能看见明显的骨骼轮廓。细窄的骨头几乎容纳不下密如蛛网、交错纵横的伤口。那些狰狞可怖的血痕攀附在苍白皮肤上张牙舞爪，仿佛随时要挣脱逃离。

戚野举着手臂，看见女孩脸上的笑容消失得无影无踪，有些无奈："要不让江潮来？"

许愿抿唇："不用了，他不行。"

并非她瞧不起江潮，只是江潮根本看不得戚野身上的伤，看一次抹一次眼泪，第一天哭得差点儿送去急救室吸氧。

石小果倒是稳得住，可惜实在控制不住手劲，力道太重。戚野的忍耐力已经远超常人，还是被按得直吸冷气。

所以这几天一直是许愿和陈诺轮流给他上药。

许愿努力平复心情，先处理过他的右臂，又搬着板凳挪到病床另一侧，继续处理左边的伤口。

男孩左臂有一道很长的血痕，自手腕一直到上臂，斜斜延伸到靠近心脏的一侧。好在避开了主要的血管，否则大概撑不到救护车到达现场。

这一道比较难搞。许愿小心翼翼地给周围其他伤痕涂好药，然后站起身，让戚野把手臂伸直，从里侧慢慢往外上药。

正在仔细涂抹，听见男孩发哑的嗓音："你学这些是为了你哥？"

"你说什么？"

小姑娘蒙蒙地抬头，黑白分明的眼睛看过来。戚野下意识地垂眼避开她的视线："我说，你是因为你哥才想学医的？"

他很不习惯和她离得这么近，尽管只是为了上药，之前也包扎过几次，但每一回她凑过来，他都非常不适应。距离实在太近了，近得能数清她根根分明的纤长眼睫。

“什么呀，你以为我是因为我哥身体弱，所以想当医生治好他？”

戚野愣了下，老实点头：“嗯。”

许愿嘟起嘴：“我哪有那么伟大啊。”

虽然想当医生，的确有一部分原因与陈诺有关。

“我是很想当医生，不过不是为了我哥。”许愿轻声说，“主要是为了……生病的时候不挨骂。”

初二那年吃虾过敏，并不是陶淑君头一次在医院训许愿。更小的时候，许愿读小学，小孩子抵抗力差，容易生病，一个学期总会病上那么两三次。每一回，陶淑君都会当着医生的面，教训许愿。

许愿那时不懂，以为自己给妈妈添了麻烦，经常憋到满脸通红，也不敢在家里出声咳嗽。

可生病真的很难受，发烧会头晕，咳嗽嗓子痒，整个人软绵绵的没有力气。身体脆弱，听见“你活该生病”“偏偏你娇贵”“整天小题大做”一类的话更难过，一个人偷偷掉眼泪。

所以她想，要是当了医生，就可以自己给自己看病，不用让陶淑君带她去医院，也就不会再挨骂了。

稍微长大一点儿，看过更多的书和纪录片，许愿才知道小孩子生病很正常。不光小孩子生病正常，大人生病也很正常。人人都会病，生病不是什么大事，没必要因此自责、紧张。

戚野哪里能料到还有这一出，一时间哑口无言。

“没事。”察觉到他的尴尬，许愿轻轻摇头，“都会好起来的。”

现在她住在陈诺家，和陶淑君根本不见面。而他有了新的监护人，从此不必和戚从峰那个醉鬼有任何联系。

女孩声音很轻，戚野沉默良久，点头：“嗯。”

一切都在慢慢变好，一切都会好起来的。

第十一章 悸动

两周后，戚野顺利出院。

许愿他们帮忙把宿舍的行李搬到戚从云家中，隔三岔五上门看他，顺便给戚从云打扫房间。

又过了两周，7 月 15 号，是西川中考正式出成绩的日子。

上午十点出成绩，许愿紧张得一晚上没睡，早晨六点便爬起来，在自己房间里走来走去。等到许建丽叫她出来吃早饭，还一个劲儿在餐桌旁转悠。

陈诺抓住她："停，别走了。"

"我不走，我不走。"许愿被陈诺按在餐桌旁，拿筷子拼命戳碗里的荷包蛋，"哥，万一我没考好怎么办呀？"

眼看许愿碗里的荷包蛋快被戳散架，陈诺把自己碗里完整的荷包蛋夹给许愿，拿走被她戳得坑坑洼洼的那一个："不会的，咱们不是已经对过客观题答案了？"

紧张过头，许愿完全不知道荷包蛋已经被换了一个："那万一呢！万一我主观题全错呢！"

"你这就不讲理了啊。"陈诺无奈，伸手去抓她的筷子，"别戳了，这个再戳坏可没人和你换。"

这一顿早饭，许愿食不知味。

早餐结束，许愿和陈诺一起待在他的卧室，打开五人小群："救命！我好紧张！"

江潮："我爸千里迢迢拿着鸡毛掸子赶回来，现在就坐在我旁边，你紧张还是我紧张？”

石小果：“闭嘴吧你！考不上六中别说你爹，我先把你腿打断！”

戚野的回复则在六七页后姗姗来迟：“今天可以查分了？”这两天，戚从云带他去法医那里鉴定伤情，忙得根本没顾上出成绩的事。

江潮：“兄弟牛。”

石小果：“牛 +1。”

陈诺没参与他们的聊天，在书桌前翻着高一物理书，做了几道题，再拿起手机，群里已经有了“99+”的聊天记录，不禁失笑：“你们至于吗？”

这条消息一发出去，立刻被围攻。连一向不太说话的戚野，都发了一长串省略号：“……”

许愿白他一眼：“哥，你就别嘚瑟了！”他这种学神和他们普通人类完全不是一个物种，根本体会不到他们紧张的心情。

四个普通人类在群里叽叽喳喳。两个小时很快过去，十点，正式公布中考分数。

许愿屏住呼吸，抖着手输入准考证号和密码，在查询键上轻轻一点。

查分数的人多，光圈转了好久。

“啊啊啊啊啊！”结果刷新的一瞬，许愿从椅子上弹起来，“哥！哥！713！713 分！是六中！我能去六中了！”按着六中往年的录取分数线，只要在 630 分以上，基本可以稳进。

许愿一边尖叫，一边把分数截图发到小群里。

很快，戚野他们也一一发了成绩。

戚野 687 分，石小果 692 分，江潮低一点，但也有 654 分。

大家应该都稳了。

不敢相信这是自己考出来的分数，江潮一连在小群里刷了几十条消息：“我竟然能考这么高的分！七爷我替我爹给你磕头了！谢谢你抓我的物理！还有班长！感谢你这么多年对我不抛弃不放弃！”

“哎对，班长人呢？你考多少？快！让我看看中考状元的成绩！”

江潮这么一说，许愿从兴奋中回神：“哥，你多少分呀！”

除了初三上学期期末那回考了第二，下学期的期中和模考，少年又回到第一名，稳稳压在所有人头上。即使这次不是状元，想必也是一个非常高的分数。

少年坐在电脑前，听到她这么问，没回答，只是笑了声：“嗯。”

这一声笑得很轻，许愿有些茫然：“哥？”

电脑开着，她索性走上前，直接勾头去看屏幕上的成绩，然后脚步一顿。

二十四寸的高清屏幕上，少年的姓名和成绩清清楚楚。

陈诺。

645 分。

眼睛看见清晰的“645”，许愿心里自动为他加上一百分：“745……也很好啊！”

750 分左右那一拨是各个初中前几名尖子生的水平，而状元一般在 770 分到 780 分，745 分肯定不是中考状元，但整体来看，已经算得上非常出色。

许愿话音未落，陈诺再度轻笑出声：“怎么看的？什么 745 分？这是‘6’。”他给她指屏幕上的分数：“不是 745 分，是 645 分。”

许愿盯着他指向电脑、毫无血色的苍白指尖，脑海里“轰”的一声。

“哥？这是你？”她头脑一片混沌，根本不知道自己在说什么，大声问他，“是重名吧？”

陈诺怎么可能考出这个分数！比江潮还要低 9 分！

陈诺好笑：“你是不是考太好高兴傻了？查分又不按姓名查。”

陈诺说得随意，语气轻飘飘的。许愿顿时目瞪口呆，张了张嘴，最后一把抓住他：“肯定是阅卷出了问题！我们给何老师打电话，马上去教育局查卷子！”

“轻点儿，我又不是你碗里的荷包蛋。”陈诺关掉查询分数的页面，“这个分数能进六中，没必要浪费时间。谁没有个考试发挥失常的时候？你前几次模考不也是？”

“这不一样啊！”

她是她，陈诺是陈诺。

在这个魔幻的 645 分之前，他唯一的“发挥失常”，就是以两分之差与年级第一名失之交臂。

即使中考压力大，也不该掉到这个分数段。

是真的着急，许愿抓着陈诺不撒手，摇晃少年半天，没等到想要的反应，自己先把自己急哭了：“哥！你听我的！我们去查一下！”

“怎么还突然哭上了？”陈诺又无奈又好笑，给她拿纸巾擦眼泪，“就算查出来是 745 分，和 645 分也没区别。”

六中不按中考分数分班。达到录取线的学生全部随机分配，等到第一学期期末考试后，再按成绩分普通、重点班。从这一点看，区别确实不大。

“可是……”

许愿被陈诺的分数惊到，脑子乱糟糟的，整个人都犯糊涂，晕乎乎地听他发问：“我记得你以前说过哪怕我次次拿倒数第一，我也是你亲哥。不能过了一个学期，我还没考倒数，就不算数吧？”

许愿连忙摇头：“没有！算数的！”

“你们之前在群里那么紧张，不就是担心大家考不到一起？”陈诺循循善诱，“现在咱们所有人都能上六中，难道不是件好事？”

少年对645分的反应非常平淡。

许愿被说蒙了。

她一边觉得陈诺说得有道理，一边又觉得哪里不对劲。她手里拿着纸巾，茫然地看他，被他笑着揉了把脑袋：“行了，哭什么哭，多大点儿事？”

但这的确是件很大的事。

出成绩的第二天，大家回一中领毕业证和毕业照时，哪怕是向来迟钝的戚野，也察觉到周围同学欲言又止的表情。

江潮、石小果上回还能拽着许愿和戚野，跑去办公室一道题一道题地重新对答案算分，昨天被许愿私拉进她新建的小群，第一时间得知陈诺的成绩，直接鸦雀无声，根本不敢在他面前多说一个字。

相比之下，戚野算得上非常镇定，一来以前不认识陈诺，对少年从小到大保持第一的辉煌战绩毫不了解。他只觉得这是一次普通的考试失利。

再者，戚野压根儿不认为中考失利算什么大事。这个分数卡得很巧妙，足够和大家一起去六中，那就没什么大不了。

不过，显然几乎没什么人和他有一样的想法。

因为眼下，戚野正和陈诺一起在教务处帮大家的毕业证盖钢印。

陈诺成绩好，长得也好，性格更好。

平常何老师有事找他，需要其他同学协助，总是一呼百应。江潮、石小果得撸起袖子冲出重围，才能抢到帮忙的机会。

今天大家都不吭声。倒不是因为陈诺没考好，同学们一夜之间全戴上有色眼镜，只是不知道该如何跟他相处——尤其在给毕业证盖钢印的场合，总不能没话找话问上一句：“班长，我听说你中考比江潮考得还差？”

许愿、石小果被钱主任叫去整理毕业照，作为参照物的江潮不敢吱声，最后只能戚野先顶上。

两个男生在教务处盖钢印。

戚野不是个爱说话的性格，陈诺不吭声，他也不开口，埋头默默盖了几十本，听见少年一声轻笑："昨天是不是把你们吓坏了？"

戚野实话实说："我还好。"

他没什么反应，江潮、石小果差得远。在那个新建的四人小群里，和许愿一起疯狂尖叫：

"班长不可能考得比我差！"

"姓陈的怎么会没你考得好！"

"救命！我哥的成绩是不是出错了？"

……

陈诺瞥了戚野一眼："你也太实在了。"

从进校开始，路上遇到的学生都忍不住偷偷看陈诺，一副想要说点儿什么又不敢说的表情。江潮、石小果同样一脸的欲言又止，安慰的话憋在喉咙里，憋得脸都青了。

戚野面不改色："我觉得还行。"

"我妹要是有你一半淡定就好了。"陈诺忍不住叹气，"昨天还吓得直哭，哄了半天才哄住。"

戚野没想到还有这一出："她关心你。"

"难道她不关心你？"陈诺说这话时笑眯眯的，神色看上去和以往一样和煦，仿佛只是信口闲聊。

戚野却有些不自然，总觉得陈诺话里有话，他没接这一句的茬。

"怎么了这是？"陈诺失笑，"我随便说说，你别在意。"

戚野敷衍地应了一声，陈诺却好像很有聊天的兴致："再过一个月要开学，你是住你姑姑家，还是住宿舍？"

"家里。"

戚从云的家离西川六中很近，步行只需要十分钟，无论周末还是周内，都可以回家给戚从云做饭。

戚野这么一说，陈诺脸上露出一丝显而易见的遗憾："行吧。我之前还在想，要是你到时候住校，还能和我妹互相有个照应，现在看来是没戏了。"

"什么照应？"戚野皱眉，"她不是住你家？"

陈诺轻轻笑了下。

如果许愿在场，就会惊奇地发现：某一秒钟，少年笑起来的时候，又露出了她曾经见过的，那种很无所谓、满不在乎的表情。

非常短暂，转瞬即逝。

“不行。”陈诺轻轻摇头，温和地说，“她以后不可能住在我家。”

戚野愣了两秒，放下手中的钢印：“你什么意思？”

陈诺没回答，只是又笑了笑：“继续盖吧。”

戚野正想继续追问，隔壁班班长带着同学过来：“你们弄完没？弄完该我们弄了啊。”

不好当着外人的面追问，戚野一边盖钢印，一边看他。

陈诺面色如常，仿佛刚才提起的那件事，和中考的645分一样，在他眼里根本不算什么。

因为是毕业离别，大家情绪都不太高。加上陈诺中考成绩摆在那儿，回去的路上，戚野没找到机会和许愿说话。

三人坐同一班公交车，兄妹俩先下车，戚野犹豫片刻，给许愿发了条消息。

收到消息时，许愿正从陈诺手里接过新的纸巾擦眼泪，拿出手机一看，吓得直接不哭了。

“哥？这是你说的？”她把手机举到陈诺眼前，“为什么啊？家里出事了？”

陈诺把剩下的面巾纸放回衣兜：“没有。”

“那为什么我不能再住了？”

陈诺淡淡一笑：“你住了也快有一年，舅舅当时是为你的中考着想，怕你受舅妈影响。现在考完了，肯定不会让你再待在我家。”

“可是……可是我不想回呀！”在陈诺家住的这一年，没挨骂不拘束，许愿过得很开心，曾经时刻提心吊胆的生活仿佛发生在上辈子。

她原本以为，自己永远不会再回到那个家了。

“许愿。”陈诺温柔地叫她的名字，“你不可能一直在我家待着。”他垂下眼：“舅舅、舅妈是你的父母。不管你喜不喜欢，他们都是世界上和你最亲的人。总有一天，你要自己去面对。”

不论好坏，父母都紧紧和孩子捆绑在一起。

有些是孩子一生信任依赖的港湾，有些则是一辈子无法愈合释怀的伤口。

“我不要！姑姑、姑父同意让我待在你家的！”许愿难过得不得了，

“哥你为什么要赶我走啊？是不是我打扰你学习了？那我以后一定听话，绝对不给你找麻烦！”

“我以后不去问你题了。”今天本来就伤心，陈诺这么一说，许愿好不容易止住的眼泪又开始往下掉，“哥，你别赶我走好不好？”

小姑娘哭得难过，一抽一抽，小脸皱在一处。陈诺又心疼又好笑：“谁要赶你走了？”

“你没打扰我。”他拿纸巾给她擦眼泪，“你住我家的这一年，我很高兴，真的。”

少年说这话时，语气比以往更温柔了几分。

许愿仍然委屈得不行：“那你干吗和戚野说那样的话？”

“你俩真是……”陈诺哭笑不得，“我就是看他闷头不吭声，随便找个话题，怎么一个个这么认真？或许舅舅不让你回去呢？”

许愿哭得头晕，隐约听到一个不回去，拼命点头：“嗯嗯，我不要回去！”

陈诺伸手摸摸她的小脑袋：“行了，开学就是高中生，再哭要被笑话的。”

然而，两个人刚到家，打开门，便看见坐在沙发上的许建达。

听见开门的响动，许建丽从厨房出来，手上端着一盘切好的西瓜：“回来啦？刚好，都过来吃西瓜。”

许愿看看那盘西瓜，没上前，又去看沙发上正襟危坐的许建达。父女俩感情一般，她没敢开口询问，但从男人严肃的表情，结合陈诺刚才说的话，也能猜到一二。

“你这两天收拾收拾东西。”果然，许建达一上来就说，“明后天搬回家住，这一年在你姑姑家打扰了。”

“这是什么话！自家孩子有什么打扰不打扰！不过嫂子那边情况还好吧？”

许建达站起身：“还行。”

“这两天我要带你妈去医院，你有钥匙自己回来就好。”他顿了顿，“我和你妈说过了，让她尽量控制自己的脾气。”

许建达没有过问许愿的意见，直接下达了命令。

许愿敢在路上和陈诺闹，和许建达实在不亲近，抿了抿唇，低头说了声“好”。

许建达没在意她的反应，也没注意她通红的眼睛，和许建丽打了声招呼离开了。

他离开后，许建丽劝了许愿好半天：“别哭，咱们住得这么近，姑姑给你把房间留着，你以后什么时候想来，直接过来好不好？”

中午下班回来吃饭的陈涵也劝：“就是，都是一家人。你慢慢收拾，到时候让陈诺送你回去。”

而陈诺什么都没说，在外头还安慰许愿。回来后，他只在陈涵说话时轻轻点头附和：“嗯，我送你。”

许愿只能红着眼睛接受了这个事实。

第二天，昨日说好要送她的陈诺早上直接没起来床。

正值盛夏，躺在床上的少年穿着长袖睡衣，脸色白到透明：“抱歉，今天估计不能送你了。”

许愿急了：“哥，你怎么又病了？”

她住他家的这一年，陈诺的身体情况比以前好很多，不会和从前一样，每月至少请小十天的假，回回卧床起不来。初三下学期更是一次假都没请。

没想到今天竟然这么严重。

“也没有又生病吧。”陈诺脸上没有分毫血色，笑得有些勉强，“这不是今年头一回？”

他似乎病得很严重，没什么力气，慢慢说完这两句，闭上眼歇息片刻：“你自己先收拾，待会儿我找人送你。”

陈涵去上班了，许建丽到医院拿药，家里现在只有他们两个。

“不用你找，我自己回去就行。”不知道是长袖睡衣热，还是身体虚，少年额上细细一层汗，许愿看着就心疼，“哥，你好好休息，别想那么多。”

陈诺睁开眼，冲她轻轻笑了下：“嗯。”

不放心陈诺的身体，许愿去厨房倒了杯温水，看着他喝完水睡下，又给在外面的许建丽打电话，确定对方半个小时之内到家，这才回自己的卧室收拾行李。

原本就不想回去，加上陈诺这么一病，许愿心烦意乱，坐在书桌前发了好一会儿呆，“叮咚”一声，听见门铃响起。

“来了！”她小跑到门边，打开门，“姑——”看清门外的人，后面一个字卡在喉咙里，茫然地瞪大眼睛。

男孩穿着一身黑色长袖长裤，站在门边，迎上她的目光，对视两秒，迅速垂下眼："你哥叫我来的。"

"怎么回事？"换鞋进屋，戚野跟在许愿身后，"你爸要接你回去？"

许愿从冷藏室里拿了罐橘子汽水，在餐桌上抽了张纸巾，把这两样东西递过去："你怎么穿这么厚？不热吗？"

7月中旬，西川一年里温度最高的时候。陈诺身体虚，在家不开空调，穿长袖睡衣勉强说得过去。戚野竟然也穿了一身瞧着就很热的长袖长裤，从头遮到脚，一点儿皮肤不露，还是最吸热的黑色。

戚野接过汽水和纸巾，草草擦了下额上的汗："有点儿。"

其实是非常热。在家有空调，出门毫无遮蔽。他一个男孩子不愿意独自打遮阳伞，只能顶着当头烈日，一路走到公交站。

短袖短裤还好，长袖长裤套在身上，又闷又热，走两步便出一身汗。

但他没办法不穿，因为身上的伤痕实在过于恐怖，手臂、小腿、脖颈，所有露出来的部位几乎都能看见缝合后留下的疤痕。

"之前去做伤情鉴定，路上把人吓着了。"他手里捏着橘子汽水，轻描淡写道，"穿个长袖遮一下。"

那天来回途中，去的时候吓哭了两个小孩儿，回来吓哭了四个。陪戚从云过马路时，他甚至被热心执勤交警当成挟持视障人士的小混混，当街拦下来询问盘查。

许愿想起给他换药时的场景，微微咬唇："天这么热，你就不要过来了呀，我自己一个人可以回去。"

戚野皱眉："一定要回去？"

许愿低下头不吭声，玩了一会儿自己的手指，小声说："还是回吧。"

陈诺的话有一定道理，陶淑君、许建达是她的父母，即便关系不好，她也不可能完全摆脱他们。

女孩自己同意回去，戚野无话可说，带着伤痕的手捏紧汽水罐，几秒后再松开。反复几次，他可有可无地点了下头："那我在这儿等你。"女孩子的房间不能随便进。

"好，你先坐一会儿。"许愿给他端了一盘巧克力曲奇。

戚野对这种女孩子的零食毫无兴趣，一块曲奇都没碰，坐在沙发上，慢慢喝那罐从冰箱里拿出来的橘子汽水。

想起陈诺曾经在吃饭时开玩笑地说："我家的冰箱里从来没有汽水，要不是我妹住过来，它这辈子都不知道易拉罐的模样。"

他起身悄悄走到陈诺房门前。

男生之间没什么顾忌，戚野拧开门看了眼。少年闭着眼睛，脸色苍白地躺在床上，盖着薄薄一条毛巾被，被长袖睡衣遮住的手臂露在外面。

少年的睡衣尺码似乎不太合身，袖子比他身上这件黑色长袖还长，不光挡住手臂，还遮去小半截手掌。

“我哥病了。”戚野目光停留在对方过长的袖口处，背后响起小姑娘放轻的声音，“让他好好睡吧。”

戚野关上门，手还搭在门把手上，又听见她说：“过来帮我个忙。”

许愿话音刚落，眼前的男孩径自一僵。

过了好几秒，他语气很是犹豫：“不合适吧？”

“有什么不合适？拜托，你当年可是敢直接把卫生巾拍在刘晨睿脸上呢！”

女孩说得很自然，戚野浑身上下都不自在：“什么忙？”

“我行李箱打不开，密码是对的，好像里面有个地方被卡住了。”

“就是这个。”许愿指了指放在床上的小熊行李箱，“工具我已经给你找好了。”许愿递过去一套陈涵平时用的工具。

小姑娘完全没有把行李箱推到客厅的意思，戚野低下头盯着地板，伸手接过工具盒：“嗯。”

许愿能让戚野直接进来，房间里当然没有不能被看到的东西。但戚野仍旧非常局促，目光死死定在行李箱上，除此之外哪儿都不敢瞧。

要带走的东西并不多，他三两下修好密码锁的工夫，许愿也整理好了其余的东西。

听见行李箱“咔哒”弹开的声音，她回头去看：“哎，你怎么这么热？”

方才进门时，男孩额上密密一层汗水，脸色倒是还好。在她房间里待了一会儿，虽然没继续出汗，一向没什么表情的脸却红了一片，连疤痕都隐约泛红。

“是不是空调开得太高了？”许愿去拿遥控器，“我再调低点儿。”

她刚拿起遥控器，再回头时，房间里只剩下她自己以及一个已经打开放在床上的空行李箱。

戚野竟然直接跑了。

收拾好东西，许愿等到许建丽回来，确定有人照顾陈诺，和戚野一起离开。

担心戚野身上的伤，她原本不打算让他拿什么，但他趁她去按电梯的间隙，径自推走了行李箱，又顺手拿起放在玄关处的书包。

“推着走不累。”似乎还有些热，他顶着一张微微泛红的脸，面无表情地和她解释，“快走。”

将近中午，日头分外毒辣。带着行李，两个孩子没坐公交车，在路边随手拦了辆出租车。

戚野一直把许愿送到楼下。

“可以了。”她从他手里接过书包背好，推走行李箱，“我自己上去就行，你走吧。”

“嗯。”戚野应得很快，腿上没动。

他站在原地看着许愿推着行李箱往里走，十几秒后她停下脚步，转身“噔噔噔”地跑过来。

“这个给你！”她从书包里拿出一把小熊遮阳伞。

“不许不要！”眼看男孩嘴唇微动，许愿赶在他开口拒绝前，率先抢过话头，“你待会儿一定得撑伞，坐公交车回去，知道吗？”

认识这一年半，她很清楚他的脾气。

戚野向来节约，能走路就不坐公交车，能坐公交车就不打车，即便现在和戚从云住在一起，经济上没有顾虑，仍旧保持以前勤俭的习惯。

要是坐公交车还好，就怕他觉得接下来不用赶时间选择步行回家，可在 7 月份的中午走回家，穿着长袖长裤固然不会晒伤，但这一趟走下来，离中暑昏迷估计也不远了。

小姑娘仰起脸，神情分外认真。

话到嘴边，戚野原本想说的“不要”，就莫名其妙变成了：“哦，好。”手不听使唤地接过伞。

“那我走啦！”许愿冲他挥手，“拜拜！”

许建达说过，今天白天他和陶淑君不在家。所以许愿上楼时心情还算轻松，小心翼翼地打开门，一年没有回过的家里，果然空无一人。

她不由自主地呼了口气，把行李箱推回房间。

一年没回来，许愿的卧室似乎没被人打扫过。书桌、书柜、衣柜都积着一层肉眼可见的薄灰，伸手去摸床单，同样是一手灰尘。

想在许建达他们回来前收拾完，许愿拿了拖把扫帚，把角角落落都打扫干净。手机响起来时，她抬头看挂钟，已经过去了将近两个小时。

“喂？怎么啦？”

“没什么。”电话另一端，男孩的声音听起来毫无波澜，“你爸妈没说你吧？”

“没有，没有。”人都不在，想说也没法儿说。

对面的人沉默两秒：“哦。”直接挂断了。

不明白他这是做什么，许愿没多想，只当作戚野担心她回家挨训。

她放下手机，将拖把扫帚放回杂物柜，扎紧垃圾袋封口。

女孩在楼上忙碌，楼下，夏日午后过分炽烈，让人几乎睁不开眼的阳光里，撑着小熊遮阳伞的男孩收起手机，仰头看了片刻，面无表情地转身离开。

中午到家后，许愿忙碌了近三个钟头，打算去床上小睡片刻。换过睡衣，她坐到床边，又起身挪到书桌旁，看着几步开外的床，双手微微攥紧。

距离陶淑君偷删录音已经过去一年。

如今是白天，她坐在这里，脑海中仍旧会浮现那个深夜，手机屏幕映出女人近在咫尺、异常惨白的脸以及缩在墙角双手抱头、发出一声又一声尖叫的自己。

她分外不安，在书桌前坐了很久，“咔哒”一声，家里大门那边传来动静。

女孩脊背瞬间绷紧。

“许愿？”先飘进来的是许建达的声音，“我和你妈回来了。”

听见那个称呼，许愿更加僵硬，硬着头皮起身：“爸，妈。”

许建达昨天说他们夫妇要去医院。许愿猜想大概是陶淑君身体有什么问题，不过她走出卧室时，夫妻俩神色看起来都不错，尤其是一年没见的陶淑君。

与其说是不错，她脸上的表情更适合用“喜气洋洋”这个词来形容，一改以往在家凶恶刻薄的模样，嘴角几乎咧到耳朵根。

下一秒看见许愿，她笑容瞬间凝固，紧接着别过脸去，根本不看许愿。

许愿尴尬地停在原地，不知道该走上前去叫人，还是转头回自己的房间。

许建达见状，稍稍皱眉：“淑君，你忘了医生和你怎么说的？”

听到他的话，陶淑君十分勉强地别过脸，扫了许愿一眼，冷哼一声，头也不回地进了主卧，进去时重重一摔门，“哐当”一声巨响。

常年在家里劈头盖脸挨训，许愿形成条件反射。听见摔门声，她下意识地以为陶淑君要骂人，顿时有些瑟缩。

看见许愿脸色发白，许建达神色如常："你平时在家也乖一点儿，少惹你妈不高兴，最起码之前的事不要再发生。"

许愿一直挺怵许建达，立刻应下："好的，爸爸，我知道了。"

"爸……"迟疑片刻，她又问，"我妈她去医院……"

许愿并没有对陶淑君所做的一切释怀，然而听到陶淑君去医院，仍旧会担心对方的身体。

"哦。"许建达随便挥了挥手，"你妈没事儿，身体好着呢。和你没关系，不用管了。"

陶淑君在主卧休息，许建达一头钻进厨房，留下许愿一个人站在客厅里，听着"哗哗"流动的水声。

接下来的一个半月，许愿家始终保持着一种诡异的稳定状态。

白天许建达夫妇各自外出上班，晚上下班回家，许建达在厨房做饭，陶淑君继续躺在沙发上刷短视频。等到饭做好，一家人才在餐桌上会合。

偶尔，许建达会问上许愿一两句话，更多的时间都是陶淑君在说。

去六中报到前一晚也是如此。

今天许建达做了清蒸鲈鱼，陶淑君一上桌便笑："我最喜欢吃这一口了，鱼肚子上的肉好吃。"她在鱼腹上夹了两块肉，一块给了许建达，一块放在自己碗里，没有许愿的份。

许建达视若无睹，只在落座后说了句："你也吃。"不知道究竟在对谁说话。

那道鲈鱼许愿没碰。

吃完饭，许愿洗完碗回房间，不知道是不是错觉，关门时似乎听见女人冷哼一声："瞧她那个样儿！"

明天是六中新生报到的日期，石小果非常兴奋，给许愿发消息："不知道咱们几个有没有人能分在一个班！"

石小果这么一说，许愿有些紧张。两个小姑娘叽叽喳喳讨论到半夜，直到石小果妈妈发现女儿竟然两点还没睡，才结束对话。

六中离陈诺家近，距许愿家则有一段距离。不过第二天她出门早，公交车上没什么人，学生也不多。

还在车上，五人小群跳出一个浅白色头像："我到了。"

一个动漫头像立刻回复："要不要这么早！我还在被窝里，正打算睡个回笼觉！"

浅白色头像是戚野。仔细看，白色背景里是一匹用挂历纸折出来的纸马，就是初二那年他在美术课上画的折痕图折出来的成品。

男孩手巧，暑假重新捡起折纸，没琢磨几天就成功复原了纸马。

许愿去戚从云家时看到，激动得不得了，围着纸马前后左右拍了好多照片，一一发给戚野。

于是，他难得换掉了默认企鹅头像。

动漫头像一看就是江潮。江大少爷除了爱看小说，其他兴趣也很广泛。只要不学习，做什么都行。换头像速度比陈诺做数学题还快。

许愿的头像一直是小熊，石小果非常有个性，直接上传一张纯黑图片。

值得一提的是，陈诺的头像是只小仓鼠。虽然曾经让戚野送过他《如何正确饲养仓鼠》这本书，许愿却从没听说过陈诺养仓鼠，但不知道什么时候开始，他的头像便换成一只软乎乎的小仓鼠，昵称也相应变成了“吱吱”，被石小果嘲笑像个女生名。

许愿同样没想到戚野去得那么早，问：“看见分班结果了没？”

“没有。现在还没开校门，大家都在外面等着。我在这边等你。”

许愿飞快地回了句“好”，下车后，隐约觉得有些不对。校门没开，外面乌泱泱全是学生，到处都是人，她怎么可能找得到他？

她一边往六中的方向走，一边低头在手机上编辑消息。走路打字慢，她刚打完“你周围有没有什么明显标志”，一抬头直接愣住。

不需要什么标志物，戚野本身已经足够显眼。

她回家后，他俩一直没见过面，短短一个半月的工夫，男孩的个头竟然又蹿了一大截。

不，不是男孩。

少年半抱着手臂，靠在六中门前的立柱上，穿着黑衣黑裤，比周围男生平均高出小半个头。他神情很淡，和以往一样没太多表情，眼睛黑漆漆的，对周围人投来的打量视线熟视无睹。目光和她相触，他直起身，放下手，冲她微微点头。

戚野原本等着许愿走过来，刚点完头，就看见匀速前进的小姑娘愣在原地，半晌，露出一副难以置信的表情，一步一步小心翼翼地往这边挪。

她速度特别慢，好一会儿才走一块砖。

以为她不舒服，戚野直接迈开步子，绕过人群朝她走来。

少年腿长，两三步路的工夫，径直走到她身前：“腿难受？”

两个人距离过近，许愿平视前方，根本看不见他脸，只能拼命抬头：

“你暑假都在吃什么？”

怎么突然一下蹿了这么多？

她的语气格外震惊，戚野沉默两秒：“饭。”

不知道是不是因为人生前十几年没好好吃过饭，从初三开始，他的个子就开始一个劲儿猛长，超过江潮、超过陈诺，假期里更是蹿了一大截，衣柜里所有衣服都不能穿，必须重新买。

和身高相辅相成，少年嗓音比以往更低。没从前那么哑，并不难听。只是越发生人勿近，冷冷的，听起来很不好招惹。

许愿：“……”那她也吃饭了，她怎么不长呢！

其实许愿个头不算矮，一米六左右，但这个暑假没怎么长，在女生里算中等。然而被戚野一比，直接变成了小矮个。

戚野自己其实也有这种感觉。

还没发校服，大家今天身上都是自己的衣服。小姑娘穿了条没什么装饰的浅绿裙子，绿色显白，衬得本就白皙的皮肤近乎发光。她仰头看他，脸小小的，手小小的，感觉一只手能直接拎起来。

许愿不知道戚野的想法，花了足足十分钟的时间盯着他看，看到自己脖颈开始发酸，不甘心地低头：“待会儿小果他们见了你……”

许愿原本想说，石小果、江潮见到戚野肯定要被他吓一大跳。她一边揉脖子一边抬头，然后话全部被堵在嘴里，一个字都说不出来。

戚野一直在注视许愿，没错过她一瞬间瞪圆的眼睛，顺着她的视线看去，两个人一起愣在原地。

“看什么看！”

接收到他俩难以置信的视线，石小果的表情顿时凶神恶煞起来。意识到自己现在正穿着短裙，她又气哼哼地梗起脖子：“新学期新气象不行吗？”

这话戚野接不上，低头去看许愿。

许愿比他好不了多少，面对石小果质问的眼神，支支吾吾好半天：“小果，你怎么突然想起穿裙子了啊？”

而且竟然还是在膝盖以上的短裙！纯棉网球裙样式普通，不像许愿腰间扎着蝴蝶结系带，但已经足够让人震惊。

从初三开始，石小果没坚持剃板寸，慢慢留起头发。不过从前头发太短，她留了一年，现在也只堪堪到脖颈处。

头发是长了，性格还是那个性格，每天揍得江潮、刘晨睿嗷嗷直叫，春夏秋冬靠各种花样的裤子过活。

“不是说了新学期新气象？”石小果原本想做一个双手叉腰的动作，看了看自己身上的裙子，勉强忍住，“难道不好看？”

许愿和戚野一起摇头，看见石小果倒立起来的眉毛，又同时点头。

石小果眉毛扬得更高了。

许愿有点儿着急：“哎呀，我们不是那个意思！你穿裙子特别好看！”

石小果个子高，常年练散打，身材很棒。平时不爱穿裙子，也很少穿短裤。现在穿着网球裙，一双长腿露在外面，又直又细。有不少男生偷偷看她。

只是他们都习惯了她从前的中性打扮，骤然见到很不适应。

石小果这才满意：“我也觉得！”

“这是我妈专门给我挑的。”她转了一圈，给许愿展示完，注意到戚野，“我的天！你打生长激素了？！”

他们说话的工夫，六中校门终于打开。三个人随着人潮走进校园，有学生已经飞奔向宣传栏，一个班一个班找自己的名字。

石小果自告奋勇：“我去看！”说完一骑绝尘地跑了。

许愿本来想跟上，身侧黑衣黑裤的少年低头看她一眼：“在这儿待着。”

戚野说完，没理会明显一怔的女孩，径直走上前去。他腿长，在她愣神的几秒，已经迅速没入宣传栏前的人群中。

其实不能说“没入”，毕竟一个暑假过去，戚野个头蹿得真的很厉害。许愿站在几米开外，一眼扫过去没见石小果，却很容易能看到瘦削笔挺的少年。

似乎所有养分都用来供给身高，他个子长了不少，肉是一点儿没长，宽大黑色长袖套在身上，空荡荡的。在人群里穿梭，被晨风一吹，勾勒出格外鲜明的骨骼轮廓。

看来以后中午还是要盯着他吃饭，她偷偷地想。

戚野没察觉许愿的视线，从最后一个班开始逐一往前找大家的名字。

他先在高一（15）班找到陈诺，往下看了看，和另一侧的石小果对上眼神，点头示意：“你在十五班，班长也在。”

“真的？”石小果眼睛“唰”地亮了，挤开人群一溜小跑过来，“哪儿？哪儿？让我看看！”

戚野给她指过位置，去看剩下的班级。

一直看到高一（7）班，才在前排看到江潮的名字，顺势往下找，又在中间发现了自己的名字。

少年的心顿时提起来，他并不觉得他们五个人的运气能好到一个人都不被落下的地步。

昨晚许愿、石小果很紧张，戚野同样没睡好，辗转反侧，整整一晚都在琢磨，如果他们五个各自分散开，应该怎么办。

虽然眼下结果似乎还算好，但如果单独把许愿漏出去，他无论如何不能接受。只是他没有细想不能接受的原因。

又或者他想了，然后轻描淡写地告诉自己，他只是担心她独自在一个班，一个人会难过不好受，没有其他想法。

戚野的学号是三十，正好在班级中间。

他呼吸稍显急促，分开人群，上前两步，仔细寻找那个熟悉的名字。

学号三十到学号四十，没有。

学号四十到学号五十，没有。

学号五十到学号五十五，也没有。

一个班六十个人，眼看只剩下最后五个名字。

戚野喉结微动，带着伤疤的手无意识地攥紧，没立刻去看末尾，而是从头开始重新一个一个往下看。

从学号一找到学号五十五，一连看了三遍。

还是没有许愿的姓名。

现在是九月，早晚温差大，清晨温度不高，然而看了三遍名单，少年额上薄薄一层汗水。

有那么几秒，他甚至不抱希望地想有没有可能在正式开学报到前，去教务处找老师重新分配班级。

怀着最后一线微渺的希望，戚野看向最后那五个名字。

学号五十六，不是。

学号五十七，不是。

学号五十八，不是。

学号五十九……仍旧不是。

戚野站在宣传栏前，几乎没有任何勇气接着往下看。

他垂下眼，想起方才在校门口，小姑娘仰脸看他的模样。

她是真的很好看。

从病房醒来的那一晚，鬼使神差出现在脑海中的念头，并不是他的错觉。具体说不上到底哪里好看，却让他始终念念不忘。

他以后仍然想多看看她。

这么想着，戚野鼓起勇气，看向名单最末尾的姓名。

学号六十：许愿。

石小果、戚野回来汇报分班情况后，许愿迅速在小群里发消息："哥！你和小果一个班！我和江潮、戚野一起！大家都没被剩下！"

小仓鼠探出头："知道了，谢谢。"

"啊！我和班长分离了！班长在哪儿？我又在哪儿？"和陈诺坐了三年同桌，江潮是真的不习惯。

高一（15）班在一楼，高一（7）班在三楼。

和石小果分别后，许愿一边爬楼梯，一边偏头看戚野："我们运气真是太好了！"

许愿很是兴奋，身侧的少年兴致似乎并不高。

从一楼到三楼，他基本没说话，偶尔点头应和："嗯。"

在宣传栏磨蹭了一会儿，他们进班迟了。

还没来得及找位置，一个光头男老师便跟着进来："人是不是基本到齐了？那都出来，咱们先排个座位。"

许愿下意识地往戚野身边走。

从他转学那学期开始，之后的一年半，何老师仍旧每学期调整座位，但始终没动过他俩的位置。已经养成习惯，许愿刚走到戚野身边，少年却猛然加快脚步，走到男生队伍的末尾："你快进队。"

许愿就是一怔。

不知不觉间，她跟着他走到相对靠后的位置，男老师看见了，在前面喊："同学你去哪儿？咱们按身高排，你得去中间。"

他们这一闹，动静有些大。周围的同学好奇地看过来，许愿脸顿时红了："我知道了，谢谢老师。"

她一路小跑进队，站定后，回头去看戚野。

少年没看她，双手插兜，面无表情地平视前方，眼神很空。不知道在想什么，仿佛对排座位并不在意。

许愿只能回过头，看着男老师从前面挨个点人进去，心里莫名有种说不出的感觉。

原来她不能和他继续当同桌了。

许愿的新同桌是一个戴着黑框眼镜，神情有些木讷，一看就很老实的男生，有个让人过目不忘的名字：夏温温。

中午吃饭时，江潮一听到他的名字，笑得都拿不住手里的鸡腿：“夏温温，瞎问问，这什么名字？”

许愿瞪了江潮一眼：“别乱说！”都上高中了，他怎么还和小学生一样给人起外号！

江潮咬了口鸡腿，转头看陈诺：“班长你放心！虽然咱俩不能再当同桌，但七爷会照顾好我的！你和小果安心待在十五班，别为我操心！”

江潮早上赖床，匆匆忙忙跑进学校时，早读铃已经敲了十分钟。郑老师——就是七班班主任，没批评他，直接把人打发去最后一排，和排位时因为身高排在队末，最后不得不一个人单独坐的戚野当同桌。

江潮说完，又拿着缺了一口的鸡腿冲许愿比画：“许愿，我把七爷抢走了，你不生气吧？”

许愿很是无语：“你快吃饭啦，今天可以磨蹭，明天就不行了。”

六中是西川最好的高中，除了生源好，管束也比其他中学严。下午上课前有一节半个小时的午自习，午休时间相较以往少了三十分钟。时间紧张，不能再像以前那样一边聊天一边吃饭。

想到这里，许愿看了眼戚野。

江潮对座位安排十分满意，戚野脸上瞧不出什么情绪，和早晨一样淡淡的，仿佛和谁坐都无所谓。见她看过来，他神色没太大变化，视线相触两秒，垂眼安静吃米饭。

见戚野反应平淡，许愿早晨排座位时那点儿莫名其妙的惆怅便消失无踪。

反正现在都在一个教室，当不当同桌无所谓，她索性冲戚野一笑：“你多吃点儿肉和饭！”

戚野“哦”了一声，没说什么，默默埋头吃饭。

许愿关心过他，又去问陈诺和石小果：“我们班班主任挺年轻的，人看起来不错，你们班班主任怎么样？”

石小果嘴快，三两口扒完自己碗里的饭，开始和许愿吐槽：“你不知道！我们班班主任比钱主任恐怖多了！今天一见我进去，看到我的裙子，脸皱得和老妖怪一样！”

午饭很快吃到尾声。

陈诺和以往一样给大家发纸巾，扫了眼戚野的碗：“是不是不习惯这里的食堂？”

读初中时，戚野从来不剩饭。他不剩饭的标准和别人不太一样，比如石小果不吃蒜，许愿不吃葱，总会把这几样留在碗底。江潮最挑食，不放葱姜蒜嫌难吃，放了又要一样一样挑出来，堆在餐盘最角落。

戚野则完全不同。说不剩饭，就是一点儿不剩——除了吃不下去的八角、花椒一类调料，他把所有东西都吃得干干净净，甚至连伪装成土豆或红烧肉的姜块，也面不改色地吞下去。

然而今天，连最磨蹭的江潮都吃完了饭，戚野碗里竟然还剩下小半碗盖浇饭。

戚野神色平静："没有。"

他从陈诺手里接过纸巾，端起碗两三口就把剩下的盖浇饭吃干净了。

许愿的高中生活就这样开始了。和初中相比，确实非常忙，好在陶淑君没闹出什么幺蛾子，因为她压根儿不沾手和许愿有关的事，都是许建达跑前跑后，包括晚自习的接送。

开学两周多，许建达接了许愿半个月。

许愿一开始很不习惯，后来慢慢觉得还不错。每天晚自习下课，从六中回家的这段路上，许建达一般会和许愿说上两句。

内容比较公式化，大同小异，基本都是问今天在学校过得怎么样、作业有没有完成、中午在食堂吃的是什么。

换作别的小孩儿或许会不耐烦，比如江潮曾经吐槽："这有什么好问的！不就那个样！食堂天天就那么些东西，我要说作业没写完，我老爹眼看鸡毛掸子就举起来了！你说他这真是关心我还是钓鱼执法？能不能别折腾人了！"

对于许愿来说这却是种很新奇的体验。有了这短暂的聊天，父女俩的关系比从前要亲密一些。许愿有时偷偷地想，以前他们不亲近，或许是由于许建达一直在外地，又天生是不爱言谈的性格。

现在相处时间多起来，关系慢慢缓和。也许有一天，她也能像江潮或者石小果那样，毫无顾虑地冲爸爸妈妈撒娇。

然而开学第三周，发生了一件许愿从未料到的事。

晚自习下课后，许愿找到自家的车，和许建达打招呼："爸爸。"

许建达"嗯"了一声："今天在学校过得怎么样？"

半个月下来，许愿已经很熟悉他的流程。这么问完后，一般便会按部就班询问，中午和下午在食堂吃了什么，晚自习有没有不会的题目，顺序基本没改变。

换作江潮，估计会噼里啪啦地把剩下两个问题一起回答完。

但许愿只是说了句："今天挺好的呢！"然后闭上嘴期待地看着许建达。

有时她觉得，许建达其实知道自己那点儿小心思。

不过他还是顺着她的意思继续往下问："今天食堂做了什么菜？"

许愿顿时开心起来，说："午饭吃了套餐，里面的西葫芦炒得特别好吃！晚上点的排骨面，阿姨说我太瘦，多给了我两块排骨！"

许建达打了把方向盘："嗯。"

接着，他问作业完成情况，许愿认真回答。一般来说，问完这三个问题，差不多也该到家了。但今天路况很差，车比平时多出一倍。一路开过来，或许是运气不好，一连几个路口都是红灯。

用了平时两倍的时间，只走了一半的路程。进入下一个路口，依旧是红灯。

"那道题我没做出来，就去问戚野。他给我讲了……"

许愿对大人的情绪变化很敏感，还在回答最后一个问题，说到一半，看见许建达捏紧方向盘的手，戛然而止。

许建达没问她为什么不继续往下说，皱眉跟着前面的车辆一点点挪动。挪过这个路口后，他立刻一脚踩下油门，车速瞬间提起来。

"爸、爸爸！"许愿瞬间慌了神，"开慢一点儿！"

油门一踩到底，很快超过了市内最高限速，测速摄像头噼里啪啦闪着白光。

接下来的路程，许建达保持着超高速的违章行驶，甚至在遇上又一个红灯后，直接冲了过去。

路口没有过马路的行人，许愿还是尖叫起来："爸爸！"

不明白许建达到底在做什么，许愿死死贴在自己的座位上，惊恐地看着面前的道路，生怕从哪里突然冒出一个无辜路人，被许建达直接撞飞。或者车辆直接失控，她和他一起冲进路边的绿化带里。

好在很快，有闪着红蓝警灯的警车从后面追上来："前面的车，停下来！"

"怎么回事？"车被拦下，两个交警从侧面过来，"你喝酒了？驾驶证、身份证拿出来。车上还有小孩儿，你开车不要命，也不管孩子吗？"

许愿没经历过这种事，腿都是软的，坐在座位上不敢动，背后全是冷汗。

正在胡思乱想，听见许建达的声音："警察同志！"不像以往那么无动于衷，多了几分许愿从未听过的焦灼。

"我不是故意的！"他急急说，"孩子病了！我赶着送她去医院！"

如果说半分钟前，坐在这辆超速飞奔的车上，让许愿吓出一身冷汗，那么现在，她听着许建达言辞恳切地对交警解释"同志，你们该扣分扣分，该罚款罚款，能不能让我先把孩子送去医院？她肚子疼得厉害，实在受不了了"时，顿时感到一种无法言说的恐惧。

许愿白着脸的表情被两位交警看在眼里。

年轻的那位有些相信许建达的话："去哪家医院？人民医院？你先下车接受处理，我送你女儿过去。"

年长的交警看了许建达一眼："下车。"没提让搭档送许愿去医院的事儿。

许建达常年在外，心思玲珑，明白自己的把戏被交警看穿，没争辩，下车接受处罚。

接受处罚后，许建达始终若无其事。回到家，忍了一路的许愿实在忍不住："爸爸，你刚才为什么要那么说？"

许建达正在换鞋，抬头看她一眼："说什么？"

许愿张了张嘴，一瞬间有无数话想说，可看着许建达换好鞋子，直接走进主卧，又不得不把嘴里的话全部吞了回去。

第二天下午，戚野发现许愿有些不对劲。

伤势需要做二次鉴定，他和郑老师请了一上午假。年轻男老师比较好说话，没具体问原因，痛快批准。

所以直到下午进班，他才察觉她的异样。

六中以教育严格著称，从上到下采用题海战术，作业多如山海。一部分学生索性压缩吃饭时间，自己不去食堂，拜托相熟的同学给自己带点儿煎饼面包一类的主食，留在教室里埋头苦学。

"晚上我不去吃饭。"下午最后一节自习课前，许愿对戚野和江潮说，"今天物理作业太多了，你们给我带块毛毛虫面包回来吧。"

江潮："啊？又是毛毛虫面包？你中午就吃的这个，下午还吃！给你换个杂粮煎饼行不？"

许愿已经走回自己的座位。

"我的天！要不要一个个都这么努力！早知道考进六中是这种下场，我当时就少考个二三十分！"江潮半真半假地和戚野抱怨，"咱们这才高一！高一！至于这么紧张吗？”

这一长串吐槽中，戚野只听见了那句“中午就吃的这个”，微微皱眉：“她中午也没去食堂？”

“没去啊。今天班长请假，她也不去，你又没来，我和小果吃饭都吃得不香了！”

戚野眉头皱得更深：“哦，那我待会儿也不去了。”

江潮瞪大眼睛正要说话，戚野递过来一张做完的物理卷子：“这个给你。”物理老师今天布置了三张试卷。

“好。那你也要毛毛虫面包吗？”

“随便。”

最后一节课结束，班里绝大多数同学去食堂吃晚饭，许愿独自留在班里。整整一节自习课过去，她面前的物理卷子只写了一个“许”字，连姓名都没写完，更别说试卷上的题目。

一天没听进去课，同样无心写作业。

她正对着卷子发呆，一只手伸过来，轻轻在桌面上敲了两下。

手的主人没吭声，但许愿知道他是谁。

整个七班，整个高一年级，甚至整个西川六中，大概都不会有第二双这样的手：皮肤微微泛红，手背上两三道伤疤清晰可见，明显还能看到缝针的痕迹。

和手臂上那些伤痕一样，全是之前挡住头脸时被铁板凳砸的。

许愿不吭声，那只手又敲了两下：“出去走走。”

许愿原本不太想起身，抬头对上戚野漆黑的眼，僵持片刻：“去哪儿？”

“后面那个体育场。”

他已经这么说，许愿不好拒绝，两个人一起往后面走。

跑道上零零星星有一些同学，其中大部分是校队的体育生，正在老师指导下开展训练。

心里有事，许愿走得很慢。和戚野相比，她个子矮，腿不如他长，平时三步基本是他一步，现在更加迟缓。

戚野完全不着急。她不说话，他也不吭声，双手插兜，慢悠悠地一点一点陪她走。

太阳逐渐西沉。转过弯来，跑道上一长一短两道影子，中间隔着一只手掌的距离，很近，又似乎有些远。走到拐弯处，两道影子短暂重合在一起，慢慢地，又渐渐分开。

“戚野。”走了好一会儿，他听见她叫他的名字，“你说，有没有可能……”

许愿的语气很犹豫，沉默片刻，终于下定决心：“有没有可能，有些父母本来就不爱小孩儿呢？”

她感受不到他们对她的爱，有的只有憎恨、厌恶、漠然与忽视。

这肯定不是爱。

肯定不是的。

许愿其实并没有在问戚野，更多是在问自己。

所以话一说出口，想起之前他被殴打进医院的事，意识到这话和他说不合适，她有些尴尬：“呃……我的意思是……”

“搬出来吧。”想着该怎么补救，她听见戚野平静的嗓音，“搬到学校来住。”

许愿没说具体发生了什么，戚野也不想问。但他很清楚，那个家并不适合她继续待下去。陈诺说得没错，她的确应该住进宿舍。

许愿有些为难：“我爸不让……”

“那你就跟他说，你搬来学校是为了更好地学习。”戚野表情不变，“告诉你父亲，如果你住在学校，早晨可以早起半个小时背书，晚上可以节省回家时间多学一刻钟。一天能比别人多学一节课的时间，他会同意你住校。”

许愿茫然：“啊？”难道这样说就会有用吗？

她十分疑惑。戚野淡淡道：“他会的。”

“我没在给你找理由。”怕许愿听不懂，他提醒她，“我是给你爸找的。”

他说得毫不留情，许愿低头：“哦。”

谁都没再说话，两个人安安静静地走了两圈，赶在晚自习上课前回班。

江潮毫不知情：“你俩去哪儿了？煎饼都要凉了！”

他献宝似的从校服里掏出两个包得严严实实的煎饼：“我拿我自己给你俩捂着呢！快吃！”

晚自习上课不允许进食。许愿赶快拿着煎饼回座位，刚坐下，夏温温便转头，睁着那双稍显木讷的眼睛直勾勾地看过来。

许愿被看得有些发毛：“怎、怎么了？”

开学两周多，她和这个新同桌相处得还不错，对方并没有像江潮说的那样，成天问东问西，就是普普通通一老实小孩儿。

向来老实的夏温温同学先看了会儿许愿，又扭头去看后排的戚野，再把脸转回来时，神色很是凝重。

“许愿。”他担忧地问，“戚野是不是欺负你了啊？”

许愿觉得自己脸上那一瞬的表情一定非常精彩。

因为夏温温的神色肉眼可见地紧张起来，甚至主动往她这边凑了凑：“你、你不要怕……我、我们可以告诉郑老师……就算他……他他是……那、那也不行！”

“对！”一开始讲话磕磕绊绊，说到后来，夏温温坚定决心，语速流利不少，“他要是强迫你和他谈恋爱，我们就去告诉郑老师！或者报警也可以！”

许愿：“……”这都不是瞎问问，这是瞎扯了！

夏温温这几句话槽点太多，许愿一时间竟然不知道从何处反驳：“你从哪儿看出来的？”

许愿这么一问，夏温温脸上显出几分惶恐，缩起肩膀回头看了眼戚野。

戚野正在吃江潮带回来的煎饼。和七口吃完一个煎饼的江潮不一样，戚野很注意自己的吃相。煎饼很大，料放得足，一口咬下去疯狂掉渣。为了吃起来方便不弄脏衣服，他把校服袖子挽到小臂。

衣袖挽起，露出手臂上一道又一道的伤疤。

瞧见这一幕，夏温温脸色“唰”地白了，哆哆嗦嗦地转过来：“许许许愿……你你你……你别怕！就算他学习好，咱们学校也不留小混混！”

许愿一愣。

她回头看看慢条斯理吃煎饼的戚野，沉默片刻后，说：“咱俩是同桌，你应该经常见到我和戚野江潮一起去吃饭吧？你觉得我和江潮是……”

夏温温是个老实孩子，许愿敢问他就敢答：“你和江潮都是被他胁迫的！”

夏温温看得很清楚。手臂都是伤疤的少年基本不怎么来找许愿，和江潮看起来也不热络，只有在放学吃饭的时候，会冷下脸抱着手，面无表情地守在后门，等许愿和江潮磨磨蹭蹭地收拾好，然后一起默不作声离开。

今天是开学以来，戚野头一回主动找许愿。看看他手上重重叠叠的伤，和她回来后垂头丧气的表情，就知道没什么好事。

“他手上的伤不是打架打出来的。”许愿被夏温温折服了，“你不要想那么多，他也没有欺负我！”

好在夏温温同学并不是完全死脑筋，在许愿解释好半天后，终于勉强接受了“戚野不是混道上的凶狠小流氓”“许愿不是被小流氓挟持的无辜小女生”这两个事实。

“可……”夏温温犹豫半天，期期艾艾地看许愿，“可不光是我这么想……”

许愿送到嘴边的煎饼又放下了：“还有谁？”

“我们宿舍的人都这么想。”

夏温温是附近县上过来读书的小孩儿，家远回不去。十五六岁的男生，精力多得用不完，天天都开宿舍夜谈会。

六中每年开学有体检，戚野平时能穿长袖遮伤，体检时就不行了。

读高中的男生当然不至于被他身上的伤吓哭，但不管是谁，看到少年满身的疤痕，心里多多少少都有揣测。

许愿陷入了沉默。

“夏温温。”良久之后，她不死心地问他，“你们宿舍应该只有四个人吧？”

夏温温点头：“对。”

“不过隔壁宿舍知道。”他好心补充，“隔壁的隔壁的宿舍也知道……呃……”

“那是全年级男生体检。”他哭丧着脸，“你非要我说，那一整栋男寝都知道啊！”

戚野本人对这个消息倒是不在意，眼下最重要的事，是许愿取得了许建达的同意，从家里搬来学校住。

周日下午，戚野专门来帮她搬东西——许建达夫妇不知道出于什么原因，又匆匆去了医院。

“箱子给你搬上去了，你还缺什么？热水瓶、脸盆、洗衣液、衣架都买了吗？”

许愿拎着才从校门口买回来的热水瓶：“忘记买衣架了！”

本以为至少要磨上两个星期。然而她照着那天戚野教的话，回去一说，许建达立刻同意让她住校，她根本没什么准备时间。

“你先上去铺床。”戚野点头，“我去帮你买，还有什么待会儿发我。”说完直接朝校门方向走去。

戚野腿长走得快，两三步走远，许愿只好独自拎着热水瓶上楼。

才铺好床，手机响起来。

“衣架我给你买好了，你是现在下楼来拿，还是我先给你放老师这儿？”

六中宿舍管理严格，刚才那两个大行李箱戚野可以帮忙拎上去，几个衣架和一些零碎物品，老师无论如何不可能让他上楼。

“我现在下来！你等我一下！”

“嗯。”他一个男生，个头高挑，神情冷淡，杵在女生宿舍楼下非常显眼，来来往往的同学都要多看几眼。

戚野毫不在意，等着许愿气喘吁吁跑下楼，把袋子递过去：“给你。”

“怎么这么多？”她只让他买衣架，而手里的袋子沉甸甸的，粗略一瞧，香皂盒、吹风机，甚至还有一瓶六神花露水。

戚野面不改色：“晚上有蚊子。”

“你太细心了！”周内没时间准备，昨天才开始收拾东西，许愿晕头转向，“我都忘了这个。你等我两分钟，我马上下来，然后咱们去外面吃个晚饭。”

“姑姑在家等我回去，你晚饭就在食堂吃，别去外面了。”

许愿想要叫住戚野，但他径自转身，头也不回地直接走了。

他的脾气她再清楚不过，只好在后面大喊：“今天谢谢啦！”她拎着一大包东西回宿舍。

刚进门，她就感受到了剩下三个姑娘一起看过来的眼神。其实她们几个之前便在看她。

不过许愿没太注意，以为只是大家对新舍友的好奇。眼下六只眼睛同时看过来，她难免有些不自然：“怎、怎么了？有什么事吗？”

舍友们对视一眼。

舍长挑头开口：“刚才送你来的男生是戚野吧？”

舍长这么一问，许愿内心顿时警铃大作。

果然，她还没来得及开口，对面三个妹子脸上同时露出了与有荣焉的骄傲表情。

“好！”舍长甚至伸手，激动地拍了把许愿的肩，“戚野罩着的人在咱们宿舍，以后流动红旗就不用愁了！”

搬进宿舍的第一天，许愿不得不用整整一个小时来解释戚野不是什么大哥，她更不是什么被戚野罩着的小姑娘。

男寝室晚上有夜谈，女寝室自然不例外。

许愿第一天住校，又紧张又兴奋，毫无睡意，躺在床上听大家叽叽喳喳。

一会儿说十五班班主任大约是到了更年期，成天板着一张脸进教室；一会儿说六中抓学习抓得真的好严，竟然“十一”收假回来便要月考。

很快，话题引到许愿身上。

“愿愿。”许愿对床的眼镜妹子说话细声细气，“你和戚野到底是什么关系呀？”

许愿正在琢磨她们说的十五班班主任，骤然听见这句话，脸腾地红了：“没！没有！”

她急急解释：“我俩是初中同学，以前就认识。你们不要乱想啦！”

舍长嘿嘿地笑：“初中同学不更好！两小无猜青梅竹马嘛！”

“舍长！”

夏温温还好说，解释了肯听。新室友们却个个促狭得要命，明明下午已经解释过，还要不依不饶地打趣她。

“哎，说真的。”短发姑娘道，“我们班天天有人打听他呢！”

眼镜妹子附和：“我们班也有！”

四个女孩分别来自不同班级，舍长跟着说：“我们班女生最期待的就是升旗和出操！”这样便能看到排在七班队末的少年。

许愿愣住：“啊？打听什么呀？”

舍长没忍住，在黑暗中隔空点她一下：“愿愿你傻呀！你难道不觉得戚野长得很帅？整个年级的男生，就数十五班的陈诺和我们班的戚野长得最好看了！”

戚野这一晚没怎么睡着觉，既害怕室友排挤许愿，又担心她忽然住校不习惯。

整整一夜，少年脑海中乱七八糟想了许多，天一亮，他起来做好早餐，自己顾不上吃，飞快地洗完锅，说：“姑姑，碗筷你待会儿放水槽里，我晚上回来洗。”拿上书包直接跑了。

来得太早，教室里只有零星一两个人，没见到许愿的身影。

戚野想了想，径自朝食堂方向走去。刚进门，他一眼就看到坐在角落里的许愿，边吃水煎包边看英语书。察觉到他的目光，她抬头，脸上的表情瞬间变得惊喜："这里！戚野！这里！"

小姑娘一面挥手，一面笑，眉眼弯弯，整个人透着种明快的活泼劲儿。

戚野无声松了口气，在窗口随便买了块面包，走到许愿桌前。刚坐下，他一抬头，正对上她直直看过来的视线。

许愿仔细打量戚野。

除了初二那年的除夕夜，光脚在街头遇到他的时候，她认真端详过他，剩下的时间里，比起戚野的五官，许愿看得更多的，是他脸上被铁衣架抽出来的血痕、脖颈上被男人掐出来的瘀青、因为挨打充血红肿的眼睛，还有那双总是泛红一到冬天就开裂渗血的手。

所以在许愿心中，尽管开学报到那天，她意识到他似乎已经由男孩长成了少年。但最深的印象，还留在那个漫长冰冷的冬天。

寒夜寂寂，十字路口街灯明亮。北风里，薄雪中，粉红色绒线帽下，男孩眉眼漆黑冷淡，透着种没长成的青涩。

几年过去，少年眼珠仍旧黑沉沉的，却不像当年那样泼不进一点儿光。

慢慢长开后，他骨相好，因为性格冷淡，眼角眉梢总带着生人勿近的漠然，衬得五官越发明晰深邃。

戚野坐在许愿对面，被她若有所思的眼神看得皱眉："怎么了？"

"没怎么没怎么！"许愿回过神来，立刻摇头，"就是觉得你长得挺好看！怪不得那么多女生喜欢你！"

拿舍长她们的话来说，陈诺、戚野长得都很帅，不过风格截然相反。陈诺是言情小说里典型的清俊温柔的病弱男主角，戚野就是校园文里桀骜不驯、乖张狠戾的校霸。

戚野根本没想到许愿会说这些，听见那句"觉得你好看"直接愣住，等到她自然说出后半句，整个人僵在原地。

他第一反应是起身离开，但心里又有种奇怪的期待迫使他坐在桌旁，捏紧面包佯作镇定，心跳飞快地听她继续讲。

"我昨天已经和她们解释过了。"坐在对面的小姑娘笑盈盈的，"我和你是初中同学，以前就认识，没那些乱七八糟的关系。"

许愿自觉体贴，甚至稍微站起来，隔着一张餐桌拍了把他的肩："要是你有喜欢的人了，记得带回来给我们看看啊。"

"放心。"为了让他安心，她又补充，"我绝对不会喜欢你，不会给你拖后腿！"

这一顿早餐，许愿吃得很开心——离开许建达和陶淑君，搬到学校来住，室友们都很好说话。而月考在下个月，还有一段时间。

眼下没有任何麻烦事，许愿的好心情一直持续到上午最后一节课。

最后一节是郑老师的数学课，他临时有事，又找不到可以换课的老师，索性直接让同学们在班里上自习。

物理老师今天布置了两张卷子，许愿利用课上和课间飞快做完一张。趁着还没上课，她打算问戚野要来他的物理试卷对答案。

许愿刚走到最后一排，眼尖地看见摆在桌面上的试卷。“呼啦”一声，少年面无表情地把卷子往自己那边一扯，从她眼前拿走了。

许愿不明白这是什么意思，她边伸手边说：“给我……”

“呼啦”又是一下，物理试卷被直接塞进抽屉。动作之大、力道之重，能听见纸张被揉皱的噼啪响声。

许愿一愣。

“我要对答案。”她想走到桌边去拿抽屉里的试卷。

这回倒是没听见“呼啦”的声音，而是“咣当”一声，戚野从座位上站起身。他站得猛，整个人直接重重撞在桌角上，撞翻了桌边的保温杯。

金属保温杯摔落在地，发出一声巨响，正在补觉的江潮一跃而起：“怎么了？怎么了？是不是地震了？咱们跑吗？怎么没人跑啊？！”

刚刚那一下撞得很重，戚野似乎感觉不到疼痛，仍旧是那副面无表情的模样，没看许愿，也不搭理江潮。他捡起被自己撞到地上的保温杯，非常平静地拍了拍杯身，径自走向后门。

倘若他只是这么一走了之，许愿还不觉得多奇怪。

但她站在桌旁，眼睁睁看着他把手伸进抽屉，拿出那份被揉皱的试卷，拉开校服拉链随意往怀里一丢，头也不回地直接走了。

留下一个被吓醒的江潮在旁边吱哇乱叫：“真没地震？没有吗？骗人是小狗！你们不骗我吧？”

许愿看看江潮，再看看空空如也的桌面，难以置信地瞪大眼。

戚野在犯什么病啊！

许愿本来以为这只是巧合，但接下来几天发生的一系列事情，让她确信了一点——没有什么巧合不巧合，他就是在故意针对她！

在少年毫不客气携试卷潜逃后，周二到周四，许愿又先后经历了“迎面打招呼被装没看见”“背后想拍手臂被右跨一步躲开”“QQ 消息连发十条不回”“坐在对面吃饭说话被当空气人”等匪夷所思的对待。

戚野区别对待的态度过于明显，连一向最不会看眼色的江潮，最后都跑来偷偷问许愿：“你怎么着七爷了？他怎么一下生你的气了？”

许愿：“……”所以她到底哪里惹到了他？

这周是9月最后一周，周末连着国庆假期一起放。最后两节课，六中难得提前放学，让同学们进行大扫除。

许愿拿着抹布去水房，刚进去，背对着她的少年就像背后长了眼睛，把手里没装满水的水桶往江潮手里一塞，看都不看她，大步流星头也不回地走了。

留下江潮一脸蒙：“七爷！回来！你回来！我一个人拿不动！”

许愿已经见怪不怪：“待会儿我回班找个人帮你。”

“你俩倒是赶快和好啊！”夹在中间承受无妄之灾，江潮非常无辜，“这一天天不说话像什么样子！”

许愿懒得和江潮多解释，洗好抹布，回班擦窗台。

“许愿！”

许愿把自己区域内最后一块窗台擦干净，听见前门有人喊她。

她回头一看，立刻笑了：“哥！”

陈诺也冲她笑：“弄完没？弄完出来下。”

许愿正好要再去洗一趟抹布，小跑到陈诺身边，和他一起往水房走。

“这两天我一直想问你，实在太忙，没找到时间。”路上，陈诺轻笑，“你和七爷怎么回事？我看他已经一周不理你了，闹别扭了？”

“是他别扭好不好！我真想不明白我哪里惹到了他。”许愿越说越生气，最后脸直接黑了，“夸他好看也有错？”

小姑娘十分不开心，小脸板着，气鼓鼓的。

陈诺忍俊不禁，目光一抬，嘴角笑容敛去几分：“郭老师。”十五班班主任姓郭。

“这是我表妹。”对上中年女老师犀利的眼神，他若无其事地解释，“我过来找她有点儿事。”

许愿连忙打招呼：“老师好。”

陈诺解释得自然，许愿神色坦荡。郭老师的视线在他俩身上转了一圈，点点头走了。

“啊，你们班班主任真的好吓人，怪不得我们宿舍人都说她很可怕！”

十五班班主任不好惹是出了名的。在舍长的嘴里就是个长期处于更年期、脾气暴躁，成天抓学生有没有早恋，关心女生是不是改校服裤腿，刘海儿过没过眉的严厉老师。

而事实也的确如此。

因为连向来不说别人坏话的陈诺，都难得轻轻点了点头："确实。"

"郭老师这脾气，小果待这个班实在难为她。"他轻描淡写地说了一句，又把话题转回来，"七爷也够不像话的。"

许愿重重点头："就是！"点完头，视线一抬，又开始生气，"哥你怎么还笑呢！"

自家妹妹嘴嘟得能挂油瓶，陈诺道歉："对不起，我不该笑，是我不好。"

道完歉，见许愿还是一脸气呼呼的模样，他冲她招手："过来，我教你个让他乖乖听你话的办法。"

戚野拖完班里的地，又去帮班主任郑老师打扫办公室。

郑老师乐颠颠表扬他："小伙子很有前途！下回不用来了，老师领你这份情就行！"

戚野毫不领情："哦，老师再见。"拎着水桶和拖把走了。

他在水房消磨了一段时间，估摸班里剩下的同学差不多已经走光，许愿应该也回了宿舍，这才慢吞吞地往回走。

他一边走，一边想起许愿周一说的话，脸色肉眼可见地黑了几分，咬牙加快步伐。

许愿想不明白戚野为什么会生气。戚野同样不理解，她为什么突然跑来和他说这些。

一路胡思乱想，戚野刚进班，便瞧见坐在自己桌上的人。

这两天他不理她，她也烦了，先前在水房里没理人，现在坐在桌上却是一副笑盈盈的模样。

戚野脸绷得更紧，低头不看她，把拖把和水桶放到角落，回来收拾书包。他防备着许愿要说话，不过她始终没吭声，只是安静地坐在那里，笑眯眯地看他收拾。

直到他把假期要带回去的书都装好，她才开口："7 号我去你家拿物理卷子。"

戚野仍旧保持"我是聋子我听不见"的人设背起书包，又听见女孩清脆的嗓音。

“要是你不借给我。”许愿回忆着陈诺教给她的话，慢条斯理，“那我只好约夏温温一起出去自习了。”

许愿其实不明白陈诺为什么教她这么说，但从小到大都听他的话，这一次也不例外：“夏温温物理挺好，化学好像也不错。我俩数学成绩都高，正好可以互相对一下答案。”

许愿脑子聪明，还会举一反三：“以后你不要找我补英语，江潮英语挺好，你俩互相进步吧。”江大少爷唯一能拿出手的只有一门英语。

话音刚落，整整一周没正眼看她的少年，“唰”地别过头。他动作过猛，只有两个人的教室里，清晰地听见一声骨骼转动的“咔哒”轻响，而一向神色很淡的脸，终于出现了一点儿平静漠然之外的情绪。

“不行！”他说这话时有几分气急败坏，“你不能和他一起去自习！”

“那物理卷子……”

“给你。”他黑着一张脸，直接打断她，“你 7 号到我家来拿。”

许愿假期没回家，在宿舍好好学习，写完老师布置的作业，又给自己加额外功课。

“这两天我一直想问你，我家那个样子不回去就算了。”舍长去别的宿舍串门回来，递给许愿一个苹果，“你怎么国庆假期也不回家？”

放七天假，剩下两个女孩都回了家。

舍长家离西川不远，但她自己不乐意回：“我好不容易考出来，假期跑回去给弟弟打洗脚水？我脑子又没病！”她家重男轻女的思想非常严重。

许愿接过苹果：“我……家里关系不好。”

“啊？为啥啊？你家也重男轻女？不对，不对，你这名字一看就不是。”

舍长姓“吴”，名“梦娣”。除了必须要填规范姓名的场合，试卷作业课本上，她都只写前两个字，当那个刺眼的“娣”字不存在，并且一直让大家喊她“吴梦”。

“没有啦，我家只有我一个小孩儿。”许愿不知道该怎么和吴梦解释，“反正就是关系不好。”

吴梦好奇：“那你起这名是什么意思啊？我一开始还琢磨是你爸妈对你有什么远大愿望！”

“我也不知道。”或许她小时候问过陶淑君，长大后关系疏远，再没问过对方。从前没有问，如今更不可能开口。

偶尔，许愿也会好奇。

许建达夫妇当年为她取这个名字，到底是想寄托什么愿望呢？

7 号，假期最后一天。10 月 8 号是许愿的生日，大家本该一起出来吃顿饭。

但六中的作业量实在太多，许愿他们班还好，石小果和陈诺所在的十五班非常惨，光是那位班主任，一个人就布置了二十多张语文试卷。

所以吃饭这件事只能不了了之。

放假前和戚野打过招呼，许愿挑了午饭后晚饭前的时间，背着书包往他家走。

敲响门后，来开门的并不是戚野。

戚从云还是那副冷冰冰的模样，听见许愿的声音，神色稍显温和："作业在这儿。"说完指了指玄关上一大沓卷子和练习册。

许愿粗略扫了眼，有物理试卷，有数学小练，还有化学习题，就是不见少年的身影。她问："姑姑，戚野出去啦？"

"没有。"戚从云一向不是个多话的人，犹豫片刻，"你和戚野是不是有矛盾？"

从国庆前一周开始，戚从云察觉戚野明显不太高兴。尤其国庆假期这几天，少年以往还在饭桌上和她说几句话，现在一声不吭，每天除了叫她吃饭，便躲回自己的房间。

今天早上吃过饭，一向不提任何要求的戚野，难得主动开了一次口："姑姑，今天许愿要来家里拿作业，你帮我开下门吧。"

许愿一听这话，立刻不干了，把戚野之前的行径全抖了出来："姑姑，你要帮我批评他！"

许愿说得愤慨，戚从云冷若冰霜的脸上，罕见地露出一点儿笑意："要不你进来对答案，正好晚上留下来吃顿饭？"

许愿摇头："我还是回学校吧。"她才不要留下来看他的脸色！

得到戚从云"一定会好好批评戚野"的保证，许愿心满意足带着作业离开。

许愿往学校的方向走时，收到吴梦发来的信息："明天下雨降温，要降十度！你在宿舍有没有厚衣服？没有赶紧回家拿一趟。"

搬进宿舍时匆忙，许愿带的衣服不算多，里面倒是有几件外套，但抵御不了直降十度的天气。

感谢过吴梦，她转头朝公交车站走去。没有提前告知许建达夫妇自己要回去。许愿回家时，家里没人。她不自觉地松了口气，朝自己的房间走去，推开门后愣在原地。

她的房间——或者说，这间原本属于她的次卧，在搬去宿舍的短短半个月里，已经完全变了样。

和假期搬回来时落满灰尘的模样完全不同。

重新铺了地砖、粉刷了墙面、换了窗帘，次卧里的一切崭新而漂亮。书桌和书柜被打扫得干干净净，连打开通风的玻璃窗都被人细心擦过。

但奶白的瓷砖、浅蓝的墙面以及配套的天蓝色窗帘并没有太吸引许愿。

她站在门边，看着那个不远处小小的婴儿床，脑海里是假期回家时，陶淑君过于喜气洋洋的脸以及许建达那句：“哦，你妈没事儿。”

短短的一瞬间，许愿突然明白过来，许建达为什么会干脆利落让她去住校。不光是因为戚野帮忙想出的理由，更是因为……

因为陶淑君怀孕了。

许愿心里除了震惊，其实没有其他太多想法。

和许建达、陶淑君不亲近，她没觉得这种事他们需要征求她的意见、体谅她的心情。已经搬去宿舍，她也不太在乎这间次卧究竟会给谁住。

震惊之余，许愿甚至还在思考要不要多带点儿衣服。吴梦就带了很多很多衣服，整整一年不回去，必须要把东西带全。

这么想着，她找出一个行李箱。不管厚薄，只要是自己的衣物，一股脑儿拼命往箱子里塞。直到行李箱装得满满当当，多添一件短袖都会合不上，才很勉强地拉上拉链。

许愿拖着沉重的行李箱，正准备离开，“咔哒”一声。

有人回来了。

第十二章 心意

“叮咚——”门铃响起时，戚野正坐在餐桌边，捧着碗低下头，极力避开戚从云投过来的视线。

是的，视线。

到底做了那么多年警察，即使眼睛失明，戚从云的目光淡淡落在脸上，仍旧有从前审讯犯人的锐利精明。

与眸色截然相反，她向来冷冰冰的语调鲜见带了些打趣：“那你的意思是，你不喜欢许愿？”

怎么都没想到戚从云会在饭桌上发问，戚野保持沉默。

偏偏平素话少的戚从云，今天格外有聊天兴致，正面问得不到答案，便反过来说，一说还说两遍：“不说话？那就是不喜欢她对吧？”

戚从云看不见的视野里，少年一张脸憋得通红，最后给她夹了一筷子清炒木耳：“姑姑，吃菜。”自己夹了一个水煎包。

不过现在他没什么胃口。青春期男孩子的食量摆在这儿，戚野仍旧吃不下去，满脑子都是戚从云刚才的问题。

戚野垂下眼，看着手背上分明的伤疤。

他只是突然觉得她很好看，觉得她的眼睛特别明亮，觉得她用惯了的洋甘菊护手霜闻起来很香很香。

至于喜欢……

少年双手微微攥紧，暗红色伤疤也一同绷得平直。

不，他没有喜欢她，只不过单纯地觉得夏温温看起来呆头呆脑，一副不怎么聪明的样子。她和夏温温一起去自习，不但学不到什么，反而浪费时间。

“叮咚——”

他正在心里拼命找出剩下九十九个证明自己不喜欢许愿的理由，门铃突然响起。

“我去开门。”可以说是落荒而逃，戚野连把筷子撞到地上都没注意，飞一般蹿到门边。

开门后，戚野看着面前的女孩，强撑着才没转头跑走：“你怎么来了？”

似乎没察觉他脸上尚未消退的红晕，也没意识到他话里少有的磕绊，许愿仍旧笑盈盈的：“我把作业对完了，过来还给你。”

戚野一怔：“哦。”明天要开学，她早上带给他就行，干吗跑这一趟？

“那我走啦！”仿佛已经忘了先前闹别扭的事，她高高兴兴地冲他挥手，“拜拜！”

许愿步履特别轻快，眨眼的工夫下了半层楼，又停下脚步。

“明天你记得和小果说，之前她问我要的那本小说我放宿舍了，让她找九班吴梦拿就行。”她冲他笑了下，“噔噔噔”地跑走了。

戚野微微皱眉，目光从厚厚一沓作业上划过，蹙眉更深。

“姑姑。”他随手抓过钥匙，连鞋都没来得及换，“我出去一趟！”

等他匆匆追下去，不远处，女孩步伐突然慢了起来。

相比方才的轻盈，如今她像是没什么力气，一小步一小步缓缓挪动，肩膀塌着，走得非常非常慢。

戚野犹豫几秒，放慢步调，和她保持着不远不近的一段距离。

小姑娘慢慢地走，走出小区，走过人行道，走过原本应该左拐，通往六中的十字路口，径直朝北面走去。

戚野心里那一点儿疑惑，在看见许愿毫不犹豫走过十字路口时，瞬间变成了紧张。

与此同时，他又提醒自己。或许她只是累了，不想回学校吃饭。北面有很多和炸串、烤红薯一样无证经营的小摊，虽然大人们不喜欢，但这片小初高的学生甚至大学生都异常喜爱。

他跟在后头，眼睁睁看着许愿路过棉花糖车、炸串摊、卤水店，沿途热热闹闹、充满人声的小摊小店没能留住女孩的步伐。

她穿过招徕生意的摊贩、挤在小吃车旁的小孩儿，尽管走得很慢，却一直在执拗地朝北走。他不敢贸然上前拦下她，尽量隐匿行踪，悄然跟随。

北面是旧城区。

渐渐地，路边的小摊、嬉闹的小孩儿，甚至路上往来的车辆都慢慢消失。道路两旁长出半人高的杂草，还有斑驳掉皮、荒凉废弃的残破楼宇。

戚野心里浮出一个很糟糕的念头。

这个念头过于糟糕，以至于他不敢往下细想，只是加快脚步，缩短两人之间的距离。

天光渐暗。

不知道走了多久，夕阳在天边隐约残余血红一线，天际另一侧，零零星星的星子闪闪烁烁。女孩终于停下脚步。

像是在看天上的星星，站在空无一人的街道，她仰起脸，朝上面看去。

戚野躲在不远处，随着她的动作一起抬头，浑身血液瞬间在初秋暮色里结成冰碴儿。

所有注意力都放在许愿身上，他一直没察觉她最终的目的地。然而此刻抬起头，很容易能看见女孩视线所及的最高处——

斑驳脱落的墙皮、裸露杂乱的电线，人去楼空的破败建筑在最后一点儿残阳里沉默而诡谲。

不是别的地方，这是当年那个风雪交加的除夕夜，他站在楼顶，眺望那个发疯醉鬼的楼宇。

也是她误认他的意图，冲上来重重甩了他一耳光的旧楼。

模模糊糊的念头在脑海里一闪，戚野顾不上继续躲藏，从藏身的电线杆后面绕出来："站住！别动！"

他飞奔到她身侧，双手死死按住她的肩："你疯了！有什么事情好好说！不要乱来！"

"许愿！许愿！你听到没有！醒醒！"

许愿脸上没什么表情，没有笑意、没有悲伤，自然也没有泪水。她呆呆的、木木的，任凭他在耳边大吼大叫，直到听见他喊她的名字，黑漆漆的眼珠才轻轻转了转。

很轻，很慢，又有些僵硬，像是许久未上漆的木头人。

"闭嘴！"下一瞬，她的尖叫声竟然压过了他的嘶吼，"这不是我的名字！我不要叫许愿！你闭嘴！我不要叫许愿！"

与其说是尖叫，女孩发出的声音更像是撕心裂肺、肝胆俱裂的惨叫：“你闭嘴！闭嘴！不许这么叫我！你闭嘴！”尾音过于尖锐，每一个音节都如同利刃，吐出的字句声声浸血，悲惨又凄厉。

戚野试图去捂她的嘴：“我闭嘴！你别说了！”

女孩个头不高，仗着身高优势，他很容易捂住她的嘴。然而那种凄厉、悲惨的哀鸣并没有因此消失，继续从她小小的身躯、小小的胸腔、小小的心脏里钻出来。

和着灼热滚烫的眼泪，深深凿在少年心口上。

许久之后。

天边最后一线血色渐渐褪去，黑暗慢慢压上来。晚风渐起，吹落满天寥落星光。

“戚野……”呜呜咽咽的风声中，她轻声喊他的名字，“我不是许愿啊。”

时间倒退回下午。

听见开门的动静，许愿下意识地躲在门后。

刚进门的陶淑君和许建达似乎没有注意到门口的小白鞋，两人商量着：

“明天再去买点儿小衣服，婴儿用品还是在线下买比较好。网上看不见，凭感觉买回来不好了还得退货。”

“嗯，买。都买成蓝色的，意头好。”

许愿呆呆地藏在门后。

临近傍晚，夜风渐起。吹动次卧里才换上的、崭新的天蓝色窗帘，也吹过刚漆过的清新浅的蓝色墙面。她好像听不懂许建达的话，又似乎确确实实听懂了。

“万一不是男孩怎么办？”因为陶淑君接下来便笑了，“现在才多大一丁点儿，样子都没有，哪能看出性别！”

“绝对是弟弟。”许建达斩钉截铁，“当时把这个名字给许愿你还不愿意，有什么不好？我看很好嘛。”

“是我不乐意？是你不乐意好吧！看着你妹妹生了个儿子，你急都快急死了！你也不想想，男孩叫‘许愿’好听？配丫头正好，总比什么‘梦娣’‘招娣’好得多！省得让人背后嚼舌头！”

“是是是，你说得对。就是这愿望太难实现了，念叨多少年没个信儿。”

“呸！要不是你舍不得让我辞工作，自己天天往外头跑，咱们儿子现在都能上小学了！给那丫头取这么个名字，天天念叨着，没见她多争气，一天天就会顶嘴找麻烦，成绩不如她哥，性格也不如她哥。白白浪费了这么个好名！”

“行了，医生不让你动气。建丽当时找人算过，生个儿子取这名合我的事业，女孩要差一点儿。这么多年我发展还可以，不过到底……”

“我就不信了！这天下难道没有第二个旺你事业的名字？别什么被人用过、脏的臭的都往咱们宝贝头上安！你是他亲爹，要对他负责！”

“行了，你好好休息，我去菜市场买条鱼，晚上咱们炖汤喝。”

“嗯，去吧。”

主卧和大门依次关上，许愿站在次卧里。浅蓝的墙壁、白色的天花板、奶白的地砖一齐从四面压过来，与那扇沉重的门一起，把她牢牢压在墙角、动弹不得。

窗户开着，她听不见小区里孩子跑来跑去的笑声、马路上汽车忽高忽低的鸣笛，耳边唯一清晰的，是吴梦昨天的话：“那你起这名是什么意思啊？我一开始还琢磨，是你爸妈对你有什么远大愿望！”

他们确实有很多愿望。陶淑君想要儿子，想要在小姑子面前挺直腰杆。许建达也想要儿子，想要自己的事业更加顺风顺水。

他们有数不清的盼望、填不满的期待、一个个美好动人、憧憬幸福的心愿。

没有一个和她有关。

一个都没有。

“所以——”戚野将一碗刚出锅的热汤面“咚”的一声放在许愿面前，“所以你就想不开了？”

他的话比平时更多，语气也更冷：“那我是不是还该夸你一句贴心？都想不开了还不忘把作业给我送回来。”甚至还惦记借给石小果的书。

少年嗓音很沉，许愿看着那碗热汤面，没敢动筷子，轻轻缩了下肩膀：“没、没有啦……”

被他在旧楼下当场抓住，她一路上边走边哭。走回小吃一条街，她终于走累哭饿了，于是坐在麻辣烫摊的小塑料桌旁。

戚野不让她吃那些又油又辣的炸串烧烤，问老板借了灶头，下了一碗几乎什么都没有，除了面只是零星葱花和青菜的热汤面。

“我就是……就是去看看，没想那什么……”

已经升入高一，再有两年便能离开西川。再难过、再委屈，她也不会选择那种方式。何况当年她误认他的意图，能直接跑上去甩他一巴掌，自己肯定不会这样做。

“真的，不骗你。”先前哭的那一场伤嗓子，许愿说话有点儿哑，心里却不再难受，“我去看看，到时候从哪里离开这儿。”

低矮小塑料桌对面，束手束脚坐着的少年扬起眉毛，很快又压下：“哦。”

戚野明白许愿的意思。

西川的动车站、机场都在北面。偏南城区看不见踪迹，去往旧城区，站在楼顶，天气晴好的时候，能看见交叉蜿蜒的铁路，黑夜里一明一灭的信号灯。

铁轨一路延伸到天际，穿过云霞、穿过夕阳，穿过沿途洒下的星光，去往很远很远、很远很远的地方。

许愿抬头看了眼他面色阴沉的脸，垂下眼：“我是不是很幼稚啊？”

“我……我就是挺伤心。”初秋的夜有些冷，热汤面摆在面前，冒着团团白雾，“我想我是他们亲生的，他们就算没有那么爱我，至少有一点点、一点点对我好吧？”

可是没有。

一点点都没有。

许愿真的很难过。既因为陶淑君日复一日的辱骂挖苦、许建达年复一年的无动于衷，更因为明明已经看清他们的虚伪面孔，却无能为力、反抗不了，只能想着有朝一日尽快逃离的自己。

咸咸的眼泪掉进热汤面里，“啪”一声轻响，砸在被改刀的葱花上。

这个时候，戚野突然叫了她的名字：“许愿。”

许愿听到这两个字，禁不住抖了一下，正想重申一遍让他别这么喊自己。

“许愿。”他坐在她对面，又喊了一声，“你知道这两年过生日，我都许了什么愿望吗？”

戚野平视许愿。先前哭得太狠，她眼睛肿得非常厉害，即使麻辣烫摊位上的灯光有限，也能看清红彤彤的一片。

她显然被他这一句没头没脑的问题搞蒙了，蒙蒙地摇头：“不、不知道。”

大概哭得头直发晕，许愿迟缓地想，大概和上半年跨年时一样，是想要和他们在一起，一直当好朋友的心愿。

这么想着，她抬头看他。

他也在看着她。

和初二那年除夕夜，站在十字路口街灯下，眼底落不进任何光线的漆黑相比，此刻，他束手束脚坐在小塑料桌对面，一双眼依然乌沉，有微弱星子藏在眼底，时隐时现，若即若离。

他拿那双隐匿夜空的眼睛看着她，等到汤面的热气弱去几分，缓缓开口："十四岁那年，我希望我们两个都能离开这里。"

不知所措，许愿忘记正在吃汤面，手里捏着筷子愣愣看着他。

戚野没有躲开她的目光："今年的生日，我希望我们两个长大以后，不会变成像他们那样的大人。"

大人又不是天生就是大人，他们或许是第一次当父母，但绝不是第一回当小孩儿。

父母并非不懂小孩儿的世界有多小，小孩儿的灵魂有多脆弱，只要血缘最亲的人用一点点外力、一点点伤害，就可以让小小的世界顷刻崩塌、粉碎，分崩离析成破败的废墟。

他们都懂、都明白，只是不在意、不上心罢了。

但这些都不是戚野真正想说的。

之前几句说得无比顺畅干脆，接下来短短的一句话，十几个字盘桓在舌尖，少年喉结上下滑动数次，垂下眼，片刻后，又抬眸看过去。

他盯着她红彤彤的眼睛，搭在膝盖上的双手不自觉捏紧。

"所以你不要太难过，许愿。"再次叫了声她的名字，戚野轻声说，"至少我所有的愿望，都与你有关。"

许愿彻底傻眼了。

心里止不住的难过和委屈，迅速被这句话带来的震惊所覆盖。比开学那天看到石小果穿裙子还惊讶，她不知道该说什么，呆呆地看着他。

他看上去很平静。

除了她没有注意到的被小塑料桌挡住放在膝上不自觉攥紧的双手，那泛着微光的漆黑双眼、稍稍绷紧的平直嘴角、面上冷淡漠然的神色和以往没什么区别，仿佛刚才说的只是一句："快吃面吧。"

"快吃面吧。"然后，顶着她难以置信的视线，他就真的这么说了，"现在天冷放不久，待会儿该凉了。"他起身去旁边的包子店里买了笼包子，又在炸串摊上要了串烤饼，回来分给她一半包子，自顾自吃起烤饼和剩下的包子。

许愿更傻眼了，整个人都是蒙的。她不知所措地想，这就完了？

他难道不再说点儿什么？

戚野完全不知道女孩内心的想法。

正在长身体的男孩子，一天四顿饭也不够吃，更别说为了出门追人，晚饭压根儿一口没碰。知道她不是去寻死，他骤然放松下来，埋头把烤饼和属于自己的包子吃完，抬眼看见碰都没碰的包子，有些诧异："你不吃？那我吃了。"

他把分给许愿的那一半包子拿过来："快点儿吃面，待会儿还要送你回学校。"

低矮小塑料桌很狭窄，以许愿的个头并腿坐在小板凳上都很费力，腿长手长的少年更不必说。

他个子高，缩在小塑料桌边的姿势有点儿滑稽，稍稍低头，脊背微弯，束手束脚的。

说句实在话，保持这个姿势谁都不会太好看。

要不是因为还有那张比旁人强出许多的脸撑着，许愿就要同意吴梦她们在背后叽叽喳喳的内容——不过大哥估计够呛，倒是很像街头打架收工后，勾肩搭背去吃路边摊的小流氓。

但他真挺好看的。

盯着戚野专注吃包子的脸，许愿想，怪不得其他女生会那么关注他。

第二天上学后，许愿的十五岁生日过得很平淡。大家在食堂吃了顿饭，分别给她送生日礼物。

陈诺的礼物是一个等身"小"熊玩偶——从一年级拿到钢琴大赛的奖金开始，每年他都给她送一个等身熊。江潮拿出自己独家珍藏的某偶像剧女演员签名照，石小果送了一条特别漂亮的裙子。

戚野送的礼物没什么新意，依旧是一个手工制作的小熊。这回小熊被涂上了清漆，手脚比去年的更加灵活。木制小熊拧紧发条，可以独自走上很长一段路。

许愿越发茫然。

趁着"十一"收假回来，月考后，还没出成绩前，六中领导难得给学生们安排了"秋游"。

许愿凑到陈诺身旁："你说戚野在想什么呀？"

收假后一周多的时间，戚野似乎把那天晚上自己说的话忘了个干干净净，见到她没有一点儿不好意思，十分冷静，特别正常。

该说话说话，该给作业给作业，仿佛什么也没发生。

要不是生日那天下暴雨，因为没把那个装满衣服的行李箱带回来，不得不问吴梦借了件不合身的外套，被江潮捂着小腹哈哈大笑问“为什么穿罩裙”来上学，许愿几乎要怀疑，前一天躲在门后听到的对话，那碗摆在面前热气腾腾的汤面，少年咬字清晰的句子，或许只是一场发生在秋夜里的虚幻梦境。

不然他怎么一脸无事发生的样子？

“啊？哦。”陈诺有些心不在焉，看着操场上那个飞得最高最远的战马风筝，随口应道，“那你就打算一直住校？”

许愿无语：“哥！这个话题咱俩刚才说过了！”

回到宿舍当晚，她想和陈诺说在家发生的事，但他那时已经睡下，只能之后找机会。

一连找了好几天，甚至在自习课上冒着被巡查老师发现的风险，用手机偷偷给他发消息，最后只收到一句：“到学校说。”

不明白陈诺为什么一定要在学校说。但既然他坚持，许愿没说什么。

恰逢国庆收假回来，为了贯彻素质教育的方针，校领导特意找了个晴好的天气，安排刚入校的高一新生组织“秋游”——

时间：下午最后一节自习课。

地点：六中后操场。

内容：大家挤在操场上放风筝。

许愿这么一喊，陈诺回过神来：“没有，我就是觉得舅舅、舅妈太过分了。”

“我想好了，哥。”许愿轻轻摇头，“既然他们那么想，我也不会再对他们有期待。”

她声音很轻，透着一种倔强的、执拗的坚定。陈诺张了张嘴，再开口时笑着换了话题：“那你想让七爷说什么？”

“我们愿愿长大了啊。”他很少这样叫许愿，“和你哥说说，你是不是其实——”

许愿立刻瞪他，“不许那么叫我！”

“也不许说那个！”眼看陈诺唇边露出一丝稍显促狭的微笑，许愿有些恼火，“亏你还是我哥呢！怎么没个当哥哥的样子！”

“瞧你这脾气，真是……”陈诺哭笑不得，“我说我的亲妹妹，你这是不让我说话了。我可什么都没说，别瞪人了。我问你，如果七爷当时说——”

秋日太阳毒，她的小脸被晒出一层可疑的红晕：“哥，你不要胡说！”

“那不就行了？”陈诺一派坦然，“既然他没说什么，你俩和从前一样挺好。我看这两天不就是这样？不闹别扭也不生气的。不能因为他说了那样的话，你不接受，就打算和他绝交，老死不相往来吧？”

陈诺举的例子一个比一个极端，许愿一言难尽地看了他一眼：“我去放风筝了！”

早知道还不如找江潮呢！

像陈诺这种一心一意只有学习的人，跟他讲这些事，和与江潮谈论物理压轴题没什么区别。

小姑娘头也不回，一溜烟跑远。陈诺被甩在后面，轻轻笑了下，继续仰头，看那只高高飞起的战马风筝。

和陈诺说话的时候，许愿一直注意戚野和江潮的动静。两个男生围在江大少爷斥巨资购买的风筝旁，指指点点半天，中途试了几回，愣是一次也没飞起来。

江潮气得脸都红了：“不玩了！不玩了！”

“哪有这么糊弄人的！”到底有些少爷脾气，他这辈子没体验过这么磕碜的秋游，“就这还叫秋游呢？全年级学生挤在一块操场上丢不丢人啊？说出去我都替姓胡的没脸！”六中校长姓胡。

“还有这破风筝！怎么飞也飞不起来！”

江潮一把抓起那个号称“百年老字号名家手艺世代传承”的燕子风筝，就要往旁边垃圾桶里塞。

许愿连忙拦住他：“要不你去买根雪糕吃？食堂今天进了一批新雪糕，有你最喜欢的巧克力脆皮！香草味的！里面是一大块可可脂巧克力的那种！”

“那我去了。”听见有雪糕吃，江潮一秒露出笑容，“你俩先放着，我去食堂，回来给你们带雪糕啊！”

江潮走后，这里只剩下许愿、戚野，还有一只躺在地上的燕子风筝。

不过许愿并没多尴尬，因为戚野特别自然，没有任何不好意思，蹲在风筝旁大大方方地指挥她：“你按住燕子尾巴。”

许愿连忙蹲下按住风筝尾部：“这可以修吗？”

“可以。”戚野头也不抬，“就是潮儿又被骗了。这风筝是机器活，不值四五百，最多……”

因为江潮不在，戚野没顾及他可怜的自尊心：“四五十打对折都算高的。”

许愿：“……”这种事还是不要告诉江潮了。

少年手很巧，几分钟重新组合好风筝骨架，拆了几截风筝线，随手绑好：“试试？”

许愿退后几米，松开手。

一改她先前远远看到的一松手便栽跟头的窘境。撒手的瞬间，风筝猛地一抖，借着初秋有些凛冽的寒风，尾巴一转，直直冲上天空。

“真的飞起来了！”压根儿没想到这风筝还能飞，许愿又惊又喜，仰着头一边看，一边跑回少年身边，“可以高一点儿吗？高一点儿！再高一点儿！”

操场上飞起来的风筝不太多，更别说飞得又高又远。

但在戚野手里，描绘精致的燕子风筝似乎瞬间活了过来，借着尚显冷冽的秋风，抖擞羽翼，毫不费力地飞向天空，飞得很远、很高。

不一会儿的工夫，一卷风筝线全部放了出去。轻盈的燕子仍旧拉扯着线轴，不甘心被束缚，想要挣脱牢固的透明细线，飞去更高更远、没有尽头的天空。

许愿站在戚野身边，看着风筝越飞越高，在碧蓝色的天空里越飞越远，变成一个快要看不见的、灰黑色的小点，轻轻眨了眨眼睛。

“戚野。”她看着那只即将飞远的风筝，小声说，“我还是想改名字。”

那晚他说了那样的话，她明白他安慰她的心思，接受他的好意，但她还是不想要现在这个名字。等到考上大学，转走户口，即将开始新人生的时候，她一定会改名字。

许愿只是随口这么一说。

少年没低头，也没看她，继续捏着手里的线轴：“改名字？”

随即，他淡淡笑了下：“鸢鸢？”

少年的嗓音一贯发哑发沉，尾音却微微上扬，和着被风筝线捉住的风，在女孩心上轻轻一勾。

许愿的脸腾地红了。

“你——”她一时间不知所措，拼命眨了好几下眼，“你乱叫什么呢！”

“没乱叫啊。”戚野扯了下线轴，让燕子风筝飞得更高，“那你想改什么？燕燕？筝筝？”

觉得这两个名字都比较一般，他很诚实："还是'鸢鸢'好听。"

鸢鸢。

从发音来看和"愿愿"差不多，但相似的叠字从少年嘴里说出，和其他人的感觉完全不一样。

许愿脸颊更烫，既不敢看他的表情，又不想被发现自己的羞赧，只能强撑着："好、好听又怎么了？"

这话说得有点儿耍赖皮。

戚野从风筝上收回目光，低下头，身侧小姑娘"唰"一下别过脸。他看不见她面上的情绪，只能看见一段线条优美、渐渐由雪白沁出绯色的纤细脖颈。

他嘴角不禁又扬了下，不紧不慢、游刃有余地扯着线轴："'鸢鸢'寓意也挺好。"

戚野其实没打算说这个。

但十月中旬的初秋日头正好，手里的燕子风筝越飞越远、越飞越高，他听见她轻轻软软的嗓音，突然就想这么问了。

反正"鸢鸢"这名字真挺好听的，戚野想。

他就是问问，没其他意思。

心里这么想着，少年拉扯手里的线轴。反复数次，直到本就飞得很高的风筝，穿过清风、穿过云层，飞离林立丛生的楼宇、摩肩接踵的人群，在明媚灿烂的阳光里，抟风借力、扶摇而上，没入碧蓝如海、辽远无垠的天际。

然后听见小姑娘稍显羞赧，很是恼火的嗓音："哦！我知道了！"

戚野真讨厌！许愿气得要命，不等风筝放完，拿着江潮买回来的雪糕，继续跑去和陈诺聊天，不搭理当场笑出声来的少年。

这家伙绝对跟江潮学坏了！

于是，毫不知情被迁怒的江大少爷，在"秋游"结束后，难得对上了许愿从未有过的冷脸。

"不是？"他莫名其妙，"你刚吃完我买的雪糕就不给我借语文作业抄？凭什么啊？"

许愿不搭理江潮，江潮就赖在她旁边不走，最后还是夏温温看不过去，主动贡献出自己的语文卷子。

江大少爷挺挑剔："温温，你行吗？"

倒不是江潮以貌取人，只是夏温温这种黑框眼镜配木讷表情的男生，一看就是学数理化生的材料，语文估计不行。

夏温温腼腆一笑："还可以。"

江潮就高高兴兴被打发走了。

夏温温人老实，见许愿不搭理江潮，没有多问，过了一会儿，试探着开口："许愿，你认识十五班陈诺？"

许愿还在生戚野的气，满脑子都是那声饱含深意的"鸢鸢"，稀里糊涂的，直到夏温温又问了一遍，才回过神："认识，他是我哥，怎么了？"

夏温温愣了下："没怎么。"

"就是看你俩今天站在一起。"他挠头，不太好意思地笑，"我听说他成绩好像挺不错。"

许愿心不在焉，随口应了句："他成绩确实挺好的。"

似乎为了应和他们这番话，第二天，六中第一次月考成绩新鲜出炉。

郑老师给所有学生私发了分数和排名，许愿考了班级第十，年级前一百，又惴惴不安去问陈诺。这一次陈诺考得不错，班级第一，年级第二。

而年级第一也是她的熟人：夏温温。

许愿不敢相信自己身旁神情老实到近乎木讷的同桌竟然考了年级第一，总分还比陈诺高几十分。

"温温，你太深藏不露了！"

夏温温被江潮这样叫还好，被许愿这么一叫，他的脸直接憋得通红，过了半天，结结巴巴地摆手："一、一般厉害。"

"其实我英语没考好。"他是真的老实，和她解释，"放听力的时候迟到，好几道题没来得及听。"

许愿："……"对不起，学神的世界她不理解。

陈诺名次很高，许愿放下心来，又竖起耳朵，听江潮在后排冲戚野嚷嚷："说啊！你到底考了多少名！怕什么有我给你垫着呢！班里三十二？那不挺好吗！"戚野排在班级中段的位置，中规中矩，还算可以。

正这么想着，许愿脸有些红，她干吗要在意他的成绩啊！

好不容易忘记昨天那声莫名的"鸢鸢"，许愿又羞又急，正在气恼，头顶响起少年发沉发哑的嗓音："明天有没有空？"

和她手足无措的尴尬不同，戚野特别镇定："有时间到家里吃顿饭。"明天周六放假。

许愿刚要拒绝，戚野一脸坦诚道：“姑姑说的。不信你回去自己问她。”

周五不用上晚自习。

一放学，戚野坐在后排，看见前面的小姑娘跟被人撵了似的，下课铃刚响，抱着书包头也不回冲出教室。

夏温温在后面喊：“许愿！你化学卷子忘拿了！”

这一次，戚野没在意夏温温，只是看着女孩离开后空荡荡的座位，轻轻扬了下唇。

离开学校，戚野先去了趟附近的大型商超，又溜达到商超对面的菜市场，和相熟的老板约定：“明天早上我来拿条鲜鱼。”买了点儿葡萄和柑橘，往家的方向走。

戚野倒没骗许愿。

请她来家里吃饭的邀约的确是戚从云提出的。跑出去找她那天，他回去得晚，到家后，立刻被戚从云堵在门口，拿出审问犯人的架势详细盘问，知道他没做坏事，才同意让他进门。

不过认真说起来，戚从云确实对许愿很好，在听过他对她家庭情况的简单描述后，当即让他把人叫回家里吃饭。

说句实在话，光看戚从云对许愿的上心劲儿，戚野觉得她应该是许愿的亲姑姑。

戚野拎着一大堆东西，上楼开门，然后愣在当场。

他抓着两袋水果，不太腾得出手，顽强倒退回门口掩上门，看了看门牌号——没错，是戚从云家。

正因没走错，黑衣黑裤黑发黑鞋的男人出现在沙发上，才显得格外怪异。不过男人本人显然没有这个自觉，甚至还笑容满面和他打招呼：“兔崽子放学了？”

戚野沉默两秒，目光从对方黑得没有一根杂毛的头发上掠过。

“陆北南。”他冷静地问，“你有病吗？”

南哥闻言，立刻瞪起眼睛：“小兔崽子！你——”

“——怎么知道我最近身体不太舒服？”看了眼对面一脸平静的戚从云，南哥再开口时改了话头，站起来，“那我先走了，反正事儿就是这么个事儿，你心里清楚就行。”

戚从云点了点头：“嗯。”没起身送南哥。

两个大人一个比一个从容，戚野就不淡定了。

看看神色不变的自家姑姑，再看看茶几上被顺走一个柑橘的果盘，他赶在男人即将走出小区前，下楼拦住对方："你什么意思？"仗着个头差不多，甚至伸手推了把南哥。

"什么什么意思？"在戚从云面前不敢说什么，现在没人管，南哥扬手就要捉戚野，"小兔崽子，我说你现在胆儿肥了，敢和你南哥动手是吧？！"

眼前瘦削高挑的少年不是当年那个可以被直接拎起来的单薄男孩，南哥拎了两下没拎动，没好气地翻了个白眼："你是不是管得有点儿多？"以前染绿头发都不吱声，现在染回黑发哪里碍着他的眼？

"她是我姑姑！再说——"

正值放学下班的时候，小区里来来往往人很多，戚野忍着脾气，把南哥的手从自己后颈拍下去："再说我姑姑看不见！你穿什么都没用！"

"嗨，这你就不懂了。"南哥被拍了一下，没生气，整了整根本没褶皱的衬衫领子，一本正经，"衣着最能反应男人的气质！气质这种东西你懂吧？不需要看到！衣着换了、气质变了，精神面貌也就——戚野！你敢拽我两万块的衬衫！不许碰我头发！五千块做的！"

"我不管你穿什么衣服，剪什么头发。"戚野冷下脸，"离我姑姑远一点儿。

"你之前不是还被我姑姑打过？我姑姑不可能看上你的，死心吧，以后不要来了！"

戚野把南哥一路推到小区大门外，叮嘱保安下次别放人进来，在南哥"小兔崽子翅膀硬了学会欺负人了是吧"的叫骂声中，拿着从对方手里抢回来的半个柑橘回家。

前后没用多长时间。

戚野回去时，戚从云仍旧和他离开前一样，面色平静地坐在那里，慢慢给自己剥柑橘吃。

到底是晚辈，戚野不好多问，把水果放进冰箱，边放边琢磨。

南哥过来究竟有什么事？只是单纯追求的话，戚从云会这么容易让他进门吗？

第十三章
往事

第二天，许愿来得非常不情愿。

她起得早，磨磨蹭蹭，选完衣服选鞋子，选完鞋子选头绳。最后选烦了，她干脆从阳台上拿下昨天刚洗的校服，直接套在身上，梳了个最简单的马尾辫。

按门铃时，她怏怏不乐。

姑姑什么时候喊她吃饭不好，非要选这个时间！她现在一点儿也不想看到戚野，更不想被他误会！

穿校服应该还算安全，许愿安慰自己。

比起早上翻出来的那些长裙短裙连衣裙，普普通通的蓝白校服最不容易让人多想。

“来了？”戚野没对她身上的校服发表任何意见。

许愿不想搭理他，弯腰去拿拖鞋。经常过来，鞋柜里也就备上了她的拖鞋。是卡其色的小熊款，圆圆耳朵上扎着红色蝴蝶结。

差一点儿够到拖鞋，少年嗓音冷淡：“先别换，和我出去一趟，姑姑说有东西让你买。”

他指了指在沙发上听书的戚从云。

许愿三步并两步跳到戚从云身边，一大一小咬了会儿耳朵：“我知道了，姑姑，你放心吧！”

许愿依旧笑得很甜，直到关上门，“唰”一下拉下脸，飞快往旁边退了一大步，和戚野拉开距离。她躲得很急，戚野没说话，轻轻笑了下。

戚野不太爱笑。别说不爱笑，一年三百六十五天，他脸上有表情的日子不会超过一个月。正因如此，空间有限的楼梯间里，那点儿和嗓音一样低沉、有些发哑的笑声才越发明显。

痒痒的，落在耳膜上，像是落到了心口。许愿的脸莫名发烫。

不敢去看他现在是什么表情，她低头，有一下没一下玩着校服拉链。

不知道是不是因为楼梯间太静，电梯上行的声响甚至没压过拉链声，清脆的，和心跳一起清晰可闻。

“叮！”好在这时电梯终于到了这一层。

许愿逃命般躲进电梯，站在最角落，自欺欺人地背过身，试图和悬挂的广告融为一体。

不知道过了多久，听见少年稍显无奈的嗓音：“走了，待会儿还要回来做饭。”

来到空间开阔行人络绎不绝的街道上，终于不是两个人独处，被初秋有些冷冽的风一吹，许愿勉强镇定下来。

小姑娘伸手拍了拍有些滚烫的脸，戚野看到了，嘴角弯出一个弧度。

拿到新鲜鲈鱼，两个人去小区楼下的超市，帮戚从云买东西。

戚从云要卫生用品，许愿就没让戚野进去，拎着购物袋出来，看见戚野正在和超市老板说话：“这些纸箱你们还要吗？不要？那能不能给我，谢谢。”

成功从老板那里要到纸箱，戚野一手拎鱼，一手拎纸箱：“走了。”

许愿疑惑：“你怎么还在收纸箱？”

他现在和姑姑在一起住，按理不该缺钱才对啊？

女孩心思浅，所有想法全写在脸上。戚野一眼看穿，想了想没瞒她：“我不缺钱，就是……”

“这钱不是给我用的。”他面色平静，简短地解释，“是去还我妈当年在医院抢救欠下的钱。”

除了在陶淑君面前维护她那一次，戚野从来没提过任何关于母亲的事。

许愿愣在那里，不知道该怎么接这句话，好在他没打算让她接。

“我妈这个人，怎么说，一辈子没享过什么福，人也比较……”

或许是很长时间没和别人谈起过母亲，戚野停顿片刻，继续往下说：“说好听点儿是老实，说不好听有点儿傻。当年和我爸结婚，是因为两家有来往，她家欠我爷爷的情，还不上人情，觉得我爸人还可以，就嫁过来了。”

当时戚从峰没染上赌瘾，也不酗酒。刚结婚那几年，算是过了两年好日子。等到生下戚野，戚从峰便开始成天喝酒、夜不归宿。

“养小孩子花钱，我妈那时候问娘家借了不少钱。等她能出去工作了，一边带我一边慢慢还债。”

说起这些时，少年脸上神色非常平静，甚至平静得有些可怕：“那年在回娘家还债的路上，不小心出了车祸。”

货车撞大巴车，当场死亡的有十几个，戚妈妈运气好一点儿，坚持到被救护车送进医院，然后开始流水样往里扔钱。

人命有时候很贵，有时候很贱。说贵是因为一天的抢救费用，抵得上普通人家一个月的开销。戚从峰那时还算男人，咬牙卖了名下的房子，所有钱都拿来救戚妈妈。

说贱是因为，一同被送来的那几个伤者，家里人来看了一眼，便同意放弃抢救。

但一整套房子的钱扔下去，最后还是没能挽回戚妈妈。人没了，还倒欠医院十几万。

当年的主治医生心善，看父子俩浑身上下就剩套衣服，和领导沟通之后，到银行开了一个户头，允许他们慢慢偿还。

“我爸一开始还往里面打钱，后来……”想到戚从峰的行径，戚野扯了下嘴角，露出一个鲜有的冷笑，“后来就装着不知道这回事儿，全是我在还。”

那些卖炸串、卖烤红薯、打工捞鱼洗盘子得来的存款，戚野自己根本没怎么动，留下能保持最低生活限度的钱，剩下全部打给医院。

“我妈不喜欢欠人情，我也不喜欢。”秋日阳光过于刺眼，戚野飞快地眨了眨眼睛，“要是不还这笔钱，就好像……”就好像他不记得妈妈一样。

戚野其实真的不太记得妈妈的长相。辗转多年，当年拍下的老照片，甚至戚从峰的结婚证都在奔波流浪中遗失。

唯一记得的，就是女人轻轻柔柔的嗓音：“小野乖，妈妈去姥姥家还钱，回来给你买蛋糕好不好？”

一个特别稚嫩的声音说：“好！”

再见面时，他没看到妈妈的脸，只有一只从白布下露出的手。

苍白得毫无血色，和冬天的雪一样冷。

说到一半说累了，戚野把纸壳往地上一扔，直接坐在上面，抬眼看见女孩抿紧的唇，扯了扯嘴角：“我昨天算了一遍，再有两三万，就能还清了。”

还清之后，戚野再也不想欠什么东西。

如同最初拼命抗拒许愿他们的好意，欠人情最后落得的下场，他在妈妈身上看得很清楚——

如果没有欠人情，她不会嫁给戚从峰；如果没有欠人情，她不会月子没坐完便出去工作还债；如果没有欠人情，她不会在那年坐上回娘家的大巴车。

没有车祸，没有抢救。她会活下来，推开门，带着廉价的植物奶油蛋糕笑眯眯地问他：“小野，猜猜妈妈给你带了什么？”

戚野不太愿意回想这些细节，眼睛有些酸涩，他垂眸，盯着纸壳上“内有易碎品，小心轻放”的字样。

下一瞬，一只小手伸过来，不太熟练、小心翼翼地揉了揉他的头。

一下轻一下重，最后那一下因为过于慌张，离开时，甚至勾到了他的头发。有些狠，戚野轻轻“嘶”了声。

“对、对不起！”许愿顿时尴尬得要命，“我不是故意的！”

戚野笑了下：“没事，走吧。”

两个人心照不宣，谁也没提起刚才发生的事，很快回到戚从云家。

戚从云主动叫许愿来吃饭，等人进了家门，倒是不太热络，一边听着电视机里吵吵嚷嚷的综艺声，一边心不在焉继续剥柑橘。

进门时便在剥，等他们买完东西回来，果盘里的柑橘差不多被剥完了。

许愿制止她：“姑姑，别剥了，吃不完呀。”

戚从云像是没听到，又剥了一个柑橘：“你刚和我说话了？”

“是呀。”感觉戚从云情绪不太好，许愿坐到她旁边，抱着她的手臂，“你是不是有心事？”

被许愿这么抱着，戚从云脸上出现一丝罕见的怔忪，片刻后轻轻摇了摇头：“没有。”

吃过这顿饭，一个月后，发生了一件不大不小的事。

期中考试结束，陈诺发挥不稳定，从年级第二掉到年级五十多。郭老师立刻认定他在学习上分心，鹰隼般的目光扫视一圈，最后锁定石小果。

郭老师给他俩安了个早恋的名头，甚至还要请家长。

陈诺倒是还好，石小果当即不乐意，在办公室狠狠闹了一场，成功气昏了郭老师。

陈诺出示聊天记录，证明两个人之间无事发生。但到底石小果将郭老师气晕了，挨了个“停学在家一周反省”的处分。

陈诺没挨处分，只是这两天不太爱来食堂吃饭。江潮好心提议给他带饭，反而收获一句：“你自己多吃点儿就行，别瞎操心。”

初中三年，江潮被陈诺惯得无法无天，哪里听得了这种话，委屈得直想哭：“这怎么是瞎操心！合着我关心班长还关心错了！”

“没有，没有。”许愿立刻安慰他，“就郭老师那个脾气，你不怕你给我哥送饭也被她抓去写检讨？”

好不容易哄好江潮，吃完这一顿，许愿还是给陈诺带了午饭。他的身体情况摆在那里，少吃一口都不行。而她是郭老师亲自认证过的妹妹，应该不会出岔子。

江潮不乐意见陈诺，吃完饭抹嘴开溜，许愿和戚野一起去给陈诺送饭。

11月中旬，今年冷得比较早。

下过三四场雪，前几天刚下了一场大雪，地面被清扫干净，枝头仍旧压着陈旧的白，颤颤巍巍，北风吹过，细小冰晶扑面而来。

“郭老师真的很过分。”江潮不高兴，许愿也有点儿生气，“成绩起起伏伏很正常，哪有她这样惊天动地的！”还好石妈妈和许建丽都很开明，要是照陶淑君那个脾气，两个人全讨不着好。

戚野同样觉得郭老师有问题：“确实。”

郭老师发作的那天，他正好去郑老师那里送作业。听郭老师的意思，是要陈诺和石小果写检讨，周一升旗仪式在全校同学面前做检讨。

不怪石小果直接撑上去。

许愿还想再说点儿什么，刚张口，身侧吹来一阵寒风，携着枝头颤颤巍巍的雪，就要往人脸上扑。

她不由得眯了眯眼，等待即将到来的冰凉。

“走快一点儿。”然而想象中的寒冷并没有发生，少年迅速绕过她，上前一步，仗着身高优势，轻轻松松挡去萧索的北风，“再磨蹭饭要冷了。”

戚野说这话时很自然，替许愿挡风的动作也非常熟稔，没有半分不好意思。他面色平静，未流露出任何促狭的笑意。

反倒是许愿有点儿不自在，伸手摸了摸自己的耳朵。

两个人一起去十五班。

郭老师被气晕后变本加厉，中午不去食堂吃饭，坐在讲台上目光阴冷地看着班里每一个同学。容纳六十人的教室静悄悄一片，大家低头不吭声，没人说话。

许愿没搭理郭老师。

陈诺坐在最后一排靠门的位置，她直接绕到后门，把饭盒放在他桌上：“哥，吃饭！”

或许是因为前几天的那场雪，陈诺的脸白得透明：“说了多少次，不用给我带饭。”他的心情似乎不太好，微微皱眉，语气有些严厉。

郭老师在讲台上虎视眈眈，许愿不好多留：“你就吃吧！我走啦！”拉着戚野上楼。

他们刚走到三楼，还没走到七班，远远看见两个穿着制服的警察站在后门，正探头和里面的同学说些什么，郑老师站在一旁。

“哎哎哎！”瞥见走来的许愿和戚野，郑老师冲他俩招手，“警察同志，这孩子回来了！”

郑老师和警察把戚野带走，留下一众同学在班里面面相觑。

夏温温惴惴地看向许愿：“他……打架了？”还惦记着所谓校霸大哥的事。

江潮拍了把他的肩：“你别瞎想！”

“都别看都别看了！人家警察叔叔来了解情况，瞧你们一个个的！没看老郑和警察叔叔都笑着？真要逮人不早逮走了？！”

比起突然来教室找人的警察，大部分同学更关心自己今天的家庭作业，听江潮这么说，随意应和几句，纷纷作鸟兽散。

许愿没回座位，坐在戚野的位置上，听江潮压低声音：“是不是过来问他那个畜生爹？”

警察一直在跟进戚从峰的案子，顺藤摸瓜从醉鬼身上查到了不少东西，暑假时经常来找戚野，开学后倒是没怎么出现。

许愿迟疑点头：“应该……是的。”

“太好了！是不是有什么新进展！”一改吃饭时的蔫头蔫脑，江潮兴奋地拍了下桌子，动静很大，惹得不少人回头看，“没事儿没事儿，手滑了！”

等大家转过头，他和许愿咬耳朵：“这回少说能判个十几年吧？”

许愿摇头：“不知道。”

江潮激动得要命，在旁边嘀嘀咕咕自家老爹认识好几个特别牛的律师，已经开始展望戚从峰当庭被判二十年送进监狱的美好未来。

许愿听着他叽叽喳喳的声音，突然想到一个月前，去戚从云家吃饭时戚从云罕见的怔忪的神情。

应该没什么问题吧？她想。

如果中途出了什么岔子，姑姑和南哥肯定会提前告诉他们。

直到下午最后一节课，离放学还有十分钟，戚野才被郑老师送回班。

周五不用上晚自习，一下课，同学们纷纷背起书包回家。住校生同样不耐烦待在教室，吃过饭各回各的宿舍。

许愿倒是觉得在教室更有学习的感觉。

惦记着被警察叫走的戚野，她问了他具体情况，得到一句“没事，只是来核实证据”后，勉强放下心，去食堂吃饭后回班里写作业。

七班住校的学生不多，加上明天是周末，连最好学的夏温温都拿着试卷回宿舍。教室里原本不该有其他人，许愿刚走到后门，一抬眼，看到了坐在后排的少年。

教室只开了一排靠窗的灯。只见他坐在靠墙的位置，背对着她，看不见究竟什么表情。天已经黑了，瘦削的脊背大半浸在阴影里，小半被日光灯映亮。

教学楼里没几个学生，冬天的夜晚本该安安静静、静谧无声，没有任何声响。

许愿站在戚野身后，却听到一种很轻微的响动。

短暂愣怔一秒，她急急绕到他面前：“戚野！”

许愿从来没有在戚野眼中看到过这样的眼神。

还是黑漆漆的双眼、乌沉沉的虹膜，以往落不进任何光线的眼睛却莫名发亮。

并非日光灯的光芒，像是烧化的琉璃上落了雪，滚烫又冰冷。从眼底、心口冒出来，亮得让人不敢直视。

“他要付出代价。”

他双手攥紧，骨节“咯吱”作响，拿这双眼睛灼灼盯着她：“我要让他付出代价。”

戚野从警车上下来，走进调解室，看到守在一旁的南哥和戚从云时，微妙地察觉到一点儿异样。

没来得及问他俩为什么在这儿，带他来的警官出示了一个人的照片：“你认识这个人吗？”

戚野认识对方。实际上，他对照片里戴着金丝眼镜、神情温和的男人很有好感——十年前，就是对方宽容体贴地在医院领导面前说话，让父子俩不用立刻偿还高额欠账，可以一点一点慢慢给公用账户还款。

他记得医生的名字，姓“周”，连戚从峰那样的烂人，都要客客气气地叫一声“周医生”。

“你看一看，这些流水是不是这些年你给对方打的钱。”警官又把一沓厚厚的银行流水单递过来，上面用红笔圈出了戚野的账户。

从能独立赚钱开始，前前后后五六年，戚野一直坚持给医院汇款，有时几千块，有时几百块，最少的时候，五十、一百都转过。

零零碎碎的，一笔又一笔。

“是我打的钱。”他翻到最后一页，看到一笔8月份的转账，一千六百块，是初三下学期攒的奖学金。

戚野应得干脆。

调解室里，警察、南哥，甚至一向面无表情的戚从云，神情都稍显不自然。

戚野不是傻瓜，看见大人们不自在的表情，联想到之前南哥突然上门的事，再仔细回想一遍警察刚才说的话，浑身血液瞬间凝固。

“什么叫给‘对方’打钱？”头脑眩晕到极致，他听见自己分外冷静、毫不磕绊的声音，“我汇款的账户是医院专门开设的还款通道，这笔钱到不了周医生手里。”

警察沉默下来。

一贯伶牙俐齿的南哥张了张嘴，没发出任何音节。最后，戚从云轻轻敲了两下盲杖：“小野。”

在戚野面前，她从没这么叫过他，平素冷冰冰的嗓音多了一丝颤抖，需要靠深吸一口气，才能继续往下说。

“这不是医院的专用账户。”戚从云轻声道，“这是周国栋自己的私人账户。”

“戚从峰知道这不是医院的账户。”戚野声音冷静，“从汇款的第三年开始，这么多年，他一直都知道。”

不得不说，某种意义上，戚从峰是个聪明人。他察觉周国栋伪造医院账户，从欠债病人家属手里骗钱，没有直接报警，转头找上了这位看起来面慈心善很好说话的周医生。

警方彻查过戚从峰名下的所有账户，发现一年里总有另一个账户给他打上三四回钱，时间不固定，也许是春天，也许是夏天，偶尔秋冬会有汇款。

所以戚从峰虽然是个一事无成的废物，但他手上总有钱去酗酒、赌博，他把周国栋打过来的钱花得一干二净，等沦落到流落街头，再打电话问对方要钱。

前前后后小几十万，全都是周国栋从病人家属手里骗来的欠款。里面也许有相当一部分就是戚野冬天卖烤红薯、夏天卖炸串、春秋两季洗盘子洗到满手开裂流血，才攒起来的血汗钱。

更多的那些，可能是上了年纪腿脚不便的老人颤颤巍巍捡废品、背着小孩儿的妈妈在天桥上卖鞋垫、再也见不到爸爸的小朋友靠卖花生卖土豆，一分一角、一块一块存起来的钱。

许愿没想过会是这种情况。

她愣在原地，整个人都是蒙的。她呆了好半天，哭着去拉他的手："你不要这样，戚野。你松手，松手好不好？"

"警察叔叔会把他们抓起来的！"她碰到他因用力过度而血管毕现的手，"你不要乱来！快松手！"

或许是因为坐在靠门的位置，窗边暖气热度传不过来，楼道里冷风倒是很容易吹进。冬季寒风萧索，少年手摸起来非常凉，冷冰冰的，比窗外逐渐细密的雪片还要寒冷。

"啪！"

许愿手背上蓦然一热。

戚野向来不爱哭。有限的十六年生命里，长大以后，只有在医院那晚，当着戚从云的面，他死死咬着唇，尽力克制从喉咙里发出来的声音。

此刻一张口，成串成串的泪水就往下掉，咽喉像被人用力掐住，发出难以抑制的"嗬嗬"的响动。

"许愿！"空荡荡的教室里，他近乎嘶吼地喊她的名字，"他们拿我妈妈当幌子！用我妈去骗其他人！"

周国栋同样很聪明，知道专用账户长时间未收到款项会惹人怀疑，每年除了给戚从峰打钱，也会将一部分收到的还款打进专用账户。

偶尔被怀疑，他便伙同戚从峰一起拿戚妈妈当借口，蒙骗其他有顾虑的同事或者病人家属。

——"你瞧，老戚他妻子去世这么多年，一直老老实实给咱们医院打钱。所以我们都放心，这世界上总归还是好人多。"

——“李主任，最近还款情况不太乐观。不过你看有人在还，这个老戚，就十年前他老婆出车祸送来的那个，现在每个月都老老实实地在打钱！”

戚野不能接受这个事实。他可以接受自己辛苦打工赚来的钱，被戚从峰骗走花掉；接受每次提出汇款时，醉鬼微妙含笑充满深意的表情；甚至能接受对方曾经把他打晕过去，连口袋里最后几张十块五块的纸币都搜刮一空。

唯独不能接受妈妈被拿去骗人。

“她一辈子从来没欠过谁！更别说骗人！”情绪过于激烈，戚野几乎感受不到手上的疼痛，“戚从峰凭什么活着！他不配活着！我一定要让他付出代价！”

手再次攥紧，心口一阵又一阵麻木的钝痛中，戚野听见女孩“哇”一下哭出了声。

先前还是默默流泪，如今，她比上次从家里逃走时哭得更加狼狈，是一种撕心裂肺、近乎绝望的崩溃哭声。

“你骗人！戚野！你骗人！”是真的崩溃，许愿感觉自己的声音从胸腔里挤出来，痛得要命，仿佛要挤断肋骨，“你以前不是这么说的！”

在那个初秋的夜，麻辣烫摊的小塑料桌旁，他拿那双隐匿夜空的眼睛看着她，一字一句地向她承诺过。

“等我们长大以后，绝对不要变成他们那样的大人。”

如果他那样做了，和高高举起铁凳的戚从峰又有什么区别？

她不要他变成那种讨厌的大人，一辈子都不要。

“你答应过我。”不知道该怎么劝戚野，她只能死死盯住他，“戚野，你答应过我的。”

冷冽雪夜里，昏暗的教室中，两双通红的眼睛静静对视。

过了很久很久，少年抬起完好无损的左手，轻轻碰上她的脸颊。

“我答应你。”

女孩泪水落在掌心，他轻声说：“许愿，我答应你。”

第十四章 哥哥没保护好你

戚从峰的一审安排在期末考试后，春节假期前。

戚野没去旁听。一来不想看见戚从峰那张脸，再者，尽管对许愿做出过承诺，但很难说公诉方陈列犯罪事实时，他会不会忍不住自己的火气，冲上去揍戚从峰一顿。已经答应过她，他不想做那个失信的人。

所以最后参加开庭的人只有戚从云和南哥。

鬼知道这男人究竟是怎么混进去的，总之，陆北南同志不但成功旁听了庭审，甚至在除夕上午包饺子时，仍旧津津乐道："你是没看见法官宣布判决时你爹那个脸啊！"

南哥语气之生动、表情之丰富，让戚野总觉得这家伙就算以后做生意失败，也可以凭借远超常人的出色口才，在过街天桥上混口饭吃："要不是旁边有法警看着，我估计他能当场上去抱着人家法官的大腿哭！

"但哭有用吗？要我说十七年都算轻的！小兔崽子你放心，十七年后但凡你南哥我还有口气在！你那爹前脚从监狱里头出来，我后脚就——"

餐桌另一端，戚从云冷冷"看"了过来。

南哥立刻低头做乖宝宝状，老老实实地捏起手上的饺子，顺便指点许愿："你馅儿放得太多了，这不行！待会儿下锅一煮全散了！"

许愿本来就不会包饺子，被南哥这么一说，她有点儿着急，手上力度大了些，才裹进去的馅儿从破皮处争先恐后冒出来。

"叔叔！"男人在对面笑得见牙不见眼，许愿无奈，"你能不能别笑了？”

于是南哥又被瞪了一眼，这回是他们老戚家那个小的。

南哥有心瞪回去，琢磨几秒，感觉自己得罪不起未来的大侄子，讪讪一笑：“好啦好啦，我不笑了。”端着自己调的馅料，跑到戚从云那边献殷勤。

戚野从杂物室里找到一张特别长的组装餐桌。眼下南哥这么一跑，餐桌这端，只剩下他和许愿两个人。

戚野抬眼扫了下许愿手里的破饺子：“中午在这儿吃饭不要紧？”

“下午回去就行，年夜饭定在晚上，下午回去来得及。”一年一度的除夕，该走的流程还是得走。

许愿这么说着，成功又按破一个饺子。她叹了口气，犹豫是拆开重包，还是破罐子破摔随便粘块面上去糊弄一下。

没想好到底选择哪一种，一双手伸过来。

少年个子高，手也比她大很多。这么一伸，轻轻松松包住她手里的饺子以及她沾满面粉的手。

许愿整个人僵住。

南哥和戚从云在餐桌另一端，戚从云还好说，南哥稍一偏头，便能看见他们这边在做什么。

但戚野很自然，没有半点儿不好意思，仿佛真的只是在教她怎么包饺子。那双带着陈年旧疤，伤痕累累的手托住她的手背。

停顿两秒，他抓上她的手指：“像这样托住饺子，再对折，捏饺子皮的时候不要太用劲……”

少年修长指节一贯偏冷，冰凉冰凉的，轻轻摆弄她的指尖。或许是因为屋内暖气烧得太热，许愿的脸顿时烧起来，想要抽回手又害怕动作太大被南哥发现，僵在原地不动。

她低着头，垂下眼，看着他带着她，慢慢拆掉手里的饺子，再慢慢捏褶。

餐桌很长，但并没有很宽。

电视开着，在热热闹闹的背景音里，她听见自己越来越快、越来越重的心跳声。

好在包一个饺子要不了多长时间。元宝状的白胖饺子逐渐成形，捏好最后一个褶的同时，头顶传来一声轻笑。

和前几回的笑声一样，很轻、很淡，透着点儿若有似无的揶揄。

戚野其实没意识到自己在笑。

直到始终垂头不语的女孩“唰”一下抬起头，差点儿撞上他的下颌，她一张小脸憋得通红，又气又羞地瞪他。他才用力压了压嘴角：“这样包就好了。”

戚野一点儿都不担心被许愿瞪，说完，他很自然地把手伸向她那边的馅料：“我来帮你。”

许愿有苦说不出，又瞪了戚野一眼，红着脸，按着他刚才教的办法继续包饺子。

戚野包得快，南哥同样不弱。一大一小基本承包了所有的馅料和饺子皮，忙活到中午总算包完。

南哥除了包饺子，还自告奋勇下厨。令许愿吃惊的是，他厨艺竟然很好，甚至比戚野强出一大截。一个人做五六道菜完全不嫌累，甚至在中途游刃有余、见缝插针地烤了份戚风蛋糕。

“怎么了？居家型好男人会做菜不是必备？”对上两个小孩儿匪夷所思的视线，南哥毫不谦虚，“来来来，都尝尝我烤的蛋糕！”

嘴上这么说，拿锯齿刀切完蛋糕，他压根儿没搭理许愿和戚野，笑容满面地捧了一份到戚从云面前：“那什么，你尝尝，知道你不喜欢甜的，糖加得不多。”

许愿转头看见戚野阴沉到能滴水的脸，她伸手轻轻拽了下他，说：“过年呢。”

被许愿拦着，戚野没上前和南哥理论，狠狠剜了对方几眼，把煮好的饺子一个个捞出来。

许愿看着戚野给其他人盛好饺子，又拿起他自己的碗，将锅里剩下那些奇形怪状、开口破皮的饺子一一捞起。

不用说，这肯定全是她包的。

她有些不好意思，把碗递过去：“那什么……你别一个人吃。”饺子包得太烂，好尴尬！

“他不一个人吃还有谁能吃？”南哥正背对他们坐在戚从云旁边询问蛋糕口味如何，活像背后长了眼睛，“那饺子盛给我我也不敢吃啊，怕不是要被拿擀面杖撵出三里地！”

南哥说得特别直接，许愿好不容易退烧的脸，又开始发热发烫。

吃过午饭，收拾完东西，天色肉眼可见地黑了下来。

冬天天黑得早，南哥开车送许愿去北南，出门时尚有一丝天光。等到车开到北南大门口，风雪渐密，天空乌沉沉的。

“那是你哥吧？”南哥眼尖，一眼看见等在门前的人，“今天这儿不好停车，我不开过去了啊。”

“哥，你怎么站在外面？”生怕陈诺冷着，一进大厅，许愿首先观察他的脸色，“今天还下雪，天气多冷呀！”

上了高中，陈诺又开始经常请假，特别是在石小果和郭老师闹过一次之后，一个月总有一半时间在家休息。

方才在北南门口，被红灯笼照着，他看起来还算好，现在进了大厅，一张脸比屋外飞雪还白，毫无血色，仿佛下一秒就要晕倒。

陈诺轻描淡写：“包厢太闷，出来透透气。”

“今天过年过好了？”他笑，“我不给你打电话，是不是都不想回来？”

“谁想回来呀！”许愿大大方方地承认。

上一回在北南聚餐还是初二那年。下半年就是高二，许愿仍旧很不喜欢这种家庭聚餐的场合。

特别这个除夕，她在戚从云家过得非常好，不用看大人的脸色，不必时刻紧张挨骂，考多少名都不会被揪着耳朵挨训、一把推出门外。

何况这次期末考试，许愿考得很不错，不知道是不是沾了夏温温的学神气息，竟然考了全班第三，年级前十。

这样的名次，即使是陶淑君也无法刻薄人，更别说一向待她很好的戚从云和压根儿不清楚学校大门往哪边开的南哥。

想到这里，许愿抬头，看了眼陈诺。

察觉到她的视线，他低头看她：“怎么了？”

许愿摇头：“没什么。”

她考得很好，陈诺这回却出乎意料，再一次发挥得比江潮差。

而且和中考时不同，中考成绩是江大少爷十年学习生涯中的高光，进入六中压力大，郑老师又不太爱管学生。抱着大不了回家继承家业的想法，他次次排名垫底，这次期末同样不例外。

也就是说，短短一学期。第一次月考，陈诺名次还在成绩册的第一页。待到期末考试，他竟然和江潮一起出现在倒数第一页上。

许久不用的四人小群重新炸锅。连戚野都悄悄问许愿，陈诺究竟出了什么状况才会成绩一落千丈。

许愿还是不太会掩藏情绪，眼神躲躲闪闪。

陈诺没指出来，微微一笑：“那走吧，舅舅、舅妈已经到了。”

“今天你多吃饭就行。”去往包厢的路上，他叮嘱她，“最多今天回家住一晚，明天要是想回学校，他们应该不会拦你。”

进了包厢，许愿才明白陈诺为什么这么说。

搬去学校后，她再也没有见过陶淑君。那次躲在次卧里的偷听，只是听到对方说话的声音。

和记忆中的模样完全不同，他们进门时，陶淑君正用手扶着腰，满脸笑容。许建达对陈涵说：“这几个菜去掉吧，淑君最近孕期反应比较严重，加两个她能吃的菜。”

许建丽笑得有点儿勉强，听见开门声，连忙冲许愿招手：“来了？过来和姑姑坐吧。”

许愿朝许建丽那边走去，路过陶淑君，忍不住扫了一眼她凸起的腹部，触电般收回视线。

其实陶淑君现在的样子不可怕。

已经到了孕中后期，是最寻常的准妈妈模样。她脸上长了一点儿斑，嘴角挂着柔和的笑，因为肚子里揣了个小孩儿，整个人温柔下来，散发出一种母性的光辉。

但许愿还是头皮发麻。

她从未见过陶淑君如此温柔的表情，走到许建丽那边，挑了个离陶淑君最远的位置，离对方远远的。

陶淑君罕见地没生气，甚至招呼陈诺：“那你和你妹妹坐。”

陈诺笑了下，没说什么，坐在许愿身侧，一旁是许建丽。

今天是除夕。

有陶淑君肚子里的宝宝做话题，上菜后，气氛慢慢变得活跃。

陶淑君舍得面子，主动以茶代酒，起身给许建丽道歉。许建丽不好再说什么：“嫂子，客气了，都是一家人。”

一杯酒下肚，两家大人恢复以往的热络。许建达、陈涵边吃菜边说话，陶淑君、许建丽低头说起育儿经。

许愿中午吃得多，最后那块戚风蛋糕还没消化完，她一点儿不饿，对上陶淑君和许建达喜气洋洋的脸，更是毫无胃口。等到服务生新上了一轮甜品，她终于对一道水果拼盘起了兴趣。

许愿伸手去拿。

“啪！”一道清脆的响声。

许愿对这种声音再熟悉不过。

听见筷子和皮肉相接，发出的重重击打声，她条件反射一缩手，但在把手缩回来后，心里那种条件反射的瑟缩与害怕，在下一瞬变成了不甘和怒火。

凭什么呀?

今天是除夕，她没有招惹陶淑君，期末考试考得也很好。陶淑君凭什么还拿筷子抽她?

就因为她不是陶淑君、许建达希望的男孩，不是对方现在肚子里揣的金疙瘩，就可以毫无顾忌地迁怒吗?

没打算忍下去，她张口要说话。

"考这么点儿分数你好意思吃甜品?"一道女声从身侧突兀地响起，听上去十分愤怒。

"说了多少次不许吃不许吃，你当成耳边风！上课是不是也这样天天不听讲，所以才考这么差?"

许愿顿时有些恍惚。光听内容，这绝对是陶淑君训斥她的话。

这些刺耳的言论，许愿已经听习惯了，时隔多年再次听到，比起害怕，内心更多的是麻木。

但此刻坐在座位上，明明面前是暖融融、正在翻滚的火锅，她却像是坐在零下几十度、漫天飞雪的室外，血液和关节一同凝固，僵硬偏头时，听见骨骼"咯吱咯吱"摩擦的响声。

许愿僵着脖颈，一点一点地扭头，难以置信地看过去。

陈诺的手还停在半空中，因为常年身体不好，很少运动、不晒太阳，他肤色比她更白，方才挨了那重重一筷子，瞬间现出一道醒目的红印。

刺眼的，丑陋的，在火锅袅袅升起的白雾里，死死攀附在少年苍白手背上。如同亮出獠牙的吐信毒蛇，剧毒又恶心。

他保持着那个姿势，没有动。直到察觉到她的视线，他稍稍偏头，嘴角上扬，冲她露出一个温和的、若无其事的微笑。

陈诺笑得很温柔。

许建丽的火气在看到他脸上的笑容后越发高涨："你笑什么?你还有脸笑?考成那个样子怎么好意思笑?"

"要不说还是生个小棉袄贴心呢！"一改往日许愿印象中爽利可亲的模样，许建丽隔着一张圆桌，和陶淑君皱眉抱怨，"男孩子长大了一点儿不省心！你训他他就和没听到一样！一天天愁死人了！"

陶淑君有点儿尴尬："怎么了这是?陈诺这孩子不是挺好的?"没关注许愿的成绩，她也不清楚陈诺考多少分。

"好?考这点儿分数叫什么好呀！嫂子你不知道，他从中考开始成绩一落千丈！我和他爸在家盯了他两个月，好不容易开学考得正常些，这次考试名次又下滑了！”

她又看向陈诺：“和你舅妈说说，你这次期末考了年级多少名？”

听到这句话，许愿浑身的血都凉了。

有那么一瞬，她仿佛回到初二那年。同样是冬天，同样在北南，甚至同样是这个有大落地窗的包厢。热气腾腾、咕嘟冒泡的火锅蒸汽里，眼下发生的对话，和当初几乎一模一样。

只不过被围攻批判的对象，从她变成了陈诺。

或许是蒸汽太盛，缕缕白雾中，许建丽的面孔渐渐扭曲成陶淑君的脸：“你不好意思说？那嫂子我和你说，他这回考了他们班垫底，年级倒数！我和他爸的面子都被他丢光了！

“真不知道是怎么学的，高中和初中差别很大吗？不求他次次都拿第一，稳定在年级前十总没问题吧？现在倒好，我看再多考几次，他可以稳定在年级后十了！”

许建丽非常真情实感，越说越伤心，说到最后自己哭出声：“陈诺，你究竟怎么回事？我这么多年不出去工作就是为了照顾你，现在你考成这个样子。不说别人，你对得起我吗？”

许建丽这么一哭，场面顿时混乱起来。

陈涵起身给她擦眼泪：“行了，大过年的，哭什么。”

一向需要别人找补的陶淑君，竟然主动承包起打圆场的工作：“陈诺，快给你妈妈道个歉。她每天给你做饭收拾房间多辛苦！下次一定好好考，别让你妈妈难过啊。”

在许建丽的哭声和陶淑君的劝慰中，陈诺始终保持从容微笑，柔和的、标准的，属于别人家小孩儿、完美优等生的，挑不出任何一丝错漏的笑容。

最后，陈诺到底没有对许建丽道歉。

因为一片兵荒马乱之际，在服务生推门上菜时，许愿直接吐了出来。

不是形容，是真吐。

许愿的本意是想像当年陈诺回护她一样，为他解释几句，然而一张口，不知道是因为端进来的鲜鱼段太腥，还是许建丽哭天抢地的哭喊太刺耳，又或者中午吃了太多饺子和蛋糕。

总之，她根本无法忍住那种作呕的感觉，转头吐了过来安慰许建丽的陈涵一裤腿。

陈诺径自笑出了声，比起一贯温和有礼的笑意，多了一丝江潮才会有的幸灾乐祸：“舅妈，我带妹妹去卫生间。”

他领着许愿去卫生间，又问服务生要了清洁用品，回包厢打扫一地狼藉。洗过手，他又去前台拿了热毛巾和口香糖。他等在卫生间外，见她一出来便笑：“拜托，你至于吗？”

“要不是知道你不是这个性子。”他真心觉得非常好笑，笑得直不起身，边笑边擦眼睛，“我都要怀疑你是故意的！这也太坏了！我爸脸都绿了！”

许愿完全笑不出来，接过热毛巾擦嘴，嚼着薄荷味的口香糖，依旧隐隐有种想吐的冲动。

胃里已经没有东西，她白着脸，把陈诺拉去一旁：“哥！这是怎么回事？”

“嗯？”比起许愿的震惊，陈诺显得非常无所谓，“什么怎么回事？”

不敢相信许建丽会说出那种话，许愿现在整个人都是蒙的：“就刚才姑姑说的那些话啊！

姑姑是怎么了？更年期？心情不好？精神压力太大？”

她甚至觉得许建丽是疯了，才会像陶淑君指责她那样，当众讨伐陈诺。

陈诺漫不经心地应了声：“还好吧，他俩不一直是那样？”

“骗人！姑姑以前才不会那样！她以前很疼你的！”许愿反驳得很快，陈诺淡淡笑了下。

与一向温和的微笑、先前稍显幸灾乐祸的笑容，以及许愿曾经见过的那种满不在乎、吊儿郎当的笑意不同，现在他唇边的弧度有些冷，甚至有几分罕见的刻薄。

“你犯什么傻？嗯？”他抬手敲了敲她的脑壳，“你自己不都说了，他们疼的是以前的我？”

许愿不明白陈诺的意思，拿着渐渐冷掉的热毛巾，抬头蒙蒙地看他。

对上她茫然的眼神，陈诺无奈：“还不明白？”

“他们喜欢的那个——”他半蹲下来，看着她的眼睛，“是拿年级第一的陈诺，不是我，懂了吗？”

接下来的两周假期，许愿脑海里始终循环这一句，就连半夜做噩梦惊醒，也总会看见陈诺温和地对她笑：“我不是你哥，那个考年级第一的才是。”

于是，她尖叫着醒来，把吴梦吓个半死：“我的天！大晚上别乱号行不行！”明天是开学日，剩下两个舍友还没回来。

许愿出了一身冷汗，小声对吴梦说了句“对不起”，拿起放在枕边的手机，点开 QQ，找到熟悉的仓鼠头像。

“哥，你在吗？”

“你今天有没有空，我们出来吃个饭？”

“马上要开学了，你假期作业可不可以借我？”

明明显示手机在线。这两周她一连发了很多消息，可陈诺一条都没回。

那天回包厢后，许建丽没再针对陈诺。大人们统一默契地跳过这个话题，开始热热闹闹讨论陶淑君肚子里的宝宝。气氛和睦，仿佛先前的数落从未发生过。

许愿对这个场面同样很熟悉。正因如此，才越发让人恐惧害怕。

然而，陈诺不回她的消息。

或许是因为期末没考好，被没收手机。除夕过后的半个寒假，陈诺不但没回她的消息，在小群里也安安静静。

有那么几次，许愿甚至想直接去陈诺家问个究竟。但想到许建丽除夕夜扭曲的脸，她又踟蹰难以上前。

等明天吧。

把手机塞回枕头下，许愿深吸一口气。等到明天开学，见到陈诺，她就可以问个清楚。

许愿想得很好。但开学那天，她没找到陈诺，接下来一周，同样没见到对方的身影。

中午午休时分，戚野去了趟十五班，回来和许愿转述：“他同桌说他今天还是请假。好像跟他们班班主任一连请了一周病假。”

如今是初春，乍暖还寒。以陈诺的身体，换季时节请上一周假挺正常。

“有没有可能是他成绩下滑太厉害，你姑姑精神上受不了？”戚野见过许建丽，感觉对方不太像是能说出那种话的人，“她是全职太太吧？没工作没交际，生活重心全压你哥身上，比较容易崩溃。”

许愿一开始也这么想。

但陈诺那句“他们喜欢的，是年级第一的我”说得太笃定，像是在陈述数学公式，不容任何质疑。

许愿心里怎么琢磨怎么不对，小声说：“我还是想去找一下我哥，明天你陪我去好不好？”

戚野点头："行。"

两个人正在商量，前门探进来一颗脑袋："许愿，我们班班主任找你！"

脑袋的主人许愿认识，是陈诺在十五班的同桌邹鸣鸣。

郭老师作风严厉，完全不许男女同学混坐，一对对排下来，最后剩下一男一女，干脆再搬来一张桌子。宁可让他们独自坐，也绝不允许当同桌。

"你们班主任找我干什么？"许愿对郭老师毫无好感，"我又不是你们班学生，她难道要管我和谁坐同桌？"

她说话带了火，邹鸣鸣脸色一变再变："嘘！小声点儿！"

"我不知道她找你干吗！"去办公室的路上，他悄悄和她说，"但我刚在办公室看见陈诺了！"

许愿一愣："啊？"这和戚野刚回来说的不一样啊。

"我也不清楚怎么回事儿！"眼见快到办公室，邹鸣鸣加快语速，"不过我进去的时候，看你哥手里抱着个熊，我估计郭老师以为这是送石小果的？反正你待会儿长点儿心，千万别让她误会陈诺和石小果有什么！"

许愿原本提心吊胆，听到这里放心几分："你确定是熊？"

"是熊！老大一只了！比你还高点儿！"

两个人正在嘀嘀咕咕，走廊尽头，郭老师"唰"一下打开门，鹰隼般的目光射过来。

邹鸣鸣立刻弹开好几米："人我带来了，郭老师再见！"不敢和许愿道别，直接跑远了。

许愿极其看不上郭老师，淡淡说了句"老师好"，走进办公室，一进门，便看到站在墙边的陈诺，还有他身旁的超大号玩具熊。

玩具熊真的很高，非常大一只，靠在墙上超过少年穿着蓝白校服的肩头。

见她进来，他俏皮地冲她挤了下眼睛，顺势摇摇熊熊的手。他面色从容，似乎一点儿不害怕即将到来的疾风骤雨。

熊熊胳膊一晃一晃，许愿有点儿想笑。

当着郭老师的面，她不好笑出声，只能用眼神示意：不到我生日，随便买什么熊？这下可好，被郭老师误会，还得让我专门跑一趟解释。

许愿正这么想着，目光自陈诺身上的蓝白校服划过，不由得一顿。

不对，陈诺今天不是请假了？

既然请了病假，为什么会突然跑去给她买玩具熊？又为什么会穿着校服出现在这里，让郭老师特地派人找她一趟？

短短一瞬间，许愿脑海里闪过很多念头，最后想起初中某一天。

似乎是陈诺叮嘱她关好门窗那回。他同样请了病假，同样穿着蓝白校服。他没有让她把作业送到家里，而是约在小区对面的奶茶店见面。

那一次他甚至背着书包，声称只是下楼透气，顺便买几本自己需要的教辅资料。

许愿眨了眨眼，视线沿着少年肩颈，一点点艰难下滑，看见黑色的书包背带，脑海里顿时"轰"的一声。

与此同时，办公室里响起手机提示音，郭老师扫了眼屏幕，脸色阴沉下来。

"陈诺！"她将手机往桌上重重一磕，"你妈说她没给你请假，那是谁跟我发的消息？给你请了一周的假？"

几步开外，陈诺依然是一贯温和淡然、若无其事的表情，直到郭老师气得拍了把桌子，这才抬眼轻轻笑了下："还能是谁发的？"

说这话时，他脸上又露出许愿曾经见过的，那种毫不在乎很无所谓的笑容。

"没什么可说的。"陈诺一边笑，一边说，"我就是逃学了呗。"

陈诺语气云淡风轻，仿佛只是在讨论一道再简单不过的数学题，特别平静、特别自然，淡定中透出一点儿不以为然的挑衅。

郭老师顿时怒发冲冠："你这是什么语气？你这么熟练，不是第一回逃学吧？"当即拿起手机，"疯了！真是疯了！六中怎么会收你这样的学生！喂，刘主任？我们班有个常年逃学的学生，麻烦你过来看一下！我绝对不允许他继续留在我们班，按咱们校规，是不是得开除？"

郭老师把"开除"二字咬得特别重。

许愿一个激灵，刚张了张嘴，陈诺看过来。

他面上笑意尚未褪去，眼神很冷，比戚野从前的眸色还要冷漠，没有任何感情，淡淡往这边一扫，严厉而冰凉。

许愿求情的话被直接噎回去。

她想不通陈诺为什么会逃学，更不敢琢磨他究竟偷偷请了多少次假，整个人目瞪口呆，愣愣站在一旁。

郭老师给教务主任打完电话后，又联系许建丽："陈诺妈妈，事情非常严重，你最好现在立刻到学校来！我们学校绝对不姑息任何违反校规校纪的行为！”

不能叫许建丽来！

许愿还未上前阻止，郭老师已经快言快语打完电话，目光一转，开始审问陈诺：“说！你上学期请假是不是也是伪造的？你到底逃了多少次学！你这种学生到底怎么进的六中！你配吗？待会儿刘主任来，就算不开除你，你也必须滚出我们班！”

从未想到有一天陈诺会被这样劈头盖脸训斥，许愿白着脸站在一旁，那种恶心欲呕的感觉又开始在胃里翻滚。

好在教务主任很快赶来。

“郭老师，冷静些，有话好好说。”刘主任先制止已经开始骂陈诺影响班级氛围的郭老师，又转头看陈诺，“你家长什么时候过来？”

陈诺微微一笑：“在路上。”

他笑容温和、语气自然，表现得完全不像一个逃学被抓的学生，甚至有空关心许愿：“脸怎么白成这样？”

顶着郭老师快要喷火的视线，陈诺给许愿倒了一杯水：“要不要先回班？”

许愿哪有那个心思喝水。当着两个老师的面，无法和陈诺说话，她死死捏住纸杯，努力用混沌不堪的大脑拼命思考，待会儿许建丽来了，该怎么替陈诺开脱。

纸杯渐渐变形，温热的水捏在手里，很快淌下，在地上聚成一个小小的、极不显眼的圆。

最后一点儿水滴答滴答坠落，郭老师眼睛蓦然一亮：“陈诺家长！”

许愿勉强拼凑出了宽慰许建丽的语句，她把纸杯捏成一团，抬眼往办公室门口望去，神色骤然一松。

走过来的并非许建丽，而是陈涵。

虽然无法改变陈诺逃学的事实，但陈涵人如其名，性格温和脾气很好。除夕夜那晚他没有跟着许建丽责骂陈诺，今天想必也能认真沟通。

许愿正这么想着。

陈涵站在门边，先对刘主任和郭老师客气点头，而后上前一步。

“啪！”

熟悉的清脆的响声。

比筷子击打在手背上的声音更大、更响、更骇人。

陈涵脸上挂着礼貌的微笑，当着办公室里两个老师以及许愿，还有门外探头探脑凑热闹的学生的面，毫不客气重重甩了陈诺一耳光。

自那个初春下午过后，直到陶淑君进医院分娩，许愿没有再单独见过陈诺。

从第二天开始，无论上学还是放学，甚至中午吃饭，许建丽都尽职尽责守在陈诺身边——开车送他上学，开车带他回家，就连午饭也送到教室盯着他吃完。

不知道陈涵那天跟刘主任、郭老师说了什么，总之，陈诺并未被开除。

但没落得什么好下场——郭老师把邹鸣鸣调去和另一个男生坐同桌，让陈诺一个人孤零零坐在教室最后排。

有几次，许愿趁着课间想去找陈诺，到了门口，却被郭老师拦下："你回去吧，别影响陈诺，也别影响我们班其他学生。"

那个超大号玩具熊最后被许愿抱回宿舍，所以在郭老师心中，她也是陈诺逃学的诱因之一。

中午见不到陈诺，课间没办法找人，手机更联系不上，她只能通过石小果，简单了解陈诺的情况。

连续一周，石小果眼睛通红一片："他那是什么父亲！脸上巴掌印现在还没消！不就是有几天没上课，至于下手那么重吗？"伸手擦了下眼睛，又骂郭老师，"郭老师真是，多大年纪了还搞孤立那一套？以为我们是小学生？"

郭老师不但不让许愿找陈诺，甚至在班里，也不允许其他学生和他说话。

石小果自然不在乎，邹鸣鸣还好说，剩下的学生被驯化惯了，和陈诺也没什么交情，老老实实地听郭老师的话。

许愿心都凉了。

整整一个月的时间里，她试着和戚野一起在周末去找陈诺。可无论怎么用力敲门，直到引来邻居找物业保安，始终没有人来开门。

有几次拨打许建丽的电话，一门之隔，明明听见手机铃声，下一瞬，便被直接挂断。

许愿不知道许建丽和陈涵想做什么，最后不得不去找许建达帮忙："爸爸，姑姑为什么不让我见哥哥？"

却得到一句心不在焉、风马牛不相及的话："你妈现在在医院，今天估计能把弟弟生出来，晚自习请个假，过来一起守着。"

"陈诺应该会来。"知道自己这么说不像话，许建达找补一句，"我和你姑姑说说，让他出来透口气。”

许愿完全不相信许建达，但她真的非常想见陈诺，于是和班主任请了假，一下课，飞快跑到十五班门口，正好撞上来接陈诺的许建丽。

“姑姑！我妈要生了！”许愿从未想过，有一天她会如此期待陶淑君肚子里的宝宝，“我爸说让我哥也去医院！”

许建丽非常不情愿。

不过到底许建达打了电话，她没说什么，开车把两个孩子送到医院，没留下等陶淑君，自己先行回家。

分娩室不允许家属进入，许建达、陈涵守在外面，许愿把陈诺拉到一旁：“哥！”刚叫了声，眼睛直接红了。

短短一个月的时间，陈诺瘦了一大圈。本来就瘦削，如今，蓝白校服罩在身上，他整个人像是一张薄薄的纸片，没有厚度、轻飘飘的，脸色白得送去病房都不违和。

“怎么了？”他说话语气依旧很温柔，“好好的哭什么？舅妈要生弟弟，你不开心啦？”

他一点儿不在意自己，反过来安慰她：“没事，下学期该读高二了。再忍两年，考上大学就好了。”他从衣兜里翻出纸巾给许愿擦眼泪。

许愿根本不介意陶淑君生的是弟弟还是妹妹，胡乱擦了下眼睛：“哥，你和我说实话，姑父是不是以前就对你很不好？”

直到陈涵重重甩了陈诺一耳光，许愿才惊觉。在陈诺家住的那一年，无论在饭桌上，还是私下里，陈诺对陈涵的态度始终特别客气，异常生疏。

和江潮提起江爸爸时的熟稔完全不同，他连她元旦出去玩的建议都不敢自作主张，模棱两可应付，等到陈涵点头答应，才从容应下。

这不是一个孩子对父亲的正常态度。

陈诺闻言，淡淡笑了下：“别哭了，待会儿眼睛哭肿了不好看。”

“哥，你也来住校好不好？”

他刻意避开这个话题，许愿更难过：“或者你还可以住到戚野他们家，我问过戚姑姑了，她同意的！你要是愿意，今天晚上直接搬过去，什么都不用带！”

陈诺一听便笑：“说什么傻话？”

“先关心关心你自己。”他抽出一张纸巾帮她擦眼泪，“生个妹妹还好，要是多了个弟弟，以后你日子该难过了。”

许愿不肯让他碰："我没有什么弟弟妹妹！我只有一个哥哥！"顾不上会被许建达听见，她倔强别过头，"剩下的我都不认！"

"行行行。"小姑娘反驳得激烈，陈诺哭笑不得，"你只有一个哥哥，我只有一个妹妹，好不好？"

他捏着纸巾，强行给许愿擦脸："其实我现在过得还行，没你想的那么糟糕。"

"等下周月考就好了。"他把她的小花脸擦干净，和她保证，"这次月考完，一切就正常了。"

许愿不明白陈诺的意思："为什么呀？"

"你是说——"她愣怔片刻，骤然一惊，"哥，你你你——"

"嘘。"陈诺比了个噤声的手势，"你真以为我只有考垫底的水平？虽然你哥确实逃学，但好歹还是看过课本的。"

"那你为什么——"

"好奇嘛。"陈诺笑容更盛，"我就想看看，他们到底是爱我这个人，还是爱我的成绩。"

许愿不可思议。

"你真是疯了！"她咬着牙，狠狠拍了把他的手臂，"这有什么可好奇的！他们是你亲爸亲妈！"

陈诺很无所谓："那又怎么样？舅舅、舅妈不是你亲爸亲妈？你能说他们爱你？"

陈诺很少如此不客气。

许愿讷讷答不上来，红着眼瞪他："以后不许这么做！"

"不做了，不做了。"

许愿这么一瞪，陈诺立刻做举手投降状："这两天我天天琢磨去食堂吃煎饼，被盯着一直没去成，等月考完，说什么也要去吃一次。"

似乎真的很想念食堂的煎饼，他一边说，一边故意咂嘴，惹得许愿破涕为笑："别发出这种怪声音！"

她笑着擦眼睛，正想问陈诺为什么要逃学。

还没开口，许建达匆匆走过来："你妈进分娩室了！我发现给你弟弟准备的奶瓶和襁褓没带，你快回去取一趟！"

许建达一口一个"你弟弟"，说得特别自然。

许愿扭头看看外面漆黑的天色，再看看走廊里的挂钟。

陶淑君建档的医院离家非常远，一来一回，路上少说要花去近两个小时，等回到医院，差不多要到十二点。

西川并非大城市，夜生活单调，午夜路上人不多。

许愿没动弹，许建达皱眉："你站这儿做什么？去啊！我在这里走不开！"一副模范丈夫的模样。

"老许。"陈涵落后两步赶上来，"你看看外头这天，这都多晚了？你让她一个人回家，女孩子路上不危险？"

说着，他冷冷看向陈诺："你去你舅舅家一趟，把东西给你舅舅取过来。"语气和眼神一样冷硬。

许愿不由得上前一步，挡在陈诺身前："我和哥哥一起去。"

"行了，让你哥自己去吧。"许建达这时才反应过来，大晚上让一个小姑娘在外面跑很不像话，"你留在这儿。"

许愿正要反驳，陈涵便笑："你是姑娘，留在这儿方便。万一到时候你妈需要人照顾，我和陈诺都不好帮忙。"

"哥。"许愿说不过他们，只能把陈诺送到医院门口，"你路上注意安全，别着急，护士站也有奶瓶和襁褓的！"

陈诺点头："行。"

他走了两步，回头看见许愿仍旧站在原地，冲她挥手："快回去，晚上冷！"

许愿嘴上答应，脚步没动，站在那里看着陈诺轻快走远。

这一个月，他真的瘦了很多，嘴上满不在乎，如今走在夜里，初春尚有寒意的晚风拂过，宽大蓝白校服吹起，勾勒出近乎于无的身形。

亟待维修的路灯一明一灭。

照亮少年单薄脊背，拖长他脚下细瘦孤影。

有那么一秒，她有种出声叫住他的冲动。

然而下一刻，蓝白布料消弭在月色里，转过街角，被风一吹，干干净净。

这就是许愿和陈诺的最后一面。

挂钟秒针转动一小下。

一秒钟的时间里，全世界出生约 4.3 人，死亡约 1.8 人。

挂钟时针转动整整两圈。

二十四小时的一天，全世界出生约 37 万人，死亡约 15.3 万人。

但绝大多数人对此毫无感觉。

忙于学习、工作、生活，新生与死亡离他们太过遥远。生命的诞生和消逝，只是统计年鉴上一个非常客观、无比理性、缺少感情的冰冷数字。

很久很久以前，许愿同样这么想。

她对陶淑君腹中的孩子没有任何期待，不在乎究竟多的是弟弟还是妹妹。

那个早春微寒的夜，她站在分娩室外的走廊里，一边听许建达念叨为什么孩子还没生出来，一边在心里琢磨，月考过后要和陈诺去哪个窗口吃煎饼。

或许是因为煎饼吃起来很方便。高一下学期，临近分科，学习任务越发繁重，连江潮那种挑嘴的大少爷都爱上了省时省力的煎饼，常常在晚上对付两个煎饼了事。

于是食堂的煎饼窗口越开越多，每个窗口的特色都不一样。

第一家的薄脆好吃，第二家的火腿很香，第三家用的是秘制酱料，好多男生光要煎饼不要菜，随便刷层酱一口气能吃十个。

不过陈诺肯定吃不了十个，照他常年饮食清淡的习惯，能吃完一个煎饼已经算很不错了。

许愿就这么一直想着，从煎饼加料想到窗口阿姨，从不锈钢餐盘想到牛皮纸包装，直到许建达烦躁地拍了把大腿，一声“这进去多久了！怎么还没个动静”，才终于迟缓地回神。

是呀。

她抬头看了眼走廊里的挂钟，想，已经过了十二点，眼看分针马上快过半，过去这么久，陈诺怎么还没回来？

是他没找到奶瓶和襁褓，还是路上出租车忽然熄火？又或者许建丽不同意他在外面留到这么晚，所以半路截走了他？

许愿想给陈诺打个电话，拿出手机拨号，听到熟悉的“您拨打的用户已关机”，才想起他的手机很久前便被没收了。

把手机塞回校服口袋，短短几秒的工夫，许愿确定要带陈诺去吃哪一家煎饼——是升入六中后，他们第一次在食堂吃的那一家。

害怕他吃多了不舒服，当时她还硬从他手里抢走一半，结果她自己吃得太多，一晚上撑得没睡好觉。

正这么想着。

走廊里传来一阵凌乱的脚步声：“陈涵？哪个是陈涵？”

许愿抬头望去，穿着制服的民警三两步走到面前：“你就是陈涵？我们给你打电话怎么不接？”

“手机没电了。”陈涵莫名其妙，“不是，同志，你们大晚上找我什么事儿？”

两位匆匆赶来的民警对视一眼。

刚要说话，分娩室里响起几声尖厉啼哭，许建达直接从长椅上蹦起来，视头顶“禁止喧哗”的标语为无物：“男孩女孩？是弟弟还是妹妹？”

陈涵忍不住扭头。

许愿没有动弹。

一声高过一声的婴儿哭声中，她一动不动地盯着民警，看见对方的嘴缓慢张合，像是被放慢倍速：“陈涵先生，陈诺出事了。”

戚野对高中记忆不深。

说是记忆不深，是因为时隔多年，回想起那三年里发生的一切，除去戚从峰的审判书，只记起初春清晨突然响起来的手机。

江潮根本说不清楚话，光知道在对面哭，石小果中途打进来，刚接通又自己挂断。

最后还是郑老师把电话打到戚从云那里：“戚野在不在家？让他赶快到人民医院来一趟！和他玩得好的十五班那孩子出车祸了！”

戚野不知道自己怎么到的医院。

也许是坐公交车，也许是坐出租车，也许是疯了一样穿着拖鞋跑出去，跑到半路被南哥抓走。

这些无关紧要的细节并不重要。

他冲进医院时，脚上拖鞋掉了一只。走廊深处，人群头顶淡白色灯光明亮。

照亮哭了一夜、仍旧在撕心裂肺咒骂肇事司机的许建丽，照亮手里一根接一根拿出烟又揉碎的陈涵，照亮神色凝重地站在一旁的许建达，以及那张蒙了白布、依旧隐约洇出血迹的床。

戚野立在原地。

走廊贴着大块大块的瓷砖，初春地面很冰，他站在人群几步开外，遥遥看着那块长方形白布。

他没有看见陈诺的脸，也没有看见陈诺的手。

这一回没人拦着，但他根本没有勇气上前，只听见许建丽痛彻心扉的哭喊：“挨千刀的王八蛋！把我的孩子还给我！还给我！我要我的孩子！”

十几年前的景象与眼前慢慢重合。

周围刻意压低声音的议论嗡嗡传入耳中："才多大？不到十六？啧啧啧，太可怜了。听说医生都不敢让他爸妈看，造孽啊真是！"

戚野僵硬地听着。

他其实思考过死亡这个问题。初二初三那两年，每次被戚从峰揍得昏迷过去，混沌醒来时他都会想，迟早会死的。

像他这样的人，早晚都会死掉的。

但他从未想到死的人会是陈诺。

怎么可能是陈诺？没有理由啊。

十几个小时前，他才看着陈诺和许愿一起上了车。许愿昨晚还兴高采烈地发消息，说过了月考，陈诺就能和他们一起吃饭了。

为什么会是陈诺？连他都好好地活着，陈诺为什么会出事？

戚野想不通这一点，甚至没办法像许建丽咒骂肇事司机一样去责怪谁——实际上他记得很清楚，昨天帮许愿拎着书包，一路飞奔到十五班后门时，许建丽毫不客气地剜了陈诺一眼。

那种冷冰冰的厌恶表情，和现在哭天抢地的心碎母亲完全是两个人。

后面的事，戚野毫无印象。

他不知道自己怎么离开的医院，也不知道接下来发生了什么。似乎一段记忆被强行从脑海中抹去，再清醒时，他正和许愿沉默对坐。

明天是陈诺的葬礼。

现在是上午第二节课，郑老师的数学，这个时间点，他俩应该在班里学习。但两个人谁都没去教室。

坐在食堂橙白色餐桌旁，他看着她一口一口吃着从窗口买来的煎饼——时间太长，煎饼早就凉了，可她仍旧在不紧不慢地吃。

连牛皮纸袋里最后一点儿饼渣都没剩下，吃完煎饼想要擦嘴，手伸到嘴边发现没纸，她抬眼看他。

戚野稍稍偏头，不敢看许愿此时的表情："抱歉，我没带纸巾。"

戚野没有带纸巾的习惯。实际上，他们四个人用餐几乎都不怎么带纸巾，因为陈诺肯定会带。不管是在食堂吃饭还是出去聚餐，笑容和煦的少年都会从衣兜里拿出纸巾，一张一张分给大家。

陈诺就是那样的性格。

明明只比最小的许愿大四个月，比江潮、石小果大两三周，甚至生日排在戚野前一天。他却像年长四五岁甚至更多，始终耐心包容地照顾他们每一个人。

听到戚野这么说，许愿平淡地应了声“哦”，用手背随便擦擦嘴，垂下眼安静盯着牛皮纸袋。

许久之后。

“你知道吗，戚野。”许愿死死盯着吃剩的煎饼包装，似乎要穿过廉价纸袋，看去某个永远不可能到达的地方，“去年搬回家之前，我哥曾经和我说过一句话。”

“舅舅、舅妈是你的父母。”那个时候陈诺是这么说的，“不管你喜不喜欢，他们都是世界上和你最亲的人。总有一天，你要自己去面对。”

“我以为他是在安慰我，戚野，我哥其实是在对他自己说啊。”

陈诺给许愿留了一封信。

他真的聪明到超乎她的想象——那封信留在超大号玩具熊的胸口，熊熊内胆厚实，寻常随便摸两把根本摸不到。

只有崩溃地把脑袋按进去，才能隔着细腻温暖的皮毛、轻盈蓬松的填充物，感受到藏在玩具熊心口被少年悄悄留下的信。

“我最喜欢喝冰可乐。”没有称呼，没有署名，一上来，陈诺就写了这么一句。

许愿这时候才发现，他的字迹并非平日表现得那么温和。笔锋细微处带着凌厉，漫不经心，和那个无所谓的笑容很是相似。

“我最喜欢喝冰可乐。

“所以现在，我在离咱们学校十公里外的某家KFC里喝可乐，当然，你读到这里，肯定知道我又逃课了——应该会知道吧？我感觉这件事瞒不了你多久。”

许愿知道陈诺逃课，但就像她从不知道他喜欢喝冰可乐一样，这份薄薄的信里，还有更多她始终未曾听闻、毫不知晓的事情。

比如少年无论春夏秋冬始终穿高领长袖衣服的真实原因。

比如他头像里那只她一直没见过的仓鼠。

再比如十几年来她一无所觉的，许建丽与陈涵的真实嘴脸。

厚厚一封信，陈诺语气轻快得不可思议，既不像平时那么和缓，也不像那个很无所谓的笑容那么凌厉。

“说了这么多，我估计你看烦了。那不说我了，交代一下其他的事。

“我逃课时经常去东边一家书店，和书店老板打过招呼，给潮儿他们留了点儿东西，到时候你们去拿吧。

“在网上给潮儿买了一套《流星花园》DVD，小果一直想要的全套热武器微缩模型。

“七爷实在看不出来喜欢什么，留了张手工西服制衣店的票。他不喜欢打扮，但是高三成人礼怎么也得穿好看点儿吧？

“我知道他一向听你的话。你拉着他去，他会去的。

“这个熊留给你，我估摸你以后再长也长不了多少，就当作我提前送你生日礼物。”

他在信中一直没叫许愿，始终以你我相称。直到结尾处，他才漫不经心写下一句：“我听七爷说，你以后想改新名字？许鸢？嗯，这个名字也挺好听。”

许愿看这封信看了很久，一直没有掉眼泪——实际上，从收到陈诺出事消息后，她始终没哭过。许建达甚至因此说过一回：“你怎么跟个木头人一样！你哥出事了都不知道伤心！”

此刻，她看着信纸上最后一句话，“啪”的一声，大颗大颗的泪珠落在纸面，洇在少年笔锋利落的字迹上，洇开一个又一个小小的、透明的点。

“鸢鸢，对不起。”

他温柔地说：“哥哥没保护好你。”

第十五章 许鸢

陈诺的葬礼举办得还算顺利。

用“还算”这个词来形容，是因为酒驾肇事司机的家属认错态度良好，补偿大方。积极配合警方办案的同时，除了羁押在看守所里的司机无法到场，一家人都来参加陈诺的葬礼。

但许建丽接受不了，对着肇事者家属大喊大叫，最后被陈涵和许建达拼命拦下：“建丽！建丽！让孩子安安静静地走吧！”

许建丽根本不听他们的话：“许建达！你生了个儿子，我儿子就得死吗？你要不要脸？陈涵你个王八蛋！陶淑君那贱人生孩子又不是你生孩子，凭什么让陈诺去拿东西？凭什么？你怎么不自己去拿，自己被车撞死啊！”

陈涵泪流满面：“是我的错，都是我的错！是我对不起孩子！”

许建丽和陈涵抱头痛哭。不少参加葬礼的亲友都红了眼眶，肇事者家属擦着眼睛，嘴里喃喃：“对不起，对不起。”

许愿站在一旁，冷眼看着这对伤心欲绝的父母，没掉眼泪，没吭声。

直到葬礼结束，殡仪馆工作人员捧着乌木盒子出来，她才上前一步接过“陈诺”。

陈诺个头挺高，即使没戚野那么高挑，初中三年和高一大半年，他始终坐在教室最后一排。

现在“他”被她抱在怀里，轻轻的、小小的，除去盒子本身的自重，几乎没有任何分量。

许建丽、陈涵看到她手里的乌木盒，又开始撕心裂肺地哭号。

许愿神情分毫不变，小心翼翼地抱着“陈诺”，一步一步、慢慢地走到夫妻俩面前。她想了想，轻声问：“姑姑、姑父，你们以前用竹条抽我哥的时候，心里也会这么难过吗？”

许建丽的哭声戛然而止。

陈涵惊骇抬头：“许愿！你、你、你说什么！”

“那罚跪呢？”许愿仍旧轻声细语，“或者摔死吱吱、不许我哥上桌吃饭、让我哥自己拿竹条抽自己，声音小了再加十下，这些时候你们会像现在这么难过吗？”

周遭尚未散去的亲友都听到了她的话，许建达离得最近，脸上的表情从悲伤变成惊讶：“许愿，你别乱说！”他对许建丽、陈涵做的事并不知情。

许愿没有理会他，抱着“陈诺”，平静地同许建丽对视：“既然你们骂他、打他、侮辱他都不会难过，现在他不在了，你们在这里哭给谁看？”

许建丽脸色“唰”地白了，很快顶着红肿双眼尖叫：“他是我儿子！是我身上掉下来的肉！他没有了，我怎么可能不难过！”

有那么一瞬间，或许是幻觉，许愿总觉得怀中传来一声少年嘲讽的笑。

于是，她也微微弯起嘴角，跟着笑了。

“不对，姑姑。”

没有愤怒，没有悲伤，她露出一个标准的、温和的微笑。

“你们难过什么？你们亲手杀掉了我哥，你们害死了他，你们是让他死掉的罪魁祸首，怎么会感到难过呢？”

“许愿！”陈涵扶着许建丽，“你胡说什么！陈诺是车祸！车祸！那群人现在还在这里！你不要在这里乱扯！”他指着还没走远的肇事司机家属。

许愿抱着“陈诺”，纹丝不动。

她垂下眼，几秒后，重新抬眸看向陈涵：“是吗？姑父。”

陈涵这时才发现，他好像对面前正在微笑的女孩一点儿也不熟悉。

她的眼神、她的笑容、她的表情，和当年住在自己家里，央求陈诺和她一起出去过元旦的小姑娘完全不同，神色明明极温和，却透出一种带着轻蔑的冷漠。

“我哥早就死了。”

她脸上挂着笑，冷冰冰地说：“在你们半夜把他从床上拖下来删录音的时候，在作业一个字写错就骂他废物全部撕掉让他重做的时候，在卧室监控里偷看他和我们聊天、冲进来砸碎手机的时候，他就已经死掉了。

“你们应该庆幸，有一个司机出来替你们顶罪。”

看着许建丽煞白的脸，许愿淡淡道：“否则，该被关进监狱的是你们才对。”

是许建丽和陈涵杀死了陈诺。

陈诺死在这个世界上和他血缘关系最近，本该最亲密、最信任的两个人手里。

许愿说得轻描淡写，陈涵脸色顿时一变，顾不上继续搀扶许建丽，想要站起身和她理论。

“陆叔叔。”他还没来得及动作，听见女孩轻声说，“帮我按住他。”

什么陆叔叔？

陈涵一头雾水，背后伸过来一双男人的手，毫不客气地将他牢牢按在椅子上。

“你想干什么？”陈涵试着挣扎两下，未果，开始大喊大叫，“许愿我告诉你！我是你长辈！你没资格对我做——”

“啪！”

话没说完，他脸上挨了重重一耳光。

这一巴掌许愿抽得很重，几乎用尽全身所有的力气，右手有种开裂般的疼痛，连带着手臂和肩膀都隐约发麻，掌心更是火辣辣一片。

“姑父。”但她仍旧笑得很温柔，“这是替我哥还给你的。”

说完，许愿没有再看陈涵，头也不回地离开了灵堂。

西川六中有三个年级，四十五个班，一共近三千名学生。

升旗做操时人头攒动，根本看不清谁是谁。所以三千分之一的消失，并不会对一整个学校造成多少影响，最多只有郭老师被撤掉班主任的岗位。

高一年级的女生们在表白墙上惋惜一下陈诺，吴梦和室友安慰许愿几句。

而石小果足足请了一个月的假，然后在QQ上通知全体成员，宣布她要去国外念书。

“之前我不是拿了个全球青少年散打冠军？”石小果说话还是那么大大咧咧，“有个超牛大学的附属高中给我全额奖学金！校长说升大学帮我写推荐信！到时候我也是高学历人才，看谁还敢说我只会打人！”

留下这么几句话，像是害怕收到比从前少了一个人的回复，等许愿他们看到消息时，石小果已经在空间发了当地机场照片。

江潮倒是没出国也没请假，只是突然变得异常好学，期中考试从年级垫底考到年级前二百名，把郑老师和江爸爸都吓得不轻。

江爸爸甚至紧张地跑到学校，叮嘱戚野：“别让他学习这么用功，到时候有个大学上就行了，实在不行还能回家啃老本！”

戚野不知道该说什么，只能点头：“叔叔放心。”

除此之外，陈诺离开后，生活好像没什么变化。每天除了无止境的学习，就是匆匆在食堂对付两顿饭了事，只不过许愿忽然爱上了各种口味的煎饼，几乎每顿晚饭都吃它。

就这样又过去一段时间。

今年的 5 月 31 号是周二，临近期末考试，作业比以往翻了一倍。江潮没去吃晚饭，拜托戚野给他从食堂带两个煎饼，自己留在教室拼命写物理试卷。

戚野只好和许愿一起去食堂。

打包四份煎饼，回教室的路上，她突然说：“我想去操场吃。”

戚野愣了下：“行。”

“你先去。”他给她一份煎饼，“我把潮儿的这两个给他送回去。”

等他一路小跑回到后操场，女孩已经安安静静坐在一旁的看台上。

离下面跑步的学生很远，她选择了最高一级看台，仰着头一边看天空，一边慢慢吃着没加馅料的煎饼。

“你知道吗？”

听见少年刻意放轻的脚步声，许愿没低头，保持仰脸的姿势，瞥了眼西边最亮的长庚星。

“温温后来和我说，我哥曾经找过他，像是要和他说什么事，最后又什么都没说。”

放风筝的那一天。

夏温温其实表露过这个意向，但那天许愿心不在焉，没听进去，他就没往下说，直到陈诺出事后，才哭着找许愿说起。

戚野头一回知道这件事，沉默几秒：“不是你的错。”

陈诺实在掩饰得太好，连他这个在社会上摸爬滚打好几年的人，都没看出任何端倪，更别说许愿这种不谙世事的小姑娘。

陈诺有心不让她发现，她根本不可能察觉。

干巴巴说完这一句，戚野摸了摸口袋，从里面掏出一张折好的纸、两个棋子和一枚色子：“玩、玩游戏吗？”

他从来不玩任何游戏，这句话说得磕绊，许愿也很诧异：“什么游戏？”

“是大富翁？”从少年手里接过手绘地图，她眯眼看了一会儿，笑了，“戚野，哪有这种大富翁呀？”

许愿小时候和陈诺一起玩过大富翁。虽然手上的地图看起来确实很像大富翁游戏盘，但仔细一瞧根本不是那么回事儿。

很多年没玩过，许愿还记得一些基本规则。

进警察局蹲监狱扣钱，进银行存款加钱。碰到红绿灯扔色子来决定继续前进或者停留一圈。倒霉点儿的遇到强盗，身上所有财产会被洗劫一空。

她捏着的地图却不是这样。

没有任何扣钱或者停留的选项，进警察局金钱+100，银行+1000，红绿灯默认永远都是畅通无阻的绿灯。

打劫的强盗变成街头免费派送金币的慈善家，路上沿途还有各种补充金币步数的便利店。

更像是所谓的无敌破解版。

许愿轻轻笑起来，戚野跟着勾了下嘴角：“是有点儿蠢。”

这一招是他在网上看到的，电视剧里的配角拿修改过的大富翁地图，来哄小孩子开心。小孩儿当然很吃这一套。

可惜她不是五六岁的小孩儿，而是十五六岁的少女。

除夕夜，在家里包饺子时还残存几分稚气，和南哥比赛谁吃饺子更快。如今坐在看台上，许愿干净的眉眼比数月前成熟许多，沉稳的，透着从来没有过的持重，再也不是以前那个有事没事动不动找哥哥的小女孩。

这让戚野莫名恐慌。

他晚上根本睡不好觉，生怕哪一天手机再度响起，从另一端传来关于她的噩耗。

戚野承认得自然。

许愿看着手里的地图，弯起的嘴角渐渐平直：“不蠢，一点儿都不蠢。”

“我知道你是为了我好。”她轻声说，“和我哥一样。”

这段时间许愿一直在想，为什么陈诺要瞒着她，为什么始终不告诉她真相。

十几年来，他小心翼翼地保持平衡。

在她对他撒娇、抱怨、诉苦委屈的时候，他永远微笑着摸摸她的头，告诉她没关系、不要怕。

一连琢磨了好几个月，直到看见戚野这张魔改版的手绘大富翁地图，许愿才真正明白陈诺的用意。

他其实已经把她保护得很好了。

从她学会叫他哥哥那天起，是他手把手教她叠会自己走路的河马；是他一遍遍不厌其烦给她弹入门的《小星星》；是他在她被陶淑君恶语相向时起身岔开话题。

也是他主动选择隐瞒那些不堪、肮脏的事实，让她觉得世界上还有很幸福的家庭、很温柔的父母，只要坚持下去，总有一天，一切都会好起来的。

这么想着，许愿说："戚野，我会好好活下去。"

现实生活不是一张可以随意涂抹的游戏地图。

这十几年的时间，陈诺用了最大的努力，在糟糕的真实世界里，给她营造了一个温暖的地方。

一个不管受了多少委屈，都能遮风挡雨、幻想未来的世界。

现在他不在了，她不能辜负他的心意。

要活下去，要勇敢、坚定、幸福地活下去。

少女的语气格外执拗。

戚野沉默两秒，不知为何，忽然记起初中毕业时，在办公室敲章那一天，陈诺和他说的话。

"我之前还在想，"夏日蝉鸣聒噪，扎耳朵的虫鸣声里，少年一边盖章一边叹气，"要是你到时候住校，还能和我妹互相有个照应，现在看来是没戏了。"

那时戚野没懂陈诺的用意，没有立刻应下。

这么一拖，就拖到了现在。

"我答应你，班长。"

时隔近一年，他在心里轻声说："你放心吧，我会好好照顾她。"

努力学习的时间总是过得特别快。无数个早起背单词晚睡写作业，熬到凌晨睡觉拂晓五点半起床的日子过去。

终于，高考要来了。

或许是因为经历了整整三年的高压学习，等到这一天，绝大部分六中学生都没什么特殊感觉，只当作最寻常的普通考试。

而江潮愤愤不平："赶快考完！考完你们谁都别找我，我要在家睡上半个月！睡到再不想睡觉为止！睡死了也不要你们管！"

送儿子来看考场的江爸爸毫不留情，当头就是一个栗暴送给他。

江潮立刻闭嘴做鹌鹑状。

"江叔，你下手轻点儿。"

南哥认识江爸爸，随口说了句："等明后两天考完了你再敲，现在这儿的一个个可都是金贵脑瓜，拍傻了你不得后悔死！"

"哎哎哎！"说完，南哥又冲剩下两颗"金瓜"招手，"想好考完试去哪儿玩了没？夏威夷？普吉岛？那什么大堡礁你俩喜欢吗？"

小金瓜许愿压低声音："我觉得这三个地方，是你姑父这辈子知道的所有海滩。"

"什么姑父？"大金瓜戚野竖起眉毛，"他陆北南难道没名字？"

两颗"金瓜"凑在一起，嘀嘀咕咕半天。

最后被南哥无情地拉走："行了行了，考场看完了回家吃饭！看我今天晚上给你俩露一手！"

江爸爸在后面叮嘱："千万别做什么油腻辛辣的东西！"

江潮："南哥你要做啥？给我留一份！"不出意外又挨了一下。

许愿是住校生，理论上来说，应该坐学校大巴去考场，或者由许建达夫妇接送。

那夫妻俩没提这茬，她也没问。戚从云和南哥倒是一早说了高考接送的事，早早把她的行李搬到戚从云家。

回到家，南哥哼着歌，熟门熟路地进了厨房。戚从云坐在沙发上，慢慢摸索着削苹果："过来，一人吃一个。"

西瓜、杧果一类的东西不敢多吃，害怕关键时候出问题。

这两年，许愿周末时常来蹭饭，在戚从云家和自己家没区别，说了句"谢谢姑姑"，抱着苹果"咔嚓咔嚓"开啃。

戚野去厨房把水果刀洗干净，又瞪了得意扬扬的南哥一眼，这才坐回沙发上。

戚从云完全不知道发生了什么。

"明天放轻松，你们郑老师和我说，你正常发挥，去T大医学部没问题。"

她先认真安抚许愿，又随意对戚野说了句：“你校考成绩稳了，文化课自己看着办吧。”

许愿坐在旁边，看见少年顿时脸色一黑，不由得抿唇偷偷笑起来。

这就是这两年戚野见南哥没好气的原因。

高二分科后，郑老师在班群摸底过一次大家的志愿。

许愿填的自然是医学。江潮压根儿不知道自己想学什么，仗着家底厚，生化环材哪个坑写哪个，一时令人侧目。

而戚野冥思苦想一番，填了个中规中矩的平面设计。

结果第二天被戚从云问到头上：“你喜欢平面设计？”她还以为他喜欢纯艺术类的专业。

直到现在，戚野想起那天的回答，都疑惑自己当时为什么那么老实：“没有，但这个不费钱。”

戚野刚回答完，戚从云便露出杀气腾腾的表情。

她难得动怒，那次是真气着了，随手抓过抱枕砸他：“我供不起你学艺术？”

“就是！”戚野还没来得及分辩，南哥大马金刀地往旁边一坐，“兔崽子，你是不是瞧不起你姑父？你学插画学造型学雕塑，想学哪个学哪个！大不了我明天直接把北南卖了！怎么着也能供完你大学四年！”

许愿：啊！

戚野：什么姑父？？？

总之，有南哥这个真霸道总裁在，戚野直接被打包扔去画室。

起步晚，但天分突出，他自己又肯努力，四月份拿了央美小圈证，名次非常靠前，高考文化课不出错，9月可以直接去报到。

“我会好好考的。”始终咽不下这口气，戚野僵硬地回答，“姑姑放心。”

戚从云漫不经心地点头，继续和许愿交代考试注意事项。

明天就是高考，南哥没有炫技，老老实实地做了口味清淡、营养丰富的六菜一汤，还在饭桌上限制戚野多吃：“行了！你又不缺那一碗米饭！鸢鸢你吃那个南瓜，加红枣蒸的，特别香！”

戚野的脸更黑了。

许愿在旁边憋笑憋得非常辛苦，最后没忍住，一头歪在戚从云怀里，把对方吓了一跳：“怎么了鸢鸢？南瓜有毒？”

戚野的表情已经没法看了。

高考前一晚就这么度过。

第二天进考场前，想起昨晚发生的事，许愿还是很想笑，怕影响戚野待会儿发挥，只能自己低头抿唇。

她偷偷笑了好一会儿，抬头后，正对上少年稍显无奈的视线。

“行了。”他并不和她多说，伸出手轻轻拍拍她的肩，“加油。”

戚野很少说这种直白的话。

于是许愿同样认认真真地点头：“嗯，你也加油！”

三个孩子发挥得都很好。

戚野文化课成绩稳定，许愿高二高三一直排在夏温温后面，这次紧跟着拿了全市第二。

江潮属于超水平发挥——高三无数次模考里，一直在年级前两百反复横跳，高考竟然爆了冷门，分数一跃到班级前十，年级前五十，考个平城或者申城的“985”完全没问题。

而他也真的去学了生物专业。

“反正我老爹有钱嘛！”江大少爷满不在乎，“我已经想好了未来的发展道路，本科毕业考研！考研完了考博！反正这辈子能上这么个大学，我就躺在学位上，让我老爹送钱！”

江爸爸又感动又愤怒，当场赏了江潮一顿鸡毛掸子。

高考结束后，许愿遇到一件很有意思的事。

她不好一直住在戚从云那里，毕业后也不能继续住宿舍，把行李搬回家的当天，本以为要在客厅或者书房睡，回到家却发现原本属于自己的次卧被粉刷一新，并没有被许承占据。

许承是陶淑君生的第二个小孩儿。

“我和你爸想着你要回来。”不知道是因为陈诺葬礼上陈涵挨的那一巴掌，还是其他什么原因，许建达、陶淑君客气得不像话，“这几年都住校，难得在家住几个月，当然要好好收拾一下。”

“你看这墙，是你爸自己拿刷子刷的！”陶淑君拽着许愿，热情地给她介绍崭新的房间，“瞧这粉色多嫩，最衬你们小姑娘了！”

许愿没说什么，始终安静地听着，直到上了饭桌，许建达开始推荐自己这两天看好的志愿专业，才轻轻抿唇。

“谢谢爸爸。”她先感谢过许建达，垂眸几秒，又说了一句听起来毫不相关的话，“我十三岁的时候最喜欢粉红色。”

而她 10 月份就要十八岁了。

少女神色平静，语气从容，许建达尚未说完的话顿时卡在嘴里，片刻后尴尬地笑了笑："来，吃饭，都吃饭。"说罢给许愿夹了一筷子鱼肉，没再提起任何和志愿有关的事。

9月1号报到前，许愿专门抽出一天时间，前去看望陈诺。

"我听南哥说，去年他俩闹离婚来着。"许愿盘腿坐在地上，"陈涵出轨，对方抱着小孩儿找上家门。许建丽不肯离，被陈涵直接打进医院。

"更可笑的还在后面，等许建丽终于同意离婚，陈涵去做了个亲子鉴定，发现养在家里那小孩儿和他没血缘关系，自己又反悔。

"万幸那孩子不是他的，不然不知道……"

话说到一半，许愿觉得不太合适，换了话题："对了哥，我有没有告诉你，小果上个月拿到第五枚散打金牌了！"

石小果练散打真的很有天赋，在各种国际赛事中如鱼得水，尽管只在六中读了一学期，六中领导已经专门为她做了校友专栏，恨不得让所有人知道这是六中出去的学生。

许愿和陈诺说了很多。

其实每逢休息日，她都会来看陈诺，无论是双休、单休，还是一个月休两天甚至一天，只要放假，她总会到这里看他。

少年和以往一样耐心，嘴角挂着柔和温润的笑，认真地听她讲那些琐事。

从南哥才买的洗碗机，到戚从云新学会的翻译软件；从她犹豫不定、该不该装进行李箱的连衣裙，到戚野空空荡荡、只装了两套换洗衣服的双肩包。

偶尔说起已经结婚的何老师，又说到特别励志，家里穷得叮当响仍然考了全市第一的夏温温。

"好啦，哥。"讲到墓园里路灯亮起，许愿不舍地收住话头，"明天我要出发去报到，寒假回来看你哦！"

陈诺微笑着，无声地表示赞同。

许愿起身，从小熊包包里拿出两罐可乐："这个天气没冰的，你凑合一下。"

"我走啦。"她冲他挥手，"拜拜！"

临近傍晚，公墓几乎没有其他人。

风吹过树稍，影影绰绰，成年男性走在这里都难免会感到害怕。

但许愿并不恐惧。

走向公墓大门，一路上，她感觉始终有道目光温柔地追随着她。走到门口，回头去看，却又什么都看不见了。

10 月 8 号，许愿十八岁生日。

这一天，她起得很早，闹钟一响就直接坐起。

戚野比她起得更早，一大早从央美赶到 T 大，坐最早一班地铁。他没怎么睡醒，陪她去派出所的路上，一路上头往下一点一点地瞌睡，直到走进派出所大厅，才勉强清醒，在自助服务机上帮许愿拿号。

“紧张吗？”坐下后，他问她，“是不是昨晚一整夜没睡好？”

许愿深吸一口气：“还行。”嘴上这么说，却死死抓住小熊包包，等机械音叫到自己的号码，把小熊抓得更紧一些。

戚野先站起来：“走吧。”

许愿轻轻点头：“嗯。”

工作人员很快从窗口递出一张表格。许愿填好其他信息，视线停留在最后一项空白上，没有立刻动笔。

盯着那一处小小的空白，一瞬间，她脑海里回闪过很多画面：

陶淑君扭曲变形的脸、许建达漠不关心的眼神、毫无征兆被粉刷成蓝色的次卧，以及跑丢一只拖鞋，除夕之夜光脚走在雪地里的自己。

那一年冬天真的很冷，风雪吹在脸上刀割一般疼。

正在出神，肩头蓦然多出一只手。

“写啊？”

尚未睡醒，戚野嗓音没平时那么低沉，带着几分青涩少年感，很容易让许愿想起高一那年的十月。

六中后操场上。

石小果的战马风筝飞得又高又远，她与陈诺站在看台上边看边咬耳朵；江潮被自己斥巨资买回来的燕子风筝气个半死，留下戚野和她一起捣鼓风筝骨架。

清风吹动少年们的蓝白衣襟，吹过少女们微微泛红的额角。

视线有些模糊，许愿用力眨眼，将那点儿泪意强行忍住，拿起笔，认认真真地写下。

现用名：许鸢。

番外 谢谢你

正式确定关系的那一天，许鸢迎来了人生第二次过敏。

或者换种说法，正因为有这第二次过敏，两个人才终于确定了关系。

说起来，戚野这个人是真的很奇怪。

大学报到当天送许鸢到宿舍，前前后后帮忙打扫卫生，然后按着至少每周一次的频率雷打不动来看她。大一开学没多久，许鸢的室友们都认为他是她的男朋友，早早放出“我们鸢鸢名花有主你们不要再肖想”的狠话。

但戚野从来没表露出任何意向。

不仅没说过男女朋友的事，他也没亲口说过他喜欢她，甚至都很少叫她“鸢鸢”。两个人一起去吃饭，中间隔着的距离比当年高中教导主任巡视的时候还远。于是开学两个月后，室友们的口风又变成了“鸢鸢没男朋友，你们要追赶快追，不过千万小心她哥”——冷冰冰板着一张脸，一看就很不好惹。

亲眼见证室友口风变化的许鸢：“……”戚野到底是怎么想的！难道他就打算这么一直糊弄下去吗？

学医忙，每天课程排得满满当当，临近期中考试更没有空闲。等许鸢终于忍不下去决定逼问戚野，学期已经过了一半。

为了好好谈话，考试结束后，许鸢专门挑了一家不限时长的自助餐厅——后来她无数次后悔，有那么多餐厅，随便去火锅店不好吗！为什么一定要去吃提供海鲜的自助！

总之，落座二十分钟后，时隔好几年，许鸢不幸又一次过敏了。

比初中那回更严重，被救护车拉到医院后，她问医生借镜子看了自己的脸，是走在街上能吓哭一条街小朋友的水平。

她又难受又委屈，想起今天吃饭的目的，更伤心了。

谁会顶着一张肿起来的脸问别人喜不喜欢自己啊！

医生开了吊瓶，许鸢自暴自弃地埋起头当鹌鹑，把头埋得低低的，根本不露脸。

“干吗低着头？”缴费回来的戚野纳闷，“比刚才更不舒服了？”他顺势在许鸢身边坐下，想要去看她的脸，被一下躲开。

“不许看！”

许鸢是真的不想让戚野看到她现在的样子。

初中那回还好说，第二天上学时脸已经消肿，只有几个无伤大雅的红点点。现在则完全不一样。

刚挂上吊瓶，一时半会儿只能顶着惨不忍睹的脸。许鸢偏着身子躲戚野躲累了，索性破罐子破摔，闭上眼不搭理他。

吊水时间长，许鸢意识渐渐模糊，再度醒来时，发现自己的头搁在戚野肩膀上。

两个人身高有差距，为了让她睡得舒服一点儿，戚野微微屈背半侧身坐着，硬是扭出一个有些诡异的角度让她靠在身上。

许鸢下意识想要坐起来，刚一动作，发现自己的手也在他手里。

戚野从来没牵过她的手。

除了当年放风筝时那句无师自通的“鸢鸢”，一直到上大学，他始终和她保持恰当的距离——雨天撑伞，他半个身子在伞外也不靠近她；夜里十点前，他一定送她回宿舍；有次递奶茶不小心碰到了她指尖，她还没说什么，他“唰”一下闪电般挪开……

以上种种，让许鸢怀疑了好几天她究竟是在读高中还是大学。

可现在他竟然牵着她的手。

坦白来说，戚野的手有点儿粗糙——这是曾经常年捡废品刷盘子留下的后遗症。平城四季分明，如今是深秋，早晚温差大。他的手跟着逐渐降低的温度一点点泛红，不管搽多少护手霜，只能勉强止住开裂流血的趋势。更别说他手背上至今还有当初挨打时留下的伤疤。

但他牵着她的力度很温柔。

与其说是牵，更像是小心翼翼地托住她的手，生怕会把熟睡中的她吵醒。戚野的手不好用力，手臂硬邦邦紧绷着，这个姿势当然很不舒服，但他仍旧一动不动，只在她想要坐起来时轻轻拍了拍：“没事，你睡你的，我看着吊瓶。”

戚野嗓音很低，衬得语气越发和缓。许鸢不由得再度昏昏沉沉起来，一秒睡了过去。

一个小时后，她被他轻轻推醒：“水挂完了，回去再睡。”

许鸢睡得迷迷糊糊，直到并肩走出医院，才发现他仍旧没有松开她。

仿佛这是一件做过无数遍，特别自然特别熟练的事。仗着天气冷，他把她的手揣在自己衣兜里，宽厚掌心紧紧贴着她的手背。挨得近，似乎能感受到掌心里细密交错的纹路。

许鸢手背瞬间滚烫起来，连带脸颊都一阵阵发热。偏偏戚野一脸若无其事的模样，她不好意思把手抽出来，就这样手牵手走在路上。

挂完水，许鸢的脸尚未完全消肿，上面还有一些红点。好在天色暗，不太明显。然而走着走着，离学校不远的时候，路边突然有人叫戚野：“七爷！站住！不给我们介绍一下嫂子啊？！”

是戚野的室友。

许鸢一下紧张起来。

戚野见过她的室友，她却从没见过他的室友。原因无他，报到那几天，戚野一直帮许鸢收拾宿舍整理行李找食堂找报名点，对她的学校比自己学校还熟悉。中途他抽空不声不响自己去报了个到，她压根儿就没来得及参观他的学校。

等开学后，每天都有背不完的书，只有他来找她的份儿。所以这是许鸢第一次见戚野的同学。

换作平时还好说，眼下顶着这张脸，她感到深深的绝望。

尤其对方和江潮一样自来熟，隔着一条街也要跑过来，边跑嘴里边喊：“可算见到嫂子了！”

许鸢“唰”地躲到戚野背后，借着他高挑的身形挡住自己。

戚野一点儿不紧张，任凭室友一口一个“嫂子”地喊，等人跑到跟前，一本正经地给两人介绍：“这是小方。小方，这是我女朋友。”

他说什么？许鸢难以置信地抬头。

戚野语气很平淡，神色也寻常，如果不是向来冷冰冰的脸难得露出一点儿笑意，光听声音，比起“这是我女朋友”，更像是在说“这是我同桌。”

但他确实是这么说了，甚至在小方离开后也没退去笑容。他唇边噙着一点儿笑，把她从自己背后拽出来：“人已经走了，别藏了。”

许鸢感觉自己过敏的症状似乎严重了些，不然她的脸不该在深秋的寒风里变得滚烫。她的心跳毫无防备地敲得很重，连呼吸也急促起来，耳边传来的低沉嗓音时远时近，缥缈模糊："鸢鸢？"

他试探着叫她的名字，语调很温柔。

许鸢的脸彻底红透了。

她深呼吸好几次，勉强平复心情。

她狠狠掐了把他的手臂："你好烦！"

"我怎么烦了？"

"你干吗呀！"她又羞又恼，觉得戚野根本就是故意的，"干吗那么说！"

谁是他女朋友了！

许鸢这一下掐得重，戚野轻轻"嘶"了声，伸出手，再一次抓住她。

不同于在医院时的小心翼翼，这一回，他把她的手团在掌心里，稍显粗粝的指腹蹭着她的指尖："那我该怎么说？说你不是我女朋友？"尾音上扬，带出几分平日罕见的耍赖。

许鸢不吭声了。

明明已经不是早恋会被抓的中学生，此刻他这样牵着她走在路上，她仍旧很不好意思。似乎每一个过路的陌生人都在盯着他们纠缠在一起的手，让人脸烧得厉害。埋头走了一会儿，她的声音被晚风吹得七零八落："哦。"

许鸢低着头，并没看到戚野一瞬间勾起来的嘴角，也没注意到他另一侧紧紧攥起又松开的手。

秋夜很冷，他掌心里一层细细的汗。

两个人就这么确定下关系。

这真的很不浪漫。

至少博览各种言情小说的江潮知道后，疯狂输出了好几页的聊天记录："你就这么答应了？这也太没格调了吧！烛光晚餐在哪里？高价玫瑰在哪里？精心准备的烟花无人机又在哪里？"

许鸢不得不提醒江潮，他说的这些似乎是求婚用到的东西，并不适用于表白场合。

江潮不服气："那他说他喜欢你了没？"

许鸢卡壳了。

江潮："那个榆木疙瘩！亏他还是学艺术的呢！"

不得不说，"浪漫"这个词和戚野没什么关系。

实际上，许鸢非常能理解，戚野或许很擅长画画折纸做雕塑，但他确实没什么浪漫天分。从初中他送给她的那些礼物就知道了：木雕小熊、纸青蛙、用她买的棒针织出来的毛线手套。

许鸢想象了一下戚野有一天灵光乍现满嘴情话的模样，然后一连做了好几晚醒不过来的噩梦。

还是算了，许鸢想。

不要强人所难，他现在这样就很好。

确定关系后，生活似乎和从前没什么区别。

许鸢学业忙，戚野也忙。但不论时间多紧张，他始终坚持一周最少来找她一次，从她大一到博士毕业，雷打不动风雨无阻。

直到许鸢结束八年本硕博连读的那一年，这个习惯终于被打破。

因为戚野打算在平城买房。

许鸢刻苦学习的这些年，戚野的艺术事业发展得很好。大学还没毕业就崭露头角，等到她拿到博士学位，他已经是业内风头无两颇具盛名的艺术家，在平城寸土寸金的地段买套房不成问题。

戚野看了很久的房子。

准确来说，由于许鸢在医院忙得脚不沾地，所以看房进程一再放缓。尽管她告诉戚野他决定就行，他还是坚持一定要她亲眼去看看："写你的名字你怎么能不去看？你看你的，我负责掏钱。"

许鸢无话可说。

她只好按着他的意思，周末在各种各样的房子里来回奔波，最后选了一套大平层。面积大，即使戚野把工作室搬到家里，空间也不局促。

戚野很喜欢这套房子，说："离你们医院近，上班方便，我觉得特别好。"

许鸢："……"她就说为什么他挑出来的房源没有离医院步行二十分钟以外的！

办完过户手续，又开始忙装修。

许鸢知道戚野肯定要亲自操刀，却没想到他竟然这么上心——作品不弄了，艺术展不参加了，就连某项国际大奖都让助理代领，恨不得一天二十四小时长在新房里。

"你多少休息几天。"到了后来，她不得不劝他，"装修房子又不是一天两天的事儿，总不能这一年什么都不做吧？"

戚野十分敷衍地应了几声，递给许鸢一个平板电脑："你觉得吊顶弄成这种怎么样？还是搞简单一点儿？"

许鸢无奈道："等下，我看完这一页论文。"戚野负责监工和挑选样式，最终决定每次都要她来做。

就这么前前后后折腾大半年，又晾了半年的房子。终于可以搬进去的那天，许鸢和戚野去领了结婚证。

领完证，直到回家前，戚野还算正常。

等进了家门，明明没有喝酒，他却像是喝醉了一样，眼睛亮晶晶的，拉着许鸢的手，带她参观家里每一个房间："这是书房，以后你就在这里写论文。我在你隔壁的画室工作，这里专门安了一个呼唤铃，你叫我直接按铃就行。东边阳台做成了花房，你看论文累了就去里面休息……"

许鸢一直含笑听着，没打断没插嘴，任凭戚野给她讲解这个她亲自拍板每一项细节的房子。

戚野认真盯了一年，装修得自然很好。角落里随处可见各种小熊元素的图案，主卧是她最喜欢的浅色调风格，书架立柜上摆着他自己设计制作的艺术品。无论从哪个角度看，都无可挑剔。

花了大半个小时介绍完所有细节，两个人站在阳台上看夜景。平城自然比西川繁华得多，夜色涌动，霓虹灯光一路蔓延到天际，几乎看不到尽头。

晚风吹过，不知名的花卉的清浅香味里，许鸢被戚野从背后搂住。

"其实这和我小时候想象的一点儿也不一样。"他将下巴搁在她肩膀上，轻声说，"我以前觉得我会买一个一居室，一个冰箱一张床，如果还有位置放块画板，那就太好了。"

戚野曾经就是这么想的。

只要摆脱戚从峰，随便去哪里都可以。没有房子也行，甚至睡在天桥下、公园里也不要紧。

离得近，男人说话时呼吸喷在耳侧痒痒的，许鸢轻声笑起来："你至少还考虑过，我可是想都没想，什么都不知道。"

她只想着有朝一日可以离开西川，离开陶淑君和许建达，离开所有不愉快的一切。

似乎只是一眨眼的时间，她不再是除夕夜那个光脚跌撞冲出家门的小女孩，而他也不是那个被醉鬼殴打到不敢回家的男孩。她成了科室里最年轻有为的许医生，而他也变成了大家口中老天爷赏饭吃的戚老师。

腰被紧紧搂住，耳侧男人嗓音有些发闷："谢谢。"

许鸢又笑了："好端端的，你谢我干吗？"

戚野不吭声。

短暂的一瞬间，他脑海里突然闪过很多画面：他面无表情坐在长椅上让她给他脸上的伤口涂药膏，他皱着眉头挪走餐盘以免她分给他一半饭菜，她笨拙又认真地学织手套却怎么织都织不好，她为了给他塞棉服天不亮就起床跑来老房子而冻得脸颊发红……

转瞬即逝的零碎场景中，经年累月挨打的疼痛已经模模糊糊记不真切。唯独女孩小小的明媚笑脸穿过冬季凛冽寒风、盛夏枝头绿叶，在他十几岁的灰白人生里无比清晰，闪闪发光，熠熠生辉，让所有的一切都鲜艳生动起来。

夜风安静地吹着，许久之后，许鸢听见一声喟叹。

"谢谢你。"他抱紧她，轻轻碰了碰她的耳尖，"让我在这个世界上有了喜欢的人。"